U0165209

楚尘
文化
Chu Chen

北京楚尘文化传媒有限公司 出品

国医

春桃 著

中信出版集团 | 北京

图书在版编目（CIP）数据

国医 / 春桃著 . -- 北京 : 中信出版社，2023.7（2023.11 重印）
ISBN 978-7-5217-4993-9

Ⅰ . ①国⋯ Ⅱ . ①春⋯ Ⅲ . ①长篇小说－中国－当代
Ⅳ . ① I247.5

中国版本图书馆 CIP 数据核字 (2022) 第 222972 号

国医
著者：　春桃
出版发行：中信出版集团股份有限公司
（北京市朝阳区东三环北路 27 号嘉铭中心　邮编　100020）
承印者：　河北鹏润印刷有限公司

开本：880mm×1230mm　1/32　印张：15.5　字数：338 千字
版次：2023 年 7 月第 1 版　印次：2023 年 11 月第 5 次印刷
书号：ISBN 978-7-5217-4993-9
定价：69.00 元

不为良相，则为良医。

——宋 范仲淹

目 录

序　天意

一九九三年春节后的第一天，我从赣西的萍乡赶到鹰潭与陈桂棣会合，他接我去安徽蚌埠拜见他的父母。

初二下午，火车到达蚌埠。年前蚌埠才下了一场大雪，那几日气温又一直都在零下，厚厚的积雪丝毫没有融化，被路人踩成了硬邦邦滑溜溜的冰。我是南方人，没有这种心理准备，穿着高跟鞋几次摔倒，还崴了脚。是陈桂棣搀着我走进升平街三十八号的那个半截巷大院的。进门的时候，公公陈万举正在诊室里看报，婆婆崔新如坐在一边缝着什么。两位老人见我们到了，高兴得眉开眼笑，张罗着要我们赶紧吃饭。陈桂棣忙喊住父亲，说："你先给春桃看看脚吧。"陈万举于是要我把鞋子脱了，在我的脚脖上按了几下，然后说是韧带扭伤，不妨事。接着，便左手握住我的脚腕，右手抓着脚掌，轻摇了几下，突然用力一拉，又轻摇了几下，再用力一拉。真是神了，我的脚顿时就不疼了，能正常走路了。

公公无意中给我露的这一手，让我真切地感到，我确实走进了一个中医之家。

那年，他老人家七十五岁，身着藏青色中山装棉衣，看上去头发乌黑，脸膛红润，腰板笔直，风度翩翩。婆婆则慈眉善目，显得比公公大不少。婆婆是小脚，一天去附近菜市买鱼，水泥地面上有许多水，不留神摔了一跤，导致胯骨骨折，从那以后就离不开拐杖，也再没出过远门。

在此之前，陈桂棣告诉我，说他父亲在当地是名老中医，现在上了门，才发现，二老的经济状况比我想象得差了许多。他们是和小儿子一家生活在一起的，正房只有两间，三十多平米的面积，虽说那年月大家的住房条件都不好，但我还是感觉公公家太拥挤，完全不符合"名医"的身份。

那次我和陈桂棣就住在后面的披厦里。第一次近距离地接触公公陈万举和婆婆崔新如，我发现，公公太好客，家里经常是人来人往，有时下班了，特别是节假日，儿子和女儿也会带着各自家小聚在这儿。如果有远处的病人或乡下的亲戚来，他也总是会留人吃饭。陈万举不仅是陈家的一家之长，更像裔家湾陈氏一族的一位族长，只要沾得上边的家人族人，谁有困难，他都会倾囊相助，而且从不图回报。

看着婆婆的双腿常常是又酸又胀，连觉也睡不安生，我于心不忍，于是就开始帮她炒菜做饭，晚上还帮她洗脚按摩。陈万举冷眼观察着我的一举一动，并不说什么，只是对我的态度变得亲和。这天突然问起我，"听说你在医院工作过？"我点了点头。他确认后眼睛一亮，接着问我是否对中医感兴趣？

当时我真的不知道该怎么回答。我自小的梦想，就是当一个作家，因为家境贫寒，父亲又过早离世，高考时我不得不上了一所毫无兴趣的卫生学校，并在医院待了六年时间，后来好不容易才逃离了卫生系统。

我想了想，答非所问地说："在医院，我就在中药房待过三年。"

第二天，他便递给我一本书。我一看，是一本二十世纪五十年代出版的《针灸学》。他说，你在这里闲也是闲着，不如跟我学学针灸，你有基础，两个月就能学会。

原来他是看中了我，想收我做徒弟呢。

我很是犹豫。这时婆婆就劝我："你就跟你爸学吧，不会吃亏的。他是个老封建，从来固守传子不传媳，他现在想传你，是求之不得的好事。"

为了不拂两位老人的好意，我勉强应承下来。

从那天起，他开始给我讲授一些常用穴，如足三里、合谷，以及马丹阳十二穴等，并告诉我运针的手法。如果来了病人，需要扎针，他也会叫我上前。遗憾的是，病人看我是新手，大多不乐意让我下针，所以，虽然跟着学了一个多月，却没有多少临床经验，但他对我做事的认真还是很满意的。

一九九四年春上，我考入南京大学作家班，开始系统地学习大学中文系的各门功课，课余时间便写些散文和小说。毕业后回到合肥，我就和陈桂棣共同采访，联手写作，一门心思地致力于重大题材的报告文学创作。从此，跟陈万举学医之事就被我束之高阁了。

终于梦想成真了，于是想有个孩子，这时，命运却又同我开了玩笑，竟被查出了不孕症。先后跑了省城的几家大医院也无济于事，就在我心灰意冷几近绝望之时，陈万举却仅凭十几味中药，便柳暗花明，妙手回春，让我怀上了孩子！

这事在我的内心深处，差不多掀起了一场巨大的风暴。中医药的博大精深，令我震惊。从此，我就在文学创作的同时，开始对医学，特别是对祖国传统的医学有了极大的兴趣。

一次，我的大学同学程原，从南京开车专程去蚌埠找陈万举看病。入学前她是报社记者，毕业后改行创办了公司，这些年一心扑在工作上，事业做得很大，却患上了甲状腺肿大，很快发展到甲状腺功能减退。她在南京看过西医，也看过中医，均无明显疗效，于是赶到蚌埠求助陈万举。陈万举详细询问了她的饮食起居及工作情况，并认真看了她的舌苔、气色，切了脉，还研究了她带来的诸多病历，告诫她务必把不正常的饮食睡眠习惯调整过来，为她开了处方，又亲自上街带她去药店抓了药。知道她是我的大学同学时，竟特地做了一桌子菜款待她，临走，她给陈万举一笔不菲的诊费，但陈万举死活不收，而且很生气，追到楼梯口硬是把钱退给了她。后来程原的病情有了好转。她在和我的一次电话中感叹道："陈家应该算得上厚德人家，你能嫁进这样的人家，真是你前世修来的福。"

程原听我说陈万举这么大年纪了，还计划完成一部《生命学》的专著，就发出邀请，要把老爷子接到南京，给他请个保姆，再配个助手，并为他提供一处环境优雅的房子，让他心无旁骛地写作。

这事陈万举却婉言谢绝了。说："这段时间都有病人上门，我哪儿走得开哪！"程原听说后很失望，转而对我说："你为什么不跟着学点中医，写一写老中医的故事？"

即便这样，我仍然没有想到要写陈万举。觉得像他这样的名老中医，在中国，一定多了去了。只是，作家和编辑的朋友们聚会时，大家免不了谈些发生在身边的趣人趣事，有几次，陈桂棣讲到他父亲治病救人的一些近乎传奇的故事，说得大家全忘了吃喝，甚至忘了上班。每当这时，总有朋友惋惜道："这么好的故事，干吗不写呢？"

大家也都知道，我和陈桂棣合作的那些作品，宏大雄劲、理性思辨，那是他的强项；而其中人物刻画、细腻动人之处，是出于我的手笔。由此，有人建议："这样的故事，老陈写不合适，他是长子，却没子承父业，采访写作都会有障碍。你既是作家，又有医学基础，老爷子又信任你，写这种题材，岂不得天独厚。"

陈桂棣也鼓励我，说我写比他写会更客观。说老爷子尽管只是中国中部一座中等城市的一名老中医，只是一个普普通通的中医师，但正如观察一片树叶，就可以知道一棵大树的生长情况；透过一滴海水，便能获得大海的信息。他真实的人生，其实就是中国中医近百年的历史缩影。

二〇一三年五月，那一年陈万举已经九十六岁，我去了蚌埠，并且是做了充分准备的：现买了一台笔记本电脑和一支录音笔。令我大感意外的，是陈万举得知我要"采访"他，竟一口回绝："我有什么好写的？"

我只有耐下心来，每当他为患者看病时，我就主动坐在边上充当他的助手，为病人开方子时，他口述我则执笔，并认认真真地翻看他书柜上的那些医书。他终于不再对我心存戒备，高兴时，就开始谈起他此生比较得意的案例。好在，他并不认识录音笔，就这样，慢慢地，我积累起了长达一百多个小时的录音资料。

遗憾的是，我的采访正想进一步深入，了解一下他撰写《生命学》一书的相关故事，他却突然离去，阴阳两隔。

我感到从未有过的悲伤，当然也感到庆幸。我想，如果我的采访计划哪怕推迟一两个月，这事肯定也就黄了。我不能不相信，冥冥之中有一种说不清道不明的东西，它让我在老人最后的时光中，了解到了他此生大量的故事。或许，这就是天意。

整理遗物时，我吃惊地发现，陈万举不仅留下了大量的医书、资料、专业技术总结，他过去的许多东西都相当完好地收藏着：中国针灸学研究社颁发的有着社长承淡安签名的社员证书；蚌埠市人民政府首任市长万言誉签名颁发的开业执照；有20世纪50年代末，国家卫生部委托上海中医学院和上海卫生干部进修学院主办的第一届中医内科专修班的结业证书和《同学录》；改革开放初期，国家要养一批老中医，卫生局和人事局给他下达的"录用通知书"，以及根据卫生部、中华全国中医学会组编的《长江医话》的著作录用证等等。

诧异的是，他当年的师傅宋立人于一九五〇年端午节酒后挥毫为他写下的那幅字，展开后，竟然清新如初。

望着这些无言的证书与文字，我意识到，要写好这部作品，还得要有大量鲜活的素材，需要丰厚的学养与史识。于是我开始走出去，南下北上，尽可能地去接触那些故事中的当事人与患者。

值得一提的是，五河县那位患者夏立国，当初被医院确诊为肝癌晚期只能活三个月，经陈万举医治后，又多活了十年。

本来，决定写陈万举，开始也只是准备写个三五万字的中篇。在认真研究了他的“口述史”，以及参阅了大量相关的信息与史志后，我发现，中医近百年的一些重要时期，都与陈万举有着千丝万缕的联系，也就是说，陈万举是近百年中医历史的亲历者和见证者。因此，我着手去写的必将是一部容量巨大的文学作品，它不仅要展示出中医药的神奇，中华医学的精深，而且也将折射出中医近百年的兴衰史。

我没想到，从采访到终笔，前后竟花了八年时间。

我更没有想到的是，就在本书即将付梓的时候，二〇二三年二月十日，国务院办公厅印发了关于《中医药振兴发展重大工程实施方案》的三号文件，再次明确指出：“传承创新发展中医药是新时代中国特色社会主义事业的重要内容，是中华民族伟大复兴的大事。”为着力推动中医药的振兴发展，制定出了重大工程的实施方案。文件特别强调，确保中医药第一时间参与传染病防治和突发事件卫生应急处置，深度介入预防、治疗和康复全过程；推进建设优质高效中医药服务体系，基本实现县办中医医疗机构全覆盖。

莫非我们的传统医学也迎来了一个新的时代？或许，这也是天意？

谨以此书向中国的中医，向伟大祖国传统的医学致敬！

2023 年 4 月 26 日，合肥

引言　淮河在这里打了一个弯

八百里淮河，从河南省桐柏山的太白顶流出，一路向东，汇流纳川，浩浩荡荡，来到安徽省怀远县一个叫裔家湾的地方，河面徒然变宽，河水也随之变缓。悠长而结实的弯弯的淮河大堤，打天上望下去，就像一张被拉满了的弓背，挂在一望无边的淮北大平原的边缘。当地人将此大弯唤作"黑牛嘴"，好像上游来再多的水，它都是可以一饮而尽的。

陈万举就出生在裔家湾的陈家大屋。

他出生的那天，正是民国七年（1918）七月十五日，农历正是中元节、鬼节。母亲陈李氏说他自小就与哥哥姐姐不一样，小嘴巴总爱问东问西，有时竟会把母亲问住。

母亲回忆，他问的第一个问题就是："娘，这里为啥叫裔家湾？"

母亲说："你看南边的淮河大坝子，弯得像不像个大月牙，所以叫裔家湾。"

"不对，不对。"陈万举说，"你说过村里人都姓陈，为什么不叫陈家湾呢？"

母亲想想，万举说得对，打她来到陈家，村子里确实就已经大都姓陈，姓裔的只有几户。为什么偏偏叫“裔家湾”呢？她也说不清。

陈万举的第二个问题是：“这儿为啥又叫黑牛嘴呢？”

母亲说：“你看南边的淮河大坝子，弯弯的，像不像一头张着大嘴巴喝水的黑牛呢？”

陈万举接着问：“淮河大坝为啥会弯成那个样子呢？”

母亲笑了。她又被问住了。

母亲是从怀远县城嫁过来的，她并不知道，最早落户在这儿的，确实也都是姓裔的渔民，陈姓人家来得晚，却是人丁兴旺，所以才形成今天这样的局面。

陈万举这一生最难忘的，就是他五岁那年，当木匠的父亲不知为啥给他讲了大禹的故事。说大禹为了治水，三过家门而不入。其实，大禹的故事，裔家湾长大的孩子都从大人那儿听到过，不止一次地听到过。都知道从张庄那儿渡过淮河，向西走上几步，就是大禹会天下诸侯商讨治水大计的涂山。

父亲给他讲大禹故事的同时，眼睛发亮地告诉他，大禹找的婆娘就是涂山氏。

一天，父亲带他专门爬了一回涂山，去寻找大禹的足迹。他看见涂山的南山坡上，立着一块酷似女人的巨石，父亲说，这就是涂山氏。当年，涂山氏天天站在这里，眺望远方，等待大禹的归来，后忧郁而死，她的肉身便化成了这块“望夫石”。也因了这个故事，涂山脚下的这个县城，就取名为怀远县。

出于好奇，后来他曾专门查阅了有关资料，果不其然，《史记》和《尚书》中就有“禹娶涂山氏”的表述；《山海经》和

《吕氏春秋》则记载得更为翔实："禹娶涂山氏女，不以私害公，自辛至甲四日，复往治水。"每次回家只住四天，跋山涉水，风餐露宿，躬亲劳苦，为天下万民兴利除害，经过十三年的辛劳把父辈没有实现的治水大业在自己手中完成！

早先的商家湾，还是隶属于怀远县梅桥乡，现在已划入了蚌埠市区的版图，划归蚌埠市的淮上区。当年大禹为疏通常年发大水的淮河，将挡道的一座山劈成荆、涂二山，让淮河居中流过；中华人民共和国成立初期，为彻底根治淮河，人民政府又在这一带将河堤由直变曲，从此，这道弯曲的河道，便以气吞山河的巨大的肠胃，使放浪狂躁的河水乖乖地变得平静。

荆山古寺的望淮楼上，不知哪朝哪代留下了一副楹联，倒是描绘出了这一带的山势水情：

白帆从远方而来，劈开两岸青山，欲乘长风冲巨浪；
乱石自云中错落，镶得一泉白乳，好邀明月饮高楼。

第一章　名师高徒

1. 我要当一个医生

陈家大屋在裔家湾虽然不是名门，却也算是一个大家族。据说，陈家的先祖是从山西省洪洞县大槐树的喜鹊窝那儿迁徙而来，在此面水而居，繁衍生息，已逾三百年。

陈万举的父亲陈广义是附近出了名的木匠，会打各种雕花家具，常年在外走村串户，赚钱养家；母亲陈李氏外表柔弱，却很会持家，把一处两进平房的老宅子打理得井井有条，五个儿女也调教得水葱似的清爽。在这个说大不大说小不小的农家院落里，父慈子孝，日子过得倒也平静。

厄运在陈万举五岁那年降临到这个家庭。

那是一九二三年的春天，他的大嫂在家生孩子，因为胎位不正，喊叫了一天孩子也没有下来，血却流了一大盆。后来人就昏迷了，没等到大哥陈万秀把医生请进门来，大嫂就咽了气，连孩子也一起带走了。

因为这种事在当时的农村常常发生，裔家湾的人议论了几天就没人再提起。那年月农民都太贫困了，农村更是缺医少药，女人生孩子全是由乡下的接生婆处理，产妇的死亡率非常高。可这件事对于并不富裕的陈家，却如灭顶之灾。为给陈万秀娶上这门媳妇，陈广义辛苦了多年才置办起来的十亩良田就卖掉了两亩。在陈万举的记忆里，他小时候没有吃过几顿饱饭，他和弟弟一年四季穿的都是套裤，屁股都露在外面，一到冬天，小屁股总是冻得又疼又痒，还会裂出一道道的口子，逢到下雨下雪的天气，就只能整天龟缩在家里，连门也不敢出。

嫂子死了以后，大哥陈万秀就像变了个人，高大挺拔的一个小伙子，突然之间就有些驼背了，还学会了抽烟喝酒，劝都劝不住。背地里，父亲母亲没少长吁短叹。

更糟糕的是父亲。本来就有咳嗽的老毛病，以前是硬撑着出去做事，儿媳的突然离世，加上长子的消沉，他彻底被击垮了。到了这年的秋天，他便喘个不停，还开始咯血，母亲吓坏了，赶紧去请大岗集上的朱医生。朱复初医生检查后说陈广义得的是肺病，这是木工手艺人常犯的职业病，因为肺里吸进了太多的粉尘，肺叶已丧失了呼吸功能。他直话直说，这种病别说他治不了，恐怕全中国也没有人能治好，只能靠药物暂时缓解他的痛苦。

眼看着父亲这根顶梁柱顷刻就会倒下来，全家人陷入了巨大的恐慌。为给父亲治病，母亲只得背着父亲又偷偷卖掉了三亩地，实在不能再卖地了，接着就开始变卖父亲亲手打造的家具，卖到最后，就只剩下了一床凉席，两床薄被。

陈万举打小身子就弱，入冬以后，他每天夜里都会被冻醒好几回，还时不时地发烧，不得已，母亲就把看门的大黄狗也杀了，将狗皮铺在他身子下面，这样感冒才慢慢好了起来。

冬至的那一天，父亲终于一病不起。弥留之际，他对已哭成泪人的陈李氏说："我要走了，往后家里的担子就落在你一个人肩上了。我很后悔，没有让万秀和两个闺女上过一天学，以后如果有条件，还希望你能让两个小的读几天书，特别是万举，天资聪慧，不要耽搁了……"

陈广义走的那天，还不满四十五岁。当时窗外正纷纷扬扬地飘着雪花，那场大雪整整下了两天两夜，黑牛嘴不见了，淮河也不见了，雪把一切都掩埋起来了，天地之间只剩下一片洁白。

打父亲去世那天起，陈万举好像一下就长大了，懂事了。他再不是那个只知满地里疯跑的野孩子了，母亲和哥哥姐姐们在地里干活的时候，他就会带着弟弟陈万珠在不远的田埂上玩耍。他最爱去的，是村口西头的城隍庙。他知道城隍庙里不仅供着菩萨，还是一座学堂，听着里面传出来的朗朗读书声，他的心就会发痒。

一天，他又望着城隍庙发呆，母亲走过来搂着他说："娘知道你想念书，可现在得先攒钱给你哥续房媳妇，等你哥这事办妥了，娘会想法子让你去念书的。娘没忘记你爹说的话！"

陈万举八岁那年，大姐出嫁了。母亲把大姐嫁到了离裔家湾十多里外的崔家楼。姐夫长得又高又瘦又丑，大姐和他站在一起，就像一朵鲜花插在了牛屎上。他不明白娘怎么会把人见人夸漂亮的姐姐嫁给这样一个人。后来才知道，姐姐早就看中了前村的一个小伙子，却被母亲生生地拆散了。嫁给的这个姐夫家原是崔家楼的大财主，家里有一百多亩好地。

有了姐夫家送来的一笔彩礼钱，大哥终于顺利地续上了一门媳妇。

母亲眼见二女儿陈万世也出息成了一个大姑娘，正想方设法要为她找一户好人家时，一个媒婆竟不请自到。这天，母亲去大岗赶集，就被媒婆一把拉到饭馆喝了几杯酒，喝得她浑身燥热，有了几分醉意，这时媒婆才乐不可支地告诉她："我今天碰到你，这真是'打天上落下一根线儿，赶巧就插在了针眼里'"。接着介绍说，大岗集塘西一个姓徐的少爷，家里富得流油，他发誓要娶一个又漂亮又贤惠的夫人，打听来打听去，就打听到了裔家湾的陈万世，你的二闺女，认定就是他要找的这个人！

母亲一听，虽没吭气，却有了兴趣，遂问："男方长相怎样？"

媒婆说道："你只管放心，绝对一表人才。"

母亲又问："他父母的身体还好吗？弟兄几个？"

媒婆说："父母都走了，他也没有弟兄，倒有两个妹妹，也都已经出嫁了。总之，他是徐家的大少爷，如今已是当家人，论条件那可是一等一地好！"

母亲听了不免有点儿心动，于是更具体地问："他家有多少田亩？"

媒婆笑而不答，要母亲猜。

"一百亩？"

"再往上猜！"

"二百亩？！"

媒婆这才说："只多不少！"

母亲没再犹豫，当场表了态："这门亲事我允了！"

媒婆没想到这样轻轻松松就把精明的陈李氏搞定了，兴奋得两眼放光。只是担心夜长梦多，怕陈李氏酒醒后反悔，于是提出这就跟陈李氏回家去，把两人的生辰八字交换了。

赶到母亲酒醒已是掌灯时分。她猛地想起去大岗赶集，把二闺女的这件事办得有点草率了。忙拿起桌子上媒婆留下的字条，左看右看，也看不明白，因为她一个大字不识。不得不敲开隔壁堂哥家的门，侄子陈万选念了几年私塾，算是陈家这一门最有学问的人。

原来字条上写着徐家大少爷的姓名和生日时辰。徐家大少爷叫徐长荣，生于清光绪壬辰年癸巳丙寅乙未，就是说，他生于光绪十八年五月初九下午一点钟，属龙。

母亲终于听明白了。只是你跟她说"壬辰年"，说"癸巳丙寅乙未"，等于白说。当她知道徐家大少爷生于光绪十八年，属龙，不由脑袋"嗡"的一声，张着的嘴巴半天没合拢。

她知道坏事了，二闺女是光绪三十四年生，今年十八岁，徐家大少爷居然比她大了整整十六岁，已经三十四岁了啊！一个三十四岁的有钱的主儿，到今天会没有老婆没有孩子？

第二天一大早，她就找到媒婆家，要求退婚。媒婆见母亲果真反悔，忙说道："已经迟了。我离开裔家湾回到大岗，就把你家二姑娘万世的八字给了徐老爷，徐老爷说，他这两天就要去你家下聘礼！"

陈李氏很生气，断然拒绝，说："你这么想钱，为什么不把你的女儿嫁给他？啥都别说了，我是绝不会把我的闺女送给别人去当小老婆的！”

媒婆一听，竟然笑了起来：“我倒是想把自己的女儿嫁过去呢，可惜我女儿不傻，人家相不中。告诉你吧，你女儿嫁到徐家不是去做小老婆，嫁过去就是掉进了福窝里！”

母亲不相信：“莫非他到现在还是孤身一人？那他是不是有啥病呢？”

媒婆说：“实不相瞒，他原先有过老婆，只是那女人没福气，去年病故了，给他留下一个十几岁的儿子，但儿子现在也不在身边，在外地读书。我负责任地告诉你，徐大少爷知书达理，待人好得不得了，你家万世嫁过去，有享不尽的荣华富贵！”

陈李氏没再说什么，心里已经不那么坚持了。

陈万举的二姐陈万世，平日十分温顺，从来没有顶撞过母亲，可这次得知母亲把自己许配给了一个可以当自己爹的老男人，还有一个比自己小不了几岁的儿子，说什么也不同意。

母亲的嘴唇都要磨出茧子来了，她不仅不松口，最后干脆以绝食相对抗。

就在陈万世绝食的第二天，徐家大少爷徐长荣派人送来了五十块大洋，外加若干绫罗绸缎。这聘礼不可谓不丰厚，任谁见了都眼热。可一向轻言细语、温顺贤淑的陈万世，竟突然从房里冲了出来，疯了似的把银元和布料往门外扔，扔得门口满地都是，引来不少看热闹的人。

见闺女如此倔强，母亲只好让客人先离开，说自己再做做闺女的工作。

送走客人以后，母亲突然哭得很伤心。万世长这么大，从没见母亲这样伤心地哭过。她怔怔地走过去，小心地问："娘在生我的气吗？"

母亲隔了好一会，才叹了口气，慢慢抬起头，望着万世说："你不愿嫁，就不嫁好了，娘都听你的，再不逼你。明天我就要你哥把彩礼给徐家送回去。"

说罢，哭得更加伤心。

陈万世像犯了罪似的低下了头，说："娘，对不起。"

母亲说："这门亲你不认，只是可怜了你的万举弟弟，他也就没办法念书了。不念书就不念书吧，一辈子种田也没啥不好。"

"我不认这门亲，与万举念不念书有啥关系？"万世有点奇怪。问罢，马上便想到了什么，再不吱声。后来就躲到里屋呆呆地望着院子里的那棵花椒树，又默默地流了半天泪。最后找到母亲说：

"娘，我嫁！"

陈万世出嫁的头天晚上，特地把陈万举喊到她的房间，强忍着才没让眼泪流出来，叮嘱道："弟弟，姐姐明天就要走了。娘说了，她很快就送你去学堂，你可千万要好好读书，不要辜负了姐姐这一片心意啊！以后俺们陈家就指望你了。"

陈万举听了，只是点了点头。他毕竟还太小，甚至都没注意到，二姐说这话的时候脸色是苍白的，眼里已噙满了泪水。

过了很久之后，母亲才知道，二闺女的婚事被徐家办得十分风光，但她嫁进了徐家，却死活不愿同徐长荣圆房。睡着一张床，盖着一条被，她的身子却不准对方碰。再后来，虽然还是睡在一张床上，却各钻各的被窝。

不过除了这一件事，别的她又都做得无可挑剔：她视徐长荣前妻的孩子如己出，关爱有加；特别是待人接物，分外周到，没人不夸徐大少爷找了一房好媳妇。

陈李氏从万世嘴里听说了这件事，先是吃了一惊。她想，梅桥一户有钱的财主，因为一家农户还不起欠他的高利贷，光天化日之下，就把人家的黄花大闺女抢了去，硬是给霸占了。而万世这丫头，徐家可是给了五十块大洋、给了那么多绫罗绸缎的聘礼，一顶大花轿抬了去，明媒正娶的，却连碰都不许人家碰，你就是被打断了胳膊打折了腿，也怨不得人家呀！可想不到，徐大少爷非但没对闺女非礼，场面上竟也做得滴水不漏，让外人看不出家里发生了什么事。

起初，陈李氏还不信，不相信这位大少爷能够忍下这口气，反倒觉得自己的闺女做得太过分，担心万世这样下去迟早会出事。但日子一天天过去，徐长荣不仅没休了她，也没再重新去找人。这天母亲忍不住问万世："你是不是没跟娘说实话。难道你就准备一辈子这样对人家？人家可是出了财礼，才让万举有了读书的机会。"

万世埋着头不说话。

这么些日子过来了，她自己也感觉到有些亏待了徐长荣，她没料到徐家少爷会是这样一个好人。其实，有不少事她真的没对母亲说，有两次徐长荣在外喝醉了酒，曾想借着酒性硬要爬到她身上来，她立即从枕头下面抽出一把剪刀，对准自己的胸口。当时，她想得很简单，只要他来蛮的，她就死给他看。也许被她的神色吓坏了，他的醉意顿时醒了，只好缩了回去。

陈李氏发现女儿低着头不言语，担心地说道：“你可千万别胡思乱想啊！依娘看，徐长荣这人不坏，咱不该做对不起人家的事。”

万世怔怔地望着母亲，依然没接话。这天回到大岗，她就依了徐家大少爷，睡到了一个被窝去。

一九二七年农历正月十六日，屋顶上的残雪尚未化尽，淮河岸边还结着厚厚的一层冰，裔家湾村西头城隍庙大门口就响起了猛烈的鞭炮声。

私塾学堂要开课了。

一大清早，陈万举扒了几口饭就出了门。那年他九岁。为了能让他体体面面地去学堂，母亲拆了大哥的一件旧衣服，给他改成了一件长衫，还用手绢包了三块钢洋，那是他半年的学费。那时候三块钢洋就能买一头牛啊，陈万举揣在怀里感到沉甸甸的。

路过大伯家大门口的时候，堂兄陈万鹏一把拉住了他：“我跟你一块去学堂！”

陈万举一阵惊喜，忙问：“四哥，你也去读书？”

陈万鹏说：“爹没钱……我就想跟你去看看。”

陈万鹏比陈万举大四岁，家里弟兄四个，母亲死得早，日子过得比陈万举家更恓惶。但他却是陈家一门中最聪慧的孩子，都称他为“四猴子”。平日他俩关系最好，虽是堂兄弟却比亲兄弟走得还近。

那天两人绕过村前的池塘，穿过一截菜地，抄小路到了城隍庙。陈万举找到私塾先生，将学费缴了，然后，朝着讲桌上方供奉着有“大成至圣先师孔子”的神位木牌磕了三个头，就算是正式拜师了。

没想到，他才起身，陈万鹏跟着就冲了过来，也“扑通”一声在牌位前跪下了。这时，万鹏的哥哥不知从哪里冒了出来，硬拉他回家。陈万举听见陈万鹏在门外号啕大哭，却发现他并没有马上离开，只见他没再哭，呆呆地躲在窗子外边一动不动地朝课堂里张望。那张望的眼神，陈万举说不好，却像瞬间刻在了他的心上，竟让他记住了一辈子。

这以后，就在裔家湾村西头的这个城隍庙里，陈万举读了八年私塾。他非常感激家人们为自己提供了读书的机会，每到放了学，书包一丢，就拿把大扫帚把门前屋后打扫一遍，或是摸起扁担把缸里的水挑满，再不就是把院子里花椒树底下被鸡刨得乱七八糟的粪堆清理干净。那时候他家里已经雇了伙计，但养猪喂牛也还都是他的事。伙计从田里回到家，他会跑上前把牛卸了，拴在桩上，不让伙计再忙；牛要喝多少水，吃多少麸子，他心里都有数，那头大黄牛被他喂得肚子圆圆的。

二姐陈万世见陈万举读书特别上心，又是这样懂得人情世故，就格外疼爱这个弟弟。赶到中午放学，她常常会提前守在学堂门口，要陈万举去她家吃午饭。有时，家里有了什么好吃的水果和点心，她也会自己送过去，让弟弟也尝个鲜。

一九三四年年底，陈万举十七岁，已经长成了一个英俊的小伙子。母亲陈李氏尽管是个大字不识的“睁眼瞎”，却知道“成家立业”的古训。她说不清为啥老祖宗会把一个人的“立业”放在“成家”之后。陈万举这年离开了学堂，在她的张罗下，定了一门亲：桃园一位远房亲戚崔家的长女崔新如。

崔家虽家境贫寒，却是个本分的人家。崔新如虽然不识字，但性情温柔，人品贤淑，平日少言寡语。因为是在贫困中长大，母亲去世后，她很早就协助父亲把两个弟弟一个妹妹拉扯成人——能吃苦耐劳，又会过日子——这是陈李氏最看中的。

崔新如的父亲虽然也是个“土里刨食”的庄稼人，他所以放心地将自己的女儿嫁到陈家去，看中的就是陈万举读了八年书的学历。当陈万举前往桃园迎亲的时候，岳父大人只对他说了一句话，这就是，一个人要懂得“天理、国法、人情”。虽然没作解释，陈万举知道，天理是讲良心，要懂得尊老爱幼；国法是讲尊严，要时时遵纪守法；人情是讲道德，要处处与人为善。

媳妇娶进了门，母亲陈李氏自然高兴，她把陈万举喊到身边，以从来没有过的严肃口吻，突然问道：“你书也念了不少了，想过没有，这辈子究竟想干什么？”

陈万举显然早已考虑过，不仅考虑过，而且已经下了决心。

他说：“不为良相，则为良医。”

母亲疑惑地望着他，不知他说了句啥。

陈万举知道，他这样说，母亲会听不懂。他这是受了宋朝范仲淹的影响。他对那位以“先天下之忧而忧，后天下之乐而乐”而闻名天下的范仲淹，可以说是到了崇拜的地步。范仲淹官至副宰相，是个政治家，还是一个镇守边关多年的军事家，更是一个了不起的文学家。他为官清廉，忧国忧民，他的那篇《岳阳楼记》，陈万举能够倒背如流。其实，最让陈万举刻骨铭心的，还是他“不为良相，则为良医”的雄心壮志。

他知道自己不大可能通过深造成为一个治理国事的“良相”，做一名良医——却是他心中挥之不去的梦想！

他说不清这梦想是什么时候萌生的。只感到，儿时的许多情景大都变得模糊不清了，却如刀刻铁铸般留在记忆深处的，是父亲病逝前痛苦的样子。那样子对六岁的他刺激之大，直到今天，还常常突然闪现在眼前，清晰得让他透不过气！那时父亲分明已是病入膏肓，不能正常喘气，甚至，不能正常睡觉。晚上睡觉，得在梁头上悬下一根绳子，下端系上一块木板，父亲就只能整夜整夜地趴在木板上，呼吸才会感到顺畅。每当夜深人静，他被惊醒时，就发现由父亲喉管中响出的恐怖的风声中，时不时还夹杂着硬器刮过金属表面发出的啸声。父亲早已去世了，但那可怕的啸声却一直没有消失过。

这时，他眼泪忍不住流了出来，告诉母亲：“我要当一个医生！”

母亲吃惊地看着陈万举。她不知儿子为啥突然落了泪。

不过，让她意外的是，陈万举的选择，居然与自己的企盼，不谋而合！

这天陈李氏不光想到了丈夫的死，还想到了大儿媳连同肚子里的孩子一道夭折的惨状；想到自打嫁到了裔家湾，这些年因为缺医少药，不知病死了多少乡亲。每当村子里死了人，突然传来的如泣如诉的唢呐声，一声声直扎人心！

当然，陈李氏想到的，不光是这些。这些年，她从村东头想到了村西头，想到那些长大成人的裔家湾的后生，除去留下从土里刨食的，外出不是去当兵，就是跑江湖，跟着木匠、篾匠、泥瓦匠学门手艺；手头宽裕点儿的，也无非是在大岗集上盘个铺、开个店。她含辛茹苦地让陈万举读了八年书，不光是要他知书达理，更指盼他长大做个治病救人的好医生呀！

听陈万举自己说要当医生，陈李氏居然一时语塞，不知说什么才好。

只见她眼睛一红，也落下泪来。

陈万举见母亲哽咽着不言不语，顿时不知所措。

“娘，你要不同意就算了，儿子一切全听你的！”陈万举慌忙说。

陈李氏不曾想万举说出如此孝顺的话，不禁破涕为笑，忙说道：“傻孩子，娘这是高兴啊，娘听你的！”

2. 太湖边上的一条好汉

一九三五年孟春时节，陈万举离开结婚不到两个月的妻子，到大岗集拜朱复初为师。他选择朱复初，是因为父亲病危时上门瞧病的是他，还因为他在当地颇有一些名气。

那年朱复初也只有三十多岁，瘦高个，不苟言笑。他听罢陈李氏的介绍，说：“二公子跟我学医，我很高兴。不过，按老规矩，学徒前两年师傅一般是不传艺的，不知你们能否接受？”

陈李氏说："我那口子你是知道的，也带过徒弟，这是行规，我明白。"

朱复初沉吟了一会，又对陈万举说："二公子是读了不少书的人，有文化，可到我这儿，文化是用不上的，因为前两年也就是在店里做伙计，做些杂事，你愿意吗？"

陈万举回答得也很干脆："师傅放心，您是我师傅，今后我会把您当父亲一样孝敬。"

朱复初显然很满意："既然你有这样的决心，就收下你。不过我有言在先，学医不是一件容易的事。俗话说，师傅领进门，好坏在本人，你将来能不能学得出来，是不是一块做医生的料，光有决心是不够的，还看你本人的悟性，看你的造化！"

陈万举说："我会努力的。"

这时陈李氏对陈万举使了个眼神，陈万举赶紧把带来的一只竹篮子提过来，双手捧给朱复初。里面装着两块咸肉、两条咸鱼、二十只鸡蛋，还有三块大洋。

这是拜师礼，少不得的。

于是陈万举搬到了大岗集，吃住都在师傅家。师傅是离这儿不远的灵璧县人，他在大岗集上的诊所是租来的，房子不大，前后两间，临街的一间是诊室兼药房，里面一间住着师傅一家三口，厨房是搭在屋后的一处披厦。并非朱复初不讲人情，实在没有多余的地方可以供陈万举单独栖身，没办法，陈万举夜里也就只能睡在药房的柜台上。

每天天一亮，陈万举就忙碌开了。先是打开诊所的大门，将两侧的门板一块块卸下，然后就操起扁担出去挑水，接着是扫地、抹桌子。他一件件都做得很认真，挑水一准会把缸里的水挑得溜溜满，扫地抹桌子也总是清理得一尘不染。有几次，他在师傅的诊桌底下和自己睡觉的柜台下面发现了钱，他都捡起来交给师傅。其实，来前，母亲就已经交代过他，在别人家里做事要守本分，如果看见地上有钱，一定要交给主人，千万别自己贪下了，因为那很可能会是主人在试探你。

有几天，陈万举忙活了一早晨，肚子已经饿得“咕咕”叫，可师傅一家还没有起床。他发现师傅和师娘喜欢睡懒觉，逢集的时候他们才会起得早一点，不逢集一般都要睡到上午八九点钟。偏偏诊所的对面就是一家早餐店，香味四溢的油条馋得他直咽口水。

这天，好不容易等到师傅起床了，他就壮着胆子对师傅说：“老师，麻烦你给对面早餐店的老板打声招呼，往后你们起得晚，我想先赊上两根油条，等月底了我大哥来付钱，可好？”朱复初同意了，他这才敢先去把早饭吃了。

最让陈万举感到为难的，还是帮师娘带孩子。

师傅两口子三十多岁才有了这一个儿子，宝贝得不行，都一岁多了，还总是要人抱。平日师娘一做饭，或是洗衣服，就会把孩子塞给陈万举。但这孩子又太认人，陈万举一接过来他就哭，师娘最听不得孩子哭，听到孩子一哭，她就虎着脸跑过来，一把将孩子夺过去，对着孩子的屁股就是两巴掌，接着就问：“可是万举掐你了？”

陈万举感到十分委屈，那巴掌就像打在了他的脸上，却又不敢吭声。

为了哄好孩子，逗孩子不哭不闹，陈万举在这上面没少花心思。

他发现孩子要哭了，马上抱他出门，哪儿热闹，哪儿能逗孩子开心，就往哪儿去。虽说他曾在城隍庙念了八年书，但对与学堂一塘之隔的大岗集的繁华热闹却并不知情。大岗集为南北走向，尽管不足两华里，街道两边却有着粮行、染房、澡堂、酱园店和杂货铺，仅饭馆就有七八家；街道也不宽，每到逢集，在那些店铺的前面就见缝插针似的摆满了附近农民挑来的果瓜蔬菜、鸡鱼肉蛋，以及外地商贩赶场来的针头线脑、时尚衣裤。集南则有个缓缓的下坡，坡尽头的空地上自然也少不了算卦的、拉洋片的和玩杂耍的。集市的北头地势较低，那是一处牛市。说是牛市，其实也卖鸡、卖鸭、卖鹅、卖羊、卖马、卖骡子。总之，每到阴历三、五、八、十，这儿就逢集，赶集的来自四邻八乡，甚至，来自周边的县市，于是就见人潮涌动，满大街都是人头，常常是人挤人谁也走不动。

爱热闹是孩子的天性，所以，陈万举希望大岗天天逢集，只要逢集，他把朱复初那个爱哭的孩子一抱出诊所，小家伙立马就会安静下来。他发现，最吸引小家伙的，是集北头的牛市，是那些大大小小的动物，以及那些家禽牲畜发出的各种不同的叫声。有时，小家伙乐得直拍小手。

一天，一头骡子不知为啥突然兴起，欢实地跳着，同时高声大嗓门地叫个不停。小家伙也跟着激动起来，一不留神，猛地挣脱了陈万举的怀抱，就往那头骡子跟前奔去。陈万举吓坏了，生怕撒欢的骡子伤了孩子，慌忙将他逮住。这下，孩子不愿意了，又哭又闹，无论怎么哄也哄不好。他当然不能由了孩子，那样就太危险，但马上抱他离开，孩子肯定又安静不下来，会哭闹得更厉害。抱离了不行，不抱离更不行，陈万举百般无奈，又忍无可忍，对着孩子厉声喝道：“再哭，我把你扔塘里去！”

孩子被吓住了，再不敢哭，陈万举却自己哭了起来。

他想，这哪儿是在学医啊！他感到万分憋屈，度日如年。

这天晚上，他躺在柜台上翻来覆去睡不着，觉得不能再这样混日子了，应该干点什么。直到天快亮了，他才迷迷糊糊闭了一会眼。

翻江倒海想了一夜，他发现自己的心平静了下来，他开始变成了有心人。这以后，该干的活计他不仅干得比以往更主动、更认真、更有耐心，也变得更加勤奋。老师在那边看病，他就趴在柜台上侧着耳朵听，他发现师傅每当诊完一个病人，就会从诊桌的抽屉里取出一本小册子，然后照着上面开方子；待方子开好后，就交于他按照方子抓药。

一直以来，他都是机械地照着方子去抓药，只提醒自己看清楚药名、找对药斗，不要抓错了药，却从没想过要从中学点什么。

现在他再从师傅那儿接过处方，在抓药的同时，会尽量把那处方背下来。只是治疗不同的病症会用不同的方子，中药的品种又太多，他不可能一下就把这些方子记下，药一抓齐，处方随后就被师傅收走了，这让他很沮丧。

不过他也发现，师傅每天只是将那些方子收进抽屉里，而抽屉并不上锁，这一发现让他兴奋不已。于是，赶到夜里师傅一家人睡熟之后，他就轻手轻脚地爬起来，把白天的处方找出来抄写一遍。他不但抄当天开出的处方，还开始抄师傅收藏的那本小册子——小册子上记着的是师傅的师傅传给他的一些单方和验方。

直到后来，陈万举才知道，朱复初师承的是中医的经方派。也就是说，他看病用的是“死方子”，只要病人的症状类似，不管这个人发病是在寒冷的冬天还是炎热的夏天，也很少去考虑不同病人的体质以及彼此年龄上的差异，他用的都是同一个方子，因此，有的病人会很快被治好，有的症状反而会变得更加严重。

自打陈万举师从朱复初来到了大岗集，二姐夫徐长荣有事没事就常到大岗集上转转，看看这位内弟有什么困难，能不能帮上点忙。徐长荣是个热心人，他甚至开始关心起医学方面的各种消息来。这年秋天，他认识了梅桥的针灸师杨林，此人不但针术高明，还由于曾经走南闯北，见多识广，肚子里的故事也多。那天，兴许徐长荣备了一桌子好菜，又拿出了当地有名的“老白干”，杨林便喝得高了点，就前三朝后五代地把他知道的针灸上的事儿，神采飞扬地炫耀了一番。

他说，清道光皇帝不是个玩意儿，中国的针灸大业差点就毁在他的手上。本来，一直深受朝野各方喜爱的针灸，历朝历代在宫廷的太医院都占据着重要的位置，可到了道光帝继位的第二年，这位脑残的主儿突然下了一道禁针诏，说：“针灸一法，由来已久，然以针刺火灸，究非奉君之所宜，太医院针灸一科，着永远停止。”他认为针灸有损龙威，下令太医院永远禁用此术。打那以后直到民国，医家们便普遍重药轻针，以致针灸师寥若晨星，使得这宝贵的传统医术奄奄一息，只在民间薪火相传。

说到这儿，就见杨林激动地又端起一杯酒，仰脖子一饮而尽。他先卖了一个关子，这才说道："就在针灸这门医术濒临绝境之时，打太湖边上走出来一条好汉，此人便是苏州针灸大师承淡安。你别听错了，此人姓'承'，非姓'陈'，姓儿特别，人更特别，他扶针灸医学大厦于将倾，做了两件大事：一是成立了中国针灸研究社，二是开办了中国第一所针灸函授学校。当之无愧地成为中国针灸复兴的奠基者，一代宗师！"

徐长荣在边上听得入了神，甚感这顿酒席没白摆。特别是听说有个中国针灸研究社，更是有了兴趣，就问起这研究社的有关情况。

杨林说，他就是中国针灸研究社最早的一批社员。

于是，徐长荣当即将这一信息告之内弟。在杨林的帮助下，陈万举私下也参加了针灸研究社，并在针灸函授学校开始学习。

名为"函授学校"，其实就是自学由承淡安亲自编写的《中国针灸治疗学》教材。不过，为了帮助自学者更好地理解针灸学的相关知识，承淡安还热情地通过信笺为大家释疑解惑。

一九三五年秋天，陈万举接触到中国针灸研究社，那正是承淡安创办的针灸社团最红火的时候。为尽快培养出这方面更多的人才，承淡安接着又开办了针灸讲习所，一年后正式更名为"中国针灸医学专门学校"，还建起了疗养院，增设了病房和门诊治疗室，为学员们提供见习和实习的基地，同时，创办了

《针灸杂志》。

陈万举背着师傅参加了针灸社的函授学习后，陡然感到时间的紧迫，恨不得生出三头六臂来。白天，不用说，必须在朱复初的店里做好伙计，晚上，既要忙着抄录当天师傅开出的方子，更要忙着学习承淡安老师的教材。而晚上的这些事，须格外小心，不能让师傅知道了。因此，忙完了一天的这些事情，常常已是三星打横，爬到柜台上以后，一时半会儿也静不下来。明明已经是十分疲倦了，却由于兴奋依然又没有困意，他终于尝到了“失眠”的滋味。

但他说他是幸运的，正赶上了大力弘扬中国中医针灸的一个黄金时代。他不但系统地学习了承淡安编写的《中国针灸治疗学》《人体经穴图》，还研习了针灸社邮寄来的内经、诊断、经络施穴、针科学和灸科学等各种资料。前后花了差不多两年时间，不仅修完了全部课程，还和承淡安老师通过好几封信。尤其是《针灸杂志》由双月刊后来改为月刊后，特别增设了“秘术公开”的栏目，鼓励全国的同道及社员们把自己所知晓并运用有效的原本隐蔽于民间的针灸秘方、独门技艺公开发表，这让他受益匪浅！

他十分仰慕承淡安先生，也非常喜欢针灸社这个群团组织，觉得这些人可爱可敬，胸襟博大，志向高远，大家从五湖四海聚在承淡安老师的门下，只是为着一个共同的目标：复兴祖国的针灸事业！

想到这一切，陈万举不能不由衷地感谢二姐夫，如果没有徐长荣的鼎力相助，这些都将无从谈起。

谁知，就在陈万举成为中国针灸研究社正式社员的第二年，一九三七年秋天，抗战全面爆发。

先是上海被日军攻破，随着江阴保卫战的打响，设在无锡的中国针灸医学专门学校在炮火中被夷为平地，针灸研究社也因此无法继续工作而关闭。

那是陈万举人生最无助的一段岁月。

按照朱复初原来的约定，再熬上半年时间，他就可以告别在诊所打杂“做孙子”的日子，正正经经开始学艺了，想不到的是，被这场飞来的战祸吓坏了的朱复初，突然扔下了他，带着老婆孩子逃回了灵璧老家。

师傅一走，陈万举就像断了线的风筝，全然没有了主张。尽管这段时间他很努力，并没有虚度，但他深知，仅凭自己偷学来的那点东西，是做不成医生的。他不得不回了裔家湾。

他很憋屈，却也无可奈何。

3. 邂逅名医

陈万举更加发愁的是，形势越来越严峻。

从各方面传来的消息上看，这年八月十六日日机轰炸了南京，第二天中午蚌埠也就遭到敌机的袭击。因为蚌埠不仅是八百里长淮的一个大码头，更是津浦铁路线上的一座重镇，日军的第一颗炸弹便丢在城中的小南山，接下来的几天，就炸得整座城市血肉横飞，不少市民背着大包小包，拖儿带女纷纷逃往郊区。

一天晚上，已经很晚了，母亲陈李氏正说着幸好蚌埠街上没有什么亲戚，否则有谁来这逃难，连个歇脚的地方都没有。话音刚落，大门就被敲响了。

母亲不免纳闷，这么晚了会有谁来呢？

门一打开，母亲怔住了：原来是二闺女陈万世。

由于连日来从蚌埠传来的各种消息，无不让人心惊肉跳，备受煎熬，母亲却注意到，这时走进门的二闺女却喜形于色，好像十分开心。

"死丫头，"母亲想不明白，"啥事让你这时候跑回家？"

陈万世成心要急急母亲，坐下后却并不马上说明来意。她知道大弟陈万举从大岗集的诊所回到裔家湾后，正愁得吃不下饭睡不着觉。见母亲真的要生气了，才说道：

"朱复初的诊所关门以后，我不能眼看万举学医这事半途而废，总要找个地方让他继续学本事才是。前几日长荣去联系梅桥的针灸大夫杨林，哪知道杨大夫在日本人轰炸蚌埠的当天，就再也见不到人。"

陈万世说到这儿，先是叹了口气，接着又莞尔一笑："咱家万举是个有造化的人！"

原来，就在他们夫妻也为陈万举发愁的时候，徐长荣无意之中得知，蚌埠市中医公会的会长宋立人一家"跑反"来到了大岗，就栖身在城隍庙。听到这消息，他就找陈万世商量，不如就把这位大名医请到自己家里来住。

因为徐长荣将这事提得有些突然，没说为啥要请人到家里来住，陈万世只想到，过去徐长荣生病，曾请过宋会长，就以为他是借此机会还情。却又有些诧异，觉得兵荒马乱的，把不相干的一家人请到家里来住，是在给自己添乱。便随口说道："你是当家人，你想做什么，不需要征求我的意见。"

徐长荣从陈万世的话音里听出了她的不高兴，反而乐了，说道："你就不问问我为啥要这样做？你怎么就不明白我的心意呢！我这是在为你的弟弟操心啊！你想想，朱复初跑了，却又打天上掉下来个宋立人，宋立人是蚌埠医林的头面人物，他的医术是朱复初望尘莫及的，如果他愿意收万举为徒，以万举的资质，他日定能成为一个好医生！"

接着，陈万世就把这几天发生的事一五一十地给母亲讲了一遍。

她说，徐长荣亲自去了城隍庙，把宋立人一家三口请到家里来。徐家是处老宅子，前后四进，徐长荣把宋立人一家安排在第二进的东西两间厢房住下，每天好饭好茶好烟好酒地招待着，将他们奉为上宾。几天下来，徐长荣什么话也没有说，倒是宋立人坐不住了，这天晚饭时忍不住地问道："徐老爷，你是否有事需要我帮忙？"

徐长荣这才不好意思地开了口："实不相瞒，我确有一事，不知是否冒昧？"

宋立人也是个爽快之人，直言道："不用客气，只管讲。"

徐长荣说："我有个内弟，早已仰慕宋会长的大名，企望能够跟宋会长学医，只是不知可否了此夙愿，收其为徒？"

宋立人有些意外，说："现在天下大乱，今日尚且不知明日如何，收徒弟实在不合时宜。"

徐长荣马上诚恳地表示：“如果宋会长不嫌弃，就权且将这儿当自己的家；只要我徐长荣有口饭吃，就不会让会长一家人为钱粮谋！”

宋立人听了显然有些感动，沉吟了片刻，遂问道：“内弟情况如何？”

徐长荣于是将陈万举的经历作了简单的介绍。听说陈万举读过书，又深受范仲淹“不为良相，则为良医”的影响，宋立人欣然答应了。他说，当年他也是受到范仲淹这句话的影响，不但立志要当个“良医”，还由此喜爱上了中国的古典文学。他认为国医与国学是相通的，中国的医学乃至精至微之道，中医的经典学说皆为艰深的文言文，只有谙熟古典文学的人，方可尽得其妙。得知陈万举仅私塾就读了八年，有扎实的古文基础，这是他最满意的，“秀才学医，犹如老鹰抓小鸡”。再说，陈万举还是中国针灸研究社的社员，他本人虽然不懂针灸，甚至，也没把针灸看作中医必不可少的一门医术，但从中他已经感到陈万举会是个酷爱中医、有抱负有潜力的后生。

陈万世得知宋立人已答应收下陈万举为徒，激动得不行。她顾不上这时天色已晚，也顾不上换身衣服，更不管母亲和弟弟是不是已经上床了，就急急忙忙地赶往裔家湾。她发现母亲正同大哥大嫂说着话，就把门敲响了。

当她把这事儿说明白了之后，高兴得陈李氏眼泪都出来了，连声说：“阿弥陀佛，万举总算有指望了！”

说罢，马上又正色道：“万世啊，你听好了，长荣对咱陈家有恩，你不准再辜负人家了！”

说得陈万世面露羞色，小声道："娘，你说什么呢，我们早已经好了。"

第二天陈万举就赶到大岗，正式向宋立人行了拜师礼。

宋立人那一年还不到四十岁，算不上高大，却一袭白色的西装，留着洋式胡子，显得风度翩翩；还因为举止儒雅，便颇有几分古君子之范。他首先要陈万举给神案上的两张画像磕头。那是两张男人的半身像，纸张已经有点儿发黄，画中人戴着瓜皮小帽，穿竖领灰色长衫，正襟危坐。画像下面分别写有"孟河巢渭芳"和"山阳赵小楼"的文字。

宋立人对陈万举说："这两位先生都是清末名医，是我的恩师，以后也就是你的师公！"

"既然你跟我学医，就要让你知道自己师承的是哪门哪派。"宋立人自豪地说，"我是江苏沭阳人。自清代中叶以来，至少在江苏省，但凡了解中医历史的，没谁不知道有着'南数孟河，北数山阳'一说。我的第一位老师巢渭芳正是孟河中医的代表、曾为慈禧太后治病而获'务存精要'匾额的马培之的入室弟子，擅长内、外、妇、儿各科，尤长于时病；第二位老师赵小楼更是民国时期山阳医林的高手，赵老师住在河下，河下的半条街都是他家的，出入有卫队，出门坐大轿，他最为人们称道的是内科和儿科。"

当陈万举得知宋立人的师傅、自己的师公，竟是清代至民国初期最杰出的中医学家时，心中陡生敬畏之情。

于是想，也难怪，早耳闻年方二十六岁的宋立人，就成为蚌埠市中医公会的首任会长，并在这个位子上，一坐就是多年。于是，眼前不由闪出“名师出高徒”五个字来。自己能遇到这样好的老师，不说老坟头上冒烟，也定是先祖积了阴德！

陈万举正这样想着，就听宋立人严肃地对他说：“看得出你是一块学医的好材料，希望你有朝一日能将师门发扬光大，我也会将我的所学无保留地传授于你。”

陈万举想不到宋立人会如此直爽、坦荡，反而变得格外小心，他诚惶诚恐地答道：“我不会让老师失望！”

宋立人接着递给他两本书，要他好好研读。一本是清康熙年间名医叶天士的《温热论》，一本是清乾隆年间名医吴鞠通的《温病条辨》。

陈万举后来才知道，叶天士是中国中医温病学的奠基者，而吴鞠通则是在继承叶天士理论的基础上参古博今，对温热病学说做了进一步的发展。二位都是温病学大师级的人物。

因此，他暗忖：眼前的这位宋会长，非但师承孟河与山阳，通晓了巢渭芳、赵小楼两位师公的各自之长，又精通叶天士吴鞠通两位大师的巨著宏论，成为温病学的传人。

这让陈万举大喜过望。

陈万举从此开始了第二次学徒生涯。

这次学徒，不需要他再做“伙计”，不需要他每天起早睡晚地帮师傅家里打杂，姐夫家就雇有长、短工，这些就完全不用他操心了。二姐更是要他啥都别想，只管一门心思地跟着宋老师好好学医。

二姐和二姐夫给了自己一个这么好的学医机会，这是陈万举做梦也没有想到的，因此，也就格外地用心，不敢有一点懈怠。

陈万举刻苦学习的精神，二姐和二姐夫看在眼里，自然也是十分高兴。特别是二姐，每当看到陈万举趴在桌前认真地读着医书，或是用毛笔帮师傅抄写着病历，她就常常会找出一些针线活，一声不响地坐在离他不远的地方，还常常会时不时地抬起头来望上他一眼。她很享受这样的时光。

宋立人来到大岗的消息不胫而走，很快，上门找他看病的人络绎不绝。徐长荣为了能留住宋立人，干脆把大门旁边的一间客房也腾出来，还在客房门口做了块牌子，上书“宋医师诊室”。

有如此优越的条件，宋立人也就安下心来，他在看病的空闲时间里，会把自己的所学无保留地传授给陈万举。陈万举很快就发现，宋立人同朱复初截然不同，非但一点不藏着掖着，每次看病竟然要陈万举拿个本子在边上做记录，自己号完脉，也会要他号一遍，并告诉他这个病人是什么脉象，什么症状，需要用什么药，为什么用这些药，这让陈万举直接学到了许多真东西。

慢慢地，陈万举进一步发现，宋立人与朱复初，他们之间最大的不同之处。朱复初是经方派，开出的是些“死方子”，而宋立人则是时方派的高手，方子很活，即便是简单的感冒，天热有天热的方子，天凉有天凉的方子，不同情况的病人在用药和剂量上也都会有所不同。而朱复初，一年四季，不分男女，无论老少，同一症状用的都是同一个方子。

宋立人治学特别严谨，他主张对险恶多变的危重疾病，遣方选药既要谨慎更要灵活，应变要敏捷，一旦察觉药有不符症者须当机立断，决不拘泥于古方而疏忽延误。这种彻底的实事求是精神，对病人认真负责的态度，对陈万举影响很大，让他肃然起敬。

徐长荣也发现，宋立人确是一个言行一致、说一不二的人。他说过会把所学无保留地传给内弟，他这么说，确也是这么做了。特别是当他兴之所至喝高了酒，话也就多起来，侃侃而谈中医和中药，使得他和陈万举都大大增长了见识。

宋立人告诫陈万举，要真正学好中医，并非易事，非得经过一个漫长的对中国传统文化的学习过程，才可能进入中医的大门，因为这与中国的医学有着丰厚的哲学背景和文化底蕴相关。中医理论的核心就是“天人合一”，也因此特别强调人与自然的关系。它是我们的先人对人体奥妙以及人体与宇宙的神秘关系进行阐释的一套学说，中药呢，也就是按照这套理论，对人体生机进行调理、对人体疾病进行干预的一套材料体系；中国的中药千百年来履行着治病调身的功能，同样成为中国文化体系中不可缺少的一部分！

宋立人说，中医认为，物质都由阴阳两面组成，人也不例外，阴阳失调就会得病。人本天地之气而生，故而人体必须顺应自然界阴阳消长的规律和变化，才能维持正常的生命活动，才能保持机能阴阳的平衡。所以一个人生病了，古代就叫“失常”，病因也就叫“失节”，或者叫“失势”。我们要敬畏大自然，必须遵循大自然的规律。春秋战国时期诞生的《黄帝内经》一书，就发现了这个原理，它把太阳系里相生相克的金、木、水、火、土五星，对应到我们身体上的肺、肝、肾、心、脾五个内脏，从而形成了独一无二的中医学的理论，认为人的生命不是内在器官的孤立活动，它们之间不仅具有循环无端的相生相克的联系控制的关系，与周围事物特别是自然界四时节气的变化同样存在着滋生、制约的联系控制关系。

他说，中医理论，特别是《黄帝内经》文字古奥，专业术语众多，艰涩，他当初学习就曾几次中途放下，在师傅谆谆教诲下，才坚持了下来。医圣张仲景、药圣李时珍、药王孙思邈，这些先辈的中医经典和宝贵的实践，都有如一座蕴藏极其丰富的金矿，有待我们不断地去挖掘。

陈万举已切身感受到中医理论的深奥，单纯从字面上是很难看懂的。宋立人却凭借着丰富的临床经验，甚至用现实生活中随处可见的现象，将深奥生僻的中医理论诠释得真切可知，并且讲得生动有趣。

他说，一年有三百六十五天，人体便有三百六十五个穴位；一年有四季，人体就有四肢；一年有十二个月，人体则有十二条经络；一年有二十四节气，人体的脊椎就有二十四节；一个星期有七天，人体便有七窍。

他说，张仲景在《伤寒论》中曾写到“七日节律”。如果外感风寒，即使不治疗，只要不发生合并症或并发症，一般七日就可以自行痊愈；如果七日不好，病程就会延至七的倍数十四或二十一日。说也奇怪，动物和人的怀孕周期也都是七的倍数：鸡孵蛋是七乘三，二十一天；猫怀孕是七乘九，六十三天；兔子怀孕是七乘四，二十八天；老虎怀孕是七乘十五，一百〇五天；人类怀孕是七乘四十，二百八十天。

“七日节律是如何形成的呢？据说它是受太阳和月亮的共同作用形成的。中国传统的日历，即农历，一个月是二十八天，一个月存在四次潮汛，二十八除以四便是七天。人类的祖先来自海洋，因此，人体大部分是由水组成的，人体七日节律也就可以看作潮汛律。总之，人与自然是完全吻合的。”

这些说得陈万举既感到新鲜，想想，又确有道理，便不住地点头。

宋立人说：“正因为中医把人体看作一个‘整体’，中医的这种环状立体的思维方式，与西医线形的思维是截然不同的。所以中医治病就不会是‘头疼医头，脚疼医脚’。由于内脏的变化会改变人的容貌，反过来通过人的容貌变化也是可以判断出人体的内脏病变。当然，一个人的性情和他生活的环境，也是会影响内脏病变的，因此，中医认为，怒伤肝，喜伤心，忧伤肺，思伤脾，恐伤肾，反之亦然，相由心生也由心改。”

听宋立人谈医，特别是跟着他看病，陈万举直感到仿佛随着师傅在推开面前一扇又一扇神奇的大门，每天都会有着新的发现。

一天，怀远城里一个姓翟的大财主派人来请宋立人出诊，陈万举随同前往。去后才知道，他们已从蚌埠市内请去了几位医生，请他出山只是希望他参加一下会诊。翟某人已年届花甲，吸了几十年的鸦片，是个大烟鬼，身子早就被吸干了。此时他已经是二十多天解不出大便，肚子胀得像个孕妇，痛苦不堪。明明有便意，可临到厕所一用力，则浑身大汗淋漓，以致气短乏力几近虚脱，不得不停止。通便药已经服过多次，灌肠引导也做了，均无疗效。

宋立人发现，此时的病人已面色苍白，神疲气怯，语声低微，舌淡，且脉濡弱细数。

蚌埠市内请来的几位医生大都认为：翟老爷腹部胀满，食少，是因为下不得出导致上不能进，便秘愈久则体愈虚，当以通便为主治。

宋立人检查后沉默良久，这才说道："诸位的建议有一定的道理，不过我建议在通便的同时，另加大剂量的独参汤助之。"

几位医生一听，无不面露惊骇之色。

一位老大夫质疑道："秘结宜通，不宜补，何况腹胀严重已不能进食，气机壅滞，焉能竣补？岂不是火上添油！"

宋立人见几位同人均与自己的意见相左，而病人的危急情况又容不得任何迟疑，就去做病人家属的工作。

他说："翟老爷屡次登厕，皆因没有力气而中止，可见是由气短乏力导致的便秘日久，现在只能用'益脏通腑'的办法，以独参汤大益肺气，同时以蜣螂开通便道，虚实两兼，非此配合不可！"

翟老爷的家人早已六神无主，宋立人的此番说明，他们更是似懂非懂。但见宋会长讲得十分自信，考虑市内请来的几位医生"以通便为主治"的法子，其实已经试过了，却毫无进展，便同意采纳宋立人的方案。

宋立人的方案其实再简单不过，他只用了两味药：一是一两老山别直参，二是一只独角蜣螂。

当日，陈万举随同宋立人留宿翟府。翟家人很快也就从县城一家中药铺抓来了这两味药，早早地准备好了独参汤。掌灯时分，翟老爷就有了便意，即刻将药服下。果然，那汤药服下不久，大便就下来了，拉下的大便竟疾如暴雨，足有半桶，内有不少球状硬粪，坚如铁丸。

翟老爷拉下大便的一瞬间，那种快感使得他喜极而泣，泪流满面。

回大岗的路上，陈万举问师傅是怎么想到要用独参汤来医治危重便秘病人的？宋立人见徒弟这般好学，甚是欣慰。告诉他，人参少用则腻补，多用则宣通；这个病人肺脾元气都已虚弱了，如果不借用参力鼓舞正气，他的脏腑中怎能生发出推送之力？

听宋立人这样一解释，陈万举方才知道用补药之体作泻药之用的妙处。老师平日深究医理堂奥，遣方选药灵活多变，其医术自有超人之处。

在宋立人的精心指点下，陈万举的进步非常快，不到半年，所学到的知识就远远比跟朱复初学徒两年学到的还要多。他暗自立誓，一生都要像侍奉父亲那样侍奉宋立人师傅。

一个闷热的下午，宋立人正在西厢房午睡，陈万举坐在诊室里整理着老师上午的一个病案，就见二姐陈万世带着师母走了进来，并轻轻地掩上了门。

陈万举发现师母的眼睛红红的，分明哭过。

他慌忙起身，问道："发生什么事了？"

师母欲言又止。

陈万举曾听二姐提过，说师母原是一个富家小姐，她父亲是怀远县赫赫有名的财主，家有良田千亩。她并不是宋立人的原配，宋立人早先在苏州就已有一房妻子，还有了两个儿子。十多年前，师母的父亲不知得了一种什么怪病，请了多少医生都束手无策，于是便派人远赴江苏，去请孟河的巢渭芳，而巢渭芳不是不给面子，实在是年岁已高，不便再出远门，就派来了他的得意弟子宋立人。不曾想，出道没几年的宋立人，居然把她父亲的怪病治好了。她父亲别说有多感激，又见宋立人年轻英俊，一表人才，就把唯一的女儿许配给了他。宋立人有着岳父的支持，也就在蚌埠市繁华的永安里开设起自己的诊所，从此，便蚌埠、苏州两地跑。

这时，二姐见师母坐在那儿半天不语，就催促道："万举也不是外人，有什么事你只管直接对他说。"

师母像是下了很大决心似的，这才说："师母求你一件事。"

听师母用了一个"求"字，陈万举吃了一惊。

他这才注意到，师母说这话时的表情是异常沉重的。不禁暗暗纳闷：师母会有什么事情，需要这样慎重地求助自己呢？

师母说："我想请你帮师傅把毒瘾戒了。"

"我师傅吸毒？"

陈万举自见到宋立人的第一眼起，师傅在他心目中的形象就是高大的、无可挑剔的。尽管这事今天是由师母亲口说出来的，他依然不敢相信。

“已经吸了十几年了！”师母低声告诉他。

陈万举陷入了长时间的沉默。

其实，无论是在大岗，在裔家湾，还是在怀远县的其他乡村，不少农民家里都种有大烟，可以说吸大烟的现象非常普遍；因为吸食了大烟而倾家荡产、家破人亡的，早就屡见不鲜。可师傅是一位治病救人的名医，吸毒的危害性他能不知道吗？

陈万举感到不可思议。

“吸毒”二字，怎么会和一个中医公会会长联系在了一起？这事还没想明白，陈万举就听师母声泪俱下地说道：“你师傅现在已经不仅仅是在吸毒，而是直接往身上打针，每天都要打上两针！你没发现他手上和脚上的筋都被打绿了吗？”

陈万举越发震惊了。

他真没留意过师傅的手和脚。在他的印象中，师傅天天都是一副长衣长裤打扮，即便天气再热，手脖上的衬衫扣子也是扣着的。本来，这种严谨的装束给他留下的，是师傅一丝不苟的行事风范，他还打心眼里感到钦佩。却想不到师傅把自己包裹得这样严实，竟会是出自一种掩饰。

陈万举突然联想起了另外一些事。

大家都知道宋立人的医术超群，但大家也都知道请他看病就别舍不得手中的银子，除非你是穷得叮当响的穷光蛋，找上门来了，他可能会念及“会长”的声誉，或是一时善心大发，可以分文不取，否则，上门就得先付上一块大洋；请他出诊，就必须封上三块大洋的礼，不然免谈。三块大洋是什么概念？一头水牛也就只值六块大洋。但凡上门发现你是位挥金如土的主，他不让你出够血那是他客气了。

宋立人的这种做派，对他的名誉损害不小，也曾经让陈万举感到美中不足。在他看来，要真正成为范仲淹所说的那样一种“良医”，首先须有一颗慈悲之心，凡有病人找上门来，不管他贵贱贫富，应一律尽力施救，怎么能只为了钱而看病呢?

师傅分明是个坦荡侠义之人，却又把钱看得这么重，这种人格的分裂确曾让陈万举感到困惑，现在终于明白了，他所以如此，原是在为自己筹集毒资啊!

“师傅是怎么染上毒品的？”陈万举问师母。

师母说：“我也不清楚，应该是他当上蚌埠中医公会会长以后吧，隔三岔五就有人请他出去喝酒，应酬多了，经不住别人引诱，让他也尝上几口大烟；一开始也许只是觉得好玩，渐渐就上了瘾。这些年，我家的上千亩好地都被他吸光了，我爹承受不住这种打击，差点被他活活气死！”

陈万举又是一惊。

短短几年居然能把上千亩好地搭进去，可见其毒瘾严重到了什么程度!

“怎么能由着他发展到这一步呢？”

“从前也戒过几次，”师母说，“一直没戒掉。他自己也不好受，甚至发狠要剁掉自己一根手指。终归身边没有男人帮忙，靠我一个弱女子，办不成事啊！”

陈万举感觉做这种事不说难度太大，也不知道如何下手，就不敢轻易答应。于是说：“师母为啥不找我姐夫帮忙呢，他或许会有办法。”

二姐说："你以为你姐夫是神仙，长着三头六臂啊。这事不成。你姐夫其实也吸大烟，只是他吸得不多，有节制，可他俩总归是同路人，你要一个吸大烟的人去帮助别人戒毒，这可能吗？"

陈万举一时无语。

就在这时候，突如其来，师母居然在陈万举面前直直地跪下去了，声泪俱下地说道："你就救救你师傅，救救我们这个家吧！我留意你很久了，知道你是个明事理有担当的男人，师傅对你的评价也很高，你的话他兴许能听得进去，只有你能救你师傅走出困境！"

陈万举慌忙扶起师母，他感到十分为难。但既然师母已经说出了这样的话，他也就只能硬着头皮答应下来。

"好吧，我来试试！"

第二章　万病一针

4. 出道

在那个年代还没有戒毒药物一说，要想戒毒，只能靠意志。

陈万举首先找宋立人谈了一次心，在征得师傅的同意后，让师母开始中断师傅一切毒品的供给。最初的三天，师傅痛苦得要死要活，又是掼东西，又要打人，把师母吓得不轻。二姐夫见势不妙，便躲了出去。无奈，陈万举只好喊来家里的长工，要他们强行把师傅捆在了床上。

宋立人知道这是陈万举指使的，就绝望地喊道："万举啊，师傅求你了！给我打一针吧……只要一针，也就一针，保证从今往后再不碰那东西……"

陈万举见师傅是这般模样，心里也很难受，于是说："师傅，你就忍忍吧，忍过这两天就会好多了。"

宋立人看求助无望，便转而开始骂人："陈万举，你这个畜生！你就是这样对待自己师傅的吗？你这是想害死师傅吗？"

陈万举哭笑不得，想到对师母的承诺，也只有横下一条心，板着脸劝说："不是徒弟要忤逆你，你身为医生，当知晓健康的重要，毒品这种东西是碰不得的。为了贪这一口，害得你岳父破财卖地，害得师母为你担惊受怕，你就这么心安理得？万一你有个三长两短的，你让师母和师妹靠谁？”

这时的宋立人已经完全听不进道理，他狂怒地大声吼叫着：“我不想活了！给我打一针好不好啊？！”

陈万举尽管背后也难过得捶胸顿足，但为帮助师傅戒毒，对师傅的这种苦苦哀求，丝毫不为所动。七天七夜，他一步不离地守候在师傅身边，为他喂饭、喂水，扶他上厕所，晚上就在他的旁边搭个地铺，睡在地板上。

宋立人清醒的时候，会像个没事人，一旦毒瘾发作，就会变成一个疯子。陈万举知道师傅那是控制不了自己，所以遭遇到任何不堪，心里再苦，他也面带微笑，让师傅无可奈何。

就这样，日子变得艰难而又漫长，一周终于过去了，接着，半个月也熬过来了。

在那段日子里，宋立人像是下了一回地狱，身体异常虚弱。凡有病人找上了门，陈万举就以“师傅身染小疾”为由，予以打发。半个月过后，宋立人毒瘾的反应渐渐淡了，周身上下却像被乱棍打了一通似的，说不上哪儿难受，连缚鸡的力气也没有了。

他知道这些日子陈万举一直以他有病为由，婉拒求诊的病人，这就和不准他接触毒品一样地让他感到痛苦。

这天，他对陈万举说：“我有毒瘾，知道不好，可你不知道，你让一个医生接触不到一个病人，这事一样让我感到难受。三天不看病，好好的我，自己就会有病哪！”

宋立人这句话，说得陈万举不由一怔。直感到内心深处的某个地方被师傅的这句话“烫”住了。

自打他选择了医生这门职业，便由衷爱上了这一行，他发现，确实有一种异样的感觉在他身上变得越来越强烈。这种感觉自己又难以言说，却想不到今天被师傅突然说破了！

是呀，一个医生三天不看病，自己就会有病！

不能不承认，这些天他被老师折磨得疲惫不堪，几近崩溃。这期间，他对师傅不免生发出责怪之情，但师傅刚才有气无力道出的这句话，却说得他心头一热，差点涌出了泪水！

他动了感情地说：“师傅，你这么个状况，怎好再去看病？”

宋立人叹了口气，望着陈万举说道：“我恐怕真的要好好休养一段时间，这段时间如有病人来，就由你代我坐堂。”

他说得不容置疑，陈万举也听得真真切切，但陈万举还是怀疑师傅怕是戒毒戒得说起胡话来了。自己还没出师呢。忙摇手说道：“不行不行，误了诊那可了不得！”

“怕什么呢，不是还有我嘛！”宋立人鼓励道，“碰到拿不准的病，你就进来给我讲一讲，我们可以一起讨论。总要给你一个锻炼的机会呀！”

陈万举还是不肯答应。他说：“等你身上有点气力了，咱们再考虑接待病人也不迟。我去坐堂，病人会咋想？”

谁知宋立人脸一沉，说道：“万举，你这是不肯帮师傅忙是吧！你想过没有，如果病人一次次找上门，最后都失望而去，时间长了，还会有人来找我宋立人吗？”

陈万举陷入两难之境。答应吧，自己心里确实没有数；不答应吧，师傅说的确实也是个现实问题。病人一趟趟地找过来，见不到医生，说医生自己也有病，这样的消息传出去，真的不会再有人上门了。没有病人上门，师傅一家就只能靠姐夫供养着？师傅分明丢不起这个人！

陈万举于是只好答应，不过他说："有言在先，我这只是代师瞧病，为防意外，方子还得请师傅最后敲定。"

宋立人不再言语，只是定定地瞅着陈万举。陈万举读出了宋立人目光中的信任，感觉心里暖暖的。

这天天气已经很炎热了，陈万举还是回家换了件长衫，尽量把自己打扮得像个大夫的样子，来到宋立人的诊疗室。那一天他还不满二十岁，为了让自己看上去显得老成，便开始蓄起了胡子。

按照先前的约定，陈万举每看完一个病人，就会进去请教一下宋立人，详细地给师傅介绍病人的病因、舌苔、脉象，以及他自己的诊断和准备开出的药方。宋立人则静静地听着，然后发表一些意见，给他开出的处方调整几味药，或是增减一些剂量。

那是下了几天连阴雨过后的一个清晨，太阳才出来，宋立人破例起了个大早，想出去散散心，师母便陪他出了门。

陈万举也像往常一样，正埋头在诊室里打扫卫生，整理病历，突然有个人高喊着"宋大夫！宋大夫救命！"闯了进来。

陈万举定睛一看，原来是大岗集余八的儿子余小四。

陈万举毕竟在朱复初的诊所里待过两年多时间，集上的人没有他不认识的。他忙问："小四，谁病了？"

小四上气不接下气地说："我爹的疝气病犯了，疼得在床上打滚，请宋大夫马上赶过去！"

陈万举知道这种病拖不得，便为难地说："真是不巧，师傅大清早就出门了，不知什么时候回来。要不，你去请别的大夫？"

小四急得直跺脚："集上倒是有个江湖郎中，找他管个屁用！我爹不能等啊，你不是宋大夫的徒弟吗，以前还跟朱大夫学过，就请你跟我走一趟吧！"

陈万举正愣着神，就被小四拉出了门。

他的心里紧张极了，因为他有点怕余八，更怕治不好余八的病惹祸上身。

在大岗集，甚至在这周边一带，没谁不晓得余八其人的。可以说，他就是一个脚一跺地都要抖几抖的集霸。余八曾在外面学过几年拳脚功夫，手下又张罗了一帮小混混，门下还认了若干个干儿子。总之，无论你是摆摊的，开店的，还是看相、玩杂耍、唱戏的，只要想在集市上赚钱，都要先拜他这个"码头"。他叫你干，你才能干，否则，就会有人找上门来，叫你吃不了兜着走。

每到逢集的日子，余八出现在集市上的时间比二姐夫家的那个闹钟还准。他第一件事就是去街北头的池塘边上，把卖家禽和牲畜的场地用绳子拉上，谁进了场地就得给过路钱；然后派人从街南头开始，逐摊逐户地收摊位费，钱给多还是给少，全看他手下人的心情。虽然当地政府有时也会下来人，但他同他们就像穿着连裆裤，再说眼下兵荒马乱，他就变得更加有恃无恐。

陈万举平日躲避他都唯恐不及，今儿个却不得不硬着头皮走上门去，心里叫苦不迭。在路上，他就问小四余八发病的情况。小四说，前几天几个干儿子硬拉他爹去喝酒，连喝了几场子，不知是吃坏了啥了，还是爹的身体有了啥情况，三天三宿拉不下来大便，今天天没亮就被肚子胀醒了，憋屈得难受却又解不下来，怕是急了，用力太猛，夹肠疝的老毛病突然就犯了，结果一节肠子掉进了阴囊里，阴囊鼓出来一个乒乓球大的包块。

赶到余八家时，眼前的情景，更是惊出了陈万举一身的冷汗。

此时的余八，已经痛得晕死过去。阴囊鼓胀得已有拳头大，浑身大汗淋漓，手脚却冰凉。

陈万举紧张地想，余八的夹肠疝这般严重，自己确实也不知哪些药能治这种病；即便就是知道用什么药，把它抓来再熬成汤药，别说时间上来不及，余八这个样子也没法子喝下去。

当然，他想到过针灸，但在中国针灸研究社的教材上，好像也没有这方面的诊治办法。

总之，他把脑袋都想大了，也想不出一个什么好办法。

小四发现陈万举摸过脉后一直不说话，急得眼泪都要冒出来了："你不会见死不救吧？"

陈万举发现平日横起来天皇老子都不怕的小四，已经被他爹的病吓傻了。不过，小四的这句话倒是提醒了他。他想治病救人是每一个医生的天职，尽管自己还不能算是一个真正靠谱的医生，却也没有任何理由见死不救！

平静下来之后，问题在他的眼里便一下变得清晰起来。于是他想，余八的一段肠子掉进了阴囊里，说这事严重，它确实可以一时三刻要了余八的命；说它简单，其实只要找出一种办法，让那节肠子重新回到肚子里去，病情马上就可以得到缓解。现在的问题是，用什么办法呢？

陈万举的思绪很快像风中的柳絮一般飞舞起来。突然，灵光一闪，他想到余家大门口停放着的那辆四个轱辘的牛车，想到他家院子里的那头膘肥体壮的大青骡子。

他问小四："你相信我吗？"

小四一听，带着哭腔说道："现在除了你，我还能去找谁？"

"那就好，"陈万举说，"你只要听我的，我不敢保证这样做一准成，但眼下也没有别的办法了。"

小四望着陈万举，像望着救星一样地问道："快说什么办法？"

陈万举不容置疑地要小四赶紧把骡子套在牛车上，将余八抬上车，并在余八的屁股底下垫个枕头，让他撅着屁股头朝下躺在牛车上。然后就要小四赶着牛车在大岗集后面的村道上飞奔。

小四虽然感到奇怪，虽然觉得莫名其妙，但救爹心切，不敢怠慢，一切照办。

由于刚刚连着下了几天大雨，这时的村道上已是泥泞不堪，那头大青骡子被小四赶得受了惊，牛车被颠簸得有如狂风暴雨中的一叶轻舟。

陈万举紧挨着余八坐在牛车上，一只手捧着余八的阴囊，也随着牛车上上下下地大起大落着。

就在这种剧烈的颠簸之中，昏死过去的余八先是被颠醒了，接着掉入到阴囊里的那段肠子，也神奇地被颠回到了肚子里。

后来，宋立人在听了陈万举介绍他用飞车治好了余八夹肠疝的经过后，眼泪都笑出来了，忍不住地赞叹道："万举啊，你的这个奇特的法子是怎么想出来的呀？"

陈万举不好意思地说："当时我的脑子有点儿蒙，不知为啥，忽然就想起小时候哥哥要去地里运回割下的小麦，我也闹着要跟着去，母亲却说，那段路面长年失修，轱辘车会把你的五脏六腑颠翻，硬是不让我去，想到母亲当年的那句话，于是就准备试一试。这也是没办法的办法了！"

宋立人听了吃惊地望着陈万举，伸出手拍了拍他的肩，赞道："想不到，你天生就是块当医生的材料啊！"

在宋立人的指点下，陈万举随后又给余八开了三服补气通便的中草药，余八拉了三天的血，总算痊愈了。

一九三八年一月底，农历年前，驻守蚌埠的国民党军队，为阻挡日军南下炸毁了淮河大铁桥，却并没因此阻挡住日军，二月二十一日蚌埠市沦陷。随着日军此后目标的转移，各级伪政府的相继建立，到了这年的夏天，战火烧向了江南，这一带的局势稍稍趋于稳定，宋立人便想回到蚌埠去。

宋立人归心似箭，徐长荣也不便强留，就让陈万举将师傅一家送回到市里的永安里。

师傅在永安里的诊所幸好没有毁于战火，虽然店内的东西已荡然无存，但橱柜和药架都还在。

待师傅一家人安顿停当，陈万举才拜别师傅。

离开了宋立人，陈万举的心情是复杂的，既有对师傅的依依不舍，更多的还是激动与兴奋。因为，在师傅的鼓励下，经过这一段时间的锻炼，从此以后，自己就能够“单飞”，能够名正言顺地坐堂行医了。

由于想得太出神，在经过淮河码头的时候，他竟忘了要向看守关卡的日伪军鞠躬，被一个穿靴子的日本兵狠狠踢了一脚，还罚他在烈日下站了一个多小时。这件事成了他人生的一大耻辱，并由此更加痛恨日本人，一提到日本鬼子他就咬牙切齿。

回到裔家湾，陈万举即与母亲和大哥商议，准备在大岗集坐堂行医。母亲和大哥都很高兴，母亲说，辛辛苦苦学了四年，不就为了这一天么?

接着，他就去大岗集物色门面。这时的大岗集已不像往日热闹了，沿街的房子不再紧俏。陈万举选中了集市中央的两间屋，外间用作门面，里间则为卧室，后面还有一个不小的院子。

地点确定下来之后，大哥就把父亲当年的两个徒弟请过来，放倒了屋后的一棵大柳树，又砍了两棵桑树，日夜兼程地打造了两张柜台和三组中药橱。

待开业的前期工作一切就绪，所需的各种中药也陆续备齐，就要往药斗里分装时，陈万举这时才意外地发现，他跟朱复初学徒那两年多时间，表面上看，朱复初并未真正向他传过艺，他每天除了为病人抓药，干的几乎都是与行医无关的杂事。其实，不曾想，就在学会抓药的同时，他不仅已经熟识了各种中药，更娴熟地掌握到了众多中药的特性及其存放的规律。

想想看，中药的品种多达几百种，乃至上千种。由于质地松紧不一，平日用量的多少不同，其药性又有相同甚而相反的区别。且不少形状相似名称极易混淆，有的则含有剧毒，而有的价格却特别昂贵，因此，如何将这些品质各异、种类不同的药材合理地安排在那些成排的药斗中，事关重大。这既要考虑抓药时操作上的方便，更要确保安全。比如当归、白芍和川芎，这些常用药应放在药柜的中间，便于抓取；而佛手、大青根、淡竹叶，质地较轻平日用量也较少，最好是放在高层；矿石类、化石类、贝壳类的，如紫石英、龙骨和海龙海马等，则应放于药柜的底部；再如茅根、半枝莲，质地松泡而用量较大的，就只能安放在最下层。

再就是，特殊的药物要特殊处理，冰片、青黛得存放在瓷坛里；贵重的阿胶、红参当妥善保管；剧毒品如砒霜应专柜上锁。至于如何防霉变、防虫蛀、防变色、防走油，以及药效同种植地的土壤、气候相关的知识等等，确实也都从朱复初那儿学到不少。

同时他还知道了中药汤剂的服用特别有讲究，必须掌握正确服药的时间与方法，才可以最大限度地避免药物的不良反应，提高疗效。比如中药汤剂一般宜温服；疾病在胃以下的肝、肾病人，应在饭前三十分钟用药；疾病在胃以上的心、肺病人，宜在饭后三十分钟用药。当然，也有其他情况的，如清热解毒补益的药，应空腹用；安神一类的，最好睡前半小时服用。

总之，他过去一直觉得跟着第一个师傅是浪费了两年多大好光阴，并为此心生芥蒂。现在自己开起了诊所，他才回过了味来，并对朱复初师傅心存感激。

诊所开张的第一天，陈万举就闹出了不小的动静。

那天，正值逢集，一大清早，二姐夫徐长荣就找人在诊所门口放了几挂千头鞭和冲天炮，还请来了一个“拉魂腔”的泗州戏班子，在街南头的空地上唱起了大戏。震耳欲聋的鞭炮声和高亢喜庆的锣鼓声，吸引来四乡八村的人，也招来了附近的小混混，他们在两个伪军的挑动下，也想趁机闹出点事，以便从中捞点好处。只见他们咋咋呼呼地冲进人群，正准备砸场子，大闹一番呢，却突然像遭了霜打的茄子，安静下来。原来，他们吃惊地发现，台下的最前排坐着余八和余八的一帮干儿子。准备领头闹事的慌忙走上前去，换了一副面孔，笑着对陈万举说：“我们也是来祝贺的。往后有个头疼脑热的，还得请陈大夫不是！”

余八能给陈万举这么大面子，附近的小混混没想到，陈万举本人也没有想到。他救了余八一条命，这事，在此之前，大岗集很少有人知道，但这天到大岗集赶集的人就没谁不知道了。这事将为他在大岗集行医带来这么大的便利，更是他做梦也想不到的。只是，他打心里也是不愿意同余八套近乎的，自己的事业才起步，他最在意的还是自己的口碑。他认为，只有不断提高自己的医术，不断积累经验，才是最最重要的。所以，开业的第一天，他就给自己立下几条规矩：对生活困难的病人只收药费，不收诊金；一时连药费也拿不出来的，允许赊账；有钱人看病或出诊，诊金自便；无论有钱还是没钱，扎针一律不收取任何费用。

这些规矩，除了成为公职人员的那些年，他一辈子都在遵循，到死也没变。

他的这种行医风范，被病人们口耳相传，找他看病的人很快多了起来。他把从宋立人、朱复初两位师傅那里学来的医术，从中国针灸研究社那儿学来的针术，以及自己从前人医书上学来的一切，都灵活地运用到对每一个病人的治疗中，尤其是对于淮河两岸的一些常见病、多发病，他一般都能做到手到病除。

很快他就在大岗集上站稳了脚跟，并在周边一带声名鹊起。一个他自己都没意识到的优势是，大家都知道他不仅是朱复初的弟子，更是蚌埠市中医公会会长宋立人的得意门生——有着这样的一层关系，再加上他看病一向认真，确实又将几个罕见的危重病人成功地治愈，这都令他名震一时。

成功救治了罕见的危重病，“真头痛”算是一个。

那是陈万举开设诊所不久的一天，从崔家楼抬来了一位病人。病人是大姐的邻居，也姓陈，叫陈实。二十三岁的陈实三天前突然头痛欲裂，送来时已昏迷不醒。陈万举号了脉，发现脉象还算有力，便问起头痛的起因。一直在流泪的小陈的母亲，断断续续说出了事情的原委。

小陈先前就在大姐家干活，日军占领了蚌埠后，要修复被国民党军队炸断的京浦铁路，伪保长就派了他的工。上了工地每天就是十多个小时的重活，这天，早已是筋疲力尽了的陈实，回到家里感到又热又渴，就从水缸里舀了满满一瓢凉水仰脖子一气喝光，当时只感到通身的凉爽。接着就跑到一条巷子口去小便，正尿着尿呢，突然打巷口那头刮过来一阵风，那风很大，也很猛，他不禁打了个寒战。不知为啥，在回家的路上他就开始怕冷，而且头痛不止，到家也就躺下了。谁知到了半夜他就不省人事了，而且开始胡言乱语。附近的一个村医给他开了两服药，可这时他已经是滴水不进了，喝多少，吐多少。有人便说他这是中了邪，撞到鬼了，就请来当地一个巫婆帮助驱鬼。那巫婆在屋里又敲又打，又蹦又跳，折腾了半天也不见效果，最后狼狈地溜走了。眼看人快不行了，听大姐说她自家弟弟在大岗集开诊所，于是就将人抬来了。

陈万举了解了发病的情况，又经过一番望闻问切，不觉暗自叫苦。大姐这分明不是在帮他忙，而是没事帮他找事来了。他确认，这年轻人得的就是并不多见的“真头痛”。可以想见，连天加夜的超负荷劳作，虽年轻血盛怎奈抵抗力急骤地下降，在这种过度疲惫且又是大汗淋漓的情况下，他将一瓢凉水一饮而尽，大汗应外出而不得外出，随后在巷口又遭疾风突袭。从中医的阴阳学说来看，大汗不止之时，一瓢凉水一饮而尽，势必使得寒湿之气侵入内脏，而阳气被遏；人的背部本就属阳，阴风又突然袭入膀胱，接着由膀胱入肾，而肾为“阴中之太阴”，内脏阴寒太盛，最后便由肾传入脑髓，头项部位为诸阳会聚之处，头部的阳气被阴气挤聚，自然就形成大寒犯脑头痛！

头风，也叫首风。这个“风”，分为“外风”和“内风”。外风指的是自然界的“六气”，六气包括风、寒、暑、湿、燥、火。正常情况下它们不会致病，但自身体质虚亏又避之不及遭遇到六气，此时的六气就会变成六邪，又叫六淫，侵入人体，导致发病。俗话说，高处不胜寒。人体亦然。头部是人的最高点，也是最容易受到风邪侵袭的部位。

《黄帝内经》说得明白：风邪为百病之首。脑为至要首府，外邪不可侵犯，“此病临危殆，亦非汤剂所能及”，故古人认为真头痛必死。

历史上的曹操，得的就是这种病，其病因史书上均无记载。《三国志》称其为“头风眩”，《三国演义》中华佗认为是“风涎”。曹操可以说长年征战，风里来雨里去，再加上“欲望过多、思虑过盛”，脾气暴躁，肝阳上亢，这些都易致风邪入侵。华佗当时也仅仅是用针扎曹操的胭俞穴。“此近难济，恒事攻治，可延岁月。”就是说，这种病无法根治，只能止痛。

陈万举深知自己阅历还太浅，面对如此疾患的病人他不知所措。华佗针刺胭俞也只是为曹操暂时止痛，而眼前这个病人分明已不省人事。

虽然为难，但事已到此，作为一个要当“良医”的中医师，病人尚有一线生机，自己就得知难而上。

他当即取出银针，第一针扎向合谷穴，停针候气，谁知那针就像扎在了棉花上，一点感应也没有。他发现大事不好，担心病人会死在自己刚开张不久的诊所里，拔出针后不得不实言相告：“我这才刚刚出师，一切还都生疏，实在没有什么好的办法，你们赶紧去找别的大夫吧！”

陈实的母亲望着一动不动躺在门板上的儿子，已是六神无主，她求陈万举好歹给开点药。

陈万举苦笑道："他已经没法吃药了，我开药又有何用？"

陈母听了，越发慌了神，就要下跪："大夫，求你了！他自个不能喝了，我想法子也要给他灌下去啊！"

陪同前来的大姐，显然心有不忍，这时也劝弟弟："万举，你就给开点药吧。"

陈实的母亲见大姐从中说了情，马上接过话："陈大夫，你只管放心，我儿子哪怕吃了你的药就断气，我也绝不会怪到你头上！"

她说得声泪俱下，陈万举禁不住也为之动容。

他想，病人是从十多里外的崔家楼抬来的，乡下找不到担架，是卸了自家的门板抬过来的，足见一家人慌乱到了什么程度。现在病人的母亲又给了他这么大的信任，排除了其间的一切担心，如果自己还予以拒绝，将会让老人家多伤心呢！

他紧张地思索着。

他想，小陈患的"真头痛"，是因风寒水湿汇聚于脑部所致。《黄帝内经》将中医治病的根本原则归结为调整阴阳，泻其有余，补其不足，只有恢复了人体阴阳的相对平衡，才会除却其病。现在只要设法攻其内脏的阴寒老巢，以期直通清灵之府，引头部的阴寒之气下行外出，头痛自然就会消失。

问题是，如何才能以阳气攻其内脏的阴寒老巢呢？

陈万举的脑袋都想大了，想痛了。忽然想到陈实母亲刚才那句"想法子也要灌给他喝"的话，这话触动了他。想到这句话，他不由一怔。

他由此联想到，人的身上有三道通向外界的门：除了嘴巴和肛门，还有被称作“下窍”的尿道。

尿道！

于是他进一步地联想到，尿道是直通膀胱的。是否可以用一种大热大辛的药物，通过尿道由膀胱入肾，攻其被称之为“阴中太阴”的肾部，然后让阳气由肾进入脑髓，引头部寒湿之气下降呢？

而大热大辛之物，莫若生姜。鲜生姜既是食品，更是一味中药，它性辛，食辛会使“筋脉纵弛”“神气涣散”，而且此物取之方便。

想到了这些，陈万举自己都感到不可思议，奇怪自己怎么会冒出这么个近乎荒唐的想法来。但是，这想法，确又使得他热血沸腾。

他想，世界上的许多奇思妙招，发明创造，起初不都会被看作异想天开吗？

他用颠簸的飞车治愈了余八的夹肠疝，不也是够离奇的吗？但正是这种看似离奇的想法，却解决了大问题。

陈万举决定斗胆一试。

接下来，他像当年对余八的儿子余小四一样，认真地问陈实母亲：“你相信我吗？”

陈实母亲连连点头：“不相信你，会把儿子大老远地抬来吗？”

只要能救儿子，即便要她替儿子去死她也会答应。

“好。”陈万举不再犹豫。他吩咐她立即去街上买来四两鲜生姜，然后他将鲜生姜捣碎如泥，包布拧出姜汁，然后倒入一只酒盅，吩咐小陈的父亲把小陈的生殖器放入酒盅的姜汁中。

陈万举显然并没有如小陈母亲希望的那样，为小陈开出药方，做出的却是一个让人匪夷所思的决定。但小陈的父亲也不敢有一点迟疑，而且做得十分认真。

就在大家都感到不可思议的时候，一个真正不可思议的场景出现了：酒盅里的姜汁居然在渐渐减少！

如果这一切不是活生生地发生大家面前，在场的小陈的父母，陈万举的大姐，都不会相信人的“下窍”也是可以吸吮姜汁的！

不一会，一盅姜汁就被小陈的小鸡吮吸干净！

陈万举自己的眼睛也看直了。他发现自己这个大胆而又看似荒唐的想法，被证实是有效的，因此，他比在场的所有人都兴奋！

他几乎是控制不住激动地喊起来：“快，再换上一盅！”

前后也只用了一刻钟，盛满了一酒盅的姜汁又被吸光。

到这时，为便于继续观察，陈万举干脆让陈实的一家人都留宿诊所。这天的后半夜，小陈终于醒了过来。醒过来不久的小陈，便嚷着肚子饿。

陈万举见此情景，别提有多高兴了，他忙叫陈实的母亲去熬些米粥，陈实竟然一气喝了一碗半，头部的疼痛也明显减轻。

陈实的父母见儿子终于醒过来，又一气喝了那么多米粥，都激动得直抹眼睛。

现在陈实自己就能喝药了，他也需要喝药了。陈万举于是也了却一下陈母“好歹给开点药”的心愿，开出了苏薄荷、淡豆豉、清半夏、陈皮、枳壳、白芷、竹茹等十四味中药，第二天一大早，一家人就回了崔家楼。

三天后，陈实的头痛已经变得轻微，纳食知味，也不再恶心。陈万举则按原方去其枳壳和白芷，加入鸡内金和蔓荆子，又让他吃了两剂。

一周之后，陈实的头痛完全消失，但全身却生出许多脓疱疥，接着头发和手上脚上的指甲相继脱落。半年之后，当陈实和他父母再度来到陈万举诊所时，陈万举发现，陈实身上的脓疱疥已荡然无存，脱落的头发和手脚上的指甲，也已重新长好。

因为这事实在太蹊跷，很快就成为一些人茶余饭后的谈资。确实也是够传奇的，连华佗都没办法根治的一种病，出道不久的陈万举竟利用病人的“小鸡”治好了。听者开始都不太相信，有人便专门跑到崔家楼去问个究竟，直到在崔家楼双墩村见到了陈实本人，探明了真相，这才深信不疑。

陈万举的名声越来越响。

说起陈万举会看病，大家总是会举出陈实的真头痛，再不就是用飞车救治余八的夹肠疝。

陈实的真头痛真的是治好了，再没犯过；但余八的夹肠疝却是不会断根的。

一九四一年五月的一个夜晚，天上正落着雨，陈万举已经上床睡觉了，诊所的大门被人猛地撞响，原来余八的夹肠疝又犯了。

陈万举跟着余八的儿子余小四深一脚浅一脚赶到余八家时，余八的老婆就急急地迎上前来："小陈大夫，马车已经备好了，老爷也抬到车上了，就等你呢！"

陈万举一听忙说："现在外面下着大雨，天又那么黑，马车在外面飞跑不安全。"

他查看了一下余八的病情，发现同上次一样，一节肠子又掉进了阴囊里，阴囊胀得有鸡蛋大，余八痛得浑身冒冷汗，已是奄奄一息。

陈万举要余八老婆赶紧去找一块鲜生姜，切三块大薄片，在上面刺几个小孔；又找来一根麦秸秆，量了一下余八两嘴角间的长度，用这个长度作为三角形的一条边，然后拼出一个等边三角形，再将这个等边三角形平放在余八的小腹上，一个角放在肚脐上，另两角置于肚脐下面，并让三角形的底边与肚脐的横线处于平行。

他做得十分认真，弄得余八的老婆和小四有如洋鬼子看戏，既好奇又纳闷。

等麦秸秆三角形摆放妥当之后，陈万举就在三角形下面两尖角用笔墨涂记，与肚脐成三角点，在三个点上放置姜片。接着就见他点着了随身带来的艾绒，在三片生姜上火灸。

很快奇迹就出现了：一壮尚未灸完，就听余八的小腹处咕叽一声响，阴囊里的那节肠子陡然缩进了腹内。

已经清醒过来的余八长吁一口气："我的妈呀，好了！"

这以后，余八大便鲜血三天，身体复原。

原来几年前，陈万举用“飞车”治愈了余八的夹肠疝，宋立人听了之后，当场笑得前仰后合，直喊肚子痛。笑罢连声说道，“这办法好，这办法好！”夸得陈万举反倒不好意思。他就向宋立人讨教这个病是不是有更简便的疗法。宋立人说，夹肠疝是一种终身病，目前尚无法根治，如果病情不太严重，吃中药是可以解决的，但如果肠子掉进去太多，卡在了阴囊里，中药的效果就太慢。

“既然中药不能救急，那么针灸呢？”陈万举寻思着，他想问，终没问出。因为他知道师傅没有接触过针灸，自己倒是接受过几年针灸的函授教育。于是翻箱倒柜，他找出了所有的针灸书，最后在一本针灸杂志上找到外省一个针灸师贡献出来的一个秘方，名字就叫“三角灸”。他不仅将其抄下，而且牢牢记在了心里。

就这样，又一次死里逃生的余八，把陈万举看作华佗再世，他又一次喜极而泣，隔天就给陈万举诊所送来了一块金光闪闪的匾额，上书“永生堂”三个大字。

5. 孤身去了坟地

陈万举的从医之路，不说风光无限，却也是顺风顺水的。不过，他确也有难言之处。

俗话说，医生看不好自家人的病。这话乍一听，好像让人不得要领，其实细一想，却也是有着几分道理的。但凡一个人生病，认真分析起来，原因肯定是多方面的，医生在为自己的亲人看病时，往往会因为考虑过多而难下定论，下药重了会担心亲人吃不消，量轻了又担心达不到应有的疗效，以致举棋不定。

陈万举曾因此一连丢了三个孩子，三个都先后死于腹泻。他对自己那三个孩子的腹泻可以说束手无策，甚至是什么原因导致的都搞不明白。

不明白病因自然就不可能做到对症下药。

这种痛苦他无法言说，也不便言说。

有一天，母亲陈李氏终于忍不住地问："万举啊，孩子究竟得的是啥病，为啥就治不好呢？"

陈万举无言以对。

还是在跟朱复初学徒期间，妻子崔新如就给他生下了两个儿子，可这两个儿子都只活了几个月便患上了腹泻，朱复初怎么治也治不好，硬是拉肚子给拉死了。第三个儿子是在他自己开诊所的第二年生下的，一岁多的时候患上了腹泻，都已经会喊爸爸妈妈了，但说走拦也拦不住，一个早上就咽了气。

当然，那时新生儿的死亡率本来就很高，大家对此好像也都习以为常了。但一连送走了三个儿子，这对一个口碑很好的医生来说，打击是很大了。

在埋葬了第三个儿子的当天夜里，陈万举躺在床上怎么也睡不着，眼前总是浮现出三个孩子可爱的笑脸。他不能原谅自己身为一个医生，却只能眼睁睁地看着孩子们在自己的面前咽气。到了下半夜，他估计大岗集以及附近前台后庄的人都该睡去了，就翻身下床，找了一把铁锹，拿上手电筒，一声不响地孤身去了坟地。

那是个没有星星也没有月亮的夜晚，他借着微弱的手电亮光，挖出了儿子的尸体。他先是用篾刀将儿子的肚子剖开，当检查到肠子时，不由吃了一惊。他发现，儿子的大肠和小肠全干瘪得发亮，里面竟然没有任何东西。

从中医的病因病理看，导致人体腹泻的原因中，饮食的可能性是最大的。可是，他和妻子崔新如在孩子们的饮食上是十分注意的，可以说是无可挑剔的，但从现场解剖儿子的尸体看，问题却又只能出在饮食上。

这让陈万举百思不得其解。

重新掩埋了儿子的尸体后，一连数日，他都坐卧不安，茶饭不思，在思索着与“饮食”二字有关的问题。最后几经周折，他终于发现一切问题就出在厨房的那块洗碗布上。

那时的农村还相当贫穷，卫生条件与卫生观念也十分落后。厨房里的洗碗布，同时也是擦拭饭桌和灶台的抹布。拿这样脏的抹布去洗碗擦碟子，大人是能够抵抗的，可它对于一个出生不久的柔弱婴儿，便是致命的啊！

眼看三个孩子相继夭折，崔新如比陈万举更加痛苦，由于过度伤心，曾大病了一场。以后几年再没怀孕，直到了一九四二年春上，她才再次有喜，并于当年年底生下一个大胖小子。

对于这个孩子的到来，陈家上下都乐坏了。早已盼孙心切的陈李氏买来成筐的鸡蛋，煮熟了点上洋红，挨家挨户地送给乡亲们。她还蒸了一锅大馒头，带着老大、老三的媳妇，去黑牛嘴的淮河大坝上点上香，然后把馒头扔进滔滔东去的河水里，以祈求河神保佑这个孙子平安长大。

陈万举最关心的显然不是河神的保佑，他开始对孩子的饮食卫生倾注了更多的心血。当然，再就是给孩子起个吉祥的名字。

按照家谱上的约定，儿子这一代是“桂”字辈，大哥的儿子名陈桂栋，希望他将来成为栋梁之才，因此，陈万举首先想到，也给自己的儿子起个以“木”为偏旁的汉字。当时的抗战已处在最严峻的岁月，郭沫若的话剧《棠棣之花》轰动一时，演的正是战国时期义士聂政刺杀韩相侠累的故事，以鼓舞中国人抗战的士气。《棠棣之花》中的“棣”字，就是“木”字旁；当然，陈万举更看中的，是因为棠棣还是一味中药，此花非但开得不俗气，而且种上一株枝干丛生，可萌发出一大片，古人以其喻兄弟，遂有“兄弟联芳，谓之棠棣竞秀”的名句，被视为和睦兴盛之花。

于是，陈万举就将长子的学名冠之为陈桂棣。

后来，陈李氏又送给孙子一个小名——大将。陈李氏说，这孩子命硬，克死了三个哥哥，说不定将来是大将之才呢。

自陈桂棣出生，陈李氏就给家里重新换上了擦桌布和洗碗布，吃的东西也格外注意，可陈桂棣还是小病不断。为了保住这个孙子，在孩子一百天的时候，陈李氏做出了一个决定：要崔新如带着孩子去大岗集儿子的诊所，专职带孩子，再不让她下地干农活，崔新如听了婆婆的话，就这样离开了裔家湾。

一九四三年农历六月初五，大岗逢集，这个日子陈万举永远留在了记忆中。

这天上午十点左右，集上已是人声鼎沸。陈万举刚刚送走一个病人，正敞开大门，坐在诊所里翻阅从朱复初那里抄来的一本验方集，不曾想，几年没见的朱复初竟突然找上门。

“师傅，你怎么没打声招呼就来了？”陈万举满脸堆笑地迎了上去，但他笑得有点僵硬，因为他已经来不及将那本子藏起来。

朱复初愉快地说：“收到你的信，知道你在大岗集开了诊所，早就想来看看。凑巧今天逢集，岂不就一举两得了。”

陈万举本想招呼师傅到沙发上坐，可朱复初一屁股坐在了诊桌前，还随手翻起了桌上那个本子。翻了一会，他的脸色就变了，举着本子对陈万举说：“万举，有了这本验方，你就可以坐堂行医了！”

朱复初的声音不大，落在陈万举的耳朵里却有如五雷轰顶。

“师傅，我偷抄了你的方子的事，早就想向你坦白，却一直没有勇气。你今天就把它收回去吧，实在对不起！”

陈万举只觉得脸上一阵阵发烧，难堪至极，如果地上有一条缝，他真能一头钻进去。

朱复初这时却突然哈哈笑了起来，说：“万举啊，啥都别说了！当年你在我家里做学徒，夜里背着我偷抄方子，你以为我真的不知道？哈，我是睁一只眼闭一只眼啊！如果不想传给你，这本验方我能放在外面？抽屉能不上锁？只是不知道你把它全抄下来了。”

听师傅如此一说，陈万举终于明白过来，心里也随之轻松起来。这么多年，陈万举也确实感到过纳闷，以师傅的精明，自己就在他的眼皮底下偷偷学艺，他怎么能一点儿不知情呢？

朱复初诚恳地说："万举，你跟了我差不多三年，师傅没有教过你什么本事，对不住你啊。好在你很好学，私下里抄了我两本祖传的方子，也算为师对你的一点补偿了。"

那天，崔新如从隔壁饭店端回来几碗菜，师徒二人开怀畅饮。第一次不分彼此地向对方敞开了心扉，探讨一些疑难杂症的诊断及用药。

因为多喝了两杯，饭后，陈万举和朱复初都躺下了，崔新如则抱着孩子坐在外面照看门面。

下午四点钟左右，从大岗集的西北角走过来一个年轻妇女，在诊所门前停了下来，说她是来集上买盐的，走了十几里路，口渴得要命，想讨碗水喝。崔新如就进后屋倒了一碗茶递给她。

女人喝完茶却没有马上走，而是在门口的条凳上坐了下来，说："大姐，我刚生完孩子不久，出来时间长了，现在奶头涨得要命，给你这孩子喂点奶可好？"

崔新如一听，很是高兴。自己的奶水不够儿子吃的，儿子正饿得直哭呢，碰巧就有人送奶上门，所以，她也没有多想就将儿子递了过去。

陈桂棣被这位陌生女人抱在怀里，美美地喝了一顿饱奶。

谁知，这女人才离开不足半个时辰，陈桂棣就开始腹泻，到了晚上更是泄泻暴注，势如水浆倾下，还夹杂着乳糜，腥臭难闻。朱复初见孩子的病情来势凶猛，二话不说就走上前去，观察了一下大便，然后提笔开了一张湿泄散的方子。

他对陈万举说，孩子突发腹泻，是因为吃了陌生女人的“馊奶”。农历六月，正是炎热的季夏，那女人顶着烈日跑了十几里的路，衣服不知汗湿了几回，又因为出门时间过长，奶头涨得不行，渗出来的奶水早就被汗水污染了，而那些已经变质的奶水一旦进入婴幼儿的胃肠道，导致腹泻便是必然的。

遗憾的是，陈桂棣吃了他的药，非但腹泻没有止住，反而越来越频繁，第二日早晨拉出来的大便就变得像洗米水一样稀，腹内还传来一阵阵汩汩翻动的声音。这时的陈桂棣已是神疲倦怠，双目无神，气息微弱。

一见这种熟悉的场景再次出现，朱复初吃了一惊，吓得连早饭也没吃便不辞而别！

其实，从一开始，陈万举心里就很清楚：朱复初是治不好眼前这孩子的病的，因为他开的方子还与几年前给两个夭折的孩子开的是一样的，没有丝毫变化。他在一旁看着儿子越来越严重，早已是心急如焚，但他却不敢有丝毫表露。因为按照医规，只要师傅在场，徒弟就不能轻易出手，哪怕病人是你的儿子，哪怕你的儿子被师傅治死，你也不能质疑。

他心里早就盼着师傅快快离开！

好在师傅并没有守到最后。

朱复初前脚一走，陈万举当即从药柜里抓出一把车前子，炒熟，碾粉，挖出了一小勺，和上一口水给儿子喂下；接着掏出银针，在儿子双侧膝下的三里穴各扎了一针。

说来也神了，才喝了一次车前子，膝上扎了两针，陈桂棣的腹泻就被止住了，眼睛也开始变得活泛；又过了两个时辰，便能吃些稀饭了。第二天就好了。

真是奇方出神功啊，陈万举欣喜不已。

原来，自从一连夭折了三个孩子，陈万举痛定思痛，开始着手对小儿腹泻的研究。他不但亲手解剖了儿子的尸体，还去了趟蚌埠，同宋立人老师一起探讨小儿腹泻的病因、病理及其治疗方剂。宋立人告诉他，像这种因进食不洁食物引起的暴泻，会大伤脾气，导致脾虚失运水谷不分，暴然致虚，但此虚不可骤补，因小儿脏腑娇嫩，腹虽胀更不可锵伐脾气，只能调分水湿。

陈万举问："如何调分水湿呢？"

宋立人说："治疗宜淡渗利水止泄，使水湿分解从小便而去，则腹泻可止。就像农人治涝，只能导其下流水湿引去，忧患自然可解。"

说着，宋立人回身走到药橱前，抓了一味药，递给陈万举。陈万举见是自己也常常用到的车前子。

宋立人说："你可别小瞧了这东西。这是我的师傅传给我的一个单方，名曰'一文一贴散'，专治小儿腹泻，我现在就传给你。"

陈万举不知这秘方为何起了个古怪的名字，便问："这'一文一贴散'是什么意思？"

宋立人说："顾名思义，这服药只有车前子这一味；车前子又是再便宜不过的，只需花上一文钱即可，因此就称它‘一文一贴散’。你将车前子碾成细粉，过一道筛，先给孩子服上一小勺，以后随意冲服，多少不限，一切就这么简单！”

宋立人说得头头是道，陈万举也听得真真切切。

宋立人见陈万举呆呆地望着自己，似乎不肯相信似的，便皱了皱眉，说道：“怎么，怀疑一文钱可以治大病？你这不是怀疑车前子，而是在怀疑中国中医的神奇啊！我相信，你以后会明白，老祖宗给我们留下了太多太多的‘稀世珍宝’啊！”

陈万举问宋立人：“师傅自己用过这个方子吗？”

宋立人说：“这方子最初是用来治尿血症的，后来才发现对治愈暴泻的婴儿更有效。我治小儿腹泻，一般都会用到这个方子。”

接着，宋立人又侃侃聊起了“车前子”的来历，其中的故事还很是传奇。

他说，汉代名将马武，带兵讨伐武陵的羌人，由于对那儿并不熟悉，结果吃了败仗，被困在一个荒无人烟之地。正值盛夏，又遇上天旱无雨，战士和战马都因为缺水先后得了尿血症，人人焦急万分，却又束手无策。一个叫张勇的马夫，突然发现有三匹同样患了尿血症的战马，却不治而愈。他有些奇怪，探查原因，发现那三匹战马附近的地上有一种肥肥大大的野草，被战马吃得所剩无几，他怀疑这三匹战马就是吃了这种草痊愈的。于是就试着拔了一些这种草去喂别的战马，吃了这种草的战马同样也被治愈。他高兴极了。于是大着胆子自己也尝试起来，果然，自己的尿血症也不治而愈。张勇当即把这一发现报告马武将军，马武忙问这种草长在何处？张勇指着停放战车的地方说："就在车子前面！"马武向车前望去，见遍地都是大叶草，他十分激动，慨叹道："这真是天助我也，好个车前草！"这味中草药的名字就这样传了下来。

师傅讲的这个故事，把陈万举带进了遥远的年代。

其实，陈万举知道车前草，熟悉车前草，并不是在他学医之后。他早在孩提时期就熟知了它。那时的车前草在他眼里，不过是一种到处可以看到的野草。它的根极短，叶子很大，开白花，样子既像猪耳朵，又像牛的舌头，裔家湾的人就叫它"猪耳草"，或是"牛舌草"，它通常长在田埂和水沟边上，可以说满眼都是。

他还知道它是一道菜。它春上的幼苗很嫩，热水煮一煮，就能凉拌着吃，母亲用它做汤、做馅或是蒸了吃；到了夏天，只要将它和淡竹叶一起泡在开水里，再加点冰糖，便能当茶喝，很是解暑。

他跟朱复初学医后，才知道车前子也是一味中药，医书上称它为"车前"，又叫"当道"。它味甘，性寒，有利尿、清热、明目、祛痰、镇咳、平喘等功能，却独独不知道——这么不起眼、随处可以找到的"猪耳草""牛舌草"，对救治暴泻会有神奇的疗效！

一文钱的车前子，救了儿子一条命，这事差不多在陈万举的内心引起了一场八级地震。

这一年，他二十五岁，在大岗集已经行医五个年头。他意识到自己的医学知识距离当一名好医生还有很大的距离。

几天以后，他回了一趟裔家湾，与母亲陈李氏商议，他想继续跟宋立人再学一段时间。

母亲是个通情达理之人，知道万举想多学点东西，俗话说“艺多不压身”嘛！尽管十分希望他能给家里多一些经济上的帮助，但母亲宁愿自己多吃点苦，也支持他趁着年轻多学点本事。

听说陈万举准备盘了诊所，前往蚌埠跟宋立人继续学医，首先登门挽留的是余八。

“不行，你不能走！”余八进门就吼了起来。

他见陈万举被自己大嗓门吼得一怔，才意识到自己有点失态了。

毕竟这是求人的事。

余八旋即换了一副和蔼的面孔，并说了实话。他说他是担心自己的这个夹肠疝，一不留神就会犯起来，一犯起来就会要了自己的老命啊！

“你小陈大夫走了，今后我去找谁呀？”

陈万举却是决心已下，于是也就实话实说：“这几年承蒙余老板的照顾，万举已是感激不尽；但我实在觉得自己的医术还不够精，有许多疾病仍是力不从心，还想跟宋老师再学个一两年。”

余八甚是不解：“你的本事已经不小了，自己都可以收徒弟了，放着好好的钱不赚，干吗还跑去跟别人学徒呢？”

陈万举说：“你这是高抬我了，我从前跟着宋老师学到的还只是皮毛。不过请余老板放心，你要有事我一准会随叫随到的！”

余八见自己劝不下来，回头又去找陈万举的姐姐、姐夫帮着一起劝。最后发现陈万举去意已决，只得说道：“既然学好了还要回来，那柜台和药橱你就不用动它了，我会为你妥善保管的。”

但陈万举不想再欠余八的人情。一九四三年六月底，他把大岗集的诊所关了，三架药橱和两个柜台也都拉回了裔家湾，隔日便去了蚌埠。

6. 遭遇霍乱

陈万举跟着自己重新学医，宋立人并不感到意外。

通过在大岗集的一段接触，他已经看出，这个徒弟是个不慕虚荣，十分好学又特别爱动脑筋的人；他对医学的热爱和执着，给他留下极深的印象。

当然，宋立人最看重的，还是陈万举的为人。作为一个医生，在陈万举的眼里，就只有病人，他的病人没有高低贵贱之分；不管你是有权有势、有着万贯家财的富人，还是吃了上顿没下顿、一贫如洗的穷人，他都一视同仁。他认为，一个病人，能够把性命交给你，就是对医生最大的信任，这种信任是至高无上的，作为医生，就应该全身心地投入救治，这是医生义不容辞的天职！

同时，他也很欣赏陈万举的率真，给自己起了个“直夫”的字号。作为徒弟，陈万举很尊重师傅，有时甚至可以委曲求全，可在是非面前，却又有着自己的坚持。

总之，因为宋立人太看重这个门生，他不仅把自己在医学上的一切能耐毫无保留地抖落给了陈万举，两人在一起时，他甚至会忘记自己的身份，彼此亦师亦友，无话不谈。

刚送走了一位病人，宋立人便感慨道：“你师傅有时候也会误诊啊！”

宋立人见陈万举一脸诧异，便进一步说：“人体是很复杂的，做医生就没有不误诊的。小医生，小错；大医生，大错；新医生，新错；老医生，老错啊！”

陈万举不解地问：“小医生、新医生，误诊率高，我信；老医生、大医生经验丰富，不至于误诊吧？”

宋立人摇着头说：“我讲的是实话。医生医史越老，遇到的疑难杂症就越多，误诊的可能性自然也大。”

接着，宋立人就说起了刚刚送走的这个病人。

据病人陈述，好像是胃出了问题，说是自进入夏天以来，一点生冷的东西不能沾，哪怕是凉开水，喝了也会不舒服，见天饭量大减。在此之前，这位病人已经看了好几位医生，到永安里也来过三趟，前两趟宋立人也是按照胃病给他治的，给他开了半个月的药，却见不到一点疗效。直到病人第三次登门，宋立人十分仔细地给他做了检查，才发现自己轻信了病人的自述，问题其实并不在胃，而在脾。人们通常会把脾胃看成是一回事，中医学也认为脾胃同为“气血生化之源”，共同承担着化生气血的重任。饮食入胃后，胃对食物消化和吸收，实际上是在胃和小肠内进行的，但必须依赖于脾的运行功能。于是他调整了思路，改治胃为治脾，并要求病人改变饮食不节、过食油腻的坏习惯，这才过去一个月，病人的病根便彻底解除。

宋立人说："你这次下这么大决心跟我继续学习，我当然欢迎，但我必须提醒你，'活到老、学到老'，这不仅仅是一句励志的话，而是一句大实话，学无止境啊！医圣张仲景就提倡'勤求古训''博采众方'，中医不仅是一门经验科学，更有着严谨的科学理论，我们既要广泛收集散落在民间的验方，更要用心研读深刻领会前人的经典，根据妇女人中的长短就可以判断她子宫的大小，从一个人的眼血管就能够判断他肝病的状况。一部《黄帝内经》，就蕴藏了许多可圈可点的大智慧。"

宋立人见陈万举听得认真，话也就多了起来。他说按照自己多年的经验和体会，能把不同的病人区分开，给予个体化治疗，这显然还不够，一个优秀的中医师，不但能把病人的病治好，还能创造出自己新的疗法、新的手段、新的理论、新的学说来，让更多的医生从中获益。我们说中医很神奇，中医是门大学问，说到底，其实它的神奇和学问，就在如何辩证施治合理用药上。

说到这，宋立人就问陈万举，听没听过一个关于中草药的口诀："叶中有浆可拔毒，叶边有刺皆消肿，叶枝相对治见血，草木中空善治风。"他说，"我们的先人从自然界成千上万种药材中，总结出了这样的规律，了不起啊！这些药材为什么会有这样神奇的规律，就很值得我们花时间去研究！”

陈万举跟着宋立人在永安里学医的第二年夏天，淮河发了一场大水。这次的水势异常凶猛，冲垮了黑牛嘴一带的围堤，裔家湾随即泡在水中，陈李氏不得不带着一家老小逃到了怀远县城。不久，蚌埠沿淮筑起的护城大坝也决了口，城区顿时一片汪洋，街道成了河道，皆可行船，宋立人在永安里的诊所也水深过膝，好在抢救得及时，不少药物转移到了郊外地势较高的郑郢。

当陈万举跟随宋立人一家搬到郑郢临时居住时，才发现，逃难的市民和农民越来越多地把郑郢暂作安顿之地，一时间，人满为患。

谁也不可能想到，大家刚在郑郢住下消停了几天，一场比大水更可怕的灾难会接踵而至。

发现灾难临头的那一天，天气其实还不错，既没再落雨，也没再刮风，只是让人感到少有的闷热。

午饭刚过，有的人正在休息，因此，周遭一片寂静。忽然，从村子东头的一间屋子里传出哭声。那哭声来得很突然，又十分凄厉，撕心裂肺，听起来让人觉得极度地压抑。

不用问，大家都能意识到，这是有人过世了。但没谁会把它太当回事，乱世年头，又发了大水，死个把人是很自然的事。

可是，没隔多久，村子的西头也传来了哭声，而且，分明不像是来自一家人，那哭声此起彼伏，再没落音，令人毛骨悚然。

陈万举不免恐慌起来，莫非城里的日本兵也到了郑郢，趁着水灾大开杀戒？如果真是这样，师傅一家人住在这里也就不再安全。

陈万举这么想着，便独自出了门，想探个究竟。

出了门，才注意到，这时的郑郢已经脏得不成样子。房前屋后，路上地下，随处可见污秽的垃圾和人畜粪便；沟里塘里的水也全都散发着刺鼻的腥臭味。村东头去世的，是蚌埠逃难来的一位老人；村西头去世的，是两个当地的村民。据说平日并没发现他们有什么病，上午都还是好好的，不知怎么就突然上吐下泻，吐的和拉的东西都有一股鱼腥味，一时三刻人就不行了。

当天夜里，事态变得更加恐怖。村子北边的一个五口之家，居然也都染上了这种怪病，又吐又泻，屋子里奇臭难闻，第二天有人找到他们时，一家五口一个没剩地全都咽了气。

很快，一个可怕的消息便在郑郢传播开来，说这是日本人将培植的霍乱菌投放到了郑郢的水井里！

陈万举不太相信这种传闻。他分析，郑郢的环境已如此恶劣，又赶在炎热的夏季，老天爷还连天加夜地下着雨，天地之间早已蕴满了湿热，发生瘟疫只是迟早的事情。

第二天一大早，陈万举再次出去打探情况，在经过一幢茅屋时，听见屋里有隐隐的哭声。走近发现里面躺着一个三十多岁的女人，旁边蹲着一个十多岁的男孩，男孩见有人走近，抬起一张泪迹斑斑的脸，狐疑地望着陈万举。陈万举走上前去，见女人有点发烧，喘气很粗，舌红，切其脉发现脉沉数，已陷入昏迷。

他问男孩：“你娘什么时候发病的？”

男孩说：“昨天还好好的，夜里开始头痛腹痛，又吐又泻的，爸爸说，娘可能是吃坏了东西。”

“你爸爸呢？”

男孩说：“去找大夫了。”

陈万举说：“我就是大夫。想看看你娘都拉了些什么东西，还有吗？”

男孩跑到屋角端来一只便盆。陈万举揭开盖在上面的一块破木板，霎时间，令人作呕的腥臭味扑鼻而来，里面盛着的是米泔水样的大便。

陈万举于是诊断，这女人患上的是霍乱！

自出道以来，六年了，虽然陈万举还从没收治过霍乱病人，但他从前人的著述中早就知道，发生这种疾病的高峰期往往是在夏季，此疫来势汹，传染快，如不及时救治，患者将会在几小时内因为脱水而毙命。

很显然，眼前这个农妇的病情已是万分危急，如果自己就此走开，她必死无疑。

就在陈万举准备抽身离去的时候，身后猛然传来沉重的脚步声。

陈万举回头看了一眼，见进来的是一个中年男人，他猜出这应该是农妇的丈夫。于是问：“请的医生来了吗？”

男人绝望地说："乡里的大夫都跑光了！"

说着突然端详起陈万举，似乎不敢相信自己的眼睛："你是裔家湾的陈大夫吧？我这口子也是你们裔家湾人，你娘我还该喊她大娘呢！"

陈万举心不在焉地点点头。此时他无心细问彼此的亲疏关系。病人已经奄奄一息，用药分明来不及了，只有针灸尚可一试。想起参加中国针灸研究社学习时，承淡安老师编写的教材《中国针灸治疗学》中，有"霍乱门"一节。于是就说："既然你没有找到医生，那我就试试吧。"

他还清楚地记得，承老师写到的霍乱病分寒霍乱、热霍乱、干霍乱三种，根据农妇表现出来的症状，陈万举诊断她患的是热霍乱。想到自己要救治的是一例"热霍乱"病人，陈万举迅速打开了随身携带着的银针包，先在她的少商、关冲、少泽、委中四穴各刺一针，挤出一点血。然后针刺合谷穴四分，留捻二分钟；再依次针刺三里、太冲、大都、曲池、阴陵、中脘、承山等穴。待九针扎下来，大约过了半个时辰，就听女人长长吁了口气，睁开了眼睛。

"娘醒了！"男孩高兴地叫起来。

陈万举却依然高兴不起来。因为他只是将患者用银针刺醒了过来，在他的印象中，患了严重的霍乱病，针灸是主治，口服中药是助治，他已记不清承老师在书中写的是什么方剂了。

经男人介绍，这时陈万举才闹清，他救治的这个女人就姓裔，叫裔春梅，是裔家湾的闺女嫁到这郑郢来的。

陈万举带着春梅的丈夫回到住处，他把刚才发生的情况向宋立人做了详细介绍。讲到他用针灸做了初步的救治时，宋立人有些意外，因为他根本不相信针灸可以处理这种传染病。他想了想，竟也坦诚地说道："对于霍乱，我这也是头一次遇到，没有什么经验。据我所知，古往今来，防治霍乱最有成就者，莫过于清代名医王孟英。他一生经历过数次霍乱，每次都深入到重灾区，后来他便根据自己的经验写了一本《霍乱论》。王孟英认为霍乱有热、寒之分，绝大多数都是热症。它盛行于夏热亢旱酷暑之时，只有个别脾胃素虚之人，寒湿内盛，患病才表现为寒湿霍乱。"

稍加思索，他便提笔对陈万举说道："根据你描述的这些症状看，用王孟英的'燃照汤'应该有效。"

就在处方开好时，宋立人又犹豫了一下，删去处方中的一味药，添上了另外两味药。原来他忽然想起，在他的诊所转移过来的中药里，没有那味药，他只好加以调整。

这一切，都被陈万举看在眼里，他甚为感慨。感慨宋立人师傅学识的深厚，而且有着惊人的好记性！

春梅的病情很快有了好转，但是，霍乱却在郑郢蔓延开来。不少人是突然发病，一发病就是狂吐暴泻，以致家人还没反应过来，人就断了气。

这种情况其实没出宋立人的意料。因为，霍乱是一种急性传染病，而且又是防不胜防的。只是他做梦也不会想到，他的妻子很快也病倒了，得的正是霍乱！

起初他怎么也不相信，仔仔细细看了妻子的舌苔，苔色黄糙；再切脉搏，脉象伏；摸摸额头，额头微微发烫；再观察大便，他的心一下就变得拔凉拔凉：妻子的大便不仅一日数次，开始拉的还是米泔水样，后来就有了血！

陈万举得知这一消息，更是不敢相信，不敢相信这事会落在师母的身上，因为师母已经被师傅做了隔离。他不安地问师傅："师母的病已确诊了吗？"

宋立人痛苦地点点头，又无奈地摇摇头："本来我可以用'燃照汤'救她，可她一下变得这么重，已神志昏迷，没法进药了，我又能怎么办呢？"

一听说师傅也救不了师母，陈万举十分震惊。他不忍心去看师傅，这时宋立人已极度沮丧地垂着脑袋。

短短几个小时没见师母的面，竟然就发生了这么大的事，陈万举一时语塞。他哑了半天，最后鼓足勇气开了口：

"我想给师母试几针！"

宋立人不免诧异。他没想到平日言听计从的这位徒弟，会在自己的面前主动提出如此要求。他知道陈万举曾经学过针灸，但他更知道清朝道光年间就有个禁针诏，道光皇帝曾认为针灸是登不了大雅之堂的小把戏，怎么能解决霍乱这种大瘟症？不过他见陈万举神情如此恳切，也就不忍心拒绝，便点了点头："你想试，就试试吧。"

陈万举谨慎地取出银针，首先在师母膝下的三里穴、虎口上的合谷穴各下一针，刺四五分深，捻转提按运针片刻后，留针二分钟；紧接着又迅速在中脘、曲池、太冲、承山、昆仑、阳陵泉等穴位分别扎上一针，捻转提按运针片刻，各留针一至二分钟。

宋立人站在陈万举的身后，目不转睛地看着陈万举十分娴熟而又自信地下着针，看着留在妻子身体各处的二十多根银针，他的心情很是复杂。自己从医这么多年了，这样认真地现场观摩针灸，并且企望它获得成功，绝对是破天荒的第一次！

只过了一个多时辰，就见师母嘴一张，“哇”的一声开始呕吐了，吐出来尽是一些红不红白不白的东西，散发出一股刺鼻的鱼腥味，随后人也就慢慢清醒了。

宋立人十分惊异。

他想不到一直被自己轻视的中国针灸，竟有如此神效！当陈万举向他讲述用针灸把春梅救活的时候，当时他还认为万举是在夸大其词，现在由不得他不信了。他终于放心地对陈万举说：“你师母只要能吃药就无大碍了！”

听说难民中来了位名医，这消息在人心惶惶的郑郢不啻让人听到了福音。又听说这位名医还是蚌埠市中医公会的会长，这天半夜就有人找上门来看病，这让宋立人感到有些不适。本来他准备等妻子的病情稍加稳定就离开郑郢的，现在疫情分明蔓延开来了，场面惨不忍睹，作为一个医生，还是医学组织的一个负责人，在这种情势下，他就不能一走了之了。

宋立人虽很纠结，最后还是决心留下来。他与陈万举商定，就在郑郢开个“临时诊所”。他从永安里带出来的那些药材，也通通施舍给霍乱病人。

陈万举没想到一向把钱看得很重的师傅，在这种天灾人祸面前有如此担当，表现出了医者仁心的风范，这让他不能不肃然起敬。

他马上去找房东，房东也是仁义之人，马上整理出一间闲置的屋子，找来一块木板，用毛笔在木板上写下“义务诊所”四个大字，挂在门头上；又下了一扇门板，下面支上两条板凳，再蒙上一块布，算是诊床了。没有药柜，陈万举就剪了带来的一床蚊帐，缝成十几个口袋，在上面写上字，装上药，一口袋一口袋挂在墙上。

义务诊所还没有准备好呢，病人就已经在门口排起队了。

找上门来的，除个别其他病人外，差不多都是霍乱症，有的正排着队，忍不住就又吐又泻。

病人越来越多，上门的时间也越来越没有固定的钟点。有的天不亮就抬来了，有的深更半夜也来敲门，更有病得重的干脆不走了，就在门外的空地上过夜。由于是在炎热的夏天，露天住宿是没有问题的，再说有的病人本来就是居无定所的难民，睡在哪里都是一样的。由于针灸对霍乱急症的奇效，在这间简陋的义务诊所里陈万举便充当了主角。病人一进门，简单询问几句，他就要病人躺到诊床上，然后给他们扎针，病轻的，扎上几针就好了，重病号，就要他们再找师傅看看，开个方子，吃上几包中药。

因为总是躬着腰，连天加夜地给人扎针运针，几天下来，陈万举不光累得腰酸背痛，手腕也酸痛得甚至端不住碗。宋立人也不轻松，他由一个堂堂的大名医，不但要看病，还要抓药，好在他夫人的病也渐渐好了，才把抓药的活接过去。还由于陈万举救了裔春梅的一条命，夫妻二人感激不尽，两口子也主动过来帮忙，充当起了“护理”的角色。尽管大家都十分辛苦，十分忙碌，但看到一个个霍乱病人起死回生，就会像自己逢凶化吉了一样地激动、振奋。

郑郢突发的这场霍乱，前后持续了半个月之久，当时不仅是在闹着水灾，也正是在抗战最艰苦的年头，整个蚌埠市已经处于一种无政府状态，这期间没有任何机关和组织伸出援手。可以说，如果不是宋立人和陈万举师徒二人奋力救治，这场可怕的瘟疫导致的后果将不堪设想。

最辛苦的还是陈万举。他既要接待病人，为病人看病，还要负责扎针。白天黑夜都有病人找上门来，一天二十四小时诊室的门口都排着长长的队伍，他刻骨铭心地感受到，人类在强大的自然和可怕的病魔面前，从来就没强大过；当洪水或是病魔袭来时，不论尊卑贫富，也无关身份地位，人的生命都是那么脆弱，不堪一击。

为照顾好师傅和师母，陈万举就主动把许多工作揽到自己身上，最忙时，他每天的睡眠时间不足两小时，因此，他的眼睛里总是布满血丝，所幸的是，他还年轻，并没被累垮，而且没有染上霍乱。

尽管这样，有一个病人的死去，他依然感到深深的自责，一想起这件事，他就无法原谅自己。

陈小庙有个陈广德，算起来和自己父亲陈广义还是同辈，他的儿子也染上了霍乱，请陈万举出诊。陈万举到了陈家，正准备看病，这时陈广德进来了，陈万举便称呼了他一声“大爷”。没想到，这个陈广德是个粗人，见了陈万举，非但不客气，话讲得还很难听：“哎哟我的乖乖，我以为哪来的名医呢，还是你陈万举在坐堂！你也能看病了？”

陈万举虽见天忙得连轴转，可心里十分踏实，却想不到会遭到这般奚落，又是一个长辈，他一时语塞。因为自从行医以来，他从没遇到过这样的羞辱，再加上一连十多天都没很好地休息了，因此一下变得十分激动：“大爷，我年纪轻经验少，看不了你儿子的病。离这里不远的王家岗有一个老大夫会扎针，你去请王大夫吧！”说完，就赌气走了。

他走后，陈广德果真去请了那位老大夫，可没过两三天，他儿子却死了。

其实这个孩子是完全可以治愈的，就因为自己意气用事，让病人错失了宝贵的抢救时间。这事，一直淤积在陈万举心里，悔恨不已。

这天临近中午时分，送走了最后一个病人，诊室内外出现了半个月以来少有的清静，陈万举坐下来，正想打个盹，春梅就轻轻地走过来，指着门外说：“陈大夫，你看谁找来了。”

陈万举向门口望去，不禁一愣：来的是自己的母亲陈李氏和媳妇崔新如。

他赶紧起身迎了上去：“你们怎么来了？”

陈李氏没好气地说：“现在没谁不知道郑郢在闹‘瘟疫’，人家躲都躲不及呢，我倒要问问你，你怎么到这儿来了？”

陈万举觉得一句话说不清，就要母亲和媳妇坐下慢慢说。

陈李氏说："你什么也别解释，今天就跟我一道走；裔家湾也淹了，我们都搬到了怀远你外婆家。"

听说要带陈万举离开郑郢，一旁的春梅先就急了，说道："大娘，陈大夫走不得啊，这里的霍乱闹得正凶，他一走，大家就没救了！"

陈李氏这时才发现，是裔家湾裔家的闺女春梅在说话，而且是在说这种话，就更生气："你也知道这里的'瘟疫'闹得厉害，都说这是神仙也救不了的病。你也应该从这里离开才是。"

陈万举这时也急了，马上说道："娘，你支持我学医，我也学了不少年医了，现在这里太需要医生了，我怎么可以见死不救呢？"

他发现母亲怔怔地望着自己，就进一步说道："现在能救一个人是一个人。本来我对治疗霍乱也没有把握，当时春梅也得了霍乱，已昏死过去，我就把前几年学到的针灸在她身上试了一下，想不到竟把她救了过来。"

春梅想到当时的情景，于是就说得更加急切："陈大夫不但救了我的命，还救了郑郢许多难民的命，连宋师母的命也是他救过来的！"

这些情况令陈李氏十分意外，她没想到宋夫人也染上了这种病，更没想到万举在医术上已这么了得，竟然能为师娘治病！

正这么说着，宋立人夫妇也走了过来。

还是住在大岗集徐长荣家时，宋立人就多次见过陈李氏。当他了解了陈李氏到郑郢的来意，十分理解，不过作为一个医生，他还是说了实话。

宋立人说："霍乱传染起来是很可怕的，但更可怕的是，如果不能对病人及时施救，由于霍乱发病的时间极短，短短几个小时就可能致人死亡，并且会死得惨不忍睹，引起更多人的恐慌。"

陈李氏问："医生就不会被传染吗？"

"当然会"，宋立人给她吃了一颗定心丸，"但万举和我被感染的可能性不大。因为我们知道怎么预防，特别是我夫人也不慎染上了，我们就会格外注意。再说对付这种病，中医还是有办法的；万举还从针灸大师承淡安那儿学到了救治霍乱的针法，现在本事比我还大。"

霍乱，在陈李氏的心目中就是"人瘟"，是比洪水猛兽还要可怕的。经宋立人这么一说，她的不安与恐惧减轻了不少，马上说："这都是宋大夫调教得好啊！"

就在这时，几位当地的农民拎着咸鱼和咸肉上了门，感谢陈万举的救命之恩。

一个可以做陈万举父亲的老人，进得门来就要下跪，慌得陈万举一把拉住，说："大爷，使不得，你这样会折我阳寿的！"

这场面让陈万举媳妇崔新如震撼不已。一向就对婆婆唯命是从的她，这时竟也勇敢地站了出来，说："娘，万举的师傅都这样说了，咱也就放心了。你就让他在这干吧，我也留下来，给他打个下手！"

陈李氏虽然没有文化，却也是个深明大义之人，于是说道："好，好，好。难为你们都能一心向善；你们这样做，也是为后人积德。'救人一命，胜造七级浮屠'，菩萨也会保佑你们的！"

陈李氏发现宋夫人的身体仍很孱弱，说话有气无力的，就劝说宋立人送妻子女儿回苏北老家去。她说："夫人的身体麻痹不得，要好生休养，你刚才也说了，万举有你提供的处方，他又会针灸，你就放心地走吧！"

陈万举认为母亲说得对，也力劝师傅一家离开这个危险之地。在大家的一致劝说下，当天下午，陈李氏和宋立人一家人都分别离开了郑郢。

第三章　“百人坐堂”

7. 祸不单行

大水终于退了下去，天也渐渐凉了下来，霍乱也随之平息，逃到郑郢的难民们陆续回城。

因为宋立人去了苏北沭阳，陈万举没法再继续跟他学医，便收拾东西回到了大岗集。

回到大岗集，陈万举才知道，他原先租用的那三间房，果然一直被余八保留着，柜台和药斗，也完好无损地放在陈家大屋。他只准备了几天，诊所就正常开业了。

开业那天，余八比他还高兴，不仅放了几挂千头鞭，还在诊所右首给他添了一块牌匾，上书“华佗再世”。不曾想，郑郢也赶来了几十口子人，领头的两人抬着一块“万病一针”的朱红匾额，后面跟着一支乐器班子，在热闹的锣鼓和鞭炮声中，他们将匾额挂在了诊所大门的左侧。

这两块牌子十分惹眼，金光闪闪；两块牌子背后的故事，也由于大家的口耳相传，以致这一带无人不知无人不晓。这让裔家湾的人觉得脸上很有光，提起陈万举他们就不再称呼“小陈大夫”或“小陈医生”，而是称他为“陈大夫”，或是“村东头的陈先生”。

一九四五年八月十五日，日本宣布投降。那天农历是七月初八，虽然并不是逢集的日子，大岗集却比往日还要热闹，到处是炸响的鞭炮声。

如今日本鬼子投降了，天下太平了，大家再不会像过去那样提心吊胆地过日子了。于是陈万举就兴奋地和媳妇崔新如商议，这已是立秋的第七天，再有一个多月就是中秋节了，他想利用中秋节休息两天，回裔家湾同一家人团聚团聚。尽管大岗集离裔家湾也只有两华里，但毕竟平日太忙，总是抽不出身回去看看。这次回去，他想不光要陪母亲和兄弟们赏赏月，打小走得比亲兄弟还亲的四哥陈万鹏，也是应该见见的。四哥是个绝顶聪明的人，只可惜没念过一天书，当年他跟着自己去城隍庙报名上学的情景，至今难忘。因为缴不起学费，只能偷偷地躲在窗外向课堂里张望，那渴求读书的眼神，现在想起来仍刻骨铭心。四哥虽然没读过一天书，却能把整本的《东周列国志》《三国演义》娓娓道来，并且有着自己精辟的见解。每次听他一席谈，都会感到有所收获。当然，二姐家也是必须去看看的，二姐和二姐夫对自己的帮助太大。

人逢喜事精神爽。陈万举和崔新如听着街上接连不断的鞭炮声，正兴高采烈地讨论着中秋佳节的计划呢，谁也没有想到，就在举国上下欢庆抗战胜利的第二天，一场像郑郢的霍乱一样的灾难猝然而至。

一伙土匪，明火执仗地洗劫了裔家湾。

这天，天刚麻麻亮，人们还都在睡梦中，一伙土匪就挨家挨户地找上了门。因为门敲得突然，敲得又响又急，睡在前院的陈万珠本来就胆小，觉出了异样，害怕得根本不敢前去开门。不见有人开门，敲门声就变得更响，后来分明已不是在敲，而是用脚在踹了。

睡在后院的陈李氏也听到了敲门声，而且对这种声音并不陌生，嫁到裔家湾后就碰到过一回了。她见陈万珠没有动静，就摸索着前去把门打开了。

进得门来的几个人，其中一人手里拿着枪，其余的也都掂着棍。领头的瞅着陈李氏问：“你家哪个是家主？”

陈李氏说：“我是。”

领头的不大相信：“男人呢？”

这时长子陈万秀也战战兢兢地走了过来。陈李氏赶紧上前一步把他挡在了身后，说：“二三十年前就死了！”

拿枪的土匪竖起拇指，称赞道：“老奶奶有胆量！那你就跟我们走一趟！”

说罢，就把陈李氏强行带走了。

这天早上，整个裔家湾只有精明的陈万鹏不知打哪听到了风声，带着全家在外面躲了起来，其余没有一家幸免，当家的都被抓了去，关在一个秘密的地方。

陈万举不在家的这些年，虽然陈万秀在家里管着事，但当家理财特别是遇到大事，还都是陈李氏拿主意。现在见老母亲被抓，陈万秀和陈万珠兄弟俩都吓坏了，急得就像热锅上的蚂蚁，却又不知如何是好。

陈万秀的儿子陈桂栋这年已经十三岁，在村学读了六年书，他见奶奶被抓走，父亲又没了主张，就赶紧跑到大岗集去找叔父陈万举。

陈万举听侄子讲了裔家湾发生的事，足足傻了半晌。他不明白，才赶走日本人，原以为天下太平了，可只隔了一夜就闹起了土匪，以致他竟不知今夕是何年。

他吩咐崔新如留在诊所，就慌慌张张地跟着陈桂栋向裔家湾奔去。

还没有进村呢，便听见到处是女人哭小孩叫，气氛很是恐怖。进了家，就发现大哥和弟弟一个抱着脑袋一言不发，一个将自己裹在水烟的云雾里，唉声叹气。他只有安慰兄弟：“这帮土匪家家户户抓了当家的，无非是为了钱；娘的安全应该没有问题，但咱们必须去筹钱。”

果然，当天下午土匪就送来口信：要赎人，必须在三天之内拿出四十块大洋，少一文也不行！

听到这样一笔巨大的赎金，陈万秀吓得直哆嗦，陈万举也感到如闻晴天霹雳。但他很快镇静下来，对大哥说：“他们要多少，俺们就得给多少，否则，娘的性命就难保了。”他出去问了左邻右舍，才知道向每家人摊派的赎金有多有少。看来土匪对裔家湾每户人家的情况都是了解的，至少，知道陈李氏有三个儿子，两个女儿又都嫁了有钱的人家，还可能知道他在大岗集开诊所，索要的赎金就比有的人家高出了一大截。

陈万举觉得事有蹊跷，却也没时间去深究，否则夜长梦多，遂当即回到大岗集，拜访了余八。

余八听了事情的原委，也不由一怔：“昨天日本人才宣告投降，今天这帮兔崽子就下手了？也太急了点。”

陈万举愤怒地问：“光天化日之下，土匪这样公开地绑票，就没人管吗？”

余八头直摇：“你这是书读多了，谁管？这么些年，在这块地盘上，你来我往，只见有人变着法儿征粮纳税要钱，老百姓的死活有人问过吗？你不知道这帮歹徒如此胆大妄为，他们的胆是谁给的吗？谁又会过问？”

陈万举请余八帮自己想想办法。

余八很仗义地说道：“你救过我的命，现在你有事我也不会不帮忙。只是这伙人你惹不起，我也惹不起，他们不光有人，还有枪，什么伤天害理的事都干得出来。这样吧，我给你凑点钱，先帮你渡过这个难关。”

于是，他从余八那里借了十块，二姐夫徐长荣也凑了十块，回到诊所翻箱倒柜，也找到四块，还缺十六块大洋，不得不和兄弟们商量，准备把刚收上来的秋粮卖了。

当时很多农户都等着拿钱去赎人，大岗集上卖秋粮的农民一下多得扎堆，价格跌了好几成。为了卖个好价钱，陈万秀和陈万珠兄弟俩只得起早贪黑，用轱辘车把粮食推到蚌埠市去卖。最后又把家里值钱的东西也拿去卖了，这才凑足了钱，将母亲陈李氏赎了回来。

陈李氏回到了家中，一家人终于松了口气，但陈万举却怎么也高兴不起来。过去他从没把钱看得很重，除了按天坐堂看病，别的确实很少去考虑。陡然发生了这样的绑票事件，家底子一下就被掏空了，他不得不静下心来，将方方面面都思虑了一番，重新规划自己的人生。

他想，这么多年，自己一心扑在医学上，不知不觉大家庭已有了不小的变化。弟弟陈万珠不但成了家，还添了两个女儿；大哥陈万秀的儿子陈桂栋，也考上了怀远县城的淮西中学，那所创办于清光绪年间的中学，校名还是蔡元培亲笔题写的，前身为美国基督教长老会开办的含美学堂，不仅学费不菲，而且要求学生吃住都在学校。过去大哥和弟弟在家务农，支持他读了八年的书，又学了五年医，现在该是自己报恩的时候，他们孩子读书的费用自然要由自己来想办法；再说，操劳了大半辈子的母亲，也应该让她过上几天舒心的日子了。

他痛切地感受到经济上的压力。

应该说，他开在大岗集上的诊所，自开办以来一直是顺风顺水的。由于病人大都是附近的农民，加上他看病和针灸是免费的，只是从抓药上赚点有限的差价。这几年兵荒马乱，农民日子过得很苦，不少人来看病拿了药就多是先欠着，赶到收了庄稼才能付账，所以一到收割麦子了，他就各个庄子去要钱，可一旦遇上个庄稼歉收，你再去要，人家就会不高兴，要是病没治好人已死了，那债自然也就黄了。因此，他早就有了离乡进城的念头，想去蚌埠发展。

民国三十六年，即一九四七年一月一日，有着二十万人口的蚌埠，就已正式设市，成为安徽省第一个设市的城市。其实，在早年蚌埠不过是个七户半人家的一个渔民村，民国元年，随着津浦铁路的全线通车，这个不起眼的小渔村便迅速发展成八百里长淮的第一大码头；开埠不久，由于美国、英国和德国等国的外籍商人纷纷来此设店建厂，蚌埠则由此一跃而成为交通便捷、经济繁荣的皖北重镇。

当然，促使陈万举下决心即刻去城里发展的，还因为宋立人这时也从苏北回到了蚌埠。于是陈万举这天说服了一直在挽留自己的余八，依然像上次离开大岗集时承诺过的一样：“蚌埠离大岗集也就十多里地，请余老板放心，你有事我一准随叫随到！”

见陈万举这次去意已决，余八很沮丧。他默默地进了屋，抱出一个有些年头的樟木盒子，从中取出一张已经发黄变脆的纸，郑重其事地交给陈万举。

陈万举接过来一看，上面是工工整整的九行毛笔字，写着九味中药。

这分明是一张药方。

陈万举不解地望着余八。

余八说：“这是我祖上传下来的医治破伤风的秘方。我的先祖曾是明朝末年的一位大医家，尤其擅长外科，在救治外伤感染而导致的破伤风方面积累了丰富的经验，这个秘方余氏家族代代相传，传到我这儿已是十多代了。你救过我两回命，我无以回报，我想这东西你拿去会有用。”

陈万举一听，十分感动，但他却不肯收：“这使不得！我怎么能收你们的传家之宝？”

余八说：“别客气了。我也不是客气的人，我只想要你的那句话——今后我有事你会随叫随到！”

陈万举也就不再坚持，他谢过余八，不久便告别了大岗集，将诊所迁到了蚌埠。

8. 太平街

陈万举要将诊所迁到蚌埠，宋立人十分支持。虽说他是外乡人，却由于定居蚌埠多年，对蚌埠的地面已经是不能再熟悉了。尽管十分熟悉，在给陈万举的诊所选个理想的地址时，他还是花了一番心思。

当年他从苏北刚过来时，所以相中了蚌埠的永安里，是因为那里是全城最惹眼的地方。现在才知道，诊所开在繁华热闹的地段，有利也有弊，而且他越来越觉得中医诊所不宜设在一个商业气息太浓的地方，当然也不能因此而远离闹市，最好选在一个交通便捷却又是闹中取静之处。

于是他建议陈万举将诊所开在太平街。

太平街离市中心的小南山不远，离横贯城内的两条主要街道也很近，特别是，过去找陈万举看病的多是大岗集附近的农民，而太平街离淮河渡口近在咫尺，诊所开在这样的地段，农村的病人找过来也会十分方便。

陈万举实地看了一下，也特别满意。

他最满意的一点，就是兵荒马乱这么多年，现在最希望看到的，就是“太平”二字。一直生活在乡间，乍到城里会有不少地方需要慢慢地适应，只要太太平平的，一切就都好办。

房子刚租下，稍加整理，陈万举就请人把大岗集的诊桌和药橱运了过来。

不成想，跟着诊桌和药橱一道过来的，还有余八的儿子余小四，他抱来了“华佗再世”“万病一针”这两块牌子，气喘吁吁地进门就说：“陈大夫，你怎么把这两块匾落下了？父亲要我送过来。他说你乍到蚌埠，人生地不熟，有这两块牌子生意会好做很多。”

陈万举听了，又是感动又是好笑。感动的是，余八这是真心待他，而且说得有一定的道理。在一个完全陌生的环境里，想尽快打开局面，舆论是很重要的。只是他觉得牌子上的文字写得有点言过其实，过于夸张，自己初到蚌埠，他不希望给同行留下一个爱吹嘘的印象，所以也就没打算把这两块牌子带过来。

现在见余八把这当成一件很重要的事，竟感到为了难。因为其中的一块牌匾还是余八送的，他对余八还是心存忌惮的，不好拂了他的意。

正在纠结，门口却响起了车马声，同时传来师傅宋立人的说话声。

原来，宋立人知道陈万举的经济很是窘迫，就专门为他购置了一张两米多长的雕花条案，一张气派的八仙桌，还将自己家里祖传的一只清朝官窑出品的青花瓷坛子，也一并抱了过来，作为开业礼物送给徒弟。

进得门来，宋立人便指挥着工人将条案和八仙桌摆放在诊室的正堂。见余小四抱着两块匾站在门口发呆，知道徒弟的心思，就上前接了过来，自作主张地吩咐工人将它们挂在条案的正上方。

陈万举想阻止，说："师傅，这初来乍到的，这样影响不好吧？"

宋立人说："你多心了。牌子又不是你自己刻意做的，要是你自己做的那就是'老王卖瓜，自卖自夸'，这是余老板和郑郢老百姓的一片心意，上面不都写有落款吗？听我的不会错，牌子挂出来，病人会更加信赖你！"

你还别说，余八毕竟常年混在江湖，宋立人更是蚌埠中医界的头面人物，他们都比陈万举大上一二十岁，有丰富的社会阅历，对世态人心的了解远胜过陈万举。这"万病一针""华佗再世"的金字招牌在诊所一挂出，真的起到了不一般的广告效应。很快，两块匾额背后的故事也就不胫而走。出于慕名，或是好奇，前来看病的从开始的三五人，变成每天十余人，陈万举很快就在诊所林立的蚌埠市站稳了脚跟。

宋立人听说了，也不无意外，他打趣道："万举啊，我开在繁华闹市的诊所居然没有你的人气高！看来酒香也怕巷子深，舆论工作不可漠视。你诊所的名字起得也好，'永生堂'，世人谁不想永生呢，所以你的病人多啊！"

陈万举说："要说好，还是师傅有眼光，这地址被师傅选得好——太平街！'太平街'这三个字，一字值千金啊！"

师徒二人都没有想到，他们说这些话的那天，正是一九四八年八月二十三日，国民党政府开始强行收购黄金、白银及重要物资，在蚌埠发行金圆券，市民们已是人心惶惶；紧跟着又传来淮河渡口的船工们，为反对把头周长林无理提取渡河费，他们把所有的渡船划到三香寺，拒绝摆渡。陈万举虽然将诊所由乡间迁进了城里，但这时找上门来的农村病人仍有不少，这样一来，很多患者无法进城，诊所的收入便每况愈下。

这还不是最糟糕的。

这年刚入秋，大家就听说国民党蚌埠市党部书记洪杏岚，携带侵占的钱物突然玩失踪。不久就又发现不知打哪儿一下来了许多军人，赶到挂出了“徐州剿总蚌埠指挥所”的牌子，才知道“徐蚌会战”，亦即震惊了世界的淮海大战开始了。最初是刘汝明率第四绥靖区司令部若干人前脚进驻蚌埠，不到一周时间，李延年又率第九绥靖区司令部部分人员来到蚌埠。接着李延年和刘汝明，两大绥靖区的头头不知因了什么起了争执，闹得鸡飞狗跳，蒋介石不得不派出蒋纬国专程来蚌，协调两人的矛盾。看来矛盾一时又难以解决，最后换成了刘峙率“剿总”坐镇蚌埠。

总之，自入秋开始到这年年底，蚌埠的地面上就没有一处太平之地，整个城市陷入到极度的动荡不安之中，风声鹤唳。

陈万举永远忘不了一九四九年一月十八日，那一天，他正在看病，因为病人的脉象太弱，因此他就全神贯注地切着脉，猛然间，传来了一声巨响。这巨大的响声不仅突如其来，而且震耳欲聋，似晴天霹雳，连脚下的地面都随之颤动。

陈万举惊得一下站了起来。

“这是什么声音？”他从来没听到过更没感受过如此巨大的声响。

病人却显得很平静：“这是国民党军队在炸毁淮河大铁桥。”

“你怎么知道？”陈万举狐疑地望着病人。

病人说，他是铁路工人，淮河大铁桥上早就堆满了炸药包，各种车辆严禁通行，他们已经无班可上了。

事后陈万举才知道，国民党军队为拖延人民解放军攻城的时间，随着那天的一声巨响，淮河大铁桥除靠南岸的两孔桥梁还在，其余的五孔桥梁全被炸落水中；正中的三座桥墩水上部分也遭到了严重的破坏。

更让陈万举为之震惊的是，就在那一声惊天动地的爆炸声中，挂在诊所门口的“永生堂”的牌子也被震落在地！即便不信鬼神邪说，他也觉得这事太堵心，堵得他当天晚上一宿没合眼，脑袋昏沉沉的，老是琢磨这将会带来什么不祥的后果。

只隔上一天，二十日清晨，人民解放军不仅迅速清除了国民党军队在淮河沿岸布下的地雷，用早已控制了的上千只民船和机帆船一举突破了淮河的防线，占领了蚌埠市。

那是个永远忘不了的日子：一九四九年一月二十日！

这座沉寂了多日的“珍珠城”，被淹没在了经久不息的鞭炮声中。成群结队的市民走上街头，还有人拉起了巨大的横幅，横幅上醒目地写着六个斗大的毛笔字：

“天亮了！解放了！”

当陈万举准备将震落下来的“永生堂”的牌子重新挂在门头上时，忽然便犹豫起来。他想，这牌子被震了下来，自是天意，就没必要再把它挂上去。人生不过百岁，“永生”不过是一种美好的夙愿。虽然“万病一针”和“华佗再世”两块匾原封没动，依然十分显眼地留在诊所的正堂，他却在想，“华佗再世”其实也是人们对医生的一种期望；至于“万病一针”，谁又能真正做得到呢？当初有这两块匾额是为了便于打开局面，现在再看，不免感到有些过于张扬，而且显得不够自信。尤其是，如今蚌埠解放了，这座城市的历史从此翻开了新的一页，他也应该让自己的诊所有个新的面貌才是。

于是，陈万举把“万病一针”和“华佗再世”两块匾额取了下来，“永生堂”的牌子也不要了。他誓言说真话办实事，不慕虚名，于是请人重新做了一块新的招牌，招牌上朴朴素素地写着七个大字：

“陈万举中医诊所”。

一月二十日，蚌埠解放的当天，蚌埠市军事管制委员会便宣布成立。军管会主任为曹荻秋，陈国栋、李世农为副主任；李世农还出任了蚌埠市委书记。

很快，被炸毁的淮河大铁桥就被修复，津浦铁路恢复了通车；曾遭到严重破坏已停工多日的宝兴油厂、信丰面粉厂、中山街米厂以及蚌埠酒厂等事关民生的一些企业，迅速恢复了生产；市内的主要街道二马路也得到全面改造，铺上了柏油路面，并疏浚了两边的沟渠。

一度死气沉沉的蚌埠市顿时焕发出蓬勃生机。

陈万举注意到，卫生系统同样在发生着想象不到的变化。

蚌埠市第一个公立医疗机构随之建立，并附设了护士学校。与此同时开展的，是对全市私人中医诊所的整顿。

陈万举对人民政府的这次审核工作，打心里是一百个拥护的。

蚌埠，号称八百里长淮的第一码头，更是贯穿中国的津浦铁路线上的一个重镇，因此，当时的蚌埠不仅云集了不少江湖郎中，于此招摇撞骗，敛取民财，也招来许多医技低劣者，仅靠熟记一些所谓的民间单方或验方就敢给人看病，贻害百姓。通过这样一次审核，不仅维护了广大患者的利益，也维护了真正的中医师的声誉。

因为宋立人参与了这项审核工作，陈万举从师傅那儿知道，当时的蚌埠市不愧为藏龙卧虎之地，集中了当时安徽省最优秀的一批中医师。说起来其实也不奇怪，因为早在二十年前的一九二九年初，蚌埠就成立了市政筹备处；到了一九三八年，蚌埠实际上已成为安徽省的省会。虽然直到一九四七年一月一日，蚌埠才正式设市，但毕竟是安徽省历史上第一个设市的城市。今天的省城合肥，在蚌埠设市两年后的一九四九年，不仅尚为县制，城区也只有五平方千米，五万人口，几家铁匠铺和十几台烧“木炭”的汽车就是全部工业家当了，那时还远不如隶属于合肥县的三河镇风光。当人民解放军占领了合肥后，发现三河风物丰阜又是水陆通衢，就曾经将新的合肥市委设在了三河镇，足见当时合肥的尴尬。正是因为蚌埠地理位置上的显赫优势，江浙一带，特别是安徽各地的中医名家，便陆续来到这座被称为“珍珠城”的蚌埠市。民国十四年即一九二五年，蚌埠中医师还只有二十多位，到了一九三七年就增至七十多人，宋立人、强幼春的内科，卢孝臣、王子谋的外科，项佐甫的花痘科和刘硕臣的儿科及妇科，就已是远近闻名。

经过这次整顿审核之后，蚌埠全市被批准设所开业的中医师，总共是九十七人，号称“百人坐堂”。

一九四九年十月一日，中华人民共和国宣布成立。那天一大清早，陈万举就跟在有着六万之众的社会各界组成的滚滚洪流中间，去被称为“飞机场”的地方，参加盛大的庆祝集会。他此生第一次见到如此壮观的场面，人头攒动，欢声雷动。会后，大家围绕着小南山，在市区最繁华的街区游行庆祝。家家户户在队伍到达时燃放鞭炮，所有机关商店的门口都悬挂着五星红旗。晚上，更是热火朝天，满眼的红灯笼，照得大街小巷一片喜气洋洋。

为庆祝人民共和国的诞生，蚌埠市民们整整狂欢了三天。

国庆节过后，由于雨水渐少，地面的热气又散得快，日暖夜凉就渐渐变得明显了，这正是淮北地区小麦播种的好时机。陈万举虽然进了城，但碰到来自农村的病人，总少不了会聊起农事。这天，来的病人正是一个种小麦的行家里手，他说淮北一带的地力比较薄，除了尽可能多地施肥之外，采用豌豆同小麦混作也是能够增加地劲的。豌豆茎可以借助小麦秸秆的支持长得很好，豌豆的根部有根瘤菌，天然制造出氨肥，这种混播各有所长，一举双得。

陈万举不由听得入了神。在他看来病人谈的虽然是农事，如果一个中医师能将不同的中药搭配得当，同样是可以借助各味药性之长，最后综合发挥出理想的疗效来的。

送走病人，他还沉浸在自己的这种无边的联想中。

这时，一个穿着军服的年轻人走进诊所，径直走到他的面前。他见这位年轻人精气神俱佳，不像是有病的样子，便有些疑惑地问道："这位解放军同志，找我有事？"

年轻人突然双腿一收，恭恭敬敬地向陈万举行了个军礼，反问道："陈大夫，你不认得我了？"

陈万举仔细打量了对方，觉得有点儿面熟，却想不起在哪儿见过。

"我是郑郢的。"年轻军人说，"六年前你曾在那为人看病。"

陈万举猛然想起淮河发大水，郑郢闹霍乱那年夏天，他在一个农民家开设义务诊所，常发现有个十多岁的男孩会远远地、一声不响地望着他。现在，他定睛把面前这位高高大大英武帅气的年轻军人瞅了好一会儿，依然有点不敢相信："你是裔春梅的大小子？"

"是啊，是啊。"

"都说女大十八变，"陈万举笑了起来，"你这小伙子也变得让人认不出来了。"

待坐下细谈，陈万举才知道小伙子名叫张锐，日本投降的那年冬天，他和村里的几个青年就跑到苏北参加了部队，这些年也算得上南征北战。淮海战役结束后他随军来到蚌埠，被分配在华东警备司令部铁警四团卫生队。进队不久，铁警四团卫生队就与蚌埠铁路诊疗所合并，组建成蚌埠铁路医院。

陈万举刚到蚌埠时，就知道铁路上有一个专门的医疗机构，还知道它的历史差不多与中国第一条铁路——津浦铁路的历史一样悠久。清宣统三年，即一九一一年，津浦线的徐州段到南京浦口正式通车，便有了蚌埠药房，后又在药房的基础上建成了最早的蚌埠医院。日军占领蚌埠，医院被解散，抗战胜利后很快就又组建成铁路诊疗所。

张锐说：“形势的发展很快，铁路医院年底前就要开业了，正需要你这样的人才呢。要不是你把自己的名字写在了诊所的牌子上，不定这事我也就错过了。也就这么巧，我正为中医科缺个领头人犯愁呢，那天走到这儿，抬头一看，‘陈万举中医诊所’——我一下想到你在郑郢抢救霍乱病人的场景。那天回村不少人还谈到你，你这个名字起得太好，听上一遍，望上一眼，就忘不掉！”

这消息让陈万举既意外，又惊喜。这么多年含辛茹苦地钻研医学，不就是希望有这样的一天么？能够成为公家医院的一名正式医生，铁路部门一向又是被看作端的是“铁饭碗”，可以说吃喝无忧，生活安定。

不过很快他又想到至今还在乡下操劳的母亲陈李氏，想到数年如一日在土里刨食支持自己上学和学医的哥哥陈万秀和弟弟陈万珠，想到他们孩子读书的费用需要自己的帮助——想到了这些，他沸腾的热血顿时冷却下来。

他望着张锐期待的目光，迟疑了一下，因为他知道公家医院的工资是固定的。于是便问起原本难以启齿的事情：“一个月能发多少薪水呢？”

张锐没觉得有什么不好，也就坦率直言道：“这个我还真的不大清楚，但收入肯定没法同私人诊所比，每个月就那么多死钱，工作起来也会有医纪院规，更不可能像你现在这样自在，一切都是自己说了算。”

张锐虽然说不清具体的情况，还是把陈万举最关心的问题说得明明白白。

陈万举陷入了沉默。最后他说 :“这么多年，蚌埠从江浙以及省内各县来了不少位老中医，你们也可以多了解了解。”

张锐笑了，说道 :“蚌埠这方面人才确有不少，但来自各地，情况复杂 ; 我们需要的是负责中医科室的同志，这就不光要业务上过硬。当年你在郑郢冒着风险救治霍乱病人的情况，我给组织上介绍过，都认为你是最合适的人选。”

陈万举确实很纠结。不过他只得说 :“我现在不能答复你，请容我考虑一下。”

经过一番认真思索，他觉得自己能够走到今天这一步很不容易，何去何从，已分明不再是他一个人的事情，他需要从多方面考虑，否则，就是过于自私了。最后他还是毅然放弃了调入蚌埠铁路医院工作的机会。

主动放弃去蚌埠铁路医院工作的机会，陈万举并没感到遗憾，因为这是他经过慎重考虑后的决定。但这消息被一些同行听说后，无不为他感到惋惜，有人甚至为此感到嫉妒，嫉妒天上掉下来的这块馅饼为何就偏偏砸到了他的头上？而他居然不领情!

第二年的五月，蚌埠市召开各界人民代表大会，陈万举所在的中山区，区长余志新亲自上门通知他，他将作为全区卫生系统的代表，出席市里的会议。但赶到代表大会正式召开，他的代表资格竟突然被取消，却又没有人告诉他这中间究竟出了什么问题。

这事陈万举不仅感到遗憾，更感到委屈，又不便去问，甚至不知道该去问谁。

直到蚌埠市卫生局成立，在铁路医院工作的张锐调入市卫生局，陈万举从张锐那儿才知道，在人民代表大会即将召开的前夕，市公安局要求社团登记，宋立人因为是原中医公会的会长，主动将中医公会进行了注册。中医公会的前身为江苏旅蚌中医携进会，原是江苏籍中医师在蚌埠的一个中医组织，后来为团结其他籍贯的中医师，公会便成为联合所有驻蚌中医师的一个群团组织。毕竟因为医生们师承各异，公会中也就产生出了不同的派别，来自江苏苏南以宋立人为代表的，被称为“苏南派”；来自江苏苏北以强幼春为代表的，被称为“淮阴派”；而来自安徽各地以王子谋为代表的，被称之为“地方派”。他们均身怀绝技，但各流派却又是固守门户，其中有人认为陈万举只能代表宋立人的“苏南派”，于是就千方百计要将他从“卫生界代表”中除名，告他在大岗集行医时，曾经和集霸余八沆瀣一气，祸害百姓，而他本人还是富农出身，作为“人民代表”是不够格的。

代表大会召开在即，突然接到这样的举报信，自然引起区政府的高度重视，因为已经没时间去查清事实，只有取消陈万举的代表资格。当然，这些情况也是不难查清的，只是赶到组织上查清了事实，代表大会也已经开完了。

陈万举被突然取消代表资格这件事，在卫生系统造成了很不好的影响。他好像忽然间才发现人性之恶。他甚至想，幸亏自己主动放弃了去蚌埠铁路医院负责中医科的工作，否则，真要办起调动来，还不知那些人会如何使绊子呢！

他感到从没有过的憋屈，也十分愤怒。

端午节那天，宋立人听说了这件事，就“凑过来讨杯酒喝”，安慰陈万举道："世间本就五颜六色,《尚书》上才会有'大道至简，知易行难'之言，民间才会说'问心无愧，活得不累；没心没肺，能活百岁'！"

不过，宋立人也有些奇怪："那些人告你与大岗集的余八沆瀣一气，祸害百姓，显而易见是污蔑；余八其人我还是了解的，你同他只是医患关系，因为你救了他的命，他适当地予以回报，何为勾结？'祸害百姓'更是无稽之谈。这些只要调查一下便一清二楚。但是，你的这个出身，据说并不是组织上的结论，而是市里搞户口登记时你主动填的，这到底是怎么回事？"

提到这事，陈万举哑了半天。

他说，他在农村的哥哥和弟弟，确实在土改时划成了富农。其实父亲生前并没留下多少田地，只是后来弟兄们长大成人了，累死累活地干，他每年行医所得也都尽数交给了大家庭，加上母亲又会理财，省吃俭用，就置了一些地，赶上土改，就被划成了富农。

他自己的这个"富农"成分，说来至今仍令他后悔得不行。这事确实怨不得任何人。且不说他名下没有一分一厘的土地，庄稼也几乎没有侍弄过，户口登记时，他压根儿不知道成分这事对自己会这么重要，当时只是想到出来行医已有了不少年头，虽然日子过得不算富裕，毕竟比裔家湾那些一贫如洗的乡亲还是强多了，出于虚荣或是自尊，就随手填上了"富农"二字。

宋立人听了笑坏了，说："你这就怨不得人家了。"接着，也不无感慨地联系到了自己，"你说我当上蚌埠中医公会会长，是好事还是坏事？当了会长，就有人巴结，我经不住诱惑，被一些人引诱抽上了大烟，害得我好惨。当初，我是被来自苏南地区的苏南派的中医们推上会长位子的，后来为团结各地驻蚌的中医师，遂将公会发展成所有门派的一个大家庭，结果呢，有着门户之见的不同派别的会员不仅难以沟通，不予配合，原先苏南派的一些人竟也不理解，同我闹起别扭，弄得我里外不是人！”

沉吟片刻，宋立人说道：“晚清中兴第一名臣曾国藩的修身处世、识人为官之道，很值得我们学习。梁启超曾对其这样评价：‘五千年历史中立德立功立言者只有两人：范仲淹和曾国藩；五千年历史中事业有继衣钵得传者只有一人：曾国藩。’我最赏识曾国藩的是他总结出的十六字人生智慧：物来顺应，未来不迎，当时不杂，既过不恋。”

陈万举从师多年，还从没听宋立人谈起过人生的感悟，并且又是这样的推心置腹。他不仅觉得新鲜，而且很是感动。他读过曾国藩的一些文章，知道曾国藩一无家学，二无根基，完全是在一种极其恶劣的环境中反复磨砺，历尽宦海风波，“虽诟病不绝，却荣宠不衰；虽备受诋毁，然善始善终”，实现了只有极少数人才能实现的人生理想。只是，宋立人特别提到的曾国藩的十六字人生格言，他还是头一回听说，因为没听清，便问这格言如何理解。

宋立人解释说：“顺应发生了的事，不去过多担忧未来的事，心无杂念做好眼前的事，不去留恋已经发生的事。总的说来就是一句话，成大事者不纠结。”

听了宋立人一席谈，陈万举的心情好了起来。

随后，他们的话题就转移到了中医公会上。

中医公会中断活动已有许多年了，现在既然在新政府重新做了登记，政府又很重视，宋立人于是想搞出一个实体来，这就是，兴办一个园艺场。他发现飞机场边上有不少荒地，公会完全可以利用那些荒地，开垦出若干个中草药小园，比如搞个麦冬园、熟地园、甘草园、菊花园等等。这样，不少中草药可以不用再去外地进货，还能够保证质量，同时也可以从中获得一些收益，好为开展一些活动提供必要的经费。

他说："中医离不开中药，能亲手兴办个中药园，是我这辈子的一个梦想啊！刚当会长那会，我就筹划过，但战乱连年，民不聊生，没条件也没心情做这件事。现在新中国成立了，公会也应该有个新的面貌新的打算不是？"

他说："前几天我听到风声，卫生局要组织我们这些中医去学习西医。中医和西医并非水火不相容，而是各有所长。我这把年纪就不谈了，你还年轻，如果能懂点西医方面的知识，也是好事啊。"

端午节，两人传统的粽子一口没尝，高粱大曲却喝了不少。陈万举平日见师傅喝酒，都是文质彬彬的，嘴上热情地应着"干杯"，从来只是嘬上一口便当即放下。今儿个不仅主动，而且豪爽，说声"干杯"，手一扬杯子就见了底了。

他想，这次没当上代表，是小人作祟，认为他只能代表宋立人的"苏南派"，并不能代表别的什么，师傅是不是也认为是他牵连了自己，感到内疚，才说了那么多话，喝了那么多酒，以致有点儿失态呢？

陈万举还发现，师傅今天穿的，还是他们第一次见面时的那套白色西服。西服分明已经很陈旧了，由于他比先前消瘦孱弱了许多，穿在身上已不大贴身，甚至显得有些寒酸。

陈万举注意到了师傅的这些变化，心里不由一沉。

他小心地问：“今天师母怎么没同你一道来我这过节？”

宋立人不易察觉地苦笑了一下，端起一杯酒一仰脖子一饮而尽，这才说道：“本来是要一道来的，临时想到要去女儿家里，我想，没人打扰也好，咱们师徒二人也能好好地聊聊。”

说罢，忽然问起有没有宣纸，说是要为陈万举写一个条幅。

陈万举自是求之不得，马上找出纸和笔。宋立人借着酒兴，一挥而就。

他写道：

医，至难事也，余致力于斯三十余年，尚未能窥其堂奥，遑敢以其授人哉。当日寇陷皖时，余避乱于乡，得识陈子万举，彼于医已早树基砥，切磋琢磨，孜矻不倦，嗣复从余临诊实习，艺乃猛进，余因未敢以师自居也。近悬壶蚌麓，不特声誉日增，且能余所不能，如针灸外科，尤具心得，且益勤学未辍，前途正未可限也。噫，吾老矣，脑力日颓，不能有所建树，值此医学争竞之际，深愿陈子研求精进，为人群服务，庶不负尔我之知遇焉，子其勉之。

庚寅仲夏端节书为

万举老弟惠存

立人识赠

宋立人在书写的时候，陈万举就恭恭敬敬地站在边上照应着。之前，他不是不知道老师琴棋书画样样精通，二十多岁就出任蚌埠中医公会会长，靠的不是关系，是实力。却没料到他的文思竟也是如此敏捷，短短两百字非但道尽了两人自相识到相知，以及对自己的殷殷期待；其文字的洗练洒脱，情感的真挚细腻，寓意的深刻高远，尤其是书法之娴熟与苍劲，都让陈万举暗暗吃惊。

更让他意外的，还是师傅的内心深处，从来就没有把他看作徒弟，而是视其为老弟！

这让陈万举惶恐不已。

“师傅，你这样称呼学生，学生承受不起啊！恳请你收回，重新写一幅，否则，学生是断断不敢以其示人的。”

宋立人却走过来拍拍陈万举的肩，眼眶有点泛红：“万举啊，我写的这些都是事实，都是心里话。十多年了，我们名为师徒，实为弟兄。我虽然传授过你一些医术，却也是因你勤奋好学，又早有根基，才能有今日的成就。我本来也应该有所作为的，却因为染上了恶习，时至今日，一事无成。这辈子能引以为豪的，就是收了你这个徒弟！你早年丧父，我看得出，你对我就像对自己的父亲，有情有义，比我的亲儿子对我还好，这些我都是看在眼里，记在心里啊！”

9. 恩师之死

不久，蚌埠市卫生局举办了三期中医人员进修班，组织市医院和铁路医院有经验的西医师给中医师讲课，张锐请陈万举去通知各个诊所的中医大夫参加。“中学西”进修班办的是夜校，在市第三人民医院的小楼上课，陈万举每期都参加，从不缺席。从那以后，他不仅掌握了一些西医理论，知道了细菌和病毒，甚至学会了打针。

后来，卫生局业务副局长许照还采纳了宋立人的建议，请名老中医为年轻的、学艺不精的有志青年授课。陈万举既做老师，又当学生。他结合对中医经典的理解和自己多年的临床经验，给他们谈心得体会。轮到别的老中医讲课了，他也是每课必到，一声不响地坐在教室的最后一排，认真听讲，认真记笔记，甚至同大家一样，参加每一次考试，他认为这是一次博采众长的好机会。

这期间，陈万举感到特别高兴的一件事，是从宋立人那儿了解到，当年创办中国针灸研究社的承淡安社长的下落。抗日战争全面爆发之后，针灸学校悉遭兵燹，承淡安为避难离开了家乡，即便是在辗转入川的路上，他依然不忘针灸大业，先后在湖南桃源县举办了针灸训练班，在成都开办了针灸讲习所，同时还在成都国医学校和德阳国医讲习所任教，直到新中国成立才返回苏州。因其长期致力于推动中国的针灸事业，名满天下，不久前出任了中华医学会的副会长。

陈万举获悉了承淡安的这些信息，激动不已，遂提笔给他写去一封信，感激承老师和针灸社对自己的栽培之恩。只是做梦也没想到，已经中断了十多年的中国针灸研究社，一九五一年二月起死回生，还给他正式补发了一张崭新的社员证书，证书上有承淡安老师的亲笔题签！

俗话说，好事成双。随后不久，陈万举就又拿到了加盖有“蚌埠市人民政府”公章、有着市长万言誉亲笔题签的“卫临中字第2号”的行医执照。

在中华人民共和国成立初期那种政通人和、百废待兴的岁月里，陈万举开办的中医诊所也是顺风顺水。常到他这儿看病的，不仅有附近农村的大量患者，也有这座城市里有头有脸的人物。李宝琴是把泗州戏唱进了中南海并荣幸地受到毛泽东主席和周恩来总理接见的著名演员，就不断找上门来。泗州戏因其唱腔高昂嘹亮，又被称作“拉魂腔”，它本来自淮北大平原，唱腔上吸收了民间小调、劳动号子，有着浓烈的乡土气息，陈万举打小就爱听，再说李宝琴领衔的淮光剧团与他的诊所又近在咫尺。蚌埠市第一家机械工厂——中华人民共和国成立后才建成的皖北铁工厂厂长王明义，也是他这儿的常客。王明义是个退伍军人，在淮海战役中身负重伤，多处骨折，虽手扶双拐，却依然是个“拼命三郎”，为了让淮北广大农村排灌时不再使用落伍的人工水车，夜以继日地突击生产出水泵；为帮助蚌埠织布厂尽快上马，又带领大家研制出织布机。王明义每次走进诊所，总会不好意思地对陈万举说：“我又麻烦你来了！”说得陈万举又是好笑又是感动。每次离开时，陈万举也都会关照这位厂长：“你要注意休息啊！”王明义又总会说：“我也想休息呀，但是……”接下去便是回眸一笑，只听到双拐敲击地面的声音，人就在门口消失了。

在陈万举的印象中，比较难忘的患者里，公泰酱园的大老板何近仁算是一个。他祖籍江苏扬州，其父何公成在扬州就经营酱园，开的就是“何公成酱园”，但在酱园店林立的扬州市，何公成的生意做得很是一般。一九三一年，只有二十四岁的何近仁子继父业，独自来蚌开店，竟把公泰酱园开得红红火火。应该说，他创业是在中国社会最动荡的年代，物价随着时局的变化时起时落，特别是日本投降以后，更是一日数变。由于他经营有道，立下了一条店规：店内存货不存钱。就是说，上午卖的钱，下午就转手去市场买回黄豆存放，即便是瞬息万变的形势下，他的公泰酱园也依然能够稳步地发展。到中华人民共和国成立前夕，国民党政府的苛捐杂税已是变本加厉，一些企业纷纷倒闭，想到那时每天过得都是提心吊胆的日子，他曾当着陈万举的面骂道：“税务局那些王八羔子，不是东西！”谁知，那天何近仁爆出这句粗口的时候，市税务局局长江建淮正好走进陈万举诊所的大门，他听得十分真切，因此顿时变了脸色。

江建淮认识何近仁，知道他的公泰酱园生产出来的酱菜在津浦铁路沿线所有的城市长销不衰，财大气粗，于是严肃地问：“何老板，税务局有人找你麻烦了不成？”

何近仁见进来的是江局长，知道他是误会了，忙解释说：“我是在同陈大夫谈起解放前一两年的旧事。”他说酱园业少不了盐，国民政府的盐税不光重，就连购进存放在库里的食盐，查到还会追加税金。为了对付那时税务人员的随时检查，他就将防止突然涨价多购进的食盐，及时化成浓盐水，并用这些浓盐水腌制成辣酱或是酱油，既免去了被无故盘剥还增加了产品的种类。

“没办法啊！”何老板说，“我这一身病不光是累的，更是气的！”

江局长也逗，他闹清了何老板骂的是国民党反动政府的税务局，却借着这个机会，要为新中国的税务工作美言两句。

他说："国民党反动政府为维护其统治和各级官僚的中饱私囊，税收的强取暴掠是可想而知的。但人民政府不仅没有沿用国民党的税制，而是采用了得到人民群众支持的征收和管理的办法。我相信何老板比我更清楚，蚌埠刚解放那会，虽然面临着百业待兴和支援大军过江，正需要大量的财力和物力，但人民政府的第一号布告，就是豁免三个月的营业税，豁免一个月的工业成品产销税，全市工商户的所有存货一律免征货物税及产销税；第二号布告，就宣布：废除国民党反动政府在本市颁布的一切财经法令、取消一切苛捐杂税，给大家吃了颗定心丸！"

江局长见何老板赞许地点着头，这才满意地笑了。

陈万举看到这一幕，不无感慨：作为一个中医师，他每天都可以接触到社会上的各界人士，能够听到各种各样的消息，这就是古人常说的：秀才不出门，能知天下事！

不过，他刚刚得出这样一个结论，很快就又被一件事否定了。他发现，别说天下事了，有时就连发生在身边的事，他也会一无所知。

就在江建淮和何近仁来诊所那天之后不久，宋立人也十分频繁地光顾他的诊所。开始他说"正好路过"，接着便说"酒瘾来了，要同你喝两杯"，再不就是"你师母又到女儿家去了，我一个人待在家里很无聊"。

以前，师傅偶尔也会过来坐坐，只是没有这么频繁，现在这种情况，让陈万举感觉有什么不对，却又不好深问。

这天，师傅一进门，什么话也没说，开门见山就提出“借点钱”。陈万举有点诧异，因为宋立人是个十分要面子的人，再困难也从不张口问别人借钱。

“你要添置什么东西吗？”陈万举问。

宋立人只是问：“你手头有吗？”

谁能没有个手头紧的时候？陈万举也没往别处想，就把一摞钱给了宋立人。给的时候特别说明：“别说借，师傅拿去用就是。”

直到市中医公会召开会议，由宋立人的江苏老乡强幼春出任会长，陈万举才知道，蚌埠市人民政府已成立了肃毒委员会，挂帅的，就是在陈万举行医执照上签名的市长万言誉，足见市里对这项工作的重视。也才知道，这座城市的吸毒人员竟多达二十五万之众，宋立人就是其中一员。

原来，宋立人当年从大岗集回到蚌埠，重新回到了原先的环境中不久，就又恢复了吸毒。这次市里组织了四百多人的规劝小组，根据别人的揭发，规劝人员找到了他，对他进行了批评教育，并收缴了他的毒品和毒具。可想而知，他的这种情况已经不适合再担任新社会群团组织的负责人。

由于长期吸毒，宋立人的身体原就很差，现在又被肃毒人员找上门，还撤了他中医公会会长的职，这两件事对他的打击是巨大的。眼见找他看病的人日渐稀少，没有了正常的经济来源，而他烟瘾和酒瘾又很大，实在熬不住了，只有跑到陈万举这儿解馋。

陈万举很是为师傅着急。要不是这期间又添了一个女儿，母亲陈李氏也从乡下来到了城里，诊所没有了多余的房间，否则，他是会把师傅接过来赡养的。

这天，公泰酱园的老板何近仁来陈万举诊所看他的精气虚浮的老毛病，因为宋立人同何近仁都来自江苏苏南地区，闲谈之中，陈万举说起了宋立人的处境。不曾想，何老板得知宋立人境况艰难，很是感慨，就说："宋先生我认识，我们在市里开会的时候见过几面。请你转告他，我可以在经济上给他一些帮助。"

其实，还没等陈万举把这层意思转告给宋立人，隔天，何近仁就把宋立人接到了设在经一路的公泰酱园总店，专门腾出了一间屋子，并备齐了日常用具，将他"养了起来"。

宋立人受到如此款待，内心有点忐忑，问道："何老板，我能为你做些什么呢？"

何近仁哈哈大笑，道："宋先生不必客气，我这不过是尽同乡之谊。能把你这位医界高人请来做我的'保健医生'，是三生有幸呢！"

宋立人于是不再问，安然地在公泰酱园住了下来。

可是住了不到一周的时间，他就住不下去了。出于对宋立人健康的考虑，何近仁每天也会给他提供一包香烟，每顿饭也都上酒，但决不会让他多吸多喝。开始两天还好，宋立人忍住了，到了第三天，第四天，烟瘾和酒瘾憋得他差不多都要疯了。可人家是这样热情，分明又是在对你的身体负责，话闷在肚子里又确实不好往外说。

这已经让他够难受了。

接着想到自己光鲜的一生，年纪轻轻的就在这座"珍珠城"

出人头地，晚年竟落得个靠别人施舍过日子，他感到奇耻大辱，自己都不能原谅自己。

临到周末，陈万举前往公泰酱园去看望师傅时，才知道宋立人已经回了江苏。

陈万举更没想到，师傅这次一走，就是几个月不照面，见不到人，也打听不到一点消息。

这已到了一九五四年的夏天，陈万举感到有点儿不对劲，就准备去找他。但是到哪儿去找，首先就成了问题。他老家在苏北，没听说苏北沭阳老家他还有什么亲人；学医和开始行医又是在苏南的苏州，他的原配带着两个儿子就住在苏州，可他没有他们的地址，不知道去问谁。

百般无奈，陈万举这天又一次来到永安里宋立人的诊所，看他是不是从江苏回来了。

来到诊所前，发现大门紧闭，却没有上锁，陈万举心里一喜，料定屋里有人。他走上前去，叩响了大门，大声喊着：“师傅，开门，我是万举！”

可他叩了半天的门，屋里却是一片寂静。

他推了推门，发现大门从里面闩上了，纹丝不动。明明里面有人呀，为何没人过来开门呢？难道师傅不住这里了，房子转租给别人了？

陈万举满腹狐疑，准备去找房东问个清楚。

找到房东，陈万举正要问师傅的情况呢，谁知房东竟首先反问起他来：“宋大夫上你家去了吗？”

陈万举被问得丈二和尚摸不到头脑，说：“我正找他呢。前些时何老板说他回老家了，至今再没见到他。”

房东说：“他已经回来半个月了。只是这几天没见他人，我还以为他到你那儿去了呢。”

陈万举一惊，返身又朝宋立人的诊所走去。他瞅了一眼诊所的大门，这才注意到，有几只苍蝇正从门缝中往外钻。

房东也随后跟了过来，说：“这两天，我老发现有苍蝇从屋里朝外钻，猜想宋大夫是不是将什么食品丢在屋里了，天太热，那东西坏了，招来了苍蝇。”

陈万举陡然有一种不祥的预感。当这种预感袭来的时候，他只感到头皮发炸：“不会是师傅……”

陈万举还没把话说出来，房东也变了脸色：“坏了！”

两人一起用力踹门，踹了十几脚，才把门踹开。就在门打开的一瞬间，就只见一大群可怕的苍蝇扑面而来，同时袭来的还有熏得人无法睁眼的腐臭。

陈万举悬着一颗心，不管不顾地往里闯，才发现师傅一动不动地躺在床上，一条手臂垂在床沿，地上是一摊已变得又黑又稠的血。

陈万举和房东都吓坏了，赶忙报了警。

警察在现场仔细勘查后，认定宋立人是割腕自杀。

“师傅，你为什么要这样做呀？！”陈万举无法接受这个残忍的现实，忍不住泪如泉涌。

这时房东皱着眉，把他拉到一边，低声说：“陈大夫，你看看这屋，除了一张床，我原先配给宋大夫的桌子、凳子、柜子都不见了，不知道被他搞到哪里去了。而且他还欠了我三个月的房租，你说这事咋办？”

陈万举从混乱中醒过神来，定睛看去，果然，屋子里空空如也。不但房东的家具不见了，跟着宋立人几十年的药橱和药柜也失踪了。他很清楚，师母已经两三年不回家，住在这里的只有师傅一人，这些东西只能是被他当成废品卖掉，换酒喝了！

本来，他对师傅选择这种极端的方式结束自己五十五岁的生命，心中是十分悲伤的。师傅无保留地将一身的医术传授给他，还用“一文一贴散”救了儿子陈桂棣的命，都是他这辈子也感激不尽的；然而，面对被席卷一空的屋子，面对师傅吸毒成瘾、烂食烟酒放纵自己的丑陋的一面，他的内心又五味杂陈。

可是，师傅再可恶，终究也是师傅。陈万举没有任何犹豫，对房东说：“你放心好了，父债子还，师傅的债也应当由我这个徒弟来还。你先估下价，看看家具值多少钱，欠你的房租是多少，过几天你来我诊所，我给你结清。”

回到家，陈万举就同母亲陈李氏商议，想在老家为宋立人搭个灵堂，将宋立人的尸体运到裔家湾去，他希望母亲能同意把师傅葬进陈家的祖坟地。

陈李氏想都没想就点了头。她不仅赞同万举的提议，还提醒道：“咱们是讲仁义的人家，俗话说一日为师终身为父，在他没有别的亲人到场的情况下，咱们先把丧事承担起来，这是应该的。但中国人讲究‘叶落归根’，他毕竟是个有妻室儿女的人，最后将他葬在哪里，最好还是征求一下他们的意见。”

在陈万举的安排下，哥哥陈万秀、弟弟陈万珠，以及二姐夫徐长荣，都行动起来，有的奔赴苏州去寻找宋立人的元配和两个儿子，有的前往宋立人的女儿家里去报信。

陈万举则找人将宋立人的尸体运回了裔家湾。在四哥陈万鹏的帮助下，搭建灵堂、置办棺材和寿衣，并请来了鼓乐班子，接待前来的祭拜者。

很快，宋立人的儿子宋文宋武，女儿宋红，都风尘仆仆地赶到了，唯独两位妻子没有露面。

陈万举把宋立人的三个儿女召到一起，商议后事如何处理。他问他们是否要将父亲的灵柩运回沐阳老家安葬？三人都埋头不吭声。半天，宋文才说："父亲很早就离开老家了，爷爷奶奶都不在了，他也没有兄弟姐妹，只有几个沾亲带故的远房亲戚，我们都不认识。还是哪儿倒下就埋哪儿吧，也免得大家舟车劳顿的。这事，你就做主吧！"

宋武和宋红也附和着。

宋红长期和母亲住在一起，显然深受母亲的影响，对父亲有着满腹的怨气。她说："人死如灯灭，我们又是他的亲人，在这种时候，本不该再提他老人家的不是。他在事业上是成功的，在病人面前也是一位好医生，但他却不是一个称职的父亲。万举哥，你比我们都清楚，他这辈子最离不开的，就是毒品和烈酒，花在这方面的钱和心思，比花在我们这些儿女和他妻子身上的要多得多！说句你不要见怪的话，我们在他的眼里甚至还不如你这个徒弟。"

宋红说出这样一番话，陈万举没感到意外。他意外的是，师母居然连最后一面也不愿见，这说明他们夫妻之间平日积怨太深。师母的缺席，而近年来一直同师母住在一起的宋红却如期而至，似乎又透出其中的一丝无奈。

陈万举沉吟片刻，说道：“师傅因为吸毒和嗜酒，确实害人害己，他后来其实已经明白了这个道理，只是为时太晚，已力不从心。宋红的委屈，我是理解的，但我还得说句公道话，天下没有不是的父母，至少，他对你们是有养育之恩的，如今他已经走了，咱们还是应该记住他生前的那些好吧！”

三人不再说话。

宋立人的丧事在陈万举的张罗下，办得甚是隆重。他不仅请来了宋立人生前的同事好友，许多经宋立人的抢救起死回生的病人也赶来了。一切费用，均由他承担。

陈万举在读祭文时，回忆起恩师手把手教自己看病，无微不至地关心自己成长，便哽咽着说不下去。

他像孝子一样披麻戴孝，将宋立人的灵柩安葬在了父亲陈广义的旁边，让师傅安息在了陈氏家族的祖坟地。

第四章　仁心仁术

10. 侄子成了“公家人”

陈万举大哥陈万秀的独子陈桂栋从淮西中学毕业之后，没有回裔家湾，而是直接来到了蚌埠，提出要跟叔叔学医。

这年陈桂栋十八岁，已经长成了一个英俊挺拔的小伙子。陈万举当然希望陈家能多出几个医生，但他对陈桂栋放弃继续读书，现在就跟他学医还是有些诧异。

“真的不准备考大学了？”他问。

陈桂栋说：“读书太累，我不想再念了，就想跟你学医。”

其实，他没有说心里话。他知道了叔叔放弃去蚌埠铁路医院工作的原因，他不想再给叔叔增加额外的经济负担，早就决定了读完高中就出去工作。

对于陈桂栋跟自己学医，陈万举的心情是复杂的。虽然之前他也收了一个名叫赵其礼的徒弟，可赵其礼没什么文化，连中医古籍都看不明白，只能跟着他抓抓药，打打杂；但陈桂栋不同，他从村学一直读到了高中毕业，学习成绩在有名的淮西中学也算拔尖，古文底子尤其厚实，还写得一手漂亮的毛笔字，这样的好苗子学中医是再好不过的。不过他并没有当即同意。

陈万举说："你有心跟我学医，我当然不反对，但你也要先回家征得家人同意才行。"

陈桂栋说："不用问，爹娘肯定会同意！我好不容易读了这么多年书，难道还回裔家湾种田不成？"

陈万举说："你现在不光有爹娘，还有媳妇，你媳妇同意吗？"

提起媳妇，陈桂栋就苦恼不已。

媳妇叫常国芳，是父母为他订下的娃娃亲。当时怀远县流行"女大三，抱金砖"，常国芳正好大他三岁。那年他才十六岁，正读高一，忽然就被喊回村，进村才知道，家里要为他办喜事。常国芳那年已有十九岁了，却长得矮小干瘪，丝毫没有大姑娘的样子，因此，在娘家时还被人称作"常孩子"。陈桂栋就这样稀里糊涂被从学校喊了回来，接着又糊里糊涂地拜了堂。新婚之夜揭开红盖头时，他的心失望到了极点，当夜同床不同被，第二天就逃到了学校。从此便很少回家，即便寒暑假回家待个一两天，也是同房不同床。

现在叔叔要他去征求媳妇的意见，陈桂栋憋了半天，赌气地说："我是我，她是她，她与我有什么关系？不都是他们硬塞给我的吗？早晚我得把她休了！"

陈万举见陈桂栋是这么个口气，这么个态度，不免有些生气。说道："混账的东西！'他们'是谁？婚姻大事不都是父母做主么？再说，常国芳有哪点不好，你这样嫌弃她？"

陈桂栋虽然很倔，却也惧怕这个叔叔，不敢顶撞，小声嘟哝道：“现在都已经是新社会了，不兴包办婚姻了！”

陈万举尽管理解陈桂栋的这种心情，还是觉得侄子不懂事：“《婚姻法》不是才颁布么，你和她合不合适，总得处一处才知道，躲也不是办法呀。”

这时，跟随陈万举来到蚌埠生活的陈李氏，听到长孙嫌弃这门亲事的话，从里屋走出来，好言相劝：“奶奶知道你嫌国芳长得不俊，可再俊也不能当饭吃。她人勤快，又能吃苦，田里屋里的活样样不差，能摊上这样一个媳妇是你的福气呢！”

陈桂栋说：“奶奶，你不懂，她是个文盲，我和她没有一点共同语言。如果光是能下地干活就行，我干吗娶媳妇，找个用人不就完了？”

陈李氏听不得这样的话，顿时火了：“你奶奶我也是个睁眼瞎，一个大字不识，和你也没有共同语言，也该你嫌弃了不成？”

陈万举也想劝说陈桂栋几句。他认为，说父母包办的婚姻就一定不幸福，说媳妇是文盲就断言彼此没有共同语言，这话多少有些绝对。

他和崔新如的婚姻也是父母包办的，他俩无论性格上、文化程度上，差异都是很大的。他是个直性子，暴脾气，肚子里藏不住话，想到什么就说什么，有时甚至不会顾及别人的感受与面子；崔新如恰恰相反，属于典型的传统妇女，虽然书一天没念过，却恪守三从四德，宽厚，贤惠，话不多，把他的日常生活料理得无可挑剔。尽管两人平日也少不了磕磕碰碰，每次他的脾气上来了，她就默默地一声不吭，他的话虽然很硬，硬得像一块块小石子，但那些小石子竟都像落进了水里，你扔得再多，水也能吞下去，最后让你没有了再扔的兴趣。磨合了多年，现在两人相敬如宾，彼此间谁也离不开谁了，就像母亲陈李氏说的，他陈万举摊上了崔新如这个媳妇，是他的福气。

他承认，陈桂栋今天的话说得过于绝对，但并没全说错。当今已经是新社会了，如果两人真的没有感情，捆绑也是成不了夫妻的。所以他准备批评陈桂栋的话，就没有再说出口。

他确实也为陈桂栋的这门亲事感到棘手。

他知道陈桂栋的心里苦。

陈桂栋出生的那些年，陈家的日子过得太艰难。小时候的陈桂栋长得浓眉大眼，十分可爱，常家上门提娃娃亲，陈家也就答应了。这期间陈李氏去常庄办事，还专门去瞧了瞧，那时的常国芳也是眉清目秀，很是讨人喜欢，谁知女大十八变，赶到长成大姑娘了，却变成了这个样子。尽管陈李氏，以及陈桂栋的父亲陈万秀、母亲孙国美，心里也不是很满意，但承诺了的事就不能反悔。再说这时的常国芳已是父母双亡，是跟着胞兄常国瑞长大成人的。常国瑞在蚌埠航运局工作，人特别忠厚老实，就以为常国芳也会是老实厚道之人，于是这事由奶奶陈李氏一锤定音，陈家老小都忙起来，就把婚事办了。常孩子既然已经进了陈家的门，而且本本分分的，咱宁可委屈自己也不能亏待了别人！见陈桂栋老是躲着不归家，于是大家就劝陈桂栋，说已经是你媳妇了，又没犯“七出”，你与她离婚让她以后怎么做人？

陈万举相信陈桂栋心里苦，但常国芳比他更苦！结婚两年了，两人到现在也没圆房，人家还是个大姑娘。

这天，晚饭后，陈万举说这几天病人太多，也太忙，就邀陈桂栋到淮河岸边去散散心。

迎着凉爽的河风，踏着水边松软的草地，陈万举问陈桂栋："你跟叔叔说句实话，你放弃上大学跟我学医，是真心想当医生，还是为减轻我的经济负担，或者是躲避常国芳？"

陈桂栋不好意思地笑了，说："都有。"

他依然没有完全说实话。尽管以上的原因都有点，其实他对中医确实说不上特别爱好，将来自己究竟干什么他心里并没有数。

不过陈桂栋决心跟着他学医，陈万举还是很高兴的，并且把收他做徒弟当成了头等大事，几乎把所有空余时间都用在了陈桂栋的身上。

当然，为了提高陈桂栋对中医的兴趣，开始，他并不急于让陈桂栋去通读艰涩深奥的《黄帝内经》和《伤寒杂病论》这些中医典籍，而是采用讲故事的方法，给他讲述中医的特点以及一些基本理论。

他的启蒙课是从卖瓜谈起的。

那天，诊所马路对面来了一个卖瓜的，他指着瓜农对陈桂栋说："你发现没有，这个卖瓜的人没有将瓜破开，就知道这瓜熟不熟、甜不甜、瓤儿红不红，他凭的是什么？就凭'一看二拍三听'。"他说这同中医看病的道理相似。《黄帝内经》是中国历史上第一部中医著作，也是中医理论的核心著作。它产生于两千多年前的春秋战国时代，假以黄帝之名，而非一人一时之作，有些内容也许还是秦汉和六朝时期作了补充与订正。书上说得很明白："故远者，司外揣内；近者，司内揣外。"意思就是说，通过事物的外部表征，看透事物的内在本质，这正是中医的最高追求。医圣张仲景的故事神奇到不可思议：他能从人眉毛的细微变化，预知二十年后的疾病。高明的中医师能够从人的脉象、舌苔、眉毛、头发、皮肤、指甲的颜色以及手掌的纹路，看出人体内的情况。

陈万举发现陈桂栋听得很认真，说明这种不是纯属说教的方法是能够让初次接触到中医理论的人接受，又不会感到枯燥无味。

他问陈桂栋："你知道火药为何叫'火药'吗？"

陈桂栋摇摇头。

"它本来就是一味中药，"陈万举说，"火药最早发明出来本是用作预防疾病的，据说，是一位道士在炼丹时无意间发现；就像淮南王组织人炼丹，是想炼制出长生不老的丹药，却意外地发明了豆腐。老祖宗为了让老百姓乐于接受，就把火药制成了烟花爆竹，在春节燃放，目的就是为了预防春天复出的各种传染病；后来又演义出春节期间会有一种叫'夕'的怪兽出没，需要放爆竹去吓跑它们，这样，年三十晚上便又叫'除夕'。可惜现在已经很少有人知道燃放爆竹的初衷，知道火药里面的硫黄燃烧之后是很好的消毒物了。"

陈桂栋不知道中医中药里会有这么多有趣的故事，不过他说："鞭炮的烟雾和散发的气味太呛人。"

陈万举说："世界上没有绝对完美的事情。鞭炮产生的烟雾和散发的气味，很多人不喜欢，而且，一不小心还会引起火灾，但要绝对禁止燃放鞭炮，春天的传染病肯定会多起来。"

陈桂栋突然提了个问题："人体会患各种各样奇奇怪怪的疾病，有的能治好，有的却是绝症，没法治好，你能告诉我，什么样的医生才是好医生吗？"

陈桂栋能提出这样的问题，说明他是一个爱动脑筋的人。

陈万举想了想，答道："春秋战国时期，一次魏文侯问'医祖'扁鹊：'你们三兄弟都精于医学，到底哪一位最好呢？'扁鹊说：'大哥最好，二哥次之，我最差。'魏文侯听了感到奇怪，就问，'那为什么你最出名呢？'扁鹊说，'大哥治病，是治于病情发作之前，因为一般人不知道他能事先清除病因，所以他的名声无法传出去；二哥治病，治于病情初起时，一般人又以为他只能治些轻微的小病，所以他的名气只及本乡本里；而我治病于病情严重之时，一般人都可以看到我在经脉上针灸放血，在皮肤上敷药或是为他们开出药方，就以为我的医术最高，名头也因此响遍全国。'魏文侯听糊涂了，便提出了你刚才也提出过的问题：怎样才算是一个好医生？扁鹊的回答是：上医治未病！"

陈桂栋听罢，忍不住笑了，也终于明白了："知道了，最好的中医师，就是在病人的病情发作之前清除病因。"

陈万举说："正是。"

陈桂栋在逐渐对中医有了兴趣之后，陈万举就布置《黄帝内经》《伤寒杂病论》《本草纲目》《神农本草经》《温病条辨》《汤头歌》六大古典名著，让陈桂栋一本一本地通读。告诉他，《神农本草经》是中国现存最早的中药学著作，它对药物的采摘、炮制、使用方法以及疗效的论述，直到今天仍是中药学的主要理论依据，是对中国中医药的第一次系统总结。《伤寒杂病论》不用说是中医学的经典著作，至于《黄帝内经》更是生物学、病理学、诊断学、治疗原则和药物学的集大成医学巨著，它在理论上建立了中医学上的“阴阳五行学说”“诊法”，及“运气学”等学术。

他告诉陈桂栋：“你只有系统地学习了中医基础理论，理解了辩证的治疗手法，才会明白，为什么治疗肥胖需要从健脾祛湿入手；为什么调理颈椎病可以按摩锁骨下方的穴位。”

他手把手地教他摸脉、看舌苔，不过，他也实话实说：

“中医讲究‘望闻问切’，但这又是书本上学不到的。比如号脉，脉大脉小，脉强脉弱，脉长脉短，只可意会不可言传。因为脉大，大到什么程度为大，小又小到什么程度为小，全凭临床经验和长年的积累。中医不像西医，西医不需要医生仔细观察病人，甚至无须多问，全靠各种医疗设备检测到的数据和化验单就可以开出处方。”

陈万举注意到，陈桂栋自从在蚌埠住下来，确实也是在认真跟他学医，只是并没有投入全部的热情，还常常会一个人坐在那儿发呆，显然有着很重的心思。

陈万举送走了一个肾结石的病人，那病人是因为怕开刀，找到他这儿来的。中医自有不需开刀治疗肾结石的办法。吃了陈万举两个月的药，病人肾里的石头竟奇迹般地消失了。望着病人高高兴兴远去的背影，他颇为感慨地对陈桂栋说："中医是仁医，有仁心，对待病人仅有仁心还是不够的，得把病人的痛苦视为自己的痛苦，还须有仁术。当然，这并不说明西医为病人开肠破肚就没有仁心，是说中医治病基本上是不会破坏病人的身体，这也许是中医与西医的一大区别吧！"

陈万举说得很兴奋，却发现陈桂栋神思恍惚，似乎并未听进去，就猜想他还在为自己的婚姻犯愁。

于是陈万举换了个话题，开门见山地说道："你这样躲着不回家，总归不是个事呀。"

陈桂栋哼哧了半晌才说："要我整天面对一个不喜欢的人，这辈子怎么过下去啊。"

陈万举说："你躲得了初一，躲不过十五，总不能这样躲上一辈子吧？"

陈桂栋叹了口气："我知道躲不是办法，也主动找常孩子谈过。我的意思是好聚好散。可她一听，不说话，只是哭，明确表态死活不离，说我如果再逼她，她就跳塘！我一点办法也没有。"

陈万举想不到事情僵到了这一步，更没想到看上去很柔弱的常孩子竟如此泼辣，很快就会闹到蚌埠，闹到他的诊所来。

那天，在找到陈万举的诊所之前，常国芳先去找了在蚌埠航运局工作的胞兄常国瑞，常国瑞对胞妹不幸的婚姻也是束手无策，劝说道："桂栋这个人看上去还算通情达理，不应该是狠心的人，他迟早会接纳你的。"

常国芳哭得很伤心："你看错人了，他这个人很绝情！为了躲我，家也不回了，娘老子都不要了。”

常国瑞安慰道：“你还是忍忍吧，桂栋今年虚龄才十八，比你小了三岁，还不懂事，过几年就好了。”

常国芳却听不进去，她一扭头气冲冲地出了门，一路问过去，找到了陈万举诊所。

常国芳找到诊所时，陈桂栋正在跟着陈万举给一个患了疳疾的幼儿看病。他无意间一抬头，发现常国芳就站在门外，正向所里张望。他心里一慌，赶紧起身，溜到奶奶陈李氏的房间躲了起来。

常国芳气势汹汹地走了进来，没见到陈桂栋，就将满腔怒火发泄到了陈万举的头上。她责怪陈万举不该收留陈桂栋，纵容他长期不归家，搞得他们夫妻不像夫妻，一家人不像一家人。

陈万举感到很窝心，却也只能一声不吭地受着。

陈桂栋躲进奶奶房间时，先朝陈李氏摇摇手，要她别出声，然后悄声告诉她常孩子找来了。看见长孙见孙媳就像老鼠见了猫，陈李氏心里颇不是滋味，但她更多的还是同情常孩子。人家一个黄花大姑娘明媒正娶地嫁到陈家来，两年多了，家里、地里的重活脏活一样没少干，却一直守空房，见不到男人面，放在哪个女人身上也咽不下这口气。

陈李氏点着陈桂栋的额头，斥责道：“这事你得解决好，要不然，会闹出乱子来的。”

陈桂栋正憋着一肚子委屈，认为这原本就跟他没有关系，是奶奶和娘老子给他惹出来的麻烦。就埋怨道：“奶奶，这个媳妇我实在喜欢不起来！我没有一天不想离婚的事。你们都要我回家，可我回不去呀。我不想和她过，也不想害她，如果能离婚，对双方都是解脱。反正她还是黄花闺女，不愁找不到一户好人家的。”

陈李氏一听，拍了桌子：“你以为常孩子是棵大白菜，你不喜欢就让给别人？不准你再提离婚的事，她哪天真跳了塘，我们陈家还有什么脸面在裔家湾立足？”

陈桂栋见奶奶竟是这样说，感到很绝望。脖子一梗，急得直跺脚：“你们再这样逼我，我就离开蚌埠，让你们永远也找不到我！”

陈李氏到底还是心疼孙子的，怕把他逼急了，真的逼出啥大事来。踌躇再三，给他出了个主意：“奶奶也不想逼你，你看这样好不好：眼下你还跟着叔叔学医，但隔三差五地回趟裔家湾。既然一顶大花轿把人家抬进了门，一村人都跟着喝了你们的喜酒，你就先跟人家圆了房，让她生个孩子。她如果有了孩子，心里也就有了盼头，就不会再找你闹了。到那时，你要去什么地方，就去什么地方，奶奶决不拦你。”

这时陈万举好不容易送走了常国芳，也进来劝陈桂栋不能掉以轻心，一定要认真处理好这桩事情。

陈桂栋不再争辩了，却像傻了一样默默地望着屋顶发呆。

最后，他还是听了奶奶的话，第二天就回了裔家湾。

男人终于主动回家了，常国芳嘴上不说，由于意外的惊喜，走路的步子都变得轻快了许多。她把家里好吃的菜都找出来炒了，还特地温了酒，让陈桂栋和公公婆婆先吃起来。她自己顾不上吃，就又忙着把陈桂栋赶路汗湿了的衣服洗了。

天还没有完全黑透，就早早地进了房，并特意梳洗了一番，穿上了过门时托人跑到蚌埠做的那套新衣裳。待这一切忙完了，就静静地在煤油灯下痴痴地坐着。

这次陈桂栋回村，破例住了一周。

不久，常国芳就怀孕了，一年后的五月三十日，生下了一个胖小子，陈桂栋给儿子取了个名字陈怀远。因为他心里清楚，常国芳有儿子了，自己也就可以随时离开家乡远走高飞了。

原以为听从奶奶的建议，让常孩子生个孩子，转移了她的注意力就不会再纠缠他。后来才发现自己的这个想法太幼稚。有了陈怀远，常国芳高兴得不行，也确实把整个心思放在了孩子的身上，不再吵，不再闹，他回不回家在不在身边都变得无所谓。他确确实实自由了，但离婚却变得更没指望了。

一九五六年春天，我国开展了对资本主义工商业、手工业和农业的社会主义改造运动，实行公私合营或走上合作化道路，并很快掀起了运动的高潮。蚌埠市所有私人诊所均遭到取缔，也要集体化，于是太平街一带的几家诊所被联合到一处，成立胜利卫生所，陈万举被区里任命为该所所长。

几家私人诊所的五位医生，都是只身合并过来的。赵其礼虽然也跟了过来，大家也都是认可的，因为没谁会把他看作陈万举的徒弟，而联合诊所确实也需要一名负责抓药和处理日常琐碎杂事的人。陈桂栋则不同，既然大家都没带徒弟，陈万举尽管是一所之长，将自己的侄子作为徒弟带到联合诊所来，显然也就不合时宜。

恰在这时候，全国兴起了一场轰轰烈烈的爱国卫生运动，安徽省卫生系统要招收一支血吸虫病的防治队伍。陈桂栋得知这一消息，就偷偷跑去报了名。那时的高中毕业生还很金贵，加上他还跟着叔叔学了两年中医，因此一报名当即就被录取。临到出发前，他才把这个消息告诉陈万举。

陈万举听了之后沉默了好一会，才说道："你离开了这里，却依然没有离开一个'医'字，并找到了一份稳定的工作，我没有意见。既然国家需要这方面的人才，你就大胆地出去闯吧，好男儿就要志在四方！"

不过，他还是叮嘱了一番："你说你们这次要去的地方是皖南的宣城，我知道那是我们国家盛产宣纸的地方。只是走前你一定要把常孩子的工作做好了，再就是，奶奶这一关你也要考虑怎么过！"

奶奶肯定不愿意他去那么远的地方工作，这一点，陈桂栋不问也知道。但他并不认为这是个多大的问题，心里多少还是有数的。只是常孩子这一关，他不知道怎么过。

他找到陈李氏，话儿绕了几圈，才把自己要去宣城工作的事说了出来。不出所料，陈李氏一百个不答应。

陈桂栋这时却不急不躁地问道："奶奶说话算不算数啊？"

陈李氏说："奶奶说过什么话不算数了？"

陈桂栋又问："奶奶承诺的事，不会不认账吧？"

陈李氏说："奶奶承诺过什么事最后不认账了？"

陈桂栋于是说道："我知道奶奶最疼孙儿，孙儿也最听奶奶的话。当时我年幼无知，死活不认这门娃娃亲，但我还是听了你的话，同她圆了房，让她有了孩子。你说只要她有了孩子，心里也就有了寄托，到时候我要去什么地方就去什么地方，奶奶决不拦我。”

陈李氏听到这儿，不免一愣。她这才发现长孙今天有些不同以往，嘴巴甜得像润了蜜，明明有事相求却又不直讲，先问她说话算不算数，又问承诺过的事认不认账，想不到竟是在这儿等着。

陈李氏没好气地说道："你同常孩子结婚几年，不是不归家，就是同床不同被窝，像话吗？我劝你的那些话难道也错了？"

陈桂栋忙说："你说的没错，我不是也听了？不听，会有怀远吗？怀远现在都能跑能跳了，奶奶答应我去任何地方都决不阻拦的话，还算数吗？"

这一问，问得陈李氏张口结舌。想不到这浑小子点中的，正是她的命脉。

陈李氏想，自己这辈子其实比常孩子还要不幸。男人陈广义离世时，丢下的五个孩子有四个没有成年，最小的儿子只有两岁。三十多年了，能够把这个家支撑到今天这个样子，全靠她忍辱负重敢作敢当说一不二的一股硬气！她平日最疼这个长孙，所以就更不愿在他面前食言。当初她那么劝说，不过是缓兵之计，不曾想陈桂栋竟把那句话记牢了，现在还拿出来将了自己的"军"。

她没好气地瞪了陈桂栋一眼："你叔叔省吃俭用供你上

学，念的书都念到狗肚子里去了？把学来的本事用来对付奶奶是吧？”

陈李氏确实有些生气，但又确实为这个孙子感到骄傲。她虽没文化，人情世故却看得很清楚。虽然万举的医术受到人们的敬重，可眼下城乡正在开展的一场“改造”运动，让她知道，自己一向在人前人后夸奖的万举，端的还不知道是个啥样的饭碗，还是要被“改造”的人；而她一直认为“还没长大”“让她顶放心不下”的陈桂栋，却成了人见人夸要拿国家薪水的公家人了。

因此，陈李氏想了想，对陈桂栋说道：“我知道你的翅膀硬了，要离开奶奶远走高飞了，奶奶不拦你，但常孩子的事情你要处理妥当了才行。”

陈桂栋想不到奶奶把叔叔的话，几乎原封不动地抛了出来。但他不再搔头皮，马上回答道：“当年你们为我做主订了这门亲，一顶花轿把常孩子抬进了门，过去几代人，几代人往上的历朝历代，婚姻大事都不是自己做主的，这事我虽然不满意，但我不怪你。现在国家需要一批血吸虫病防治的工作人员，我能被录用叔叔也高兴，奶奶肯定更希望孙儿做个有出息的人，支持我参加这项革命工作吧？”

陈桂栋说到这儿，就住了嘴。他望着奶奶，那恳求的眼神让陈李氏有些吃不消。

陈李氏陡然感到了问题的严重：“你想把常孩子丢下，就这样甩手走人么？”

陈桂栋反问道：“我刚去工作，啥情况都不清楚，她跟过去合适么？”

“常孩子会同意么？她能放你走么？”

陈李氏感到这事来得太突然，一时转不过弯来。

陈桂栋忙过去搂着奶奶的肩膀，讨好地说：“谁不知道奶奶是裔家湾最有能耐的女人呢？她的工作你一定能做通的！”

“要我做什么工作？”

“要她同意我去江南呀，别再找我闹呀！”

陈李氏哭笑不得：“你别给奶奶戴高帽子，这是你自己的事，我没办法。”

陈桂栋马上带着哭腔说道：“这是我的事，但娶她过门是你做的主呀！现在她什么都听你的，我相信你是有办法的！”

说完，身子一扭，便起了身，站在门外丢下了一句话：“放心，我会经常写信回来的！”

说罢就从门口消失了。

就这样，陈桂栋怀着对未来工作的满腔热忱，只身南下了。

11.“笑疗”“哭疗”

陈桂栋离开蚌埠，不再跟自己学医，陈万举虽然感到遗憾，却也着实为他高兴。尽管他并不了解这种南方才有的血吸虫病，可既然国家如此重视，还组织起一支专门的队伍，足可想象这种疾病已多么严重。他认为这对陈桂栋是一种很好的锻炼。过去，他收陈桂栋为徒，却不能为他解决一份工作，现在桂栋找到了好的出路，他陡然感到一身轻松。

他可以全身心地投入到胜利卫生所的工作中了。

联合在一起的几位医生，虽然在此之前并不陌生，可那毕竟只是见面熟，彼此其实并不真正了解。今天大家一个锅里搅勺子，身为所长，自己得首先做出样子，所以他不仅每天第一个进所，也是最后一个离所，一心想的就是尽快将卫生所的名气打出去。

这一日，所里进来一位小伙子，指名道姓要找陈万举大夫。开口就说："陈大夫，我请你帮个忙！"

陈万举有些奇怪："我只是医生，能帮你什么忙呢？"

小伙子说："大夫你看我这脸，额头上和鼻子两边，都是黑斑。我谈了一个对象，都谈一年多了，前些时候她突然说她妈嫌我的脸太难看，不同意我们结婚。我看了几个大夫，也吃了不少药，总不见效，情况好像还一天天严重起来了。"

陈万举让对方伸出舌头，发现舌心嫩红苔少；又瞅了瞅眼睑上下，注意到他的眼角皮色发暗；再仔细号了下脉，便问道："除了脸上的黑斑，你近来是不是常常心悸健忘，失眠多梦，情绪特别悲观？"

小伙子连连点头："是，是。"

"而且，感觉饭后脘腹胀满，少气懒言，肢体倦怠，总感到心烦易躁。"

"一点不错，一点不错。"

陈万举明白了。脸上有斑，只是外表，小伙子患的是典型的忧郁症。

陈万举于是同小伙子拉起了家常，先问他："你家几口人？"

小伙子说："只有我和老母亲两口人。"

"你父亲呢？"

"我一岁的时候父亲就病故了。"

陈万举又问："你做什么工作？"

小伙子把话含在嘴里，说："我家在蚌埠郊区，守着几亩菜地，以种菜卖菜为生。"

陈万举从对方的话里听出了强烈的自卑，就说："其实我也是幼年丧父，哥哥和弟弟也都是农民。当农民没什么不好，没有农民城里人吃什么？"

接着又问："家里有几间屋呢？"

小伙子不好意思地说："只有两间茅草房，到现在我还和母亲同住一间屋呢。"

听到这儿陈万举全明白了。小伙子打小丧父，由寡母拉扯成人，家境贫寒，生活艰辛，他不仅缺乏乐观的精神，还不懂得如何调理自己的心态，终日闷闷不乐，愁眉不展。郁则气结。这种情况并无良药。

于是说道："很多人的病，都是'想'出来的；你这不是病，不需要吃药。"

小伙子望着陈万举，惊诧地张着嘴巴。

陈万举于是进一步地说明："人啊，从嘴唇到肛门，这条消化大通道有着七道门，只有保障这条大通道顺畅了，人就不会有大病。这七道门中，嘴唇为扉门，牙齿为户门，喉咙为吸门，胃上口为贲门，胃下口为幽门，大小肠连接处为阑门，最下面的就是肛门。一个人如果不开朗，整日里胡思乱想，常生闷气，上面的四道门就会关闭，就会气结于胸。这样不但会影响一个人的食欲，影响消化，还会导致抑郁。由于脸上的气血不活，就会瘀滞产生出黑斑来。要医治这种病，首先必须打开上面的四道门；而打开这四道门最简便、最有效的办法就是——”

陈万举发现小伙子听得很认真，便卖了一下关子，有意将话头打住，不马上道出“最简便最有效”的办法究竟是什么。

小伙子果然急了：“什么办法？”

陈万举这才一字一顿地强调：“就是要学会笑！”

“学会笑？”

“是。”

“笑也要学吗？”

陈万举不容置疑地说道：“对你来说，特别需要。其实这很容易，只要上嘴唇一动，呈现出笑脸，闷在胃里的气就跑出来了。”

小伙子听陈万举说他没有病也不需要吃药，首先就感到意外；又听说人体内有七道门，更感到新鲜；最后得知治疗他脸上黑斑的绝招竟然只是“笑”，就觉得不可思议。

陈万举见小伙子满腹狐疑，便决定打消他的顾虑。他治病，特别是医治这种心理上的疾病，首先要让患者像烧香拜佛的信徒那样，百分百地相信他。正所谓“医行信家”“信则灵，不信则废”。

他给小伙子讲了个故事。

他说，春秋战国时期，齐闵王患了忧郁症，请宋国名医文挚诊治，文挚用的不是药，而是有意激怒齐闵王。明明事先约好了看病时间，文挚却故意不来，约了三次，三次失约，齐闵王大为恼怒，这时文挚才出面；文挚来到王室，鞋子也不脱就上了齐闵王的床铺问疾，并且满嘴的粗话野话，惹得齐闵王对他破口大骂；谁知，齐闵王这一怒一骂，将郁闷在胸的瘀滞之气尽然泻出，忧郁症也就不药而愈。此乃"怒疗"。文挚用"怒疗"为我国的医案史留下了一个心理疗法的典型范例。看似不可思议，其中却蕴藏着丰富的科学道理。

小伙子眼睛一眨也不眨地听着，像在听一个神话。

陈万举到这时才说道："你只要听我的话，我就能解决你的问题。"

小伙子忙表态："陈大夫，你叫我咋办我就咋办，一切听你的！"

"那好，"陈万举提笔开出了药方：一首四句五言诗——

> 咧嘴腮含笑，
> 睁眼喜眉梢，
> 深吸一口气，
> 气往脸上调。

然后解释说："你呢，去买块小镜子，装在口袋里，没事就拿出来对着镜子背这四句诗，记住，怎样笑得好看就怎样笑。"

"我记住了。还有吗？"小伙子毕恭毕敬地接过"药方"，想了想问。

"就这么多。"

小伙子乐滋滋地离开了。

小伙子一去便销声匿迹，直到两个多月后的一个上午才再次露面，大家发现，他脸上的黑斑不见了！因为临近中秋节了，只见他笑嘻嘻地提着两盒月饼进了门，说是专程来感谢陈大夫的，他的终身大事终于解决了，新媳妇已经娶进门了。

送走了小伙子，陈万举把月饼一一分给了诸位医生。一个医生一边吃着月饼，一边就给陈万举提起了意见：

“陈大夫，你这医生当得太实诚，可不能把卫生所办成慈善机构啊！”

这位医生的话音没落地，另一个医生也叫起苦来：

“陈所长，咱不从病人那儿赚银子，拿什么回去养家糊口啊？”

陈万举说：“有些病明明就不需要吃药，咱也不能硬给他开药。许多人认为中药比西药具有无毒、无副作用的优势，其实，是药三分毒，中药也不例外。忧郁症就是气结于胸，不能再让药物伤了他的胃。”

说罢就发现自己的话说得太直，就此打住。本来还想说，《红楼梦》里的贾宝玉，是懂点儿药性的，他发现请来的胡君荣大夫给患了感冒的晴雯开了麻黄、枳实后，竟大叫“该死该死”，可见古人对用药也是十分小心的。

其中的一位医生显然意见还不小，这时笑着接过话：“哎，陈大夫，我可没要你瞎开药，我只是想，你完全可以开些养心补气的药，或是病人吃了也没啥坏处的药。”

陈万举本想说，作为医生，口碑最重要。只有花心思把病人的病治好了，病人才能回报你，否则你做的就只是一锤子买卖。话到了嘴边，他却改了口："人家已经困难到那个地步了，这样的钱我不忍心赚。"

同事们的这些心思，陈万举是理解的。正是这些意见提醒了他，如今他不再是自个儿开诊所，而是五家合成了一个"大家"，他这个"家长"必须考虑合伙人的感受，考虑到集体的利益。

那天他们正这样聊着，就又来了一位找他的病人。病人是位中年妇女，是躺在一辆农村常见的架子车上拉来的。他见病人不停地呻吟，看上去疼痛难忍，就问一道来的猜想是她丈夫的男人："她是个什么情况？"

男人还没张口，眼泪就流了出来，说道："半年前我儿子跟人赌钱，身上的钱输了个精光后，因为不服气就同赢钱的人打了起来，打到最后红了眼，抓过厨房的一把菜刀，硬是将人砍死了。"

"后来呢？"

"没有后来了。公安局把他抓了，很快判了死刑，一命抵一命，枪毙了。"

男人沉默了半晌，才指着躺在车上的女人说："打那，她就天天哭，一夜一夜不睡觉，头就疼了起来，再后来头和脸就见天肿起来。"

陈万举问："找大夫瞧过吗？"

男人说："没少找大夫啊，都不管用。还在一家医院住了二十多天，又是打针又是吃药，也没见好。听说你陈大夫医术高，这不就找来了。”

在男人陈述的时候，女病人一直双眼紧闭，无声的眼泪不断地从紧闭着的眼缝中奔涌而出。

陈万举不再问，他聚精会神地给她切脉，切完左手切右手；又仔细地查看她的头部脸部和舌苔。他发现，这同他过去看过的那位真头痛病人十分相似。不同的是，眼前的女病人是因为家中突遭变故，惜儿疼儿心切，导致急火攻心，心火上泛，久聚于脑，想必脑涎过多，不仅造成剧痛，而且已引起头脸肿胀。现在头脸已经肿胀得很大，用药也恐怕难以奏效了，病情太过棘手，这让他又想起华佗为曹操治病的典故来。

从史书上虽然看不出曹操头痛的病因，是否已经导致头脸肿大，但华佗诊断后曾对曹操说，须剖开脑壳，取出脑涎，方能治愈。曹操听了以为华佗有谋害之心欲杀之，惊得华佗连夜出逃。这种脑内脑涎过多形成的怪病，神医华佗都只能动刀，自己能治吗？

静默沉思片刻，陈万举不由又突发奇想。他想，人的七窍无一不连着大脑，既然脑涎过多过久地聚之于脑，如果病人能够号啕大哭，哭得泪涕横流，脑涎是不是能流将出来，是不是就可以解决问题了呢？

他认为，在中医学的历史中，有许多奇方绝招，大凡也都由一些“异想天开”之人大胆摸索出来的；而正是那些看似完全不靠谱的办法，却创造出了一个个奇迹来。

他觉得应该让病人试上一试。

他对男人说：“你们回家去，让她找一处无人的荒郊野地，放声大哭。如果她能哭得鼻涕流出一尺长，眼泪像下雨一样，她的病就可以治了。”

他给病人打了包票。

其实，他心里并没有底。他只是要让病人相信自己的病能治，病人有了足够的信心，才有可能治好自身的病。

陈万举的话是说给男人听的，谁知一直双目紧闭痛苦呻吟的中年妇女，这时却突然睁开了眼，眉头紧锁地开了腔：“哭成那个样子，我怕是做不到了。这熊孩子让我操碎了心，伤透了心，我的眼泪早哭干了，想想，也不值得再为他哭，他这是罪有应得啊！”

陈万举不容置疑地说：“你要想治好自己的病，就得按我的方法去做，否则，神仙也救不了你。”

接着，他进一步开导道：“你说你那孩子是罪有应得，不值得再为他哭，但也要想一想，子不教父之过，就因为你们管教不严，让他染上了赌博的坏毛病，最后把他葬送了，你们没有责任？我想你们也和天下的父母一样，也曾望子成龙，你们辛辛苦苦把他养大，也指望养儿防老，可现在他却丢下你们走了，而且，还因为他毁了另外一个家庭，想想这些，你们能不锥心地痛吗？”

女病人不再吭声，这时已是泪如雨下。

临走时，男人见陈大夫没提药的事，就问：“要不要开点药呢？”

陈万举这才想起同事批评他“把卫生所办成了慈善机构”的话，又见对方的穿着打扮，也不是穷得揭不开锅的人，于是就开了几味益气补血的中药，要她连服七天，七天后再来复诊。

听了陈万举的话，男人把妻子拉回了家。他们选择了村子后面的一片竹林子。那片林子很有些年头了，一根根竹子长得高大挺拔，密密麻麻，已是遮天蔽日。男人就蹲在林子边上望风，让妻子走进林子深处。不一会，就打里面传来低低的哭泣声，哭泣声中还夹杂着直击人心的絮叨声："儿啊，你知道么，娘天天都念叨你，想你啊！想你小时候是多招人疼呢，谁不夸你又聪明又漂亮又孝顺呢，帮娘挑水扫地打猪草喂鸡，学什么会什么，见什么做什么；都只怪娘没本事，没钱供你读书，都怪娘没有教你好好做人，才让你结交了一帮不干不净的混混；因为你不学好，走上了这条不归路啊！……"

听着妻子的啼哭声，悔恨声，蹲在林子边上的男人也忍不住地落泪。

很快，女人的哭声就陡然增大了。声音之惨烈，之哀痛，之不管不顾，让望风的男人不由心头一紧。但是想到陈万举大夫的交代，他也只能不管不顾了，让女人尽情地号啕大哭着。

女人就这样号啕大哭了半个钟头之后，突然，周围变得一片寂静，静得男人可以听到自己的心跳。

男人意识到了什么，慌忙向林子深处奔过去。这才发现女人倒在地上，已经昏厥过去。这时女人双目紧闭，面色惨白，鼻涕从脸上竟挂到了地上，胸口的衣服也全被泪水打湿，像刚从水里捞上来似的，贴在了身上。

赶到女人苏醒过来时，他小心地问："你现在感觉怎么样？"

女人长叹了一口气，说："心里轻松了许多。"

就这样，女人在竹林里一连哭了七天。

第八天一大早，夫妇二人赶到蚌埠去复诊，病人的变化连陈万举也感到意外——脸盘子小了一圈，头也不像过去那样疼痛难忍，还是自己走着来的！

又过了一周，夫妻二人再次来到胜利卫生所，陈万举惊喜地发现女人的头脸已恢复了正常，彻底痊愈！这两口子还把小儿子也带来了，一再表示：今天终于想明白了，他们过去对大儿子疏于管教，如今手上也宽余了一些，准备不惜一切代价教小儿子读书，让他做个知书达理、有出息的人。

夫妻俩千恩万谢，临走时丢下了一只水桶，桶里盛着十条淮河里特有的"淮王鱼"。陈万举只听说这东西是个稀罕物，特别名贵，却从没见过，更没尝过。推辞不掉，也就收下，不过他只留了两条，其余的都分给了同事，让每一位合伙人都拎回去尝尝鲜。

12. 疑难病，破伤风

胜利卫生所的陈大夫，用"笑疗"和"哭疗"医好了一些大医院也医治不好的怪病，这消息经人们的口耳相传，不少病人，特别是患有疑难杂症的病人，便纷纷找上门来。

当时蚌埠的天桥，曾经同北京的天桥一样热闹。那儿集中了民间说书的、唱曲儿的、拉洋片的、套圈打彩以及黄雀叼卦的，总之，林林总总，无奇不有。这天，玩杂耍的汉子带着他八九岁的男孩，找到太平街，找到胜利卫生所，找到陈万举。

汉子流着泪说，十天前，儿子就对他说自己身体不舒服，脚上的肌肉又酸又痛。开始他没当回事，以为儿子是在偷懒，不想出去表演了。不成想看了他的脚，才知道是不小心踩到了生锈的铁钉，三天前已起不来床，周身抽搐，连张嘴说话也感到困难，他才慌了。他曾带儿子找过两家诊所，大夫说，他儿子得的是破伤风，这种病十之有九是救不回来的，只能尽人事听天命。他一听当时就崩溃了。儿子喝了两天药，抽搐得越来越厉害，房东知道了，告诉他，他儿子的命怕只有陈大夫能救回来，于是就背着儿子一路小跑找了过来。

陈万举见这孩子脖颈僵硬，四肢反张，周身不停地抽搐。再仔细检查了伤口，肯定地说：

“你儿子得的确实是破伤风。由于伤口感染了病毒，病毒侵入脉络，阻滞气血通行，筋脉少血濡养，从而引起抽搐痉挛。”

他让汉子把孩子抱到床上，抽出银针，在孩子的人中等穴上扎了几针，一个时辰之后，孩子抽搐总算停止，手脚也可以放平了。

望着稍微安静下来的孩子，陈万举突然感到自己的职业同生命的关系这么近。当然这种感觉在他行医的生涯中无数次地出现过，他为自己选择了从医而感到自豪。患者能够将自己的生命托付给医生，这是多大的信任啊，人世间还有比生命更贵重的吗？

他对已崩溃得不知如何是好的汉子说：“破伤风本就被看

作绝症，孩子又被你耽误太久，拖得太重。这种病我过去没有治过，谈不上有经验，只是别人给过我一个祖传秘方，不知实际效果如何，再说，现在还缺少其中几味相当重要的药，得立即去乡下找，还不知道能不能很快找到。我只能说，就看天意了。”

汉子听陈万举这么一说，咕嘟一声跪了下来，声泪俱下：“我儿子的命就全靠先生了！花再多的钱，你尽管说。”

陈万举忙把汉子拉起来，说：“这不是钱的事。只是其中有的药有钱也买不到。”

他找出当年大岗集余八赠给他的专治破伤风的秘方，仔细看了看。他没记错，上面写着的尽是些不值钱或是有钱也买不到的中药：蛴螬、全虫、蝉衣、官粉豆、火麻仁、生姜、葱白等。

他分析了一下：生姜、葱白是再平常不过的东西了，到处都有；全虫即蝎子，火麻是一种野麻，蝉衣也就是知了壳，这些东西诊所的药柜里就有；至于官粉豆，那是农村房前屋后最常见的一种野生植物，入夏以后黄昏时节开花，天天有花从不间断；只有蛴螬很难，它一般生长在农村老房子的砖缝里或粪堆中，但眼前的病孩已是危在旦夕，能否尽快找到它，谁也说不清啊！

救人如救火。

陈万举把开好的药方交给赵其礼，要他先把其他几味药配齐，就匆匆忙忙赶往淮河码头，直奔老家裔家湾。

在裔家湾，陈万举把陈万秀、陈万珠兄弟都喊上，连四哥陈万鹏也找来了。

“蛴螬是什么东西呀？”陈万秀问。

陈万举说：“是一种虫子，又叫仰蛙虫，通体白色或是黄白色，圆头，头上生有左右对称的刚毛。它的身体看上去肥大柔软，多皱，常常会弯曲如弓。它喜欢藏在老屋的砖缝里，或是鸡窝和粪堆里。”

听说这东西爱钻进肮脏的粪堆里，不说马上要去寻找，单听它生存的环境就让人感到恶心。陈万珠好奇地问：“这么脏的虫子也能作药？”

陈万秀和陈万鹏虽然没问，那表情分明对这种东西也能治病大惑不解。

陈万举说：“中医药的伟大正在于此。中医使用的中药，可以说全是来自大自然，许多植物、动物和矿物，就像橘子皮、金樱桃、天花粉，就像鱼胆、蜈蚣、毒蛇，以及毒性很大的马钱子，在中医师手里，只要配置得当，把握好剂量，都能成为救命的良药！”

一直默不作声的陈万鹏，这时也忍不住地问道：“这些奇奇怪怪的东西，都可以拿来治病？究竟是些什么人，又是怎么想出来的？”

陈万举最服四哥陈万鹏，他最爱动脑筋，常会提出一些让人难以回答的问题。其实，陈万举刚接触到中医时，也有着同四哥一样的疑惑。至今，有些他也还感到不可思议。比如橘子皮，中药叫陈皮，因为橘子的皮入药越陈越好，所以称其为陈皮。橘子是人们爱吃的，偶然发现它的皮能够治疗一些疾病，也是可以理解的；但是像竹茹，先人是怎么知道把竹子最外一层绿皮刮掉，将里面青白色的部分一条条地削下来，晾干，就能治疗伤寒、小儿热痛和孕妇的胎动呢？而且，它清除上火的功能简直无与伦比！再就是蚕沙，实际上它就是蚕屎，是谁首先想到用它来治病的呢？无从查考。至少明代李时珍就已经把蚕沙收入到了《本草纲目》，说它可以"治头风、风赤眼，其功亦在祛风收湿也。"李时珍本人就常拿它医治由感冒引起的发烧、呕吐、头痛和全身疼痛的疾病。

陈万举想了想，于是对陈万鹏说道："中国五千年煌煌历史，创造出了灿烂的东方文化，中医中药正是这种不朽文化的重要组成部分。由此看出我们的先人有着多么惊人的想象力，有着多么可贵的探索的勇气与实践精神。"

说罢，陈万举自己先乐起来，觉得给成天同庄稼打交道的兄弟们扯这些，像在为他们上课，未免感到可笑，就讲起了清末名医叶天士给康熙皇帝看病的故事。

他说，有一回康熙生了病，病得还不轻，太医院的御医没人能治好，一位大臣于是建议从民间请叶天士进宫。叶天士进了宫为康熙号了脉，心里就明白了他得的是什么病。不过他对康熙说："皇上你这病我可以治，但我得自己配药才行。"康熙说："药的事随你怎么配。"叶天士说道："我一剂药三十两银子，你要吃十剂，总共须三百两银子。"康熙说："你写个条子，去银库取钱便是。"叶天士取了三百两银子，却只买了一文钱的萝卜籽，炒熟，碾粉，用热水和匀，请康熙喝了下去。只喝了三天，康熙的病就好了。康熙大喜，召见叶天士问他用的是什么药，居然这么灵？叶天士一听，脸色陡然变了，慌忙趴下磕头说："皇上，你要先赦免我的罪，我才敢说。"康熙不免奇怪："你把我的病都治好了，能有什么罪？尽管说就是。"叶天士于是掏出三百两银票，双手捧上："皇上，这张银票我分文未取，只买了一文钱的萝卜籽。你的病是人参吃太多导致中毒，是萝卜籽治好了你的病。因为这事太简单，药又太便宜，我怕你不相信，才开口要了三百两银子，让你以为我配的是昂贵的中药。"康熙一听，哈哈大笑，说道："叶天士，你不简单，你还懂得病人的心理呢，这三百两银子就赏你了！"

陈万举的这个故事，说得弟兄三个越发觉得中医和中药太神奇了，又都为陈万举从事这项充满传奇色彩的工作感到骄傲。随后，大家就分头去各处老屋的墙缝里、鸡窝和粪堆里，寻找蛴螬。

费了好大的劲，总算捉到了三十多条蛴螬。陈万举不敢耽搁，立马赶回了蚌埠。

此时那孩子已是牙关紧闭，奄奄一息了。陈万举迅速取出几条蛴螬，剪去尾部，黄水随即涌出。他一边将黄水搽在病孩的伤口上和紧咬着的牙床上，一边吩咐赵其礼赶快煎药。

说起来也真是神了，待一包药下肚，不到一支烟的功夫，病孩的牙关就开始松动，身上随之渗出了一层微汗。见到出了汗，陈万举悬着的心，紧绷着的脸，都松弛了下来。

为便于观察，这天晚上，陈万举把这对父子留在了卫生所，自己也待在了所里。孩子临睡前，他又取出四条蛴螬，将其焙干，碾成细粉，用黄酒调匀，分成两份，给孩子先喝了一次，半夜的时候又喂了一次。

直到喂过了第二遍蛴螬细粉调制的黄酒，他才去值班室休息。

第二天凌晨，天还没有完全亮，值班室的门就被敲响了。陈万举被惊醒，因为门被敲得又响又重，不知有了什么情况，他的心顿时跳到了喉咙口，一个鱼跃下了床。

待奔过去开了门，才发现是汉子激动地来报信。原来就在刚才，孩子突然睁开了眼，一睁开眼就嚷嚷："爹，我肚子饿了。"他已经三天没有正经吃东西了。儿子的一声唤，把趴在诊桌上睡得迷迷糊糊的汉子猛地惊醒，他也已经三天没有正经睡过觉了。他发现儿子安静地躺在担架上，身上出了许多汗，嚷着要吃饭。由于太兴奋，已顾不上陈大夫忙到深更半夜才休息，就欣喜若狂地去敲值班室的门。他要问一问能不能让孩子吃点东西。

陈万举见孩子的脸上已有了一点血色，眼睛也变得有了精神，忙说："可以，当然可以，怎么不可以！"不过又交代，"他几天没吃东西了，一次不要吃太多。"

陈万举给了十分明确的回答，汉子便飞身出门。因为这时天刚麻麻亮，他跑了几条街才买回来一碗粥。

这以后，不到半月的时光，病孩就一切恢复了正常。玩杂耍的汉子再次来到胜利联合诊所时，他定做了一面锦旗，按江湖上的规矩给陈万举行了大礼，同时把一个专治跌打损伤的祖传秘方，也献给了陈万举。

陈万举望着千恩万谢远去的汉子，回头再看一下送来的锦旗，一时竟有一种说不出来的滋味。大家都建议将这面锦旗挂在所里最显眼的地方，都说它也是一块“招牌”呀！但陈万举拒绝了，说：“这东西只要有钱谁都能制。”

能把人们视为绝症的破伤风治好，无论怎么说，都称得上是一位了不起的医生了。可陈万举心里却清楚，之所以能救下陷入绝境的这个孩子，只是用了大岗集余八传给自己的一个秘方。要说自己有什么功劳，不过是根据多年对中医病理和中药药性的理解，大胆地把活蹦乱跳的蛴螬剪去尾部，将流出的黄水搽在孩子的伤口上和紧咬着的牙床上，同时又设法将蛴螬焙干碾成细粉，用黄酒调匀之后再让孩子服用。

宋立人师傅的教诲，他一直铭记在心：一个优秀的中医师，除了能把病人的问题给解决，还能够不断创造出新的治疗方法，探索出新的治疗手段来。就像余八给他的这个秘方，选用的差不多尽是最不值钱，或是压根儿就不用钱，只是常人想象不到甚至不敢去想象的东西，却将它们神奇地组合在一起，在病人的身上产生出奇迹！

医治破伤风的秘方，无疑是余八的先人对祖国医学的一种贡献。中国历史上有无以数计的、没有留下姓名的中医师，他们为人类医学的发展作出了卓越而独特的贡献。

他应该感谢余八，能够将余家传了数代的一个秘方，传给了他这个外姓人。

当然，他已不可能再对余八说这番话了。因为早在几年前，余八就因为有着民愤，好像还牵扯到一场血案，在刚解放的一场运动中被镇压了。

第五章　高光时刻

13. 让一个哑巴开口

一九五八年六月三十日，《人民日报》在显著位置刊登了江西省余江县率先消灭血吸虫病的长篇通讯。第二天，发表了毛泽东的《七律二首·送瘟神》——

绿水青山枉自多，华佗无奈小虫何。
千村薜荔人遗矢，万户萧疏鬼唱歌。
坐地日行八万里，巡天遥看一千河。
牛郎欲问瘟神事，一样悲欢逐逝波。

春风杨柳万千条，六亿神州尽舜尧。
红雨随心翻作浪，青山着意化为桥。
天连五岭银锄落，地动三河铁臂摇。
借问瘟君欲何往，纸船明烛照天烧。

看到相关报道，特别是读到毛泽东气壮山河的两首诗，陈万举无比激动。他立即给在宣城血吸虫病防治站工作的陈桂栋写去一封信。

在此之前，他已经从这个侄儿那里知道，血吸虫病是一种严重危害人民健康的疾病，却不知道它已经严重到“千村薜荔人遗矢，万户萧疏鬼唱歌”，以致“华佗无奈小虫何”。从报道上看，余江县曾经是血吸虫病泛滥的地方，出现过许多“棺材田”和“寡妇村”，其惨烈程度竟是难以想象的。如此疯狂的“小虫”终于被彻底消灭，毛泽东的喜悦之情，从“借问瘟君欲何往，纸船明烛照天烧”一句，便可以淋漓尽致地感触到。

陈桂栋也很快回了信，提到这篇报道和毛主席的诗，他比陈万举还要激动。他说血吸虫病的危害程度，过去他所以没有告诉叔叔，是怕叔叔为他担心。这种疾病其实由来已久，解放战争时期，人民解放军打过长江向江南挺进的时候，不少北方籍的战士就感染上了血吸虫病，导致大规模的非战斗性减员。血吸虫病流行于我国十二个省市，患者轻则丧失劳动能力，重则送命；染上了这种疾病的妇女，终身不能生育。毛泽东看到有关的报告后，忧心如焚，曾批示：“除开历史上死掉的人外，现在尚有一千万人患疫，一万万人受到疫情的威胁，是可忍，孰不可忍！”早在一九五一年秋天，他就亲自起草了《中央关于加强卫生、防疫和医疗工作的指示》，第二年春天，政务院成立了专门委员会；一九五五年的秋天，党中央又在杭州召开了专门会议，会上毛泽东明确指出：“一定要全面估计血吸虫病，它是危害人民健康最大的疾病。”并痛下决心发出号召：“一定要消灭血吸虫病！”一九五六年春天，毛泽东在最高国务会议上再次发出“全党动员，全民动员，消灭血吸虫病”的战斗口号。

看了陈桂栋的这封信，陈万举才知道，陈桂栋当年正是响应这个号召开赴“血防前线”的。毛主席和党中央这样高度重视，并亲自领导，使得消灭血吸虫病成为一场史无前例的人民防疫战争，从而也创造出了人间奇迹！

了解了这些情况，回头再看毛泽东的诗，陈万举就更加理解了毛泽东在读到余江县率先消灭了血吸虫病的这篇报道后，“浮想联翩，夜不能寐。微风拂煦。遥望南天，欣然命笔”，写下《七律二首・送瘟神》的喜悦心情。

在读私塾时，陈万举就爱上了中国的古典诗词，现在看到毛泽东《送瘟神》这两首七律诗，自然是眼前一亮。他被其中不少诗句所震撼。毫无疑问，这是毛泽东以医疗事业为主题写的作品，当然，后来他又陆陆续续读到了毛泽东其他的诗词作品，而这《送瘟神》则是毛泽东唯一一篇专门以民生问题、医疗事业为主题写的作品。作为一名医生，他倍感亲切。他从字里行间感受到了一个心系百姓的大国领袖的情怀。

陈万举用毛笔公公正正地将这两首诗抄录下来，寄给了陈桂栋。他为侄子在从事着这样一项意义重大的工作感到由衷地欣慰。他想，当年如果自己阻止桂栋南下，将会是多么遗憾的事。

一九五八年，令他难忘的不只是这件事。也就在这事的一个多月前，中央制定了“鼓足干劲，力争上游，多快好省地建设社会主义”的总路线；随着总路线的提出：全国上下热气腾腾。陈万举注意到裔家湾的几代农民，一个早上，就都由农民变成了怀远县城北公社张庄大队裔家湾生产队的社员。大家应着钟声下地，集体出工；家家户户不再单独开伙，吃饭一律去公社食堂。

就在这时候，陈万举万万想不到，自己有一天也会成为新闻记者采访的对象。

初冬的一个早晨，下着小雨，陈万举正同一个医生商谈胜利卫生所如何送医到工地的事。当时蚌埠也同全国一样，已掀起一个全民大办钢铁的热潮，卫生局希望各联合诊所迅速行动起来。正在这时，走进来一对戴斗笠的母子，小伙子在旁边默默地站着，其母在代他介绍情况。她说，他们是李台庄子人，小伙子叫李德森，小名叫小虎，小时候就有些结巴，因为说话不流畅常遭到小伙伴的嘲笑，他又比较内向，渐渐地就变得少言寡语。十八岁那年，他父亲和叔叔因为分家闹起了纠纷，兄弟俩打了起来。叔叔长得人高马大，父亲分明不是叔叔的对手，小虎见父亲吃了亏，就冲上去帮忙，捅了叔叔几拳。谁知这一举动并没惹恼叔叔，却激怒了父亲，父亲丢开了叔叔，转过来抓住他照脸就是一巴掌，骂道："混账的东西，反了你了！你怎么可以打叔叔呢？"当时他就傻了。他想不明白：他明明是在帮父亲忙，父亲为何要扇自己耳光？气得跑回家，躺了两天两夜，起来后就发现不能讲话，彻底哑巴了。父亲的肠子都悔青了，带着他四处寻医，治了多年也没治好。最近碰到一个亲戚，说蚌埠的陈大夫医术高，于是就一路找了过来。

其母愁得直叹气，说："小虎都已经二十五岁了，早该娶媳妇了，可他是个哑巴，哪个姑娘愿意嫁给他呀？"说着说着，眼泪就下来了。

陈万举一边听着小虎妈的介绍，一边观察着小虎。在中医“望、闻、问、切”四种诊疗手段中，他平日对望诊最为看重。望诊又最看重自然光，为了能够望得准确，不至误诊，他给自己规定了一个看病时间：冬天下午四点、夏天下午六点之前。光线不好的时候，就只看看常见病，通常不会看疑难杂症。他把自己的诊桌安放在光线最好的窗户边上，就是希望能把病人的气色看清楚。他发现李小虎的脸色有点暗，鼻子也不亮，说明他的脾胃功能弱；再看舌头，舌苔有些泛白，边上还有牙印，又说明他的中气不足。

接着，开始切脉。切脉在陈万举看来其实并不是万能的，一般只能切出脉的大小、长短和粗细，诊出寒热与虚实，对心脏病人有效，而很多的病症脉象上是反映不出来的。他认为，中医的医术分为“神、圣、工、巧”四个等级，这四个等级对应着“望、闻、问、切”四种手段。一等为“神”医，只需“望”一眼病人，便知道对方患的是什么病；二等为“圣”医，除了“望”还须加上“闻”，闻气味、听病人陈述；三等为“工医”，这类医生对应的是“问”，医术较前两者自然差了许多，必须将病情的前因后果问得清清楚楚才能搞明白；剩下的就是“巧医”了，“巧医”切脉时间长，貌似认真，其实心里没底。尽管陈万举也知道切脉诊断不了许多疾病，主要还是依靠“望”与“问”，但他往往会把切脉的时间用得很长，且全神贯注，这是因为他了解病人的心理，“医行信家”，只有让病人感到你是在对他认真负责，完全信赖你，他才会全力配合你治疗，你也才可能治得了对方的病。

这时陈万举已经确认李小虎表现出来的症状是失语，病根却在肾虚；而肾虚的起因又在脾胃失调；脾胃失调的原因又是“结巴”导致的自卑。

通过摸脉，他注意到，病人的左手尺脉虚，寸、关、尺不通畅；而右手脉搏强大，反而正常。女以右脉为主，男以左脉为主，现在是男为女脉，因此，进一步说明小伙子的“哑”与肾虚互为因果。可以说，真哑通常会是耳聋，可李小虎却是“哑”而不聋，说明他并非真哑，他的“哑”还是能治的。

陈万举对小虎说：“你的这个病不是‘绝症’，如果你能按我讲的去做，我就给你试试。”

李小虎的耳朵没有问题，听说自己的病能够治，便激动地比画起来。坐在边上的小虎妈告诉陈万举：“小虎说，什么都听大夫的。”

陈万举于是进一步征求小虎妈的意见：“你儿子的病，拖的时间太长了，要想见效得花上一段时间。考虑你们家在李台子，我孩子他娘是桃园的，你们李台庄子还在桃园的西边，来一趟不容易，我的意见是，你儿子就留在蚌埠，我在给他治病的同时也便于观察，不知你意下如何？”

小虎妈听了，迟疑了好一会才说：“只要能把孩子的病治好，我就是砸锅卖铁也不惜。可家里实在困难，药钱我会想办法，旅馆是万万住不起的，我想还是让他来回跑算了，他吃得下这个苦。”

陈万举也想了一下，说道：“以前我个人开诊所的时候看病和扎针是不收费的，病人只需付药钱就行；现在诊所不是我一个人说了算，但也只会增加一个诊金，扎针我还是免费的。我家里有一间小屋，以前是我侄子住的，他如今去皖南工作了，你儿子正好可以住进去。小虎住在我家，吃饭自然也就在我家，我们吃什么他吃什么，无非添双筷子，不要你们饭钱。”

陈万举行医二十多年了，可治疗这类聋哑病还是头一回。每回遇到类似没接触过的疑难病，他都有一种要深入研究的欲望，希望将病人留下来，甚至让病人住进自己的家，吃住全包。

小虎妈疑惑地望着陈万举，因为不敢相信，以为自己听错了：“你是说看病扎针不收钱，还让孩子住到你的家里？”

陈万举又认真地复述了一遍。就见小虎妈激动得哭了，语无伦次地感谢道：“遇到好人了，遇到好人了，陈大夫你真是俺家小虎的救命菩萨啊！”

下班后，陈万举就把小虎母子领回了家。赶到吃饭时，却突然发现，母子二人不知什么时候已经离开了，直到第二天，才知道母子二人回了李台子，当小虎再次来到陈万举位于太平街的家时，就只见他扛来了一个麻袋，里面装满了红薯、高粱和白菜萝卜，住下之后，他还把扫地、挑水、劈柴和跑腿的活儿都包了下来。

陈万举给小虎制订的治疗方案是三管齐下：一、用针灸打通经络；二、以药力发动中气鼓动声带发声；三、开口锻炼。他开的药方也很普通，以归脾汤加减，一个月为一个疗程；但扎针就有难度了，他以扎后发际正中的哑门、下颌下缘与舌骨体之间的廉泉穴为主，同时以合谷、通里、三阴交等十多个穴位为辅。扎主穴的风险比较大，这些穴位一般的医生是回避的，陈万举身为针灸大师承淡安的弟子，此时已执针二十二年，可以说炉火纯青，没有什么穴是他不敢下针的。他扎廉泉穴用的还是一穴两针的刺法，这种方法是他从过去针灸研究社主办的一期《针灸杂志》上发现的，说是对医治哑疾会有很好的疗效。

扎针其实也是一项体力活，不仅要全神贯注，观察患者的各种反应，将针刺入到一定的深度后，则须娴熟地捻转提插，等病人有了酸麻胀重的感觉后，再留针十五到二十分钟，且每隔五六分钟再捻转提插一次，这样前前后后要花上一个多小时才能结束，一次施针下来自己往往就是一身大汗。

他对小虎采取的是间日施针一次，十次为一个疗程，休息十天再进行第二疗程。

陈万举平日有个早起的习惯，现在每天起床后他首先就去敲小虎的门，然后两人结伴去爬市中心的小南山，然后找一处空旷无人的地方，训练他发声。开始，先从简单的“呼”“呜”“扑”“夫”这四个字着手，要他跟着练，反复练，并大声喊出来。小虎已经多年没有说话了，一开始会憋得脸红脖子粗，怎么也发不出声，陈万举就耐心地一遍又一遍地教，教他如何张开嘴，如何启动牙，如何运气。一周之后，他就说得很流畅了；一个月下来，竟能说出简单的人名、地名和物件了。

小虎终于又听到自己说话的声音了，他高兴极了。当他并不连贯却十分准确地说出“陈大夫”这三个字时，陈万举甚至比小虎还要激动，朝他竖起了大拇指，连说了几个“好”字。

就这样，小虎在陈万举的精心治疗下，终于恢复了正常的说话功能。

小虎母子二人欢欢喜喜回了李台子，陈万举也不由兴奋地对崔新如说："往后，在来求医的病人中，如果再有从前没见过的疑难杂症，有研究的价值，干脆就留下来边观察边治疗。"

"像小虎一样？"崔新如不解地问，"管吃管住，我还要兼做护理？"

"是呀。"

崔新如忍不住地嗔道："他们都得的是啥病呀，全朝家里留；你就不怕有的病传给了孩子？"

陈万举眼一瞪："我是干啥的？谁有病我再治谁！"

"哪见过你这样的医生？"崔新如默了半晌，不服地还了一句。

陈万举不说话。

崔新如这时又盯了一句："你能不能找出一个像你这样当医生的？"

陈万举笑道："没见过，所以才叫你见一下。"

崔新如不觉伤心地抹起了眼泪："他们是爷，是娘，要你像孝子一样地这样侍候着？"

陈万举一听，非但没被老伴的眼泪弄得软下心来，反倒气得不行。

他鼓着眼睛，说道："你进陈家门的时候，我就有言在先，要准备一辈子跟着忙，累死拉倒！"

胜利卫生所的陈万举大夫，让一个哑巴开口说话——这消息很快就被作为一条新闻宣传了出去。

一夜之间，陈万举不仅成了“新闻人物”，还成了蚌埠医务人员的标兵。

安徽省卫生厅的领导在听了蚌埠市卫生局的汇报后，当即决定把陈万举借调到省城，请他去给合肥聋哑学校的学生治病。

原来，那几年卫生部对全国人口健康状况做了一次普查，发现了大量的聋哑人，大家都称他们为“残疾人”，遭人歧视，生活很不幸，于是就要求各地探索出最有效的治疗方法。安徽省卫生厅为此专门成立了一个聋哑针治小组，因为聋哑病大多是由于经络闭塞或生理上的缺陷所致，治疗方面就以针灸为主。

接到省厅的这个通知时，陈万举吃了一惊。他将失语多年的小虎医治成功，只能说明因故失语成了哑巴的孩子，通过针灸是可以恢复成正常人的，但是，这并不代表所有的哑巴都是可以通过治疗开口说话的。现在竟要把他请到合肥的聋哑学校去为聋哑孩子治病，这让他感到了巨大的压力。

可是，这又是政治任务，只能去。

隔日，陈万举就赶到合肥，加入了针治小组。此时，组里已经有了十几位医生，基本上是省立医院、合肥市医院、省中医院的在职中医师，只有他一人是从下面诊所抽来的。医疗组安排他住在中医学院，学院包伙食。医疗组将一百六十位聋哑人分成十六组，每位大夫负责一组。当然，并不是一个大夫只治疗他负责的那十个病人，而是所有的大夫一起治。每天早晨开晨会，每位大夫都谈谈自己负责的病人进展如何、存在什么问题、有什么想法，然后大家一起出主意。

在接触了大量的聋哑病人，又查阅了大量的资料后，陈万举的心里有了底：人失聪，有先天和后天两种情况。先天失聪，是指出生的时候或出生不久出现的听力丧失，它可能是遗传，也可能是在母亲妊娠或是分娩的时候出现了并发症，如孕产妇生了风疹或其他感染性疾病。当然，低体重的新生儿，如生下时两千克不到，或是出生时严重缺氧，这就不只会单纯引起听力损失了。再就是，母亲妊娠时期使用了不当药物，或孩子后天患了脑膜炎、腮腺炎、慢性耳部感染、耳内积液，或为了抗感染吃了不当药物等等。

陈万举发现，“十哑九聋”此话确实不假。但凡哑巴，可以说基本上也都是聋子，一个人在牙牙学语的孩提时代，由于耳聋，听不到外界的声音，丧失了学习说话最重要的功能，也就不可能会说话。因此，在开始治疗的时候，他建议先以治聋为主，待其听力逐渐恢复后，再介入治哑的穴，以达到聋哑同时痊愈的目的。

不用说，在决定实施具体的救治之前，首先要搞清这些学生耳聋的程度。为此陈万举准备了一只闹钟，他把闹钟闹响了之后，依次放在学生的耳朵旁边，要他们听到闹钟铃声就点个头，没听到声音就摇摇头。经过一段时间的治疗，为检验疗效，陈万举依然借用闹钟，把拨响了的闹钟耐心地、由远到近地放在这些学生的耳朵周围。他发现他们的听力确实有了恢复，就把他们当作牙牙学语的婴幼儿，教他们从学习简单的字词开始，然后再到可以连贯成句地说话。

针灸治疗耳聋，陈万举选用的穴位主要参考了承淡安老师的《中国针灸治疗学》，也综合了《内经》等医学古籍上的相关记载，先针刺耳门、听宫、听会、翳风等十多个主穴，根据病人具体情况，再配以风池、天突、人迎等辅穴；将针刺入一定深度后，给予轻微的捻转提插，看着患者的面部表情，发现他们有了酸麻胀重的感觉，再留针十多分钟，中间每隔五六分钟捻转提插一次。

然后根据患者的好转与否，增减穴位与变换穴位。采取间日施针一次，十次为一疗程，再休息七至十天，然后继续治疗。待听力恢复之后，再加治哑穴位，而以治哑为主。

就这样，陈万举在合肥待了两个多月，给这批学生治了两个疗程。他发现，但凡先天性的聋哑，鼓膜有穿孔或病变者，基本上疗效都很差；而鼓膜完好者，一般都有很好的疗效，尤以年龄在十二至二十岁之间为最佳；但完全治愈者，也只能是少数。

治愈率最高的，则是陈万举分管的那组学员。

直到这时，大家也才知道，他早先就是中国针灸研究社的社员，针灸大师承淡安的弟子。

本来，厅里计划用三个月的时间来治疗这批学员，最后再拿出一个月用以巩固疗效。但计划跟不上变化，后来粮食的供应出现了困难。因为针刺小组被安排住在安徽中医学院，一切就都由学院负责，吃饭是一顿两个馒头，四人一盆稀饭；不久稀饭就变得很稀了，而且越来越稀，陈万举顿顿只能吃个半饱。不过，他发现有的人开始只盛个半碗，半碗喝起来自然就快，喝完再去盛还可以盛个一大碗；他是先盛了一碗，等喝完了还想再盛时，盆里就一点也没有了。他很沮丧，有点看不起这种耍小聪明的人，认为大家在一起共事是缘分，理应彼此关照才对。再后来，就连一顿两个大馍也保证不了了，针刺小组只好解散，陈万举也就回到了蚌埠。

回到蚌埠，刚进家门还没落座，妻子崔新如就告诉他一个不幸的消息：大哥陈万秀病了，病得很重。

陈万举当即赶往裔家湾。

回到裔家湾时，陈万举才知道，母亲陈李氏三天前已经被弟弟陈万珠接回来了，陈桂栋也从宣城血防站赶了回来。他们把陈万秀拉到怀远县医院作了检查，居然在陈万秀的胃液里检查出了老鼠药，因为老鼠药中毒，导致了肾衰竭。疼得直冒冷汗的陈万秀，这才知道自己干了件蠢事！

原来，农村一度吃饭不要钱，社员们干完活都到公社食堂就餐。头几天，几碟子几大碗的，吃得大家嘴上油糊糊的；不久，就一顿不如一顿，几个月下来，顿顿变成了稀粥，干饭吃不上了，再往后竟变得清汤寡水，米星子也见不到了；再后来，公社的大食堂便散伙了。

同样因为粮食紧张，陈万秀每天就把仅有的粮食省给五岁的孙子陈怀远，他和老伴孙国美、媳妇常国芳，就有一顿没一顿的“瓜菜代”。

这天早晨，陈万秀去屋后上茅厕，意外发现茅厕边上躺着一只死猫。虽然是只小猫，又是只死猫，由于他很久没有沾过荤腥了，依然喜出望外，当即捡回家给煮熟了。当时他仅仅吃了几口，就感到浑身难受。原只是想自己先尝尝鲜，猜出这只猫有了问题，就不敢再喊家人来吃了。结果是，他当天就病倒了，而且是一病不起，于是让人到县里给陈桂栋拍了加急电报。

陈万举赶到时，陈万秀已是奄奄一息，用导尿管也导不出尿来了。陈万举见了痛苦得直甩头，却又束手无策，毫无办法了。

长兄陈万秀的不幸离世，让陈万举痛心疾首。尽管陈万秀是因为肾衰竭而无力回天，他却认为如果自己能早点回来，能及时抢救，说不定会有好的转机。身为一个医生，在大哥最需要的时候自己没有在现场，他痛感愧疚。再想想长兄生前对自己数年如一日的无私帮助，过了很久很久，他都没办法从伤痛与内疚中走出来。

14. 精英云集上海滩

这年秋天，国家卫生部组织一批有影响的中医师和中医学院的教师，举办一期为时四个月的“中医内科专修班”。这次的“中医内科专修班”，设在上海卫生干部进修学院，授课的老师却是来自上海中医学院。上海中医学院为此派出了最强大的师资阵容，院长程门雪亲自挂帅，三位副院长林其英、杜大公、唐志炯和七位优秀教师都分别为他们授课。

其中分配给了安徽省两个名额。

安徽中医学院安排的是王锡光老师，全省各地那么多知名的中医师，而安徽省卫生厅却推荐了陈万举。究其原因，无外乎陈万举以针灸绝技救治了合肥聋哑学校的不少学生，在全省卫生系统“放了一颗卫星”。

接到通知，陈万举有些意外。他无论如何也想不到，在安徽全省只有两个名额的情况下，省里居然将其中的一个名额给了自己。

有这么好的一个学习机会，他当然不会怠慢。

按照要求，陈万举先去太平街派出所办理了户口迁移手续。那个年代口粮是随着户籍走的，要在上海生活四个月，如若没有上海的户口也是没有口粮的。

出发那天，胜利卫生所的所有医生都赶到陈万举家里为他送行，大家都觉得陈万举为诊所争了光。

母亲陈李氏因为长子陈万秀的突然去世，已伤心很久没有出门了，这天却硬是坚持把陈万举送到大街上。陈万举已走出很远了，一回头见母亲仍然伫立在原处，穿一件洗得已经发白了的阴丹士林对襟褂，一条打着补丁的黑长裤，没有披头巾，秋日映衬着她的一头白发，格外醒目。

陈万举不由得心头一热，泪水差点模糊了视线。

他不知道自己为什么会这样激动，更不可能会想到，这竟是母子二人的永诀。

总之，出发那天，母亲站在大街上目送他的一幕，就像一尊塑像，永远定格在了他的记忆深处。

到了上海，陈万举才知道，上海中医学院是新中国最早建立起的一所中医高等院校，院长程门雪是由周恩来总理亲自任命的。程门雪师从的是中医泰斗丁甘仁。丁甘仁早在一九一七年就创办了中国第一所高等中医学校——上海中医专门学校，培养出了大批的中医人才。

随后，陈万举又进一步了解到，程门雪不仅是上海中医学院的首任院长，还兼任中共中央血吸虫病防治领导小组中医中药组的组长。就是说，程门雪还是在宣城血防站工作的陈桂栋的相关领导。现在他有幸成了程门雪的门生，通过程门雪，他竟与侄子陈桂栋又多了一层特殊的社会关系，因此，他感到人生真的很奇妙！

出任这期专修班班主任的黄文东，也是丁甘仁的弟子。他不仅与程门雪院长师出同门，还与他同岁，十四岁的时候，也就是一九一六年，就考入丁甘仁创办的上海中医专门学校，二十九岁即受聘担任该校教务长。他对以丁甘仁为代表的丁氏学派的形成和学术上的成就，以及众多著名中医学家的学术经验，都做过十分可贵的系统研究，著述颇多；而且他还和程门雪一样多才多艺，其书法力摹右军，意境高雅，更是蜚声医林。

来到了大上海，陈万举也才强烈地感到，蚌埠虽为安徽省的北大门，号称津浦铁路线上的重镇，八百里长淮第一码头，但消息的闭塞还是让他吃惊。

在他心目中，无比崇敬，像神一样存在的承淡安先生已于两年前离世的消息，是来到专修班后才知道的。新中国刚成立那会，中央就对中医的发展提出了“系统学习，全面掌握，整理提高”的总方针，一九五四年江苏中医大学就正式开办，承先生则出任了该校的首任校长；第二年，一九五五年承先生成为中国科学院学部委员，并担任了中华医学会副会长，数十年如一日地从事着中国针灸理论和临床的研究，精心总结自己毕生经验，著书立说。陈万举在上海中医学院的图书馆里，就看到了承先生的大量著作。一九五六年二月，在第二届全国政协第二次会议期间，毛泽东主席握着先生的手，说道："你的名气大得很哟，希望你多多培养针灸人才哟！"但此后也仅一年多的时间，承淡安先生就因积劳成疾，于一九五七年七月溘然去世，享年五十八岁！

陈万举痛感人生的无常，便越发感到这次学习机会的难得与可贵，因此，他每天都处于一种亢奋而紧张的状态之中。

程门雪曾给他们上过三堂课，陈万举感觉收获颇丰。在这之前他只知道程院长是一代名医，没想到他的课也讲得这样精彩。他提倡学习中医首先要做到继承，因为不在继承上狠下功夫，就谈不上进一步发扬，他要求大家务必多读经典，主张古为今用，但又不拘门户之见。

由国家卫生部委托上海举办的这期专修班，全班五十一人，分别来自全国二十一个省、市、自治区，几乎全是来自各地高等院校和省市自治区的公立医院，陈万举是唯一一个来自基层联合诊所的。因为来者都是各地中医界的精英，都有着丰富的临床经验，所以专修班就要求每一位学员也都要在班上讲一课，将各自囊中的绝活抖搂出来。就是说，大家既是专修班的学员，同时又是老师。陈万举觉得，彼此间的这种交流，就和中医学院老师们的授课一样的重要，同样是个难得的学习机会。他发现，这样的课不光专修班的学员感兴趣，中医学院的老师们也感兴趣，每当上这样的课，教室里都会坐得满满的，黄文东和不少老师也是每堂课必到。

陈万举讲述的是"急救探生三法"。当一个病人突然出现惊厥昏迷，不省人事，在这样的生死危急时刻，采用寻常的药物，在时间上肯定是来不及的，因为任何药物都是要经过病人服用、消化吸收才能发挥作用。根据多年的临床经验，他总结出了三种方法，即一针、二灸、三通窍，促其知觉，让其转危为安。若病情十分严重，这三种方法依然不能使其苏醒，但至少也能够为其住院抢救赢得可贵的时间，故名“探生法”。由于方法简便，尤其适用于城市的基层卫生医疗单位和远离市区的广大农村的医疗室。这些年他对“探生三法”逐法进行了深入研究，比如“一针”，即针刺探生法，他不仅将相关穴位的组成、针刺的手法及其针刺的作用，都分别给大家作了详尽的介绍，甚至将病人虚实症候须注意的事项也作了说明。总之，他毫无保留地将自己这么多年探索出的三种急救办法，其具体的针穴与手法，艾灸、通窍的方剂及其用法，都公之于众。当他讲到自己如何用“飞车”将病人掉入阴囊的肠子颠回到肚子里，讲到如何运用“三角灸”彻底治愈病人的“夹肠疝”时，他发现班主任黄文东带头鼓掌，学员们更是群情激奋，禁不住赞叹：“真是闻所未闻！”

当时，上海有着国内最早的医史专科博物馆——中华医学会医史博物馆，刚并入上海中医学院。学习期间，陈万举得以了解到中国中医学上的许多往事。他简直不敢想象，江苏省常州市武进县一个叫孟河的小镇，居然有着十多家中药铺；只有百十户人家的小镇却走出费（费伯雄）、马（马培之）、巢（巢渭芳）、丁（丁甘仁）四大医家，他们以其高深的学术造诣，丰富的临床经验，为祖国医学的发展作出了卓越的贡献；以他们为核心而形成的孟河医派，更似一颗灿烂的明珠，照耀在清末民初的医坛上，流派所及，至今未衰。

这四大医家中，黄伯雄以其善治危、大、奇、急诸症闻名于上海滩，他是孟河医派的奠基人。马培之曾进京为慈禧看病而名声大振，宫廷里传出“外来医生以马文植最著”的声誉，马文植便是马培之的别名，素以外科见长却又以内科扬名；巢渭芳和丁甘仁两位大家都是马培之的弟子，巢渭芳一生留居孟河，学验两富，名重乡里，丁甘仁造诣最深，并于一九二〇年发起成立“中国国医学会”，首次破门户之见，把中医师团结起来，开协作之风，为加强学术研究还创办了《国医杂志》，大半生投身于中国医学的教育事业，堪称为“医誉满上海，桃李满天下”。

陈万举了解了这些故事后，不胜感慨。他想不到这次来上海进修做了程门雪和黄文东的学生，同时还成了孟河医派著名医家们的门生。过去，他师从宋立人，而宋立人师从的是巢渭芳，现在，他同宋立人师徒二人竟然又由于“孟河小镇”，多了一层微妙的人际关系！

当然，让陈万举想象不到的，还是中国传统的中医学，自《黄帝内经》问世算起也有了近三千年的煌煌历史了，但是到了近代，却几经灭顶之灾，其厄运又是接二连三，好像就没有中断过。

一八四〇年，英国对中国发动了鸦片战争，并随后签订了不平等的《南京条约》，将中华民族拖入水深火热之中，中国开始沦为半殖民地半封建社会。而一水之隔的日本，却因为明治维新迅速崛起，一场甲午海战，大清王朝输给了一向被视为“蕞尔小邦”的日本，接下来的日俄之战，日本又打败了不可一世的沙皇统治下的俄罗斯，这使得当时中国朝野各界大为震惊，不少有志者对自己的传统文化提出了质疑，他们期待一场改革，来改变中国落后的面貌。其变革之路，其实就是全盘照搬西方的模式；提倡科学，反对迷信，实际就要提倡西医，反对中医。

辛亥革命后，袁世凯当了大总统，他以及后来的北洋军阀政府极力推崇的都是西医。当时的教育部完全将中医排斥在了教育系统之外，北京大学也不例外，出了中国近代史上著名的“民元教育系统漏列中医案”。此案一出，神州医药总会联合了江苏、湖北、山西等十九个省的中医团体到教育部请愿，最终教育部依然以中医不合教育原则为由予以拒绝，中医界的第一次斗争就这样失败了。

国民政府行政院院长汪精卫，更是废除中医的坚决支持者，其卫生部的负责人多数留学过日本，日本废除汉医对他们影响很大，因此，废除中医也就成了国家行政的意志。只是全国有着五万多个中医师，而从事西医的人还并不多，一旦废除了中医，有着四五亿人口的中国人找谁看病去？加上那时相信中医的人还很多，国民政府就采取了一个巧妙的办法，要求中医师必须重新登记，并规定要在民国十九年，即一九三〇年之前完成。可还没等到一九三〇年，国民政府就又召开了中央卫生委员会会议，这次会议没让一个中医师到会，会上却抛出了四项有关废止中医的提案，实际上这是在釜底抽薪。会议提案一经通过，全国中医界群情激愤，强烈抗议。这就是中国医药史上著名的“三一七”斗争。此时中国的中医和西医已成水火之势。

史料中无论是介绍“民元教育系统漏列中医案”，还是民国十九年的“三一七”斗争，都用了“著名”二字，陈万举过去却是一无所知，感到确实是孤陋寡闻了。

更让他想不到的是，一直被人们视为至尊的几位先驱：严复、梁启超、孙中山、陈独秀，也都是排斥中医的。

严复是中国近代史上向西方国家寻找真理的“先进的中国人”之一，是清末极具影响的资产阶级启蒙思想家；梁启超是戊戌变法、百日维新的领袖之一，是中国近代史维新派、新法家的代表人物；孙中山则是“起共和而终两千年封建帝制”的民族英雄，中国民主革命的伟大先驱；陈独秀不用说，是那个时代站在中华民族和世界进步潮流最前列的人物，是中国近代史上特别是中国共产党早期历史上的杰出人物。

当陈万举最初知道这些显赫人物无一例外地，竟都和袁世凯以及后来的北洋军阀政府一样要极力废除中医时，他感到十分惊讶。算起来，从梁启超斥中医为“两千年来迷信之大本营”开始，废止中医的声音已延续上百年！

不过，细下一想，西医只有两百多年历史，对于有着悠久历史的传统中医，西医自然更具“现代化”。而中医常被人误以为“不科学”，还因为它的理论来源于《易经》，讲究“阴阳虚实”，“阴阳虚实”毕竟是中国古代的哲学范畴，因此，随着以揭露控诉封建旧思想的新文化运动的蓬勃兴起，期待一场改头换面将中国带入崭新世界，产生于两三千年前的中医势必会遭到误伤。

只是，陈万举完全不可能想到的是，在坚决要求废除中医的人物中，还有鲁迅！

鲁迅，这是个熟悉到不能再熟悉的名字。他也是学医出身，后弃医从文。他给人的最大印象是敢想、敢说、敢怒、敢骂，而且疾恶如仇；他说过："让他们怨恨去，我也一个都不宽恕。"可以说，在中国文化革命的先驱名单中，除了鲁迅，没有一个人会受到毛泽东如此崇高的赞誉："鲁迅是中国文化革命的主将，他不但是伟大的文学家，而且是伟大的思想家和伟大的革命家"，"鲁迅的方向，就是中华民族新文化的方向。"

但是，鲁迅先生在他奠定了中国现代文学史和现代文化史地位的《呐喊》一文中，竟呐喊道："中医不过是一种有意的或无意的骗子。"他非常敬重孙中山，知道孙中山也是排斥中医的，他相信，孙中山即便生命垂危，也会拒绝接受中医治疗的，他还专门撰写文章称赞孙中山病危之时，对自己的生命仍有着分明的理智和坚定的意志。

以鲁迅先生在中国文化革命中非同一般的身份，他对中国传统医学作出的这种断然结论和持有如此决绝的态度，这在当时社会上造成的巨大影响是不言而喻的。

陈万举感到的是前所未有的震惊。

好在一道来进修的，就有三位鲁迅先生的浙江老乡，其中两位因为常年生活工作在上海，又都才三十多岁，对鲁迅先生生前曾反对过中医的事，同他一样，不仅也是第一次听说，听说后竟不敢相信地张着嘴巴，问："这是真的吗？"听说这事曾被鲁迅自己白纸黑字地写在《呐喊》一文中，依然困惑地摇着头，将信将疑地要找《呐喊》看一看。

来自浙江中医学院内科教研室的马莲湘老师，是这期专修班五十一位同学中比较年长者，他对鲁迅的身世一清二楚，对鲁迅为什么反对中医也曾做过研究。

他说，鲁迅生于绍兴一个在乾隆年间就“良田万亩”的大家族，祖父周福清出身翰林，曾在京城任内阁中书；父亲周伯宜也曾考中秀才，后因祖父卷入科场舞弊案，被判“斩监候”——相当于今天的死缓——深陷牢狱之灾，父亲因此也受到牵连，被革去秀才之名，从此浑浑噩噩，吸毒酗酒，染上了肺结核。鲁迅在《父亲的病》中写道：“我有四年多，曾经常常，几乎是每天，出入于质铺和药店里。”这时一个叫何廉臣的“神医”出现在他们的生活中，此人是绍兴医学会会长，他故弄玄虚地为周伯宜开出治病的药引子：山上六月的雪水、冬天的芦根、冬天里成对的蟋蟀、被霜打过三年的甘蔗，以及结了籽的平地木。这些荒唐的药引子骗光了周家的家产，父亲的身体没一丝好转，最后还是亡故了。鲁迅留学期间目睹了明治维新使日本面貌焕然一新，而甲午海难、庚子国难更使他亲身感受到了中国的没落带来的耻辱，于是立志要改变灾难深重的祖国，加上留日时他学的就是西医，儿时的记忆已让他对中医失望至极。

现在回过头来看，作为以新文化运动为旗帜的五四运动，一个不应该被忽视的副作用，就是大批学者对中国传统文化的质疑，甚至全盘否定中国的传统文化；中国的传统文化也就是从那个时代出现了断层。直至今日，许多人仍然以传统文化为封建糟粕而嗤之以鼻。

其实，当现代文明席卷而来时，如何看待自己的传统文化，这是个世界性的难题。当时的革新者在积弱积贫的社会现实面前，往往都翼图“毕其功于一役”。

“人无完人啊！”一个百分之百完美的人是没有的，所以说，不完美才是人生。马莲湘分析了鲁迅排斥中医的原因后，感叹了一句。“其实鲁迅先生要求废除的，还不仅仅是中医。”

“他还反对什么？”

马莲湘说：“反对汉字。而且言辞之激烈，让人诧异。”

“怎么说？”

“‘汉字不灭，中国必亡。’”

这更是陈万举无论如何也想不到的。因为这话说得没留一点余地。

马莲湘说，在鲁迅论语文改革的一篇文章中，认为汉字过于繁杂，已严重妨碍了中国人的学习热情。现在的文盲已是这么多，长久以往必将导致中国陷入落后的深渊，从而走向灭亡。当时由胡适牵头的“白话文运动”中，许多学者开始将白话文引入到自己的文学创作，在这个过程中，不少学者并不满足于仅推广白话文，为迅速降低中国的文盲率，让更多不识字的人识字，就设法废除书写复杂的汉字，直接使用简单的拉丁文字母作为文字载体。在这些学者的推动下，一九三一年制定的“中国文字拉丁化”就直接绕过了汉字，他们认为老百姓只要认识几十个字母，加以拼写就能使用了。表面看，“中国文字拉丁化”解决了众多文盲的问题，实质上也就是开始了废除中国汉字的进程。眼看有着悠久历史的中国汉字将被边缘化，许多人对此发出了反对的声音。鲁迅正是在这样的时候，支持对文字的革新，并明确提出“汉字不灭，中国必亡”的。

值得一提的是，被称为“中国现代语文之父”的赵元任先生，这时站了出来。为了让大家看清“文字拉丁化”的致命弊端，彰显出中国汉字的独一无二，他接连发表了两篇读音完全相同的奇文，用来抵制那些热心以“拉丁化”废除中国汉字的学者。第一篇文章名为《施氏食狮史》，全文读音相同，共计一百〇三个字，却只有“shi”一个读音。如开篇写道：“石室诗士施氏，嗜狮，誓食十狮。”这篇文章发表出来，人人看得懂，但如果将它改为拉丁字母表达，全文就只有“shi”一个词，无法把故事情节描绘出来。接着他又写了篇《季姬击鸡记》，此文与上篇《施氏食狮史》有着异曲同工之妙。正是赵元任这两篇同音字母的奇文，让大家明白中国汉字中有着大量的同音字，有许多是压根无法用拉丁字母表达出含义的，这让痴迷于用“拉丁化”来废除中国汉字的学者们恍然大悟，如梦初醒，废除中国汉字一事便从此不了了之。我们从鲁迅先生以后的文章中，也就再看不到他要求废除中国汉字的文字。

陈万举在专修班被分在第一小组，马莲湘在第三小组，因为彼此接触不多，他不知道马莲湘的肚子里竟装着那么多他闻所未闻的故事。马莲湘告诉他，清末民初的那场新文化运动，有着不少有趣的轶事。一生致力于西方文化传播的胡适，是那场新文化运动的重要人物，以中医为代表的传统文化，自然便成为他攻击的目标，但胡适却并不反对中医，这让不少人感到奇怪。其实，也并不奇怪，天有不测风云，人有旦夕祸福，一九二〇年，二十九岁的胡适突然生病，日见消瘦，请当时最权威的协和医院的专家会诊后，他被告知，得的是糖尿病，而且已是晚期，就是说，他患的这种病已无药可医，这对胡适的打击是很大的。朋友劝他再找中医看看，但当时的“科玄论战”已摆开了阵势，他是科学派的主将，反对的正是像中医这样的“传统”“玄学”，他找中医，无疑是表明主动放下了手中的旗帜。然而，面子事小，性命事大，胡适还是答应了。给他看病的，是北京名医陆仲安，中医没有西医那么复杂，又是验血，又是验尿的，只是把了脉，看了看舌苔，询问了一番病情，陆大夫就说道：“吃几服以黄芪为主的汤药就可以了。”胡适吃了几服汤药再次登门时，陆大夫作了简单的望闻问切后，便说道：“你以后不用来了。”要他去协和医院再检查一下，检查的结果让胡适大为震惊：各项指标都恢复正常，没有任何问题了。

这事曾轰动一时。被新文化运动认为最科学的西医，诊断胡适先生患了“绝症”，无药可医；被认为“不科学”的中医，偏偏就治好了这位新文化运动主将的“不治之症”。

救命之恩是不能忘记的，胡适在为陆仲安大夫题字时，挥毫写下了长长的一段文字。他详细记述了自己的病经西医朋友“总不能完全治好”，“幸得陆先生用黄芪十两、党参六钱，许多人看了摇头吐舌，但我的病现在完全好了。”甚至写道，“现在已有人想把黄芪化验出来，看它的成分究竟是什么，何以有这样大的功效。”最后，还用他胡氏的幽默赞道：“如果化验结果能使世界的医药学者渐渐了解中国医与药的真价值，这不是陆先生的大贡献？”

马莲湘说到这儿，突然问陈万举：“你听说过余云岫这个人吗？”

陈万举不知道这位学长怎么一下问起这个人。他从没听说过这个人，猜想这个人一定与中医史有关，但他对中国医学的历史确实知之甚少。

马莲湘说：“此人也曾赴日留学，回国后就雄心勃勃地开始了医学革命。他写的《灵素商兑》一书，已经不是泛泛地反对中医，他的革命，首先是拿中医学理的奠基之作、被称为中国医学‘医之始皇’的《黄帝内经》开刀。由于他是学医的，他从西医的理论出发，对《黄帝内经》作了全盘否定，因此，他这种从中医的理论基础上予以颠覆，在社会上造成的影响就比较大。”

《黄帝内经》总结了许多符合客观的规律与结论，它对后世中医的发展有着无可比拟的巨大贡献。当然，成书于两千多年前的这部中医经典，毕竟受到当时科技水平的局限，书中不可避免地出现一些错误的猜测和牵强的解释；它达到了当时医学的最高理论水平，并不代表今天中医理论的最高水平；任何学科都是在不断前进的，对历史上经典著作的正确态度是，取其精华，去其糟粕，而不应该攻其一点，不及其余，甚至借此批判和否定中医。

其实中国的中医，同中国的武术、兵法乃至各种科学都源自

《易经》，就是说，中国文化的原点即《易经》;《易经》亦被称为群经之首。中国中医学史上有一句名言就叫“医易同源”，不知《易经》者不知中医。批判和否定中医，实质上就是在批判和否定中国的传统文化。

余云岫在《灵素商兑》一书中写道：“不歼《内经》，无以绝其祸根”，中医学“是占星术和不科学的玄学”，一无是处；他主张“坚决消灭中医”，“旧医一日不除，民众思想一日不变，新医事业一日不向上，卫生行政一日不能进展。”

他把中医学理的奠基之作视为“祸根”，他对中医使用了“坚决消灭”四个字，必歼之而后快。

余云岫原先的名声并不大，却因《灵素商兑》一书声名远扬，在当时的医学界可以说是无人不晓。就在南京政府随后召开的第一届中央卫生委员会议上，他进而又以民国医学会上海分会会长的身份参会，牵头向大会提出了《废止旧医以扫除医事卫生之障碍案》。因为会上没有一位中医人士到会，他的提案顺利获得通过。可想而知，此案一出，全国震动，立即爆发了中医历史上空前的抗议风潮。全国中医界的人士群情激愤，成立了中医公会，通电全国。于是各地纷纷集会，平日穿着长衫的中医先生们，也和当时的学子一样走上街头，或游行示威，或静坐绝食。这期间，北京的四大名医萧龙友、汪逢春、施今墨和孔伯华挺身而出，要同西医“打擂台”，各出二十四位大夫，病人由西医挑选，看谁的疗效好；结果中医几服汤药就把哮喘病人治愈，一时传为佳话。面对各地中医界和各界人士的强烈反对，民国政府为息事宁人，最后不得不取消废止中医的提案。

废止中医的提案被取消了，余云岫牵头提出的这个议案引起的风潮也很快平息了，但余云岫却得以高升。他不仅出任了上海市医师公会首任会长，还被选为民国政府卫生部卫生委员会委员、内政部卫生专门委员会委员和教育部医学教育委员会顾问，并兼任中国医药研究所所长和《中华医学杂志》主编等要职。

新中国成立之后，卫生部召开第一次卫生工作会议时，余云岫作为医学界的知名人士，应邀到会。他依然坚持“中医是封建社会的产物”，并于会前草拟了一份《处理旧医实施步骤草案》。出任中央人民政府卫生部党组书记、第一副部长的贺诚，早年毕业于北京大学医学院，他看到余云岫草拟的《处理旧医实施步骤草案》，并没看出有什么问题，认为新中国就应该有个新面貌，于是决定在全国取消中医师的行医资格，要求各地举办进修学校，将中医师集中起来学习西医，改造中医，同时将各地的中药店关门停业。

首先发现这事有点儿不对头的，是担任过新四军政治部宣传部长、新华社北平分社社长，中华人民共和国成立前夕调往中共中央担任秘书的钱俊瑞。钱俊瑞感到事关重大，他将了解到的情况及时报告了党中央，引起了毛泽东的关注。对中国传统文化有着深刻认识的毛泽东主席，当即撤销了贺诚的卫生部党组书记、第一副部长的职务，并在卫生部召开的第一届全国卫生工作会议时，亲自为大会题字，明确指出：“团结新老中西医卫生工作人员，组成巩固的统一战线，为开展伟大的人民卫生工作而奋斗。”

会议不久，北京、上海、广州等地又根据毛泽东的批示要求，“派好的西医学习中医”，先后举办了西医离职学习班；在成立直属卫生部的中国中医研究院时，周恩来为此亲笔题字：“发展祖国医学遗产，为社会主义建设服务。”

到了一九五六年，卫生部就专门设立了中医司，任命江苏省卫生厅厅长、中医世家吕炳奎为首任中医司司长。此后，北京、上海、广州、成都四地率先创办了中医高等教育院校，很快，各省也相继创办了中医学院，中国的中医事业得到了一个长足的发展。

马莲湘如数家珍地讲了这么多事关中医的大事件，陈万举感到自己就像“穷乡僻壤的孤陋之士”，只有洗耳恭听，完全插不上嘴。

不过，马莲湘也有自己想不明白的问题：“贺诚虽然被毛主席撤销了卫生部党组书记、第一副部长的职务，回到了先前的部队，却在解放军授衔的时候被授予了中将军衔。”

陈万举听了，也感到不解。

这事后来还是班主任黄文东作了解释。原来，贺诚不仅是位老红军，长征前就担任了红军总医院院长兼政委，当过中华苏维埃中央政府卫生局长，在出任新中国卫生部首任党组书记、第一副部长之前，就已经是中国人民解放军总后勤部副部长兼卫生部长；他离开了国家卫生部，只是重新回到部队，仍然去担任总后副部长。“这是毛主席人尽其才、悉用其力啊！”

黄文东发现这些来自各地的中医精英，大都并不了解中医过往历史上曾经发生过的那些事情，于是，就建议大家，不妨抽时间首先讨论一下，中医和西医究竟有哪些不同。结果大家争相发言，各抒己见，座谈会开得热火朝天。

首先发言的，是宁夏来的沈协和。虽然他和陈万举都在第一小组，直到他自报家门后，陈万举才知道沈协和是宁夏卫生厅西医学中医班的一个教师。他接触西医较多，所以分析起中医与西医的不同来，头头是道。

他说，西医注重研究病，通过精密仪器的观察，把病因归结为病变细胞、病毒或是细菌，可事实上，这只是结果，不一定就是真正的病因。中医注重研究人，更关注那些精密仪器也观察不到的，比如人与自然的关系，整体与局部的关系，认为患者病变细胞之所以病变，并不是细胞本身的原因，而是人的机体的不平衡引起整体管理的失控。医疗的要义是要改变人的体质，增强人体的抵抗力和免疫力才是最重要的，而不应该是不断分化学科、分解人体。

接着，专修班里年龄最大、行医资格最长、已是花甲之年的陈建中发了言。他来自贵阳医学院，却操着一口湖南话。他说西医是身体观，中医是生命观。所谓身体观，西医往往是把人体看作静态的、可分的物质实体；生命观呢，把人看作动态的、不可分割的一个整体。因此，西医用的是静态的、数字化、可分化的办法；中医则是采用动态的、“玄学”的、正在运行中不可分化的一种方法。

山东省中医院的内科中医师陈明五，也和陈万举分在第一小组，他的发言和陈建中一样抽象。他说西医是一门技术，可以标准化，人才可以批量生产，所以各地医院里西医的队伍比较庞大；中医是一门艺术，需要灵感与悟性，它既涉及医学，还要有哲学、社会学、心理学诸多方面的知识；它不是停留在医学和器物的层面，它全面吸收了东方文化中道家、儒家、墨家等诸子百家的精髓并予以融会贯通，形成了医道。医能进入道的境界，是中国人的杰作，是中国人对人类的巨大贡献。

来自新疆维吾尔自治区中医院的刘士俊，只重点谈了西医的问题。他说西医有很多的优势，也有明显的不足，他们对某些病显然就没有什么办法。比如痛经、偏头痛，只能依赖止痛药；再比如湿疹、过敏性紫癜，西医也认为无法断根。像糖尿病，西医就会要求病人终身服药，而其中部分患者在初起时，用中医的方法还是可以治愈的。

胡信友与陈万举同岁，他虽然在黑龙江中医学院任教，因为是河北人，便谈到了河北石家庄在一九五六年爆发的一场流行乙型脑炎。他说西医没有特效药就控制不住迅速蔓延的乙型脑炎，多亏老中医蒲辅周及时出手，根据石家庄当时久晴无雨暑湿的气候情况，结合中医运气的学说，果断采用白虎汤，以清热解毒养阴的办法，大见奇效，拯救了上万条人命。第二年，北京也流行起乙型脑炎，求助中医，还是蒲老先生出山，他考虑北京多日阴雨连绵，显然不同于石家庄的暑湿，属于湿温，于是改用白虎加苍术汤、杏仁滑石汤、三仁汤等中药方剂，以芳香化湿和通阳利阴的中医疗法，使疫情很快得以控制。

因为大家从事的都是中医，所以有人为中医评功摆好，有人便会调侃一下西医。被大家戏称“九头鸟”的武汉中医学院内科教研室的张文治，说生命是以整体结构的存在而存在的，是以整体功能的密切配合而存在的，西医却是把人只看作“四分五裂”的一个个器官，并且又太迷信数据和指标，也因此，造成了分科过细各管一项的现象。比如，病人肝脏指标不正常，就叫吃点保肝药；保肝药伤肾怎么办？对不起，肾有了问题那就去肾科，吃点保肾药吧；保肾药伤了脾胃怎么办？脾胃有了毛病再去脾胃科，吃点护胃药吧；护胃药伤了肝怎么办？那就再去肝脏科吧！于是乎，药越吃越多，问题也就越来越多，恶性循环不说，最后往往让病人人财两空。

大家听了哄堂大笑。

上海市南汇县中心医院的朱曾田，是仅有的来自基层医院的中医师，大家都在笑，他没有笑，却说得很认真。他说中医治病讲究“天人相应”，基本法则是：“观其脉证，知犯何逆，随证治之。”首先分虚实，身体好的，正气足的，治疗原则是祛病为主；年老体弱的，正气虚的，以扶正为主。西医却是局部思维，擅长从微观入手，直接从分子水平干涉人体的生理和代谢，优点是迅速见效，特别适合在急救中快速改变人体的生理指标；缺点正像张文治老师讲的，头痛医头，脚痛医脚，顾此失彼。一个器官有病，所有器官都跟着吃药。严格地说，这种诊断手段的进步，是光、机、电技术设备上的进步，而不是医学上的进步。如何整体把控和治疗患者的疾病，从理论到实践，现代医学都显得准备不足。

陈万举也发了言。他说大家谈到了中医和西医本质的不同，却忽视了人们的一种偏见，这就是，常常认为中医只能治慢性病，而且疗效也没有西医来得快，他说这纯属无知，退烧、止吐、止泻、止痛，其实中医的疗效不在西医之下；再如腮腺炎、传染性结膜炎，以及刚才胡信友老师谈到的流行性乙型脑炎等等，中医多数可在二十四小时内控制，几天内治愈；针灸治疗更是可以立竿见影。

班主任黄文东最后做了总结发言。他说，建立在完全不同的两个系统之上的学科，其实没有什么可比性。中医是无形的科学，西医是有形的科学。一六七四年，荷兰人列文虎克设计出了世界上第一台可以用以研究微观世界的显微镜，用显微镜发现，一滴雨水中有数倍荷兰人数的小生物在蠕动，而且发现了红血球与酵母菌。自一八六六年起的三十年间，细菌学的奠基人科赫相继发现了炭疽病菌、肺结核的病原菌、霍乱弧菌以及鼠疫的传播途径，总结出了著名的“科赫法则”。在这个法则的指导下，使得一八七〇年到一九二〇年这五十年间，成了发现病原菌的黄金时代，在此期间先后发现了白喉杆菌、伤寒杆菌、鼠疫杆菌、痢疾杆菌等等不下百种病原微生物。西医，作为西方文化，早被工业革命的脚步带入截然不同的社会里，似曾相识的中医和西医，早就变得互不相容。但不可否认，它们各有所长，亦各有所短。由于治病的思路不同，解决的方法也就各异。在如何认识中国传统医学和学习借鉴西方医学的关系上，毛主席主张“中西医结合”，并把“团结中西医”确定为我国卫生工作的一个重要方针。“中西医结合”，他的理解是，中西医结合不仅仅是一种相互的配合，而是融合；在融合中又“和而不同”，不能丢掉了自己医学的优势与特色。“团结中西医”，就是要团结起来，实现毛主席指出的“救死扶伤，实现革命的人道主义”。

学业的紧张，活动的丰富，不知不觉两个多月就过去了，天气也渐渐地变冷了。

十一月下旬的一天，陈万举不知为何突然发起了低烧，精神变得有些恍惚，一连几天竟然提笔忘字，显得十分烦躁。

这天下了晚自习，回到宿舍，他脱了衣服正准备上床，一抬头，发现母亲陈李氏就站在门口，着白衣黑裤，从没有过的憔悴，好像要对他说些什么。

陈万举一惊。

母亲何时来了上海？她怎么会出现在自己的房门口？再定睛望过去，母亲的身影却突然消失了。

他意识到刚才只是自己的幻觉。知道自己又在想母亲了。

这次离开蚌埠，他最放心不下的，就是母亲的病，虽然都是多年的老毛病了。分别的那天，他发现母亲是那样的消瘦，又是那样的衰弱，如今天气变冷了，自己一不小心都会感冒，母亲的身体就不能不让他格外牵肠挂肚！而且，这次他的户口迁到了学校，粮油关系也随之到了上海，家里就只有妻子和四个孩子可以享受到城市的粮油供给，而母亲和在蚌埠读书的侄女陈桂华，两人都是农村户口，七口人却只有五个人的口粮，母亲的温饱肯定跟不上，这就叫他更加担心。

陡然间出现了这奇怪的幻觉，陈万举辗转反侧，一夜未眠。他清楚地记得，这天是一九五九年十一月二十二日，小雪节气的前一天。

打这天起，他每次去食堂穿过大操场时，总不由自主地要拐到校门口的传达室，去看看有没有家里写来的信。因为崔新如不识字，其余的孩子都还小，他曾嘱咐已经上初三的大儿子陈桂棣，家里有事一定记得给他写信，及时把情况告诉他。

这天，他发现传达室的玻璃橱窗里果然有他的一封信。

他正准备撕开信封，打算像平日一样地边走边看，却发现信封上是他熟悉的在皖南工作的大侄子陈桂栋的笔迹，而信封背后盖着的又分明是蚌埠市邮政局的邮戳。说明这个侄子回蚌埠了，信是从蚌埠邮来的。

发现了这一点，陈万举禁不住一个愣怔。不久前陈桂栋才给他写过一封信，说他近期工作繁忙。既然工作这么忙，他跑到蚌埠去干什么？

陈万举猛地站住，他想当即撕开信看个究竟。信封已经撕开，就准备抽出信纸时，却忽然想到前几天晚上出现的母亲的幻影，同时想到这些天从来没有过的烦躁，烦躁得竟丢三落四、提笔忘字。

他突然有些害怕，甚至不敢马上就把信纸抽出来。站在大操场的风口里，他惊出一身汗，这顿饭也吃得味同嚼蜡。

待回到宿舍，小心翼翼地抽出信纸，这才发现，信上其实并没有他想象中可怕的事情发生。陈桂栋只是告诉他，这次出差正好路过蚌埠，可以住上几天，于是就顺便问问他，上海的学习何时结束，哪天能回蚌埠？还说家里人都准备到车站去接他呢！

陈万举哭笑不得，他将信扔到床上，骂道："这个桂栋，你跑到蚌埠给我写这样的信干什么？害得我饭也没吃好！”

出了这口气，他一下变得轻松了许多。然而，当他准备更轻松地上床躺上一会时，猛地想到，陈桂栋不知道这次专修班何时结束，家里的其他人都是知道的呀，我已跟他们说得明明白白，还有一个多月时间，可他为什么还要写信问我哪天回蚌埠呢？

陈万举的脑子“嗡”的一声，一屁股跌坐在床上。

他在担忧：母亲是不是凶多吉少了？

就在陈万举去了上海不久，陈李氏就提出要回裔家湾老家。她对媳妇崔新如说，这辈子在乡下住惯了，城里啥啥都不方便，也不习惯；还说自己心里也明白，身体已经是这个样子，恐不久于人世了，不希望将这把老骨头丢在蚌埠。

崔新如知道老人家死活要回裔家湾，最主要的一个原因她没说，其实就是长年跟着陈万举过，而她的户口却在农村，城里没有她的口粮，不光她没有，万举为了让自己弟弟陈万珠的大闺女能在城里上所好学校，也把她接来了，也是没有城市口粮。万举在家时怎么也好应付，现在去了上海，陈李氏实在不忍心再拖累大家。

陈李氏是个有主张的人，一旦下了决心，八匹马也拉不回来。崔新如苦劝无果，只能遂了她的心意。临走前陈李氏还一再交代，此事不准告诉万举。

陈李氏回到裔家湾，总算叶落归根了，触景生情，就不免有些伤感。淮河还是这条淮河，裔家湾还是这个裔家湾，陈家也还是前后三进，却已物是人非了。

她的大儿子陈万秀已不在人世，大儿媳孙国美也跟着陈桂栋去了皖南，最后面的三间房子，现在只剩下常孩子带着她的儿子守在那里。

常孩子因为个人婚姻的不幸，不仅记恨公婆，更记恨上了她和陈万举，甚至把陈桂栋去宣城工作的账也算在了她和陈万举的头上。现在陈李氏回来了，想住回自己的那间老屋，常孩子却不让；想让常孩子侍候，更是门也没有。

小儿子陈万珠，外号“稀泥杆子”，人是一个大好人，有着一副好脾气，遇事却拿不出主张，家里是媳妇蒋锡兰说了算。蒋锡兰也是一个厉害角色，事事要占上风。这年秋上的庄稼歉收，公社干部又虚报产量，把有些应该分给社员的口粮也充作公粮缴了上去。由于分到的粮食有限，为分多分少，儿媳和孙媳闹得脸红脖子粗。要强了一辈子的陈李氏，如今人老气短了，她懒得再去过问，也已经过问不了，便常常是有一顿没一顿。好在二闺女陈万世就住在离家不远的大岗集，时不时给她送些吃的。本来就已是风烛残年，又经常饿肚子，渐渐地，她的身子变得沉重起来，脸也浮肿了，昼夜咳嗽不止，到了十一月二十二日傍晚，终于一口气没有接上来，溘然长逝。

还是在陈李氏病重期间，崔新如就带着四个儿女赶回了裔家湾。弥留之际，已昏迷了几日的陈李氏突然变得十分清醒，她对守在床边的儿子和媳妇说：“我怕是要走了。我走的事，你们不要通知万举，他在外面为国家做事，就是通知了他也回不来，反倒让他着急。他是个孝顺的儿子，我跟着他享了这么多年福，知足了……就把我往祖坟地一埋便是了。”

陈李氏的棺材是多年前就置办好了的，是陈万举花了大价钱托人从山东曲阜买来的上等樟木，请父亲当年的徒弟花了一周时间打造出来的，每隔一两年就会重新上遍桐油，平日就放在老屋的柴舍里。

陈李氏的后事陈万珠不敢做主。他考虑，大哥陈万秀才去世半年，大嫂已被陈桂栋接到了皖南；大姐早过世，崔家楼那边已很少再走动；二哥陈万举又在上海学习，母亲一再交代这事不能告诉他。思来想去，只得把二姐陈万世和二姐夫徐长荣找了来。但二姐夫土改时就被划成了地主，成了“不准乱说乱动”的“四类分子”，哪敢出这个头？最后，只好请来本族的四哥陈万鹏，商议要不要立即把在上海的陈万举喊回来。

与陈万举关系最好的这位“四猴子”首先问：“离万举学习结束还有多长时间？”陈万珠说：“大约一个月。”陈万鹏一听，半晌没吭声。他知道万举是出了名的大孝子，对母亲的感情非同一般，但这次能被选派到上海学习，一个安徽省就只去了两个人，机会难得，按说是不该让他中途赶回来的，可要等上一个多月的时间，显然又太长了，这事也确实叫他不好表态。

他问陈万珠：“老人家临终前有过什么交代吗？”

陈万珠想了想说：“娘昏迷了几天，走前突然变得十分清醒，她发现眼前没有万举，伤心地说，她再见不到万举了。我忙说，我这就进城给二哥发电报。娘说，你们谁也不准通知万举，他在外边为国家做事，走不开反倒让他着急，把我往祖坟地一埋就是了。”

陈万鹏听了，果断地说道：“就照老人家的遗言办，暂不把她去世的消息告诉万举。但必须马上给宣城的陈桂栋去份电报，让他和他娘赶回来奔丧。一切只有等待万举回来后再做处理。”

陈万举自从出现了那个奇怪的幻觉，又收到陈桂栋那封让他颇为猜疑的信，就想向院方请个假回蚌埠去看看。这天，他穿过大操场，准备像往常一样，拐到校门口的传达室去看看有没有自己的信，正好就碰到班主任黄文东。本想走过去张口请假，不料黄教授竟主动迎了上来，告诉他：“这期专修班剩下的时间不多了，等几位介绍完自己的临床经验过后，就要请大家帮助审议一下由我们主编的大学中医内科学的教材。”接着问道，“你行医不少年了吧？”

陈万举说：“到今年，二十一年了。”

黄文东说：“明天我就把中医内科学的书稿发给大家，希望大家都认真看一看。你们都有十分丰富的临床经验，特别想听听你们对这本教材的具体意见。”

在这期专修班开班的时候，程门雪院长曾专门提到过这个大学教材，希望大家帮助审定，并将审定这部中医内科教材作为这次专修班的重要内容之一。这部教材由教务长黄文东主编，同时，黄文东还担任了这期专修班的班主任，这不仅说明国家卫生部门对专修班的重视，更说明对这部大学教材审慎的态度。陈万举当时听到时还特别兴奋。他认为“帮助审定”不敢讲，能系统地学习一下中医大学必读的内科学教材，同时还能聆听到来自全国各地的精英们有关中医内科学的高见，这样的机会，在自己的人生中不会有第二次。因此，站在黄文东老师面前，话也已经到了嘴边上，却被他咽了回去，再不提请假的事。

十二月五日，他接到了长子陈桂棣的信。陈桂棣开篇第一句话就是质问："奶奶走了，你知道吗？"他脑子"轰"的一声，一屁股跌坐在地上，半天也站不起来。他无论如何也不能接受母亲已经离开自己的现实！

也就从这天起，他不再理发，不再剃须，不再吃鱼肉，不再说笑，变得沉默寡言。十二月底，进修一结业，他就匆匆登上了北上的列车。

他是脚穿白鞋臂戴黑纱回来的，是留着长长的胡子回来的。

当陈万举回到蚌埠，赶往裔家湾时，母亲陈李氏已停尸在家三十多天，早过了传统的"五七"。他大呼自己不孝，跪倒在母亲的灵前，捶胸顿足，哭得山崩地裂。

第六章　多事之秋

15. 鸟意行走法

不到一年的时间，大哥和母亲就先后离世，陈万举万分悲痛。

他觉得这一切都是自己的错。

特别是母亲的猝然而逝，甚至没能见上最后一面，这让他更是痛心疾首。

古人云："父母在，不远游。"如果自己不去上海，母亲何至于此？他终日对着母亲的遗像，诉说着心中的悔恨。他平日也有抽烟喝酒的嗜好，但有师傅宋立人的前车之鉴，他抽烟喝酒都有节制。现在不行了，为了麻醉自己，他开始一支接一支地抽，有时呛得连连咳嗽。同时借酒浇愁，喝得酩酊大醉。就这样，没出半年，他就病倒了，不仅时常感到胸前一阵阵地隐痛，浑身没有四两劲，而且头发也开始一撮撮地脱落。

一次，就在一阵剧烈的咳嗽过后，他发现自己居然咳出了血。这才一惊，于是去市第一人民医院做了一次检查，结果不出所料，检查报告单告诉他，他不光患上了肝大三指，心肌也变得肥大，还查出了肺结核！

无须别人多作说明，他也知道这三种病都是不好治的，但凡摊上其中的一种都有可能致命。

他第一次刻骨铭心地体会到，一个重症病人强烈的求生欲望，以及与命运抗争的不甘心情。

他想，且不说人们的理想是“尽终其天命，度百岁乃去”，自己就是一名医生，如果连自己的病都医不了，还有什么资格为别人看病？既然借助西医的检测手段，已经作出了准确的诊断，剩下的，就是对症下药了。无论是肺结核、心肌肥大还是肝大三指，他经手的这样的病人已不在少数，但这三种病集于一身，他知道，光靠药物是解决不了问题的。

他分析，在人的五脏六腑中，心脏是最为重要的。心肌变得肥大，应该是心肌供血不足导致的。正因为供血不足，才会时常感到胸前隐痛。所谓气行则血行，气止则血滞，如果能让气血活起来，强大起来，让全身的气血得以疏通，改善心肌的功能，即便有些地方出现病变，也就好处理了。

想到气通百脉，以气行带动血行，陈万举自然就想到双脚上。

俗话说，“养树护根，养人护脚”。全身二百〇六块骨头，双脚就占到了五十二块；双脚的六十六个关节、四十条肌肉、二百多条韧带，支撑着人体的重量。行走运动不仅是增强心脏功能最好的办法，更能让全身每一块肌肉都处在运动的状态，因而还能有效地促进和改善人体各系统的生理机能，包括腿部、臀部、腹部、背部、肩部和胳膊的肌群，同时减轻人的精神压力，消除紧张情绪，使人变得平静而愉快。

他也有过这方面的体验。有段时间他失眠了，但只要睡前步行一刻钟，便可以起到明显的改善作用。可以说，腿部肌肉强健的人，必有一颗强有力的心脏。现代科学也已经确认，足底有成千上万个神经末梢与大脑和心脏密切相连，与人体的各个脏器均有着关联，所以将脚称为“第二心脏”。不说六条经络也都止于脚上，人的一生百分之七十的活动及能量的消耗也都要由它完成，所以也才有“人老腿先老”一说。

为此，他还仔细查阅了有关的资料，他注意到，早在两千五百多年前，中国中医学的经典《黄帝内经》，就已经对养心养性养生作了极为完善的表述。在《黄帝内经·素问》“四气调神大论篇”中，就提倡“夜卧早起，广步于庭”。到了两宋，步行更是受到不少名人的格外青睐。北宋有个叫张万平的奇才，曾在江宁府（今日的南京）做官，就有晨练习惯，每日早上必步行五里，长年如此，活到了八十五岁；另一位大才子苏东坡，比张万平更酷爱晨练，明朝王如锡编撰的《东坡养生集》记载苏“安步以当车”，说他每次走十多里，直走到出汗为止。

于是，陈万举在对症下药的同时，开始了每日必修的“晨练之课”。每天天一放亮，他就从太平街出发，沿着胜利路，走到飞机场，然后又从飞机场、大塘公园，围着小南山在市中心兜上一大圈。

开始，这一圈走下来，走得他粗气直喘，腿痛腰酸，满头大汗。以后再走时，他就突发奇想：怎么个走法才不会感到疲累呢？他想到从前在大岗集行医时，常渡过淮河去涂山采药，曾留心过蛇和鸟，有时蜷缩在杂草中的蛇被他惊动了，只见它头一昂腰一发力，一阵风似的就从眼前消失了；鸟扇动着翅膀无声地掠过山头时，看上去也是极其轻松。他想人的胳膊和肩膀不也就如同鸟的翅膀吗？人的腰部不也可以像蛇一样利用起来吗？

这天出了太平街，陈万举就下意识地要创造出一套新的“走路法”来。他首先依照蛇，将脖子竖直，挺胸，扩腰，收腹，架起双肩，让腋下悬空可放一个拳头；然后双拳一攥，不让元气下泄，双臂有力地前后甩动，自然就把双腿带动起来了。

他边走，边体会，边调整。脖子竖直时，则想象自己是在头顶着蓝天；拉开架式时，便感到自己的双肩其实就变成了鸟的两个翅膀——就这样，他意念到了哪里，便感觉气也就到了哪里。随着意念，身体里的“真气”也就从头顶到了肩膀，到了胸，到了腰，最后到了四肢到了双腿足尖，接着又从足尖上升到双腿，再上升到尾闾，然后是脊椎，最后回到头顶。

如此这般几天走下来，他吃惊地发现：自己不仅变得健步如飞，而且不知不觉地就绕着小南山转了一大圈。一路上，他想到了许许多多，唯独没有想到一个“累”字！

他做了一个测试，发现自己每秒钟迈出两步，每分钟可走上一百二十至一百四十步。同时发现，假如步子小，运动的主要是小腿肌肉，由于小腿肌肉量很小，不仅达不到运动的效果，还极易疲劳；而大步快走，充分调动的是大腿和臀部的肌肉，参与的肌肉会更多，不仅不会感到累，反倒觉得神清气爽。

他为自己创造的这个快走法，取名为“鸟意行走法”。

为了好记，便于推广，他还将其编成了一首歌谣——

头顶天，
架双肩，
肩提劲，
腿轻便。
挺腰扩胸身显壮，
甩开拳，
大步流星眼望远。

稳住胯，
腿用劲，
脚抓地，
挺劲回升入尾间，
缩肛提劲贯头顶。

从此，他开始了长达数十年的对养生健身的研究。

他很清楚，他所患的三种病怨不得别人，都是自找的。肝大三指，是因为自己酗酒，使得肝脏负担过重，无法排毒所致；而肺结核咯血显然与吸烟有关。道理早就明白，烟酒这些东西害人不浅，大哥陈万秀如果不沉溺烟酒伤了五脏，老鼠药那点毒也不至于化解不掉；师傅宋立人这样一位名医，如果不吸毒，断不会英年早逝。这些血淋淋的教训就发生在亲人的身上，自己竟然不吸取教训，不是在作死又是什么？

每个人终归都是凡身肉体，医生也不例外啊！

打从研究“走路歌”的那天起，陈万举就下决心戒了烟，还戒了酒。当然，有时为了必要的应酬，酒还会象征性地抿上几口，烟却是再也不沾了。非但不沾，他还用毛笔写了两张“禁止吸烟”的条幅，一张贴在卫生所，一张贴在家中。即使有亲朋好友上门，他也不再提供白酒；如果有人在他面前抽烟，他就会很客气地问你一句：“你说这世上有没有鬼？”来人多半会一愣，不知他为何有此一问，通常的回答是：“哪有什么鬼呢！”他就会一本正经地告诉来者：“我看有，而且还不少。”见来人一脸惊诧，他便会慢条斯理地一一道来：“比如酒鬼、烟鬼、赌鬼、色鬼……你说，这样的鬼是不是很多？”

说得来人很是尴尬，下次再登门说什么也不敢“犯科”了。

除去戒了这些不良的嗜好，陈万举还从中国传统医学的理论中，总结出了防病和治病不可忽视的三个方面：饮食、睡眠和心态。他甚至认为，在这个世界上，最好的医生不是在医院里，而是每个人自己！解决好自己的饮食、睡眠和心态，比什么都重要。

比如饮食，科学地摄取不同的食物，是可以对身体的种种不适和潜在疾病起到调节和辅助治疗的，也就是人们常说的“食疗”。当然，人体千差万别，对于处在不同生理状态、患有各种不同疾病或从事各类工作的人来说，会有着不同的营养要求，但食补的神奇魔力是不可低估的。

陈万举在坚持每天快走、为自己药疗的同时，还坚持早起喝水，以补充夜间身体流失的水分；坚持中午喝汤，不是冬瓜汤、萝卜汤、番茄汤，就是海带汤，不断地轮换，这不仅起到保健作用，还可滋养胃。坚持早、晚两顿喝粥，既补益阴液，又生发胃津，提供一天需要的营养，更有利于胃对食物的消化和吸收。

他认为，“脾胃乃后天之本”，不管治疗外患内伤还是各种杂病，均应脾胃兼顾，以治其本。只要脾胃不倒，病就好治，否则，就很麻烦。

当然，睡眠的重要性更是不言而喻的，因为人的一生有三分之一的时间是在床上度过的。

在古人看来，睡觉不光是休息，还是在养生；不光是一种需要，更是一门学问。《黄帝内经》的“素问”篇，可以说就是古人睡眼的“指导性经典”，特别指出：春夏两季应“晚卧早起”，而到了冬天须“早卧晚起”。就连哪一种睡姿最好，都有着一套理论。南宋著名理学家蔡元定便有着二十二个字的《睡诀》：“睡侧而屈，觉正而伸，勿想杂念。早晚以时，先睡心，后睡眠。”唐代医家孙思邈在《千金方·道林养性》中，甚至在睡觉时头朝哪个方向都有考究：“凡人卧，春夏向东，秋冬向西。”就是说，春夏两季睡觉时以头向东、脚向西为宜，而秋冬两季头向西、脚向东为宜。这种“东西向”的睡觉理念与中医的理论完全契合。东方属阳，西方属阴，春夏之季头向东卧以顺应阳气，秋冬之季头向西卧以顺应阴气。这种理念甚至深刻地影响到中国建筑内部的结构，无论京都的帝王宫殿，还是民间的普通住宅，房间里床的摆放也通常都是东西向的。

饮食和睡眠十分重要，但陈万举认为，好的心态最为重要，它对于一个人，特别是一个病人，尤其不能忽视。乐观而平和的心态，会使人获得一种难以言状的心理满足，有助于促进血液循环，活跃神经细胞，强化人的免疫系统，提高抗病的能力。

尽管陈万举深知良好的心态对自己健康的恢复至关重要，可就在那段时间，困扰他的事却时有发生，以致想起来就食不甘味，卧不安席，他发现长子陈桂棣太贪玩，人家小学只上六年，他却念了七年；他认为治病救人当医生是最受人尊重的一门职业，就希望自己的儿女长大后个个都是医生，因此，老大还很小的时候，他就教他背《汤头歌》《针穴经》，但他也许不懂得如何教育孩子，巴不得儿子一个早上就成才成龙，严厉得近乎严酷，如果规定的内容不能按时背出，轻者训斥，甚或动手，这伤害了孩子的自尊心，一见到医书就头痛，宁愿挨揍，也不肯学医了。

这让陈万举很是失望。

这天，陈万举慎重其事地对陈桂棣说："你马上要初中毕业了，这书你也就不要再念了。"

为什么，他没说。

多年以后，陈桂棣才知道，是因为家里的生活太困难，父亲的负担过于沉重，当时，粮食的供应变得紧张，妻子一直没有工作，膝下又有四个孩子，老大正值初中毕业，老二也上了小学三年级，老三已经六岁，眼看就到了上学的年龄；弟弟陈万珠的大女儿也在蚌埠读初中，吃住都在他家；二姐陈万世的儿子虽然在农村上学，因为家里成分不好，生活很困难，费用也只能由他承担。可他就那点死钱。以前父亲要陈桂棣好好读书，是希望他长大后能接他的班，既然他无心学医，父亲便觉得他这书也没必要再念了，还不如早日工作，帮家里挑点担子。

但是，父亲的这个决定，对当时的陈桂棣不啻晴天霹雳。在早，他确实太皮，太贪玩，常常逃学，不正经上课，尤其怕上数学课，小学六年数学从来就没有及格过。到了初中，他却想读书了，当然想读的也只是课外书，迷恋上了文学。语文老师布置学生写一篇记叙文的作文，他却写起了小说，一篇胡编乱造的小说竟把一本作文簿写得一页不剩，那位名叫戴锐堂的老师不仅没有因此批评他，还当众表扬了他。有了老师的鼓励，在又一次上作文课时，陈桂棣竟练起了诗歌，一写就是一组，戴老师居然把它推荐给了市文联，那组诗很快就被刊登在《淮河文艺》上 。当然，这一切，陈万举并不知道。就在陈桂棣对文学创作的热情空前高涨时，他竟要儿子从此离校，出去工作。

陈万举对病人是和气的，在自己孩子面前却一向严厉，很少和颜悦色地同孩子说过话。所以，当陈万举面无表情地将这个决定说出来之后，陈桂棣傻了。

他无论如何想不通，委屈极了，当时不知哪来的一股胆气，冲进厨房，不顾一切地把碗橱里的碗和碟子摔了个精光。

陈万举也傻了。他不敢相信，这个从来没有在自己面前大声说过话，更没有说过半个不字的长子，竟然敢挑战自己的权威！他怀疑儿子是不是脑子出了问题。

陈万举收敛起了往日的严厉，就像对待前来就诊的病人一样，仔细地审视着儿子，半晌，才和蔼地问：“你到底想干什么？”

陈桂棣说："我想读书。"

陈万举说："想读书，你得有个读书的样子！"

陈桂棣说："我以后会认真读书。"

儿子出乎意外的要求，让陈万举一下陷入沉默。沉默了几天之后，通过老伴崔新如将学费和书本费交给了儿子。

他妥协了，让儿子继续去上高中。

只是，一个新的计划在陈万举的心中形成，这就是，他要求陈桂棣必须好好学习，高中毕业时报考医科大学，最好去读中医学院。

但儿子的兴趣依然是文学，却又不敢公开违背父命，因此，他陆陆续续发表在省里和家乡报刊上的诗歌和散文，都瞒过了父亲。到了高三时，当同学们都在紧张地备战高考时，他每天照例背着书包按时出门，却已经跑到淮河码头上当了一名装卸工人。这个装卸队的工人都是中老年人，他是建国后唯一进队的年轻人。

终于，有一天，陈万举从一个病人那儿知道了真相，他失望极了。

他强忍着怒火，问儿子："你不愿考中医学院也就罢了，干啥不好，为什么要到淮河码头上去扛包？"

陈桂棣见父亲欲言又止，猜想父亲最想说的话并没有说出。他知道父亲是陈氏家族里第一个走出裔家湾，成为有文化又受人尊重的人。但是这几年，没有文化的四哥陈万鹏，却培养出了裔家湾第一个大学生，非但是第一个，而且一走就是一双：先是老三陈桂景考取了安徽大学，随后老五陈桂桐也上了合肥工业大学，老四陈桂本虽然没有读大学，却早早地参了军，成了东海舰队一个海军中尉。要面子的陈万举，虽然孩子都还不大，但长子毕竟高中毕业了，完全可以去读个医科大学，将来子承父业，但他竟然放弃了这种大好的机会，一声不吭地跑到淮河边上干起了体力活！

迎着父亲责怪的目光，陈桂棣没有吭声。他把几个月积攒下来的一把钞票，连同一本已经被他翻烂了的高尔基的《我的大学》，递给了父亲。

陈万举想不到儿子一下子赚了这么多钱，差不多抵得上他几个月的收入了。他有些吃惊，默默地望着突然变得陌生的儿子，没有再说话。收下了儿子的钱和书，他花了三天时间把高尔基的《我的大学》翻了一遍，才知道这个名叫高尔基的苏联作家，“大学”就是在码头上度过的。

他对儿子说：“人各有志，不能强求。你有志向就好，有了自己爱好的事业，那就争取做出成绩来！”

看得出，他很无奈。

值得欣慰的是，由于他坚持用“鸟意行走法”每天早晚各快走一小时，又以药物治疗辅之，且做到了生活有规律，一年后再去市医院复查时，奇迹出现了：从前肥大的心肌恢复了正常，肝大三指不存在了，肺部的结核病灶亦全部钙化，再没有咳过一次血。也就是说，他的三种病都好了！这样的结果，让给他复查的两位医生也惊诧不已。

这以后，陈万举被调到了天桥医院担任院长，这是隶属于蚌埠市中市区的一家基层医院。

由于当了多年胜利卫生所的负责人，有了一定的管理经验，来到天桥医院，他就决心将天桥医院建成一个让患者信得过的“健康之家”。

与此同时，陈万举也分到了一套公房，举家搬到了升平街三十八号院。那院子很大，缩在一个半截巷的深处，住着十三户人家。邻居中既有国营大厂的厂长、企业的高级工程师，也有被划成右派的前副市长、普通的劳动者和城市平民。虽然邻居们身份不一，职务各异，但大家相处得都很融洽。因为陈万举一家就住在巷子口上，他为人热情，乐善好施，老伴崔新如更是贤良宽厚，又没有工作，所以邻居们上班前常常会把家里的钥匙放心地丢给崔新如，好让放学的孩子能够及时地回家。如果谁家有人病了，不出院门就能得到救治，哪怕是深更半夜了，陈万举也会随叫随到。

陈万举在此一住就是数十年，因此，三十八号大院也就成了远近街坊熟知的一个特殊院落。

16.“我是北京派来的”

一个冬天的深夜，朔风卷着大团大团雪片，把窗棂摇得哐哐作响。无孔不入的寒意，透过墙壁钻进屋子来。当时陈万举因不慎受了凉，正发着低烧，门外忽然传来呼唤“陈大夫”的声音。

崔新如首先被吵醒，在床上欠起身，细声嗔怪：“谁深更半夜找上门？”

门，一下又一下被敲响，陈万举也被惊醒，催促道：“去开门。”

崔新如有些犹豫，说：“你才服过药，天又这么冷……”

陈万举喝了一声：“我的病我知道。快去开门！”

崔新如翻身下床开了门，发现门外站着的是居委会的洪主任。没等崔新如说明大夫也在生病，就捂着半边腮，硬是闯了进来，高一声低一声地呻吟着，说她牙痛得都不想活了。

“牙痛不是病，疼起来要人命”——这是人们爱说的一句话。陈万举自然知道牙疼的苦。他当即披衣下床，问明疼的情况后，说道：“牙疼不一定就是牙的问题，现在我只能先帮你把疼止住了，天亮了你再去医院做个检查。”

说罢，取出一根银针。

洪主任一看，吓得直摇头：“大夫，我怕针。”

陈万举显然感到为难。不过，他马上和颜悦色地说：“那好，这样吧！”他当即换了一根又粗又长的银针。“你坐下，我来试一试飞针！”

一听“飞针”，洪主任电击一般缩了下脑袋，像有谁用脚踢着了她的鼻子，眼珠子也鼓了出来，仿佛陈万举手中的那根针真的会飞将过来。

她吓坏了。

陈万举哈哈一笑：“你这是怎么啦？我是和你开玩笑的。我扎我自己，你只须配合一下就行。”

“配合？”洪主任一脸疑惑。

“是的，配合。”陈万举说得很轻松，“你只要看着我手里的针就行！”

洪主任果然两眼不眨地盯着陈万举手中的针。

陈万举表扬道："哎，对了，就这么看着！"

陈万举话音未落，就见他右手捏着那根针旋转了一下，猛地扎进了左手的合谷穴。

洪主任忍不住叫了一声，好像扎的是她。

陈万举发现对方看得出神，捏针的两根手指往下一压，又一拧，便向深处扎去。

配合这一连串动作的，是陈万举那张因针刺而表现出很夸张的痛苦的脸。

洪主任紧张得已经大气也不敢出了。

"看好了！"陈万举随着自己一声喊，捏着那根针捻、转、提、按，随之以威严的口气，命令道："吸气，吸气，哪儿疼就往哪儿吸！"

洪主任望着灯下闪着寒光的银针，身子早已招架不住，筛起糠来。却又不敢违命，连连往嘴里吸气，脑门上已湿涔涔地冒出了冷汗。

"牙床麻没麻？"陈万举问。

洪主任忙说："麻了！不行了！我这半边脸……都在发胀。陈大夫，我吃不住啦！"

陈万举全然不予理会。他依然有力地旋转着那根明晃晃的银针。

躺在被窝里的崔新如，赶忙蒙起头，她忍不住要笑，却又不敢笑出声。要不是亲眼所见，她无论如何也不会相信，没有被针扎到的洪主任会有如此剧烈的反应。

不一会，陈万举取出针。

“好了，”他说，“你可以回家睡觉了。”

到这时，洪主任才想起去摸自己的腮帮子：“这就……治好啦？”

她忽闪着眼皮。说也怪，牙居然真的不疼了。

“陈大夫，我有点不明白，为什么扎你自己，能治我的病？”

“这叫条件反射。”

洪主任“哦”了一声，一副似懂非懂的样子。

陈万举甩着手告诉崔新如，说他不该下针下得那么狠。合谷穴就在大拇指和食指之间，疼得他伸不直手为病人切脉了。

崔新如一点不同情，说：“你怪谁？活该受罪！”

话虽这么说，却为陈万举整整揉了半天的手，最后她的手脖子也为此酸胀了好几天。

扎自己治别人的牙疼，这事由居委会洪主任传了出去，传到最后被传得神乎其神，好像陈万举大夫当真可以让针飞起来，在病人察觉不到的情况下，“飞”到了病人身上。

其实，比“飞针”还让人惊奇的，是他真能“起死回生”，救活了一个已经咽了气的人。

那是一九六五年清明前夕，陈万举领着长子陈桂棣回裔家湾给父母上坟。刚渡过淮河，爬上高高的淮堤，迎头便被人截住。

那是东赵村的一位农民，他像突然发现了救星似的，咕咚跪在陈万举面前，直呼：

“他大爷，我这正好要去请你呢，你救救我吧！”

陈万举连忙将他扶起，发现此人并不认识，更别说沾亲带故了。不过，他已经习惯了。来找他的病人，好像全是没出五服的亲戚，喊他“大夫”“医生”或是“先生”的不多，一进门，全热扑扑地唤他“他大爷”“他叔”或是“他舅”；他也就像他舅、他叔和他大爷似的，起座相迎，待如亲人。

“有话慢慢讲，你有病，还是谁有病？”陈万举问。

来人是个络腮胡子，看上去，四十岁上下，因路赶得急，出了一身大汗。

“是她。”

“她是你什么人？”

络腮胡子一下语塞，表现出几分尴尬。

父亲意识到了什么，于是问：“女的？”

“女的。”

“多大？”

“差我……三岁。”

陈万举下意识地点着头，他大体猜到了什么。听说他是东赵村的，便说：“正好顺路，走吧！”

一边走，陈万举一边就把详情打听到了。原来这络腮胡子是个寡汉条子，与村里的一个寡妇好上了，两人一拍即合，处得如胶似漆。虽然彼此只是“地下活动”，日子久了，难免不显出了山露出了水，一些喜欢嚼舌根的女人就在背后嘀嘀咕咕，指指点点。寡妇有心嫁给汉子，却又没勇气明打明亮地过门，连气带闷，便疯了。今儿早晨，她去塘边洗衣服，不知听到了什么话，回家后一口气接不上，忽然死了过去。

“他大爷，你救救她吧！”络腮胡子哽咽着说。

陈万举听说人已死了，便收住了脚，说：“人都死了，还怎么救？”

络腮胡子哀求道：“身子还没凉透呢，求你去看看吧！”

陈万举不忍拒绝，只好说：“那我就随你走一趟吧。”

为了抢时间，他们全然不顾田埂上的沟沟坎坎，抄着近路，直奔东赵村。

这时东赵村边上，早挤满了社员。人一死，仿佛把自己一生的全部缺点、错误以及罪孽也都带走了，此刻，一些女人在抹着眼泪，脸上满是惋惜与悲哀。

寡妇直挺挺地躺在一张草席上。

娘家人也赶来了，他们的手脚确实够快的，竟把一口棺材也抬来了，正放在边上，令人生畏。

陈万举一到，就毫不客气地驱赶着围观的人群：“闪开，闪开！有啥好看的？”

村支书不认识陈万举，走上前问道：“你是她……啥人？”

陈万举说：“我是医生。”

村支书大惑不解，回头去望寡妇：“人死了，还能治得活？”

陈万举没再回话，不容分说，走过去，朝寡妇的鼻子下伸出两根指头，发现已经没有了气息；再摸摸寡妇的脉搏，还好，竟还有一丝微弱的跳动。他立即取出随身携带的银针包，抽出一根，首先扎向“人中”。

历代医家认为，人中穴为急救昏厥之要穴，手指掐或针刺该穴位是一种简单有效的急救方法，可以醒神开窍，调和阴阳，解痉通脉，常用于治疗中暑、昏迷、晕厥出现的呼吸停止、低血压、休克等。为加大疗效，陈万举不光扎了人中穴，还相继扎了“百会”“十宣”与“涌泉”穴。

他头也不抬地一连扎了十几针，将针包里的银针尽数扎进了他认为需要的穴位。

不得了啦！看稀罕的社员立时便围了个水泄不通。

陈万举忍无可忍了，叫村支书把人都轰走，否则再耽搁下去，真的要坏事。

村支书许是被陈万举的沉着与果敢镇住了，严肃地执行起陈万举的指令。

说神也真神了，经陈万举一通“捻转提按”，寡妇的嘴唇开始轻轻抖动，不一会，长长地叹了口气，居然活了过来。

这时，陈万举揩了一把汗，也才嘘了口气，说：“你们这些人呀，多危险呢。”

他连连挥手，让人把棺材搬得远远的。

络腮胡子似乎不敢相信自己的眼睛，喃喃自语道：“她真活了？”

陈万举这时才对村支书说：“她心里有口气咽不下，昏厥过去。多亏他处理得及时，这救命恩人不是我，是他，要感谢他呢！”

说着，陈万举指了指络腮胡子。

络腮胡子大喜过望，两只手激动得不知往哪放，眼睛不知朝哪儿看，生硬地僵着身子，低下了头。

村支书看傻了。

在场的社员也都看傻了。

陈万举接着又说："我再试试，断她的疯根！"

只见他面色一沉，勃然大怒，冲着寡妇一顿臭骂。

"你这个混账的东西，这么没出息，没见识！《婚姻法》没学过，也没听过？现在还是旧社会么？嫁鸡随鸡，嫁狗随狗，男人死了活熬着，等后人给你立'贞节牌坊'？"

寡妇慢慢地睁开了眼皮。

陈万举见状，嗓门变得更大了，简直出口成章：

"当今，寡妇改嫁，光明正大！好比怀胎十月生娃，合理合法！谁从中使绊子，泼脏水，人民政府饶不了他！"

说着转头问村支书："你说，是不是这个理？"

村支书点头称是。

寡妇傻傻地望着陈万举。

陈万举发现寡妇住着的这间屋子，墙壁已被烟火熏得看不出颜色，但四面墙上却醒目地贴着毛主席像。他没去细数，少说也有十二三张。这一发现，给了他一个大胆的设想。他将身子一提，摆出了一副居高临下的样子，拉腔拖调地问寡妇：

"我是干啥的，知道吗？"

寡妇歪着头，懵懂地望着陈万举。

陈万举一脸严肃地说道："我是北京派来的！"

此言一出，屋里屋外顿时一片寂静。

陈万举再次转过身去问村支书："你说是不是？"

村支书震惊了，床上的寡妇更是惊得张着嘴巴。

这时就只见陈万举将声音提高了八度，对寡妇说："北京听说了你们的事，很关心呐。特地派我来看看你，知道你受了委屈。不过，我也调查了，你和这男人都是单身，结合在一起是完全符合《婚姻法》规定的！”

寡妇变得十分激动。她木呆呆地望着陈万举，鼻翼扇动着，眼里止不住滚出了泪水。

陈万举露出了笑容，高兴地说道：“今天呢，我来，就是要你一句话。如果你同这个男人是真的相好，那就两好合一好，谁也不要怕，铺盖一卷，两家合一家，选个好日子，去区里把这事给办了！”

寡妇迟迟疑疑，抽动着嘴巴，忽地打床上坐了起来，眼睛一眨不眨地望着面前的陌生人。显然，这一切，她已经信以为真了。

村支书觉得寡汉条子请来的这医生在胡闹了，但“死”去的人毕竟被他一手救活，也就没再多话。

这时，就见寡妇一下从床上扑下来，泪流满面，跪在地上，捣蒜似的转着身子，对着四面墙上的毛主席像无一遗漏地磕了一个遍，磕得脑袋咚咚响。

“毛主席！你老人家……真的知道啦？”寡妇声泪俱下地说道：“我可是实心实意……同他好呀！我，我这就给你磕头啦！”

寡妇的头磕破了，还在捣蒜似的磕，寡汉条子和寡妇的娘家人想要上去劝阻，被陈万举挥手制止了。

“让她磕吧，她这是高兴啊！”陈万举说。

寡妇磕了一圈儿，磕完之后蓦然直挺挺地倒了下去。大家一时慌了神。

陈万举却很镇定。他关照村支书，把所有人都劝出屋去，只准络腮胡子一人留在寡妇身边照应，一步不能离开。

然后提笔开了一张方子，嘱咐寡汉条子，两碗水熬成一碗水，一天两次。交代完，便抽身走了，带着陈桂棣回了裔家湾。

半个月之后，寡妇和络腮胡子找到天桥医院，两人满面春风，给他送来了喜糖。

络腮胡子介绍说，那天陈万举离开后，寡妇被抬上床，先是大笑，接着大哭，然后逮住身边的络腮胡子很是一顿捶。络腮胡子没办法，只能是打不还手，骂不还口，赔着笑脸，任由寡妇发泄。经这一哭，一笑，一顿拳打脚踢的发泄，沉积在心中的委屈和郁闷得以释放，随后安详地躺下，一睡就是三天三夜。待她醒来，寡汉条子便侍候她喝药，五包药喝完，便百病全消！再后来，由村支书做主，一对有情人终成眷属。

17. 成分论

刚解放划成分那会，陈万举自诩在城里混得不错，曾主动填了个“富农”，这两个字进了档案就跟着自己一生。他用一根银针让哑巴说了话，曾被选派到上海卫生干部进修学院学习，回来后都说这一下将会受到重用，但组织上政审时却卡在了这两个字。

东赵村造反派不知怎么也知道了他的“富农”成分，于是罪加一等，他们认为其性质也就成了“阶级敌人”蓄意对伟大领袖的“恶攻”，于是闹到了市局，闹到了区里，闹到了辖区的派出所；好在陈万举这么多年尽心尽职地工作，积下了不少善缘，不少人在暗中相助，他才有惊无险地没有被抓被批；组织上为平息“众怒”，只是撤销了他的院长职务，让他成了一名普通的内科医生。

院长当不成了，陈万举虽然感到很委屈，但依然能够正常地坐堂行医，他也就知足了。每天听着外面震耳欲聋的高音喇叭，看着一街两巷铺天盖地的“红海洋”和大字报，他变得谨言慎行起来。倒不是他胆小怕事了，这辈子治病救人他从来不畏首畏尾，很是干了几件别人看来不可思议之事。眼下是，运动接着运动，封、资、修一起反，他为患者诊断病情时，便闭口不再“阴阳五行”“扶正祛邪”，有时这些话不留神已来到嘴边，不免一惊，只得把自己说了大半辈子的中医术语咽了回去，免得招人说他又在搞“封建迷信”，热衷于“四旧”。

他感到难耐的憋屈。

这时，比他更感到憋屈，感到惶恐的，是大哥陈万秀的媳妇常国芳。

陈万秀土改时被划成“富农”，可他早已离世，但陈万秀头上“富农”的帽子，却并没有因为他的离世就消失了。他不在了，他妻子孙国美还健在，但孙国美也早就跟着陈桂栋去了皖南，陈家长房一门就只剩下了常国芳带着儿子留守在裔家湾，“富农”帽子就落到了她的头上。每当大队的贫下中农把“地富反坏”四类分子召集到一块训话、批斗时，就把她也揪了去。

长期被丈夫弃之不顾，现在竟又为陈家这样遭罪，这让常国芳几近崩溃。她将对陈桂栋的怨恨累积到了所有的陈家人身上，认为陈家人都对不起她。除陈桂栋外，她最恨的就是陈李氏和陈万举了，她固执地认为，这场婚姻是陈李氏一手包办的；没有陈万举的支持，陈桂栋也不至于抛妻别子远走皖南，让自己守活寡。现在陈李氏死了，她就把所有的仇与恨都发泄在了陈万举的身上。只要陈万举一回裔家湾，她就会站在村头扯开喉咙，说出来的话不仅恶毒，而且污秽不堪，陈万举总是觉得陈家对她有所亏欠，从来不回一言。有一年清明，陈万举回家给母亲上坟，常国芳就跟在后面指着他的后背骂，陈万举被骂得七窍生烟，也还是咬牙忍了下来；这事却激怒了一道祭母的陈万珠，一辈子从没跟人红过脸的这位“稀泥杆子”，再也按捺不住，陡地转身，将手里的锄头高高举起，要砍死她，这才把她吓跑。

这件事就发生在众目睽睽之下，势必在裔家湾引起一场不小的风波。不少人觉得常国芳这样对待自己的长辈，特别是这样对待大家都比较敬重的陈万举大夫，是太过分了，说她好坏不分，恶语伤人。也有同情常国芳的，觉得她够可怜了，大队还莫名其妙地把她当作“四类分子”拉去训话批斗，她凭啥替人受这种罪？常孩子怕是魔疯了，抓不到跑到皖南的丈夫，却逮着大叔陈万举出气。

当然这些都是背后的议论，常国芳不知道大家都在议论些什么。但从人们的眼神和躲着她在小声嘀咕的情形，就认为大家是在嘲笑自己。她心里极不舒服，却又有嘴说不清，就把自己闷在屋里，几天不出门。

她茶饭无心，整日像傻子一样坐着。忽然想起什么似的，从箱子底下摸出一块铜镜。不照不知道，一照吓一跳：这还是她常国芳吗？蜡黄的脸上爬满了雀斑，头发也变得稀少。她才四十出头啊，看上去已经像个老太婆了。她越看，越想，越难过。难过得直想大哭一场，难过得能吐血。

再后来，大队又要开大会，造反派再次要揪“四类分子”去台上批斗，却发现常国芳不见了！

她和她已经十多岁的儿子同时不见了！

这消息传到陈万举这儿时，就成了母子二人“突然失踪了”！

陈万举起初将信将疑。因为她们的户口在裔家湾，私自离开裔家湾，没有大队开出的介绍信，就没有一家旅馆敢接待她；尤其是农村不像城里人按时能够拿到油粮票，身上没有这些票证，将寸步难行。原想她很小就父母双亡，是胞兄常国瑞把她拉扯大的，为躲避村民们的闲言碎语，有可能去了在蚌埠航运局工作的胞兄家。陈万举托人去常国瑞那儿打听，结果也没有常国芳的消息。

这时，陈万举不由一惊，顿时感到巨大的不安。他可以断定：常国芳这是去了皖南。

她带着孩子闹到陈桂栋工作的宣城血防站去了！

对于常国芳的突然到来，陈桂栋其实并不意外。他知道迟早会有这一天。他对这个父母之命媒妁之言的老婆本来就没有感情，加之她又不能善待自己的父母，父亲病故后，母亲只得离开家乡，投奔到他这儿来，这就将他对她的一点歉意也吹得烟消云散。可他终归是一个传统的男人，虽然“妻子”二字对他形同虚设，虽然不乏漂亮姑娘对他眉目传情，但他并没接受任何人的爱意；他不是没想过与常国芳离婚，但是每当想到她是农民身份，同农村的妻子解除婚约，他承受不住“人一阔就变脸”的道德谴责；尤其是想到儿子他就犹豫起来，反而觉得对不住只过了几天夫妻生活的常孩子——是呀，她嫁过来的时候还像个没长大的孩子。

在陈桂栋的单身公寓里，常国芳向他哭诉了这些年在老家无端遭到批斗、受到羞辱的桩桩件件，这让陈桂栋内疚不已。“她这是代我受过啊”，陈桂栋想。又听说儿子小学毕业就再也没有书念，小小年纪已经挣了几年工分了，陈桂栋落泪了。前思后想了几天，于是就和常国芳商量，“你把儿子留给我，让他在这里找个学校继续念书可好？”

一听说丈夫要将儿子留下来，常国芳便翻了脸：“儿子是我辛辛苦苦养大的，谁也别想把他从我身边抢走！”

陈桂栋也生了气：“你怎么好歹不分呢，我这是为儿子好啊！”

常国芳这就气不打一处来，她说：“儿子长这么大，一天也没有离开过我，他走了我没法活！你要有本事，就把我的户口也一起迁过来，别再让我回去为你们陈家担过受罪！”

陈桂栋感到很为难：“我只是个普通医生，哪有这大本事？我敢说留下儿子，是因为现在正好有项政策，凡获得省级劳模荣誉者可以解决一名年龄在十八周岁以下子女的随迁问题；虽说有政策，最终能不能把户口迁过来，还是未知数。你就好好想想吧！”

这天晚上，常国芳辗转反侧，彻夜未眠。想到朝夕相处的儿子从此将离开自己，她就心如刀绞。虽说她深爱儿子，希望儿子能有个好的前程，可她实在不愿意再过孤身一人的日子。这些年她之所以能在裔家湾熬过来，全因为身边有个儿子啊！

陈桂栋和她谈了几次，她都不松口，陈桂栋干脆不和她说了。

几天后，常国芳独自一人回了蚌埠，她是哭着离开的。

陈桂栋送她到火车站，安慰说："你先回老家，给我点时间，我再想办法把你也弄过来。"

常国芳充满恨意地望了他一眼，什么话也没说便上了火车。

起初常国芳还怀有一种侥幸心理，以为农村户口变成城市户口比登天还难，儿子很快就能回到自己的身边。她没想到陈桂栋这次办事毫不含糊，站里很快向上级写出报告，不到一个月就批复下来了。接着，他又给陈万举写信，恳求叔叔帮忙把儿子的户口从裔家湾迁出来。

陈万举接到陈桂栋这封信，一直悬着的心，终于落了下来。他担心的事并没有发生，为此，他十分高兴，马不停蹄地跑了裔家湾生产队、张庄大队和城北公社派出所，迁户口的事很快尘埃落定。

陈万举满腔热情地为他们的孩子办事，不但出力还出钱，本以为可以化解他与常国芳之间的恩怨。却料不到，常国芳非但不心存感激，反而认为这是陈桂栋伙同陈万举抢走她的儿子。

这让陈万举感到很无奈。

一天晚上，二姐陈万世借口看病，慌慌张张地赶到陈万举家，同时偷偷地带来了一包字画。陈万举打开一看，首先映入眼帘的是汪士慎和李方膺的作品，每一幅都是上端为字下端为画，可谓有字有画。但他不知道这二位为何方神圣，更不知道二位是哪朝哪代之人。不过他猜想，二姐夫徐长荣如此金贵，定然不是一般人的字画。接下来，又发现有黄慎、罗聘、金农、高翔和李鳝的作品，均是字画兼备。

当他最后看到一幅字画上有着郑燮的落款时，不由一惊，因为郑燮就是郑板桥，著名的“扬州八怪”之一！

想到“扬州八怪”，陈万举下意识地数了一下包袱里的字画，不多不少正是八幅。

莫非，二姐带来的这八幅字画，正是“扬州八怪”的大作？

陈万举一下震惊了。

能够得到一幅“扬州八怪”的真迹尚且不易，现在出现在面前的，竟是“扬州八怪”八人的大作，一“怪”一幅，而且每一幅上面都有字有画，他真不知道二姐夫珍藏了如此名贵的字画！

如今二姐偷偷将这些字画送到他这儿，不用明说，他也心知肚明。二姐夫家是地主成分，好不容易躲过了土改，躲过了几次抄家，当前“破四旧”的运动来势如此迅猛，二姐和二姐夫显然又成了惊弓之鸟。事情明摆着，谁也躲不过眼下的这场运动，陈万举早就把家里瓶瓶罐罐上面有着“封资修”嫌疑的东西清除干净了，就连宋立人送给他的那只署有“景德镇官窑”的清朝花瓶，上面因为有着“八仙过海”的绘画，也被他用油漆涂成了红色。二姐送来的这包字画，毫无疑问，是典型的“封资修”的东西，如若被造反派发现，不仅会一把火烧了，徐长荣肯定又要遭罪了。

陈万举看着“扬州八怪”这八张字画，既惊且喜，可如今风声鹤唳，他感觉接过的分明已是一堆烫手的山芋。

他说：“二姐，我这里也不安全呀！虽然不会有人抄我的家，可如果被人看见被人揭发，也是很麻烦的事。”

陈万世说：“我除了交给你，还能交给谁呢？大岗的造反派三天两头把长荣押去批斗，家里的房子大都已经充公，这字画是藏在一张桌子的夹层才留了下来，如果哪天桌子也被充公，发现了字画我们就没日子过了。”

陈万举苦笑道：“我也只能暂时保管，实在藏不住你也别怪我。”

陈万世一听，叹了口气说：“该怎么处理就怎么处理吧，反正我是不能再拿回家了。”

陈万举先是把字画藏在阁楼的一口旧箱子底，上面码着几层医书。想想家里有老鼠，时常在阁楼上跑来跑去，医书也被咬坏不少，就又把它拿下来，藏在衣橱的顶上。

自从这包字画到了家里，陈万举心里就压了一块石头，夜里也睡不安生。这样过了几个月，眼看“文革”的浪潮不但没有平息，风声反而越来越紧了，这天，已被折磨得心力交瘁的陈万举终于下了决心，他关上大门，把“扬州八怪”这八幅字画取了下来，一把火将它们点燃了。

谁知这些字画是写画在上等的绢纸上，不像通常的宣纸那样好烧，宣纸见火就燃，绢纸却烧得很慢。坐在边上的崔新如心疼那么好的绢纸就这样烧掉，一把从火堆里抢出来几张已烧得残缺不全的字画。

陈万举连忙制止："你抢这些东西干什么？"

崔新如叹息道："烧掉太可惜了，我想用它剪几张鞋样子。"

陈万举哭笑不得，不知说什么才好。

陈万举担心的，已不光是二姐夫的这几幅字画，这几幅字画倒是提醒了他，他该担心的，是大岗集上的造反派，会不会像东赵村的造反派那样，突然出现在自己家门口，把他揪到大岗集去批斗。当年他在大岗集挂牌行医，余八给了他不少帮助，大岗集的造反派完全可以把余八看作他的"黑后台"，至少，也是他和这种被人民政府镇压了的地头蛇"狼狈为奸""沆瀣一气"，如果真那样，他是跳进黄河也洗不清了！

思来想去，这天他跑到理发店将头发剪了，留了个小平头，这样，即便就是被造反派拉去批斗，揪不到头发，也会少受点罪。

他胆战心惊地度过了几个月，这可怕的一幕一直没有发生，大岗集并没有人到蚌埠来找他麻烦。开始他还十分忐忑，细下一想，便释怀了。他在大岗集上毕竟行医多年，可以说，从集南到集北，没有一户人家他没上过门，没请他出过诊，没经他的手看过病，而且，不少危重病人还是他把他们从鬼门关拉回来的。他从没想过要大岗集人感什么恩，那是他作为一个医生应尽的本分，现在他不能不感激大岗集人没有以怨报德，还能记住了他的好，所以才会平安无事。

谁知，只平静地过了没几个月，这天二姐陈万世就托人带话，说二姐夫徐长荣病了，请他过去看看。陈万举下了班就往大岗集城隍庙赶，走进了这处熟悉的院子。

早先徐长荣家里四进的房子，土改时大都分给了别的贫农，只给他们留下原陈万举跟宋立人学医的那两间老屋，以及院墙边上的那棵大枣树。后面的房子都已倒塌，剩下一些残垣断壁，有的则成了菜地。显然那几户农民嫌这儿风水不好，在别处另盖了房子。

进得门来，陈万举看见瘦得脱了形的徐长荣正蜷缩在床上，面色灰白，嘴唇发痟，咳嗽不止，伴有喘息、气促、胸闷的症状。不用切脉陈万举也知道他的慢性支气管炎发作了。

徐长荣的“老慢支”已有十多年了，那是一种无法根治的终身病，冬春两季最易复发。为了增强他的抵抗力，每逢入冬，陈万举都会给他送去一些中药，要他泡水喝，或放进鸡汤里熬着吃，他甚至还偷偷地给他弄过几个胎盘。有了陈万举的调理，他才有惊无险地活到了七十多岁。

那天徐长荣只留陈万举一人在床前，他喘息着说：“万举啊，我这一生，享了常人没有享过的福，也遭了常人没有遭过的罪，我知道，这都是命里注定。现如今儿子成家了，也看到孙子了，我已经没有什么遗憾的了……”

陈万举有一种不祥的预感，忙问：“姐夫，是不是遇到了什么难事？说出来听听，看我能不能帮上忙。”

徐长荣握着他的手，露出苦涩的笑，说：“今天请你来没有任何事，只是想告诉你，以后不要再给我开药了，我不想吃了。”

陈万举说："这可不行！你的病我还能治，还不至于这样绝望，你不能放弃！"

徐长荣语音平静，话也说得很决绝："你是了解我的，我这一生风风雨雨几十年，已经活够数了，再活下去也只能是浪费粮食，累及子孙。"

陈万举回到蚌埠后，又抓好了几服药，几天后再赶往大岗城隍庙时，才知道从那天起，徐长荣就不再吃药，甚至也不再吃饭，已无力回天了。

18. 赤脚医生向阳花

一九六八年年底，毛泽东主席下达了“知识青年到农村去，接受贫下中农的再教育，很有必要”的指示，一场声势浩大的上山下乡运动由此展开，当年在校的初中和高中生全部前往农村插队劳动。这是人类历史上罕见的从城市到乡村的人口大迁移。

陈万举的女儿陈桂榕这年十七岁，虽然因为运动已有两年多没上过一节课了，却也是以一个高中毕业生，被下放到老家裔家湾，接受贫下中农的再教育。

裔家湾的老屋还在，叔叔陈万珠一家人也还在那里生活，生产队长却特地安排她住进了贫农陈桂红家。她每天自己生火做饭，然后跟着社员们一起出工，脸晒黑了，手起茧了，每天累得倒头就能睡着。

不到半年，她实在扛不住了，这天请假回了趟蚌埠，主动提出要跟父亲学医。

陈万举以为自己听错了：“你说什么？”

陈桂榕字正腔圆地大声说道：“跟—你—学—医！”

陈万举忍不住笑了，笑得很开怀，甚至有点夸张。

因为老大陈桂棣横竖不肯学医，在有了二儿子陈桂楷和小儿子陈桂田之后，他就把希望放在了这两个儿子身上。遗憾的是，陈桂楷也是一见医书就头疼，打死也不肯学，惟有小儿子陈桂田不一样，对他言听计从，七岁就会背《汤头歌》，因此不断得到他的夸奖，一夸奖，陈桂田就越努力。也许陈万举是太兴奋了，太喜出望外了，一激动，就在一些珍贵的医书上署上了陈桂田的名字，准备把自己的衣钵尽数传给这个小儿子。可是，他压根没想到，在陈桂田十岁的时候，一场“文革”席卷而来，学生不再正经读书，而是到处串连，学校上课变成三天打鱼两天晒网。陈桂田的心也变野了，再也坐不下来看书，那些签了他名字的医书被丢到了阁楼上，从此再不提学医的事。

这让陈万举万分伤心。

现在，女儿陈桂榕竟主动提出学医，怎不让他喜出望外！

老辈中医有个不成文的规定，“传男不传女”。也就是说，中医这门绝活只传儿子不传女儿，只在自己的家族代代相传，不能传给外姓人。陈万举并不是那种重男轻女之人，恰恰相反，在四个孩子里面，他最宠爱的，或者说最“偏心”的，就是这个女儿。不过，在此之前，他确实也没有想过，有一天要把自己摸爬滚打几十年积累出的这点本事，统统“丢”给女儿，因为陈桂榕从来没有表现出对中医的兴趣。

他目光炯炯地望着女儿："说说看，怎么想起来要学医的？"

陈桂榕考虑了一下，像背书似的说道："中医很神奇，植物的根、茎、叶子，拿来煎一煎，就能治病，或是用银针扎一扎穴位，也能救人。"

陈万举笑道："说的是真话？"

陈桂榕知道瞒不过父亲，这才一五一十地说起她准备学医的原因。

原来，她回裔家湾插队落户，是陈万举找了当地干部。老家么，毕竟亲戚多熟人多，一个女孩子，有人照应也好让他放心。因为那里的乡亲大都找陈万举看过病，见了她就会遗憾地问上一句："你父亲那么好的医术，你为什么不跟着学点呢？当医生不比种地强吗？"大队会计的母亲长期胃痛，陈万举用针灸治好了她的病，会计很是感恩，特地找到陈桂榕，说大队准备办个卫生室，需要两名半农半医的"赤脚医生"，根据上面的要求，赤脚医生要从两个方面选拔：一是医学世家，二是高、初中毕业生中略懂医术者，或上山下乡的知青，问她有没有兴趣？

陈桂榕说得很激动："爸，你说巧不巧，我是十二月四日下放的，当天中央人民广播电台就播放了新华社的一篇长文章，介绍湖北长阳县乐园公社土家族赤脚医生覃祥官的事迹。"

绕了这么一大圈，最后她才说："我也想当个'赤脚医生'！"

陈万举没有收听电台的广播，但他从卫生系统早已知道，毛泽东主席对卫生部的工作非常不满，严厉地批评他们不为广大人民群众服务，特别是没有为广大农民服务，现在很多农村还是一无医二无药；说卫生部干脆改成城市老爷卫生部好了，并明确指示："把医疗卫生工作的重点放到农村去"。

省卫生厅、省中医学院、蚌埠市卫生局，都已派出多批医护人员去了农村。

陈万举见女儿有此机遇，高兴不已。他找出一些中医入门的书籍，让她先看着，像《汤头歌》《针穴经》一类，还要求她反复诵读。

陈万举告诉女儿：中医和西医最大的区别，就是认为人体的经络是气血运行，是联系内脏与表皮的通道，其走向都有一定的路线，遍布全身，所以，中医无须头疼医头，脚疼医脚，而常常可以头疼治脚，下病上治。还因为人体呈对称性，又往往可以左病右治。农民一年四季在田间劳作，常因疲劳和机械性伤害，四肢与腰腿的疾病较多，其实也并不一定要找到医院，一般的按摩、针灸、热敷或拍打，就可以解决问题。

陈万举于是重点给女儿传授了针灸。他说，针灸在中国的医学界只有一个支脉。自从北宋针灸学家王惟一重新考订了明堂经穴，设计出两具铜人模型，外刻经络腧穴，内置五脏六腑，作为教学的直观教具，大大推进了中国针灸的统一和发展。

陈桂榕学医，于是就从学习针灸开始。她在背诵《针穴经》时，发现人体的众多穴位中，肚脐叫"神阙"穴，胸腔正中有"神封"和"神藏"，额前发际正中为"神庭"，后背还有"神堂"和"神道"，于是就问：

"这么多穴位为什么都带个'神'字？"

陈万举告诉她，指挥宇宙万物变化的，中国人称为“神”，中医发现通过调整人的经络的运行，也会影响到人的“神”，而人体的这个小宇宙的“神”和主宰天地背后那个大“神”是和谐统一的，这也说明那些地方的腧穴是至关重要的。

为了进一步说明有些腧穴的重要性，他给女儿详细讲述了自己过去用针灸治愈聋哑学生的故事。

他发现女儿学得十分认真，又爱动脑筋，便倾注了大量的精力与心血。同时也从老大厌医的教训中悟出了点什么，于是变得讲究方式方法，而且，变得格外有耐心。他不但手把手地教，甚至不惜忍受皮肉之苦，在自己身上试针。当然，他也让女儿不断地实践，亲身体验不同的针法所产生的酸、麻、胀的不同感觉。总之，他晓之以理，动之以情，连陪在边上的崔新如看了，也心中发热。

陈万举恨不得一个早上就把自己平生的本事传给女儿，俨然为此“孤注一掷”了。

他特别要求她娴熟地掌握“马丹阳十二穴”，指出三里、合谷、内庭、曲池、委中、承三、太冲等十二穴，通五脏六腑，可治百病；前三穴，在这中间尤为重要。还叫她也要熟练地掌握少商和内关两穴。

陈桂榕问：“经常有社员上火、牙疼和发热，扎‘马丹阳十二穴’能治吗？”

陈万举说：“不须十二穴，针刺合谷这一个穴就行。但对方身体不好的情况下，不能用重手，那样会晕针，扎针时最好让人躺下，不宜坐着来。”

说着，他把事先写好的一些卡片交给陈桂榕。陈桂榕抽出其中一张，发现是“足三里”腧穴的卡片，上面既有图示，又有歌谣：

三里膝眼下，
三寸两筋间，
能通心腑脏，
善治胃中寒，
肠鸣并腹泻，
腿肿膝颈酸。

歌谣顺口好记，既表明了这个穴位在人体上的位置，还详述了它的功效。陈桂榕看了，心里暖洋洋的，一边就在默记起来。

陈万举见她拿着“足三里”的卡片反复看，就又补充道：“西医认为慢性腹泻与肠道感染有关，中医则认为是人的脾胃虚弱所致，既可以针刺足三里，也可以用艾草、胡椒粉泡脚，或用梧桐叶泡脚，这样不仅可以止痛、祛湿、散寒，还能补脾胃，促进血液循环。”

在陈万举苦心孤诣的教诲下，陈桂榕终于有了那么两下子，很快也就成了裔家湾的赤脚医生。

开始给人扎针和打针时，她还是小心谨慎的，生怕发生意外。时间长了，轻车熟路了，胆子就大了起来。她发现前台子张家有个小孩是哑巴，想到父亲曾经给她讲过，针刺听宫、听会和风池等穴位治好了哑巴，就准备自己也试上一试。

父亲讲那段故事时，她听得特别认真，知道“风池”就在人脑袋后面的发际线，听宫、听会则在人的耳朵边上，只要一张嘴，耳朵边上就会凹下去一块，听宫和听会就在凹下去的地方。为便于用针，在针刺那两个穴位时，只须嘴里咬着一件东西，就能够固定那块凹下去的地方。

那天，陈桂榕扎了哑巴脖颈后面的风池穴后，就找了一根红萝卜，让哑巴咬在嘴里，开始针刺听宫和听会二穴。她连扎了三天，也没发现哑巴有任何变化，就搭乘便车回到蚌埠向父亲求教。她向父亲叙述了自己针刺哑巴的事，听得陈万举大惊失色。

“你胆子也太大了！”

陈万举见陈桂榕说得那么轻松，那么随意，一下怒了：“那些穴位你也敢试？弄不好是要出人命的！”

陈万举没再往下说，也无须再说。

陈桂榕已知道了问题的严重性。

这以后，每次用针，她都格外小心，哪怕再简单再安全的穴位，她也不敢掉以轻心。但即便就是这样严格要求自己了，还是发生了意外。

那是给村东头一位该称大爷的老人打针。老人家到怀远县城医院看过病后，医生听说他们大队有赤脚医生，就把两盒“洋地黄”针液交于他，要他回去找赤脚医生按时打针。

给病人打针，对陈桂榕来说，早已是小菜一碟了。她先用沸水煮了半小时的注射器和针头，消毒完毕，便把老人带过来的一支药水抽进针管，像往常一样，要老人褪下裤子露出屁股，用碘酒棉签在下针处稍事消毒，然后便将“洋地黄”注射到了肌肉内。

这一切，她都做得顺理成章，却发现，老人猛然间浑身一颤，同时瞪圆了眼睛，用大得吓人的眼睛望着她，紧绷着的嘴唇里迸出一个字：“痛！”

陈桂榕吓坏了，却不知道自己做错了什么。后来回家问了父亲才知道，有些药水是只能从静脉中注射的，万不可做肌肉注射，“洋地黄”就是这样的注射液。他相信医生把“洋地黄”交给老人时，一定会交代这药怎么用，而没有文化的老人显然没把这事放在心上，或者说老人压根儿就不知道肌肉注射与静脉注射有什么区别。

不管怎么说，陈桂榕在陈万举的悉心调教下，加上自己的勤奋努力，渐渐在裔家湾，甚至在前庄后台的社员们中间，赢得了一定的声誉，用当时的话说，就是“一根银针治百病，一颗红心暖千家”。当下放知青有了回城的政策，在招工名额下达到城北公社，裔家湾生产队的社员们把手举得像齐刷刷的树林似的，一条声地推荐她。这以后，同样是一帆风顺地，无论在张庄大队，还是在城北公社，她都以压倒多数的优势得到推荐。一九七一年早春，她终于回到蚌埠，被分配到金山饭店当服务员，不久，就被调到柴油机厂小学当了一名教师。

其实，陈桂榕学医也只是为了有朝一日顺利回城。学医不过是她的跳板。她下放时毕竟已经十七岁，已经有了自己的主张。离开“红芋片是主粮，鸡屁股是银行”的广阔天地，回到城市，便大功告成，从此便与医书分道扬镳，她需要钻研的是教学工作。

这好像怪不得陈桂榕。因为当时每个人的工作都是由组织安排的，陈万举可以教她中医，却并不能给她一份正式工作。

老三陈桂楷就没有陈桂榕那样的好运了，一九七〇年八月，他下放到了砀山县周砦公社汪庄大队四小队。虽然他干活不惜力，却因为有几分侠义心肠，遇到不平之事便不管不顾地拳脚相向，不管对方是大队干部还是生产队长，总是将人打得鼻青眼肿，这样一来，每每有招工指标下达，虽然贫下中农会推荐他，却过不了基层组织那一关。一直到了一九七六年，老四陈桂田满了十八岁，也被下放到了嘉山县的农村，他还在砀山汪庄的广阔天地里战天斗地。

每年回家过年，陈万举就会和他讲，小桂楷，你在农村也不是每天都有活干，就不能带本医书去看看吗？如果能懂点医，做个赤脚医生，以后回城不也方便很多？

陈桂楷脖子一梗，不客气地回敬道："俺爸，你也太看得起我了，你不知道我只有小学文化程度吗？初中的时候赶上造反，我就再没有摸过书了，你拿这些古医书给我，我哪能看懂？还不如让我当一辈子农民呢！"

说得陈万举半天不吱声。

一直到了"文革"结束后的第二年，兄弟俩才先后回到蚌埠，陈桂楷成了蚌埠起重机厂的一名钳工，陈桂田则进了实验药厂，做了汽车司机。

让陈万举感到万分无奈的，不光是在身边的三个子女没有一个从医，他们的户口从农村迁回城市的时候，除去陈桂田还是原来的名字，女儿陈桂榕、次子陈桂楷的名字都变了。四个孩子有三个人的名字都是他起的，一个共同的特点，就是三人名字的最后一个字都是“木”字旁，唯有小儿子例外。不识字的崔新如去给孩子报户口那天，医院正好收了个重症病人，他走不开，便将取好的名字写在一张纸条上，交给崔新如；崔新如去派出所时却忘记带上那张纸条，民警问她孩子叫什么名字时，她慌了，想到老大叫陈桂棣，但她不认识这个“棣”，以为是“田地”的“地”，于是想一个儿子叫“地”，另一个儿子就叫“田”吧，就随口报了个“陈桂田”的名字。现在当陈桂榕和陈桂楷的户口从农村迁回来时，不知怎么了，一个改成了“陈桂荣”，一个改成了“陈桂凯”，听起来还都好像和过去一个音，但与之前两个字已是天差地别！

尽管陈万举知道，鲁迅先生把儿子的名字看得很随意，鲁迅中年得子又是唯一的一个孩子，起初陈万举还以为“海婴”二字一定会有其深奥之处，看了一篇文章才知道，鲁迅为儿子取名“海婴”，也只是说明他的儿子是“上海出生的婴儿”而已。

陈万举无法像鲁迅先生那样潇洒与淡定。孩子们的名字一个个违背了自己的初衷，这让他生发出无穷的感慨来：这世上的很多事，其实他是做不了主的，非但做不了主，常常又是阴错阳差的；你越想抓牢，到头来不定离开自己越远。唯独可以把握的，是自己，是自己的医术。

眼看自己已是花甲之人，一生为之呕心沥血摸索出的中医医术，竟无人传承，到时就只能跟自己一道灰飞烟灭，他不甘心，更感到揪心的痛惜。

是啊，孩子们都从农村回来了，也都有了一份像样的工作，这当然是好事，可陈万举却也感到深深的失望。想到这些，竟不由泪流满面。

崔新如这是第一次看到陈万举流泪。

那天陈万举居然神经质地抽搐着，脸色铁青，突然发疯似的撕起医书。亏得崔新如在一旁苦苦相劝，他才没把书架给毁了。

陈万举望着三个从农村回来的儿女，可怕地吼道：

“滚！都给我滚！滚得越远越好，永远别再叫我……看到你们这些东西！”

他一下病倒了。整整病了一周。

一周后，崔新如发现陈万举一下老了，老得眼窝陷了下去，腰也弯了，两条腿沉重得抬不起来，走路老是踢起地上的东西。

唯一让他聊以自慰的，那就是他还有个名叫赵其礼的徒弟，那是一个老实得让他心疼的农村青年。尽管他的脾气很臭，往往会出口伤人，却从没对赵其礼说过一句重话。赵其礼跟了他八年，因为没有文化，并没有学到多少本事，三年困难时期回了太和县农村的老家。临走前，陈万举不但把自己当年抄录朱复初的那两本经方送给了他，还把在天桥玩杂耍的艺人传给自己的“跌打损伤”的祖传秘方也传给了他。想不到赵其礼用这个方子制成药酒，在家乡挂起了专治跌打损伤的牌子，治一个好一个，成了那一片远近闻名的“外科医生”。

第七章　第二人生

19. 花甲之年赶考

一九七六年，是中国人民最难忘的一年。1 月 8 日，周恩来总理逝世，3 月 8 日，东北地区突然下了一阵陨石雨，老百姓说，天塌了。到了夏天，7 月 6 日，先是朱德委员长逝世，接着 7 月 28 日更是发生了震惊中外的唐山大地震，二十四万余人因此丧生，老百姓说，地陷了！没过多久，9 月 9 日零点刚过，毛泽东主席也与世长辞了。

华夏大地笼罩在一片悲痛之中。

也正是这一年，“四人帮”倒台了，旷时十年之久的“无产阶级文化大革命”随之结束。

随着一九七八年中共十一届三中全会的召开，一个改革开放的新时期款款而来。《人民日报》报道了三中全会的承诺：从今以后，只要不发生大规模的外敌入侵，现代化建设就是全党的中心工作。其他工作包括党的政治工作，都要围绕着这个中心工作，并为这个中心工作服务；不能再搞任何离开这个中心工作、损害现代化建设的“政治运动”和“阶级斗争”了。

也正是这一年，陈万举步入花甲之年，从医院退休。虽然有点不习惯，但他的心情却是愉快的。长子陈桂棣于这一年正式调入筹备中的合肥市文联，从事他喜爱的文学工作；侄子陈桂栋别扭了多年的夫妻关系也归于平静，常孩子离开裔家湾去了皖南宣城，他们的儿子陈怀远也从安徽大学毕业，分在宣城文化部门工作，一家三口总算在宣城团圆了。

也正是这一年，陈万举多年听不到消息的黄文东老师，当年上海中医学院的教务长，他们那期中医内科专修班的班主任，以七十六岁高龄，担任了上海中医学院院长，并当选为中华全国中医学会副会长。他不仅医术精湛，辛勤执教五十年，学生遍及海内外，在前辈中医家中也属罕见。在出席全国科学大会时，他还被选为大会主席团的成员。他是代表中医界走上中国科学大会主席台的。

陈万举相信，中国的传统医学，必将迎来一个崭新的春天。

形势真的变了，自己也得做点有意义的事，才不白活一世。

多年前，陈万举就有一个计划，把自己治愈常见病、多发病，尤其是攻克疑难杂症的方法与经验写成医案。这个计划因为师傅宋立人的突然去世，变得尤为清晰。

宋立人师从孟河名医巢渭芳，在医学上有很深的造诣，却因为沾染上恶习，以致英年早逝。据他了解，宋立人并没有把他独有的医术总结成文字，人走了，他的一身本事也就失传了，不能不让人扼腕叹息。

那时候他还太年轻，觉得自己经验还不太丰富，还不具备撰写医案的资格。但他一直以来都有做札记的习惯，每天接诊的病人，只要没见过的病例，或治疗上摸索出了什么有效的方子，他都会记录在案。后来年龄越来越大，经手的病例越来越庞杂，经验越来越丰富，又到省城和上海进修学习，理论基础也越来越扎实，便觉得自己是时候动手了，谁知，随之而来的一场动荡打乱了他的计划。

他很清楚，那不是写医案的时候，他的计划也只能搁浅。

现在时代变了，自己也从医院退休了，有了大块的时间，是时候动手做这件事了。

他当即行动起来，翻箱倒柜，找出了从前陆陆续续保存下来的处方和相关文字，开始整理、归类、列提纲、查资料，全力以赴地进行医案的撰写工作。

老伴崔新如显然十分配合，见陈万举坐到了写字桌前，忙里忙外就轻手轻脚，不弄出哪怕一丁点响声，家里静得陈万举甚至可以听到自己的心跳。

一九七九年年底，陈桂棣完成了一部长篇小说，为了让父亲也高兴一下，他把足有五六斤重的书稿捧给陈万举看。陈万举有些吃惊。他把书稿小心接过去，在手里掂了掂，随手翻了翻。

他的目光在最后一页稿纸上停住了，半晌才抬起头。眼睛眯得只有一条缝，看着陈桂棣：

“你就是这样写书的吗？”

陈桂棣不明白他问话的意思，没有吭声。

陈万举接着平静地问：“从十一月十八日到十二月二十日，中间多少天？”

陈桂棣马上明白过来。他想父亲一定注意到了他在书稿最后注明的写作日期。于是说："三十二万字我实际上只用了三十二天，一天写了一万字。"

陈桂棣不认为这有什么奇怪的。因为，这本书里写到的大量情节和人物已经在他的脑子里折腾多年了，不知给多少朋友说书一般地演义过，朋友们早就鼓励他写出来，出版社的同志听了觉得不错，也一直在催促。他写的其实全是自己最熟悉的生活，那许多难忘的面孔和催人泪下的故事潮涌般向他扑过来，写的时候不仅激动，也很有一股子疯狂劲，以致不能自已，常常忘了一切。

"你看过《红楼梦》吗？"

陈万举严肃地诘问。

又来了！陈桂棣想。有时他回蚌埠，朋友来家看他，每每谈及国内外大事，陈万举坐在旁边总是不语，脸上露出不屑的神色。在大家争论得十分激烈、大有指点江山的样子时，他便插进来，语出惊人，准让那帮自诩满腹经纶的朋友一个个张大嘴巴说不出话来。

"你们看过《东周列国志》《资治通鉴》么？"他说，"有什么好争论的？那上边，全有，世上的事古人早有明断！"

今儿个他又语出惊人："你既读了《红楼梦》，就该知道曹雪芹活了一辈子写了一辈子，最后也只留下半部'红楼'；你可真行，一本书就花了三十多天！"

说罢，他将书稿往桌上一丢："拿去，我不看！"

显然这是陈桂棣自找没趣了，却又说不明白。

谁知这事没完，陈万举便开始在他的书架上寻找起什么。陈桂棣猜想，准是在找他的那套线装的《石头记》，要给陈桂棣讲上半天曹雪芹。

陈万举最后捧出的，居然是比陈桂棣的书稿还厚的一摞文稿——《陈万举中医医案》。

陈桂棣压根儿就没想到，老爷子竟也在著书立说！其态度之认真，令他瞠目结舌：两块砖头厚的文稿，竟是毛笔写成的，而且是清一色的蝇头小楷。

“这是……你写的？！”

陈万举横了儿子一眼：“书是写出来的？它可是我四十多年的心血呀。四十多年了，也就总结出这么点。”

“那你为啥不寄给出版社看看？”陈桂棣十分有经验地问。

陈万举垂下眼，想了想，说：“既然你有心劲写出那么厚的东西，也就不容易了。如果你有空……不妨帮我看看，看看文字上顺不顺。”

他说得很诚恳。陈桂棣乐意地答应了。心想，别的帮不上，文字上——他觉得父亲说话不大注意“时代感”，而这点，他很自信，相信他在家里有着谁也无法比拟的优势。

接过父亲的《陈万举中医医案》，他走进后面的小屋，准备平心静气地替父亲在文字上“把把关”。

谁知，才翻上两三页，他就暗自叫苦，感到《陈万举中医医案》整个儿就是一本天书。

两块砖头厚的文稿，从头至尾居然没有一个标点符号，用的又尽是文言文句式，到底哪些是陈述中的实词，哪些是中医中药的名词，他一点儿整不明白！

看着看着，陈桂棣直觉得眼皮发涩，脑袋儿发沉，一阵倦意袭来，不觉躺在藤椅上睡着了。

陈万举见状，生气地拿走了他的文稿，说道："好啦好啦，你忙你的事情去吧！"说完，重重地叹了口气。

一九八〇年二月下旬的一天，春节刚刚过去，陈桂棣就意外地收到父亲写来的一封信。

信简单得就像一份电报，而且，绝对不会出现一个标点符号。同以往一样，他的信依然是毛笔写的，规规矩矩，工工整整，一色儿蝇头小楷，是可以拿来当帖用的。

吾儿见字速回助我应试

父字端月初十

农历一月叫端月，二月叫杏月，三月叫桃月；这端月，想必就是这个月了。陈万举写给陈桂棣的每封信，总爱用这些不是乾隆年间也是康熙时代反正是老掉了牙的艰涩的文字，好在陈桂棣也已经习惯了。

从印戳上看，信是前天发出的。

"有什么火烧眉毛的事，非要'速回'？"他瞅着那份电报，自言自语道。

既然事情这么急，路又不远，坐火车也只需两小时，干吗不走一趟呢？陈桂棣有些奇怪。

不过，老爷子确实是极少来省城的。即便来这儿开会或办事，也是行色匆匆，就像救火车。

“我来啦！”每次来合肥，进门就是这么一句话，算是打了招呼，从来坐不上十分钟。

“我走啦！”事情一办完或会一结束，走时上门，也只有这三个字；再不就是说，还有病人等着他。

他好像比市长还要忙。

“他对谁都这样吗？”一天，一个朋友来串门，见陈万举进门打个招呼就走，就好奇地问陈桂棣。因为朋友的父亲对自己的孩子很少这样严肃，总是亲亲热热的。

“都这样。”陈桂棣说。

“是吗？”朋友难以理解。

陈桂棣马上纠正：“也不全是。他对病人可有耐心了！而且，十分热情。”

“怪人！”朋友不可思议地下了结论。

陈桂棣当即赶回蚌埠，赶到家里时陈万举不在。他发现桌子上摆满了菜，碗筷也已放好，显然在等候什么贵客的到来。

“这是请谁呀？荤素准备了七八盘。”陈桂棣问母亲。

崔新如笑出一脸好看的皱纹，说：“你真会问，你爸那人你还不知道，他能请谁？吃吃喝喝这一套他再托生一次也学不会！”

陈桂棣越发纳闷：“搞这么多菜，是在等谁呢？”

“等你呗！”

“等我？”

陈桂棣感到莫名其妙："不过年，不逢节的，干吗搞这么多菜？"

"问你爸！"

"爸呢？"

崔新如好像也很高兴似的："看今天把他忙的吧，上街给你拎酒去了！"

"特意为我买酒？为什么啊？"陈桂棣有点傻了。

崔新如说："我哪儿说得清。他八成要你办啥事……前天给你打了信，回来就念叨，怕你不在家，你是爱东跑西跑常出差的。"

陈桂棣越听越不解。老子找儿子办事居然花费这么大本钱。别说是自己儿子，他对任何人，哪怕是卫生局的头头，也从没有如此破费过。特别是亲自跑出去买酒，就更不明白了。

还记得，有一次他路过蚌埠，请几个同学到家里吃饭，大家都有点酒量，又多年没见了，于是喝得很热闹，酒过三巡，更是吆三喝四地行起家乡的酒令，"几只青蛙几条腿扑通扑通跳下水"地划开来。

大家正在兴头上，陈万举笑着走了过来。他亲自为每人续上满盅，边续边说他的"九字口诀"：素经常，酒少量，心宽敞。当时大家还为这个"长寿口诀"拍起了巴掌。

待那盅酒下了肚，大家才发现酒瓶子不翼而飞了。陈桂棣不猜也知道，这是被父亲没收了。这种场面让他很尴尬。

弟弟气不过，噌地站起来，跑到门口又买回来一瓶。

吆喝声刚起，陈万举又走了过来，伸手拎过酒瓶。

弟弟不服，说："爸，今儿个是俺哥要好的同学聚会，你不该太扫大家的兴！"

陈万举狠狠瞪了儿子一眼，然后板着脸打量着在座的每一个人，一字一顿地说道："你们在别的地方喝，喝死了，我也不管；可今天是在我这儿，谁要胡来别说我不给面子！"

说罢，他把酒瓶放回到桌上，声明："下不为例！"便离开了。

大家再也喝不下去了，不欢而散。一直过了很久，陈桂棣心里都还闷着一口气。

不一会，陈万举真的从外边拎着一瓶酒回来了。一见到陈桂棣，笑笑，亮着酒瓶。酒是没话说的，中国名酒"古井贡"。

就只见陈万举将酒瓶朝桌子上一放，高兴地问道："才下火车？"

陈桂棣诧异地盯着"古井贡"，点点头。

陈万举坐下来，斟上酒，将一杯递给儿子，带头举起杯子："来，今天放开点量，多少各人掌握。"

陈桂棣心里有些忐忑，侧过身，小声问父亲："你要参加什么考试？"

谁知陈万举手一摆："那事，有时间谈。"

陈桂棣见父亲眯缝着眼，嘴角上挂着笑，变得十分亲切，而且饱含感情，却猜不出个中究竟是什么原因。

饭后，陈万举才单独把陈桂棣叫到后面的小屋，神情庄重而又神秘，轻声地把他写信的原因说了出来。陈桂棣听了，一时竟说不出是高兴还是凄凉。

原来，最近中央下达了一个关于解决中医后继乏人问题的文件。文件是国家卫生部党组写给中央的报告，这份报告以中央名义下发到各地。市卫生局一位熟人告诉陈万举，报告是中医司司长吕炳奎为卫生部党组起草的。吕炳奎不仅是一位中医泰斗级的人物，还是一位新四军老战士，电影《五十一号兵站》中的“小老大”梁宏，原型就是他老人家。自从他出任了国家卫生部首任中医司司长以来，对新中国中医药事业的组建、恢复和发展起了不可替代的作用。他在这份报告中如实反映了由于各地对党的中医政策不够重视，中国中医从业人员已由一九五九年的三十六万一千人，锐减到一九七七年的二十四万人，就是这二十四万人，真正用中医疗法的其实还不足三分之一，即八万人；而西医却从当年的二十三万四千人，迅速发展到今天的七十三万八千人。“中医已接近消亡的边缘”，形势太严峻！这次中央重申中医是中国的国宝，要求各地不能再不重视对祖国医学的挖掘和研究。

经省里正式批准，蚌埠计划筹建一所中医院，这次给了蚌埠两个指标，要养两位年龄在六十岁以上身怀绝技的老中医。消息一出，应者云集，短短两天，报名应试的，就不下五十人。

陈万举把“养”字咬得很响，他说：“养起来可不是养老！中医，堪称是中国的‘一绝’，这‘绝’，不是叫它绝在咱们的手里。你看，这机会……多好！”

不过陈万举又说：“考，应该的。是骡子是马，总应该拉在一起遛遛！”

“你都准备好了吗？”

“不就为这，才把你请回来的吗？”

陈万举用了一个“请”字，说得陈桂棣哭笑不得。隔行如隔山，他想，把自己请来帮父亲准备中医的考试，岂不相当于把他请来当场生个孩子？

陈万举不觉也笑了起来。

他补充说：“因为考虑到参加考试的都是老同志，允许大家可以把有关的书籍和资料带进考场。”

说罢，期待地望着儿子，希望他能拿出个“克敌制胜”的办法来。

陈桂棣一脸苦笑。他哪里清楚什么样的书籍和资料能有助于考试呢？

陈万举望着满满当当两个书架，怔怔地说：“允许带书，哪本医书不重要呢？”

为使父亲不致失望，陈桂棣只得进入角色。他认真回忆了一下自己在学校里历经的各种考试，决定从思想上和心理上入手，谈一谈一般性的常识。但他这些肯定连中学生也会知道的经验，陈万举却听得十分认真，虔诚得就像善男信女在听主教布道。

“什么时候考？”陈桂棣问父亲。

“明天。”

“明天？”陈桂棣一惊，“你不该这么晚才通知我呀！”

听这口气，仿佛他早一天知道，就可以打包票似的。

陈万举说：“我也是才晓得。”

“这简直是突然袭击嘛。简直是把你们这批老大夫当猴耍！”陈桂棣颇有点愤愤不平。

但他见父亲决心已下，只有静下心来，认真分析。他说：“我认为，这样的考试，应该是检查一下你们这些老中医对祖国医学的理解和各自从医的经验。”

陈万举“噢”了一声。他于是戴上花镜，开始在书架前仔细张望起来。他抽出一本又一本自认为重要的书，丢在床上，不一会，床上便隆起一座书山。

陈桂棣忽然想起一件事，忙问：“爸，你整理的那两本医案文稿呢？”

陈万举说：“不是你叫我寄给安徽科技出版社吗？”

“寄走了吗？”

“早寄走啦。”

“呀，你真是！”陈桂棣断然肯定，“说不定它比什么都重要。”

接着，他就后悔来前没有先给父亲打个电话，否则，他会很方便地去出版社走一趟。因为科技出版社的社长谢安华就是他的朋友。

陈万举紧张起来。也只是紧张了一下。毕竟那两本医案是他一个字一个字写出来的，是刻进了脑子里的，谁也拿不走。

经过一番仔细筛选，陈万举从取下来的一堆医书中最后选中了五本，其余的又放回了书架。

他开始露出了笑容，把儿子和女儿的钢笔都集中起来，摆在桌上，翻来调去，带着孩子般的天真，要挑选一支最满意的。

“爸，准备两支笔最好，以防万一。”心细的女儿陈桂荣提出了她的建议。

可是陈万举还是将四个孩子的四支钢笔，依次戴在贴身的口袋上。

陈桂荣乐了："爸，戴一支的，是小学生；戴两支的，是中学生；戴三支的，是大学生。你戴四支，嘻嘻，你猜咋讲？"

陈万举抬起头："四支咋讲？"

小儿子陈桂田忍不住笑了："相声上说过，那是修理钢笔的！"

陈万举却没有笑，他说："怕，就怕它到时候突然出了毛病，还是有备无患的好。"他庄重地望着一排气势磅礴的闪亮的钢笔挂钩。

接着，他又要过全家人的手表，一块块贴在耳朵上听，真不知能听出个啥窍门来。

临了，谁的也信不过，居然看中了跟他厮混了四十多年的一只旧闹钟。

老伴崔新如也笑了："不是我说你，你真的要抱个闹钟去？"

陈万举不满地乜了崔新如一眼："你懂个啥？我一人带去，大家不就都可掌握时间了？！"

次子陈桂凯觉得父亲未免太可笑："爸，你们五十多人考试最后只选出两人，面临的是一场你死我活的竞争，都到了这种关键时刻，你想的竟是'大家'！"

这时，陈桂棣不得不提醒道："考试前，还有一点至关重要。"

陈万举缓缓转过脸，定定地望着陈桂棣："没有多少时间了，快说！"

“你要早点睡觉，务必要休息好！”

第二天，陈桂棣醒来时，发现父亲头天选出来的医书、钢笔，以及他特地买回来的那瓶“鸵鸟”牌墨水，全都丢在床头柜上！

他忙问母亲：“俺爸呢？”

崔新如说：“他走了呀。”

“去哪了？”

“去考场了。”

“糟了！”

陈桂棣跺着脚：“我的上帝！”他急得在屋子里团团转，不安地望着床头柜上的东西。

崔新如也意识到了什么，脸色骤然变了：“该死了！这怎么……办呢？”

陈桂棣骂自己太混。千不该，万不该，昨天晚上不该不把最最重要的一点告诉他：临考，一定不能手忙脚乱。

他好不容易打听到父亲的考场，好不容易撵到考场，发现考卷早已发了下来，他紧张坏了。他想父亲必备的这些东西全落在了家里，也一定急坏了。

可是，一切全出乎他的意料。只见父亲端坐在教室第五排偏里的一张桌子上，竟是那么镇定，且带着七分幽默，三分笑意。当他发现儿子怀里抱着医书、钢笔和墨水，慈祥地摇摇头，很快平静地转过头去。

陈桂棣这才注意到，父亲面前放着一支他常用的狼毫毛笔，和一只装了水的透明的瓶子。此刻，他正捏着一锭青墨，在一方石砚里轻轻地，轻轻地研着，研着。

糟糕！陈桂棣差点没叫出声。参加这等考试，非同参加书法比赛，怎使得狼毫砚墨？！

但他见父亲却是那般轻松，自信，最后还是放下心来。是应该放心的，想想，父亲十七岁学徒，二十岁行医，四十五个春秋，一万六千多个日日夜夜，数不尽的疑难病症没有难倒过他，数不清的病人都是可以站出来为他做证的：对于这场考试，他是不会有问题的！

望着父亲缓缓地研着墨，似在思考，似在回忆，又好像什么都没有想，单等那池墨研好，便龙飞凤舞，泼彩似水，一挥而就。

陈桂棣放心地离开了。

他在外面转悠了大约半个小时，重新回到考场的窗外时，便整个儿呆住了！

陈万举依然端坐在那儿缓缓地研着墨，他差不多保持着陈桂棣最初看到的那个姿势。考场上，每个人都在伏案疾书，沙沙的写字声有如蚕食桑，鸡啄米；可从父亲那儿响起的，只有闹钟有节奏的“滴答”声。

陈桂棣再也沉不住气了。

这时，父亲正好抹过脸来，看着陈桂棣苦涩地一笑。

这苦涩的一笑，让陈桂棣心里一沉，他分辨不出究竟是自嘲，还是一种自责。

不用猜也知道，这考题准把父亲难住了，分明不知道如何下笔。

“什么样的考题能难倒父亲呢？”陈桂棣感到很不安。由此，他甚至怀疑，这种考试也许只是在走过场，真正的考场，应该在更广阔也更隐秘的背后。如今拉关系走后门的事已是见怪不怪了。

谁知，就在这时，静得落一片树叶恐怕也会听到响动的考场上，陈万举突然响亮地放了一个屁。

这屁，惊动了满教室一头白毛的老人们，大家一齐竖起脖子，向陈万举看去，始则一惊，继而哄堂大笑。

陈万举却不笑。

只见他猛地摔开手中的青墨，说：“这屁，硬是被憋出来的！”

他望着专程从省卫生厅赶来的主考官，大声地问道：“同志，啥叫论文？”

一声喝问，再次惊得一个个停下笔。在场的全是花甲老人，哪里吃得消这种精神上的干扰，不少已经理顺了的思路被这一惊一乍搅和成一团乱麻了。

“啥叫论文？”陈万举又问了一句。半是愧疚，半是愤懑。

陈桂棣这才留心考卷。原来全部的考题只有一道：“请你写一篇自己的中医学或中药学论文”。父亲连“论文”二字的基本概念尚且没搞清，就难怪他无从下笔了。

戴着一副琇琅架眼镜的主考官，皱着眉头从镜片后面审视着陈万举。他诧异地站了起来，走到陈万举面前，看卷面上一尘不染，片字未见，皱着的眉头便打上了结。赶紧看了摆在桌子上的

“准考证”，不禁一怔，脱口问道：

“你是陈万举大夫？”

陈万举点了点头。

主考官扬手望了望腕上的表，又瞅瞅陈万举面前的闹钟，说：“哎呀，时间来不及了。我看这样吧，你老就先回去！”

“回去？”陈万举不啻被当头一棒，不由得一愣。

“是的，陈大夫，你可以离开了。”主考官说得很肯定，同时果断地向门外扬了一下手。

陈万举吃惊地看着主考官：“为什么要我先回去？坐，我也要坐到结束。那报考费算白缴了？”

站在窗外目睹这一切的陈桂棣，心一下凉透了。他甚至可以想象到，这次失败会给父亲带来多么大的打击。

“陈大夫，”主考官笑着说道，“你误会了。你是一位医术极高又十分善于作临床总结的老中医，我们要找的，其实正是你这样的老同志啊！”

陈万举的神态在这一瞬间陡然定格。

主考官于是进一步解释道：“你寄给科技出版社的《陈万举中医医案》文稿，出版社的同志希望中医学院的专家们做个鉴定，这书稿后来就转到了我手里。你怕是大意了，寄出时，竟连地址也忘了注明，我也太粗心了，从邮局印戳上看是蚌埠寄出的，我来这儿竟忘了打听。不过，在我最近主编的一本《安徽中医学论文集》里，一次就选了你其中的两篇，大家一致评价，认为你的质量最高，不仅写得最扎实，而且有创见。”

说到这，主考官重申：“你应该免试。是的，你现在就可以离开考场！”

全场哗然。

大家全拿惊诧而敬佩的眼光望着陈万举。

陈万举木然凝视着面前的那方石砚和那只闹钟，半晌，才缓缓地抬起眼，一副大彻大悟的样子："啊，那就算是……论文？"

20. 二院来了个陈大夫

一九八〇年三月十二日，陈万举被分配到蚌埠市第二人民医院。

对于陈万举的到来，二院的领导高兴得不得了。因为在蚌埠的几所市立医院中，二院是建在车站与天桥之间的主马路上，位于市内交通要道，但它的医护人员队伍却又是最弱的，而且，缺乏特色。就是说，二院太需要人才了。

陈万举上班的第一天，院长亲自把他送到中医科。科主任正在那里候着他呢，见陈万举进来，忙热情地站起来与他握手，笑容满面地说着一些"久仰大名"的话。

由于医院的大厅里每天都会公布各科当班医生的名单，所以陈万举来二院坐诊的消息，很快就传了出去，专程来找他看病的病人很快多了起来。病人找中医大夫，大多都会找老大夫，名大夫；想想看，一个已经退了休的老中医，现在被国家重新招聘进来，还是从五十多位老中医中只挑选两名，陈大夫就被选中，并且又是被免试破格录取的——这消息谁听了谁不服气？病人要找中医，不找他还能找谁？

老船塘一个老人因为脑溢血住进淮委医院，当时人就已经昏迷不醒，医生检查后告诉家属，说老人这半年都只能躺在床上，甚至还可能瘫痪。家属听了难过得直哭，哭声却惊醒了老人，老人问这是在哪儿？家属说是在淮委医院。老人知道这是蚌埠最好的医院，但在他稍有点意识的情况下，却要求马上出院。家属以为老人病迷糊了，就没理睬。谁知老人挣扎着要下床，颤着声说："找，找陈大夫！"淮委医院为他看病的正是陈大夫，陈大夫赶过来时，老人直摇头，后来才知道他要找的是二院的老中医陈万举大夫。老人经陈万举用中药和针灸进行调理，两周时间就能下地慢慢行走了。

不过，找到二院来的不少病人，其实是只闻其名，不识其人，不知道中医科哪位是陈万举大夫。那时候病人都站在门外候诊，一看陈万举头发乌黑，红光满面，精气神十足，看上去也就四五十岁；而四五十岁的科主任，却老成持重，更像个老大夫，于是专程来找陈万举的往往就走到了科主任的诊桌前。这时，门外有认得陈万举的病人就朝走错了诊桌的病人摆摆手，病人知道自己找错了人，就又掉头去找了陈万举，弄得科主任十分尴尬。

这样的事情多了，科主任就感到很郁闷，对陈万举也就有了意见，于是就去找院长。院长除了说些安抚的话，也别无他法。总不能去责怪病人，或是去批评陈万举吧？何况陈万举不仅给二院带来了好名声，还给二院带来了可喜的经济效益，这叫院长高兴还来不及呢。当然，陈万举也意识到病人这样做不妥，又想不出别的办法，就常常借故上厕所，要病人去找科主任。

陈万举尽管病人多，但他看病却从来不敢马虎。除去切脉、看舌苔，他的问诊也特别详细，从病因病状、饮食睡眠，到个人嗜好、工作性质直到家庭关系，不厌其烦。但他开出的药一般都很简单，有时用的就是民间单方或是他自创的验方，往往只有两三味，最多不超过十四味，而且，很少采用贵重药，效果却都很好。他常说，是药三分毒，中草药也不例外，病人是来看病，医生要对病人负责。

二院的中医科于是就出现了忙的人很忙，闲的人很闲。开始，比较清闲的医生还感觉很不错，感觉自己一下子变成了在机关上班的公务员，上了班，医院虽然不准抽烟，但泡上一杯茶，拿上一张报，或找人聊聊天，半天一天就混过去了。但日子久了，总是没事做，每天干坐着，便感觉受到了冷落，心里也就不是滋味，有的医生就建议陈万举不用天天来，一周来个三两天就得了。他们说得很好听："国家把你们这些老中医重新招聘过来，不是为了顶班上岗，而是希望你们留下宝贵经验，你老真应该坐下来写点锦绣文章，甚至著书立说才好。"

陈万举虽然不擅长应酬，不精于人情世故，但也不希望与同事闹得不愉快，便隔三差五称身体不适，请上一两天病假，或是主动把找上门来的一般性病人介绍给同科室的医生。

这样一来，彼此也都相安无事，和谐相处，其乐融融。

可是，也有一些重病号，在医院没有找到陈万举，就找到了他的家，搞得陈万举左右为难；他不忍心拒绝病人，看完病后，就会要求病人家属去二院补挂个号。

一九八三年初秋的一天，陈万举刚上班，科主任就来到他面前，对他说："陈老，院长要我通知你，这几天就不要来上班了。"

陈万举有点不明白，这几天院里有什么事吗？为何不用上班？而且还是转达院长的通知。

主任说："院里要评职称了。"

陈万举就更不明白："评什么职称？"

主任说："就是评主治医生什么的……反正说了你也不懂。"

陈万举确实不懂，但他要搞懂："我一直干的就是主治医师的事，怎么轮到评主治医师，就没有资格了？"

主任说："你有学历吗？"

陈万举哑然。不过，他不服气："啥叫学历？"

主任也许觉得陈万举连这也不懂，便显出了几分得意，居高临下地说道："你老是跟师傅学的医，没上过大学，或是大专，中专也没有上过吧？"

陈万举摇摇头。他知道，解放前他读的是私塾，现在讲究"洋学历"。

但他很是不解。学习医术的目的，不就是为治病救人么？我前后跟了两位师傅，学了五年徒，还读了两年承淡安老师办的"针灸函授学校"，看了四五十年的病，救了成千上万人，怎么就不如读几年洋学堂的人呢？

既然院长打了招呼，这几天院里忙着评职称，他无权参评，只有歇班。

因为这事淤在心里，当天夜里他失眠了。他劝导自己，别再往这事儿上想，自己已是退休之人，还被重新录用，国家对自己已经不薄了，有没有职称，并不重要，何况自己每天不是照样上班看病嘛！

但是，说是这样说，却由不得人，这事儿就像眼前飞舞着的一只蚊虫，挥之不去。睡到半夜，他突然一跃而起，开始翻箱倒柜。崔新如被惊醒了，忙问："三更半夜的，你找什么呢？"

陈万举说："那个小本本。"

"哪个小本本？"崔新如也下得床来，要帮助他一起找。

陈万举终于从阁楼上一个旧纸盒子里，找出一个已发皱卷边的朱红色的小本本。封面上烫金的字虽然已严重磨损，却依然可辨，那是《上海中医学院结业证书》。

打开后发现，自己当年的照片——还是那么年轻的照片上，清晰地盖有"上海中医学院"的钢印，下方注明"沪中字第三十二号"字样；正文写的正是他的学历：

> 学员陈万举同志系安徽省怀远县人，现年四十一岁，自一九五九年九月至一九五九年十二月在本院内科专修班学习期满，准予结业。

他还意外地发现，证书里完好地夹着一张集体照，五十一位同学和十四位老师，均历历在目。程门雪院长，林其英、杜大公、唐志炯三位副院长，虽然都在座，现今却已是生死不明了。照片上，自己就站在当年的班主任黄文东的身后，他正是上海中医学院的现任院长。

二十四年不过弹指一挥间，而今却人事已非。

崔新如见陈万举半夜爬起来就为了找这样一个小本子，找到后竟又是这样的长吁短叹，便问："啥东西，非要这个时辰翻腾它？"

陈万举仰天长叹道："这事你不懂，我也不懂。它可比我行医大半辈子都重要。"

说得崔新如如坠五里雾中。

第二天，陈万举把这本已经发皱卷了边的《上海中医学院结业证书》连同结业照片一起拿给院长看，院长半信半疑地望望证书又望望陈万举，喃喃说道："看不出啊，你老还有上海中医学院这样一段辉煌的经历！"

陈万举问："我可以评个主治医生的职称吗？"

院长哈哈大笑："陈老，你在开我玩笑了。有了这个小本本，你就把心放肚子里吧！"

果然，陈万举凭着那个发皱卷了边的《上海中医学院结业证书》，一路绿灯，获得了主治医生的职称，两年后，又评上了副主任医师。院长给他道喜："陈老，你享受到大学副教授的待遇啦！"

陈万举压根儿就没上过大学，当他拿到相当于大学副教授的副主任医师的职称证书时，他竟然说不上是激动还是悲愤，对着《职称证书》戏言道："他奶奶的，我行医四十多年，还不如去上海学习四个月的那张纸管用！"

陈万举被评上高级职称之后，他加强了对中医理论的研究，同时利用业余时间，写点儿老百姓看得懂的中医常识性的小文章。

他自幼就喜爱唐诗宋词，一九五八年，他被抽到炼焦厂参加“大办钢铁”时，劳动之余曾把工人总结出来的炼焦经验编成了三首《炼焦歌》。因为写得生动形象，又朗朗上口，还被发表在当年的《蚌埠日报》上。

这次，他首先把过去写成的《哈哈歌》，重新作了修订之后，一如既往地寄给了《蚌埠日报》。没想到，头天寄出，第二天《蚌埠日报》就把它发表在了“淮花”副刊上。

《上海铁道报》驻蚌记者站站长袁明云，无意间看到了这首《哈哈歌》，引起他特别关注的，是《哈哈歌》的副标题："治疗忧郁病的一个‘处方’”。他觉得这事很有趣，一首歌谣真的可以治病吗？

于是他萌生了要见一见这首诗歌作者的念头。

说是《上海铁道报》驻蚌记者站，那是因为蚌埠是京浦铁路线上的一个大站，上海铁路局在安徽的分局就设在蚌埠，因此，《上海铁道报》社设在安徽的记者站，也就放在蚌埠。袁明云通过《蚌埠日报》社很容易就找到了陈万举。

袁明云见到陈万举，自报家门之后，陈万举知道来人是位记者，表现得并不那么热情，甚至打心里还有几分抵触情绪。当袁明云把自己的一本诗集作为见面礼送给他，得知袁明云不光是记者，还是个小有名气的诗人时，陈万举便对他有了好感。

当然，袁明云没想到的是，陈万举还是陈桂棣的父亲。早在多年前，他同陈桂棣就已经相识，这不仅使得他的采访变得更加主动，而且他同陈万举还很快成了忘年交。

这天，袁明云采写的通讯：《病人夸他‘方子灵’》，被《蚌埠日报》“淮花”副刊头条发表，虽然全文只有千把字，却引起很多读者的关注——

你见过医生治病，用一首《哈哈歌》作“方子”的吗？第二人民医院六十七岁的老中医陈万举就是这样做的。

他自编自印的《哈哈歌》，遇到愁闷忧郁的病人，除作中肯开导外，赠给一张油印的《哈哈歌》，让你吟唱以“哈”字组成的歌词，知道乐能忘忧的道理。借唱歌哈气导出胸中的闷气，从而气舒神爽起来。

陈老医生说，“这叫辩证疗法”。人之“七情”：喜、怒、忧、思、悲、恐、惊，能使人致病，但巧妙地利用“七情”，也能为人治病。比如思则气结，怒则气上，笑则气散，哭则气下，据此，只要告诉病人发病的原因，让他自寻乐趣，解除忧愁，这样心胸开阔了，气顺了，病就好治了。

长年来，陈老医生正是这样从人们的性情，起居饮食，卫生习惯，及风、寒、暑、湿、燥、火，四时天气变化对人体的影响上，总结出一套又一套精神疗法、饮食疗法、气功疗法、健身疗法。凡病人前来看病，不管再忙，他总是不厌其烦地区别病情，将这些不用药的“土方子”传授给病人，从生活上给病人加以指导，使他们自己掌握防病治病、健身强体的方法，努力减轻病痛，尽快恢复健康。

有一位农村中年患者头疼已达数年之久，每当发病时，病人捶胸顿足，声嘶力竭，疼痛难忍，这位患者四处求医，用了不少药物治疗均无效。陈老医生查清他的病因后，决定采用“疼痛搬家”的办法，从转移病人疼痛点，解除精神紧张等方面加以治疗，终于使这个病人没有吃药竟然把病治好。

还有一位叫王炳文的“黑变病”病人，几年前因抬物用力过猛引起吐血，浑身皮肤变得像炭灰一样黑，为此，患者到本市各大医院皮肤科治疗多年也不见效。找到陈医生后，陈医生一方面采取补阳化淤的办法使病人消除血淤。同时从饮食方面加以细心的指导，终使这位黑变病患者，皮肤逐渐由黑变紫，由紫变红，由红痊愈了。

陈万举医术高明，不仅在医治各种疑难病症方面，整理出十多万字临症拾藏的成功医案，而且在攻克常见病、多发病上独有创见。多年来，他还治愈小儿大脑炎后遗症近百例，用中药治愈肾结石患者数十人。目前，他虽年近七旬，还坚持上班为群众治病，并利用业余时间先后写下了《急救探生三法》《大寒犯脑头痛疗法》《小儿疳疾疗法》等多篇医学论文，先后被省内外医学杂志发表，有的在省中医学会年会上作专题介绍，赢得人们一致赞叹。

这一年，他的长子陈桂棣已在自己喜爱的文学事业上越走越远，已主持了省会合肥市的作家协会工作。一次去淮北参加一个会议，路过蚌埠，崔新如给儿子聊起了父亲前后两次退休、两次拿到证书的往事。陈桂棣觉得很有趣，于是在朋友的饭局上，就把父亲过去那些可笑似乎又并不可笑的故事说给朋友们听，没想到大家的反应竟都很热烈。

“为本省杂志也写点东西吧！”《清明》杂志社编辑孙民纪当场向陈桂棣约起了稿，“不能老在外边露脸呀。”

在这之前，陈桂棣确实已先后在京出版了三部长篇小说。先是华夏出版社出版了《共和国警长》，接着是中国文联出版公司出版了《挣脱十字架的耶稣》，人民文学出版社也刚出版了他长达三十多万字的《裸者》。

他的小说，最初都不是写出来的，而是在和朋友聚会时闲聊出来的。人家有听的兴趣，他才有写的激情。最初也都是有真人真事的雏形，只是经过了艺术加工之后，便真真假假起来。这当然不光是为了让故事能吸引人，更是为防止有人“对号入座”，以免引出不必要的麻烦来。

“不过，”陈桂棣给孙民纪特别说明，“我说的父亲的故事一点虚头也没有，这可不是小说。”

孙民纪说：“它比小说还精彩啊！”

“会有人看吗？”

“太有人看了！相信我，这比张铁生交白卷的故事要有意思多了！”

陈万举交的看上去确实是张“白卷”，但又不能说是“白卷”，因为主考官最后是凭着他收到的两大本医案文稿，这才宣布录取的，这样看，也并非离奇。

“写吧，写吧！”孙民纪一再鼓励。

就这样，陈桂棣花了两天加一晚，写出了一篇三万字的纪实文学《第二人生》。

这篇纪实文学很快就在《清明》杂志上发表。

意外的是，明明是一篇真人真事的纪实文学，竟很快被《中篇小说选刊》选用，还要求作者写一篇创作谈。

作品只写了两天，创作谈却三天写不出一个字。孙民纪有些奇怪，“这东西不是你写的吗？”

陈桂棣说：“这不是‘创作’啊，创作谈，谈什么呢？”

更没想到的是，这篇实话实说的纪实文学，不仅被中篇小说选刊选入，还被电视台看中。

二十世纪七十年代中期，陈桂棣参加国家水电部的一个有关淠史杭灌区的写作组，在大别山深山老林里跑了一两年，后来曾应邀为安徽电视台撰写了反映鄂豫皖革命老区斗争史的《魂系大别山》，该片导演叶成群也被《第二人生》的故事打动。他说：“有戏！”就准备把陈万举的故事拍成一部上下两集的电视艺术片。

叶成群是陈桂棣的老朋友了，他曾多次荣获过国家广电部颁发的“星光奖”。蚌埠市电视台得知叶导要拍蚌埠一位老中医的电视片，便表示慷慨解囊，予以资助。省市电视台决定联手将《第二人生》搬上屏幕，陈桂棣自然也很高兴，就通知了陈万举。

陈万举的态度却有点冷淡：“我有什么好上电视的？”

于是陈桂棣就把登有《第二人生》的那一期《清明》杂志寄了回去。寄出不久，陈桂棣就陪同叶成群到了蚌埠。

在开往蚌埠的列车上，陈桂棣就止不住地心鼓直敲。尽管，他在《第二人生》中写到的那些故事，都不是杜撰的，也是父亲平日最爱提起的，提起那些往事时还常常是喜笑颜开的。但是将那些故事公开地发表出来，事先却并没征求父亲的意见，而且现在又准备把那些故事拍成电视，父亲如果同意还好，一旦反对，任谁劝说也没用，你就是热情地找上门去，他也会一点面子都不给的，让人下不了台。

当年父亲的那两本医案文稿，经中医学院鉴定后，认为很有价值，科技出版社决定正式出版。为这事，陈桂棣曾陪同谢安华社长专程前往蚌埠。谢安华考虑到书中的不少医案，针对的多是淮河两岸的常见病和多发病，为突出这本书的特色，当然也是考虑到出版后的发行问题，就建议将《陈万举中医医案》，改为《淮河两岸常见病多发病》。

本来这是一个极好的创意，父亲听了，沉默了半晌，才问道："为什么一定要改书名呢？"

谢安华解释说："你老在淮河两岸的常见病和多发病的医治工作中，积累了相当丰富的经验。淮河流域地跨豫、皖、苏、鲁四省，尽管书稿中的许多疾病域外也常有发生，但淮河两岸毕竟比较普遍，起个这样的书名，不仅更有针对性，也会是这本书一个鲜明的特色吧！"

"不能用我的名字吗？"

"当然可以。只是这本书的销路可能会小很多。"

"为什么？"

谢安华说得很婉转："陈老在蚌埠，或是周边的一些地市，都有很高的知名度，但在全省，特别是安徽以外的地区，人们也许还并不太了解，因此，书的发行量可能会受些影响。"

陈万举只希望自己多年的心血能变成铅字留存下来，压根儿没想过什么发行量。一听说书名用他的名字会影响到书的发行，他一时难以接受。

虽然他为此也说了几句客气话，感谢出版社对他医案给予的肯定，感谢社长亲自来到蚌埠，但他却已没有了出版此书的热情。

他为自己起了个“直夫”的字号，就是时时提醒自己，一事当前须慎言，却又常常控制不住自己。既然没有了出书的热情，便当即直言收回成稿。

结果，那天专程来征求意见的谢社长，却是一杯热茶也没喝到。

一想到这件往事，陈桂棣走进家门时，还是悬着一颗心。进了门，见父亲特地准备了一桌饭菜，而且，高兴地将叶导迎进屋，他才松了一口气。

陈桂棣发现这天父亲少有地热情，酒过三巡，就又兜售起他的长寿口诀。不过，从前好像只是三句话九个字，现在却变成了四句十六个字：天天散步，顿顿有素，遇事不怒，用酒适度。

他把“用酒适度”四个字作了格外强调后，就收起了酒瓶，只见他痛痛快快地一声喊：

“孩子他娘，把炖鸡给我端上来！”

陈万举对崔新如最亲切的称呼，就是这句“孩子他娘”。应他的这声唤，崔新如立即起身进了厨房。

陈桂棣却不由一怔。

当母亲将油汪汪的炖鸡端上来时，他不得不暗下碰碰叶成群，提醒道："这，炖鸡你最好不要吃。"

"怎么不能吃？"

"不，能吃，只是你不能吃。"

叶成群越听越糊涂，以为这里面有什么家规，操起的筷子就小心地放下了。

上次回蚌埠，陈桂棣就发现，家里的餐桌上多了一盆炖鸡。父亲也像今天这样，十分兴奋地一声喊："孩子他娘，把炖鸡给我端上来！"母亲把炖鸡端上来时，他见弟弟妹妹都不动筷子，就不客气地撕下一块鸡肉。只咬上一口，便张着嘴巴皱着眉头，差点儿没当场吐了。

母亲说："这是你爸的新发明！"

父亲于是就乐呵呵地介绍说，吃了他研制的这种炖鸡，对人大有裨益。并说为这他不知花费了多少心血，最后才总结出此等滋补身体的"添加剂"，只要事前将他的一剂药塞进鸡肚子里，鸡肉炖熟之时，药力恰到好处，吃鸡等于服药，香嘴健胃，对周身都有大补。

陈桂棣是最怕吃药的，一见那鸡，便没有了一点食欲。

唯独崔新如吃得津津有味，还把嘴巴咂得很响，陈桂棣相信这多半是碍着几十年老夫老妻的那个情分。

这时，母亲见叶成群呆坐着，就笑着催着，并动员起陈桂棣，说："你写东西常不惜护身子，来，带头吃，多吃！"

陈桂棣被母亲那句热心热肠子的话说得心里一暖，于是操起筷子，夹了一块鸡肉。他准备囫囵个儿将它吞下去，不等浓烈的药味刺激到味觉就把它打发到胃里去。他毕竟从父亲那儿知道胃酸的作用。

不过，他还是嚼了几下子。一嚼一怔，再嚼，傻住了。他发现满嘴油香肉美，居然没有一点苦涩的药味。

这时，崔新如发话了："吃吧！你爸早关照了，这鸡肚子里啥药也没放。"

总之，一顿美餐过后，该谈谈《第二人生》电视片的有关事宜了。陈桂棣本以为会一帆风顺，皆大欢喜，没想到却大大出乎他和叶成群的意外。

陈万举从上回接待谢安华那件事上，悟出了自己的问题。人家出于好意，专程上门，你却让人家热脸贴个冷屁股，这不仅是严重的失礼，而且不通人情世故，太对不住人！所以这回好酒好菜招待，以表达他的感激之情。至于拍他的电视片，万万不可！这事没得商量。

这样的结果，陈桂棣想不到，叶成群更是没有一点思想准备。

"为什么？"叶成群不解地望着陈万举，寻求答案。

陈万举显然是经过一番深思熟虑的。

他问叶导："是按照《第二人生》拍吗？"

叶导说："不全是，但基本上是。"

陈万举不动声色地又问叶导："你相信那些故事吗？"

叶导反而奇怪了："那不都是真实的故事吗？"

"你真的相信我能让哑巴说话？你真的相信我可以把断了气的人救活？你真的相信我是交了'白卷'却被国家重新

录用？”

陈万举像连珠炮似的向叶成群提出疑问：“那一切都不过是偶然，或是有着特殊原因的；但你们如果将它拍成电视，我就不是普通医生了，就成了神医扁鹊，或是医圣张仲景了。我敢说，就是真的扁鹊或张仲景，也不可能医治人间一切疑难杂症。你们这不是把我架到火上烤，人家岂不认为我是个骗子？”

陈万举说得很平静，却叫陈桂棣和叶成群一时反应不过来。

叶导还想说服陈万举：“桂棣的《第二人生》发表后，都觉得不错，连专门选发小说的《中篇小说选刊》也转载了，说明还是很受欢迎的，不会出现你说的那种情况。”

可无论怎么解释，怎么劝说，陈万举就是不同意，不同意把他的故事拍成电视。

他显然不好抹了叶导的面子，却冲着陈桂棣斥责道：“混账的东西！你写这样的文章，经过我的允许了没有？”

噎得陈桂棣半天无语。

已被列入计划的电视艺术片《第二人生》，也只好就此作罢。

第八章　多彩的黄昏

21. 癌症研究

《陈万举中医医案》没有出版,《第二人生》电视片也没能拍成，陈万举虽略感遗憾，却并没放在心上。但女婿郭德启突然被查出癌症，这事对陈万举的刺激太大，它就像一块永远化不了的坚硬的石头，压在他的心上，并为此抱憾终身。

陈万举膝下有三子一女，打心里讲，他最宠爱的不是儿子而是女儿陈桂荣。不光因为他只有一个女孩，更因为她人精明，没事就往娘家跑，总会将外面的八卦说给父亲听，解了他不少寂寞。因为宠爱女儿，自然就爱屋及乌，女婿郭德启在他心里也有着不一般的分量。

郭德启是福建莆田人，在泉州长大。出生在华侨之乡，少不了有着众多的海外关系。他从福州机电学校农用动力设备制造专业毕业时，正赶上“四清运动”，为彻底摆脱家庭给自己人生带来的影响，就主动要求去远离家乡的地方工作，于是，便只身来到了淮河边上一个有着两千多人的蚌埠柴油机厂。进厂不久，“文化大革命”也就开始了，虽然远离了亲人，却依然摆脱不了“家庭问题”招致的厄运。直到改革开放，他才否极泰来，在担任二金工车间主任期间，他出色的领导才干得以充分发挥，于是这个国有大型企业就把职工家属和待业青年，全都交给了他。他也不辱使命，将这批人统统组织起来，先后创办了钢丝床厂、内燃机配件厂和自行车配件七厂，兼任了三家工厂的厂长。由于他生长在没有冬天的南国，来到了白雪纷飞的北方，为了御寒，也为了排解寂寞，他学会了喝酒；为了提神，也为了释放工作上的巨大压力，同时学会了抽烟。渐渐地，抽烟和喝酒越来越频繁。当他发现自己时不时会突然流鼻血的时候，并没意识到这已是鼻咽癌的先兆。其实他患上的这种鼻咽癌，在他的家乡并不鲜见，家乡人爱吃腌制的海鲜，里面往往含有一种“EB 病毒”，它在人体中的潜伏期甚至可以长达二十多年。而当他感到自己的身体不妙时，又摊上儿子即将高考。白天他要处理三个厂繁重而琐碎的工作，晚上回家还要辅导儿子的功课。这期间，他也曾想到找岳父看看病，却始终没敢上门。虽然陈万举很看重他这个女婿，但对于他的嗜酒和抽烟却是深恶痛绝的，对此，陈万举没少批评他：“你呀，已成了烟鬼、酒鬼，只差不是赌鬼和色鬼了！”最后实在支撑不住了，才在陈桂荣的劝说下，背着陈万举去了蚌埠医学院附属医院，谁知一去，就查出了鼻咽癌。

当陈万举从女儿那儿得知女婿得了鼻咽癌的消息，他一夜没睡。

这一生，陈万举曾接触过癌症病人，也治好过几例被大医院确诊为癌症的早期病人。所以当他听说女婿查出了鼻咽癌，就追问检查的结果，这时陈桂荣才不得不说了实话，告诉他郭德启的癌细胞已经转移，先是转移到了淋巴，现在转移到了骨骼，已到了晚期。

陈万举听了吃了一惊。

他痛心疾首地问道："你为什么到现在才告诉我？"

陈桂荣止不住泪如泉涌。

陈万举半天无语，他感到极度悲哀。这种悲剧发生在自己亲人的身上，发生在毕其一生治病救人的医生家庭，无论如何他都难以接受。更何况，他知道，任何针对晚期癌症病人的治疗，在目前的情况下，都是徒劳的。顶多设法让其减轻痛苦，延长生命而已。

郭德启住进医院后，西医的医治方案是先手术，清除癌细胞，然后放射治疗，接下来化疗。两次化疗后，郭德启脑袋上的头发就差不多脱落光了，却并没能阻挡住癌细胞转移到脊髓。这时医院就用粗针管去抽脊髓，最后把他抽得神经坏死，下肢没有了知觉，两条腿砍断了也不知道疼，大小便也解不下来。

陈万举见郭德启化疗化得头发不剩一根时，就想阻止，却又不好过问。作为医生是有行规的，别人在治疗的时候你是不能随便插手的，况且，作为一个中医师，他也并不清楚西医为什么一定要用这种残酷的、不分青红皂白地将好细胞与癌细胞一同灭杀的方法去治疗癌症病人。他相信西医的这种化疗会有它一定的道理，但化得病人天天呕吐，什么东西也吃不下，绝不是最好的办法。

当医院停止了化疗之后，郭德启回到家，陈万举当即为他开了培原固本、清热解毒和消肿化瘀的中药方，以增加食欲、缓解病痛、提高免疫功能。尽管吃了不少中药，但此时的郭德启已是病入膏肓，吃再好的药也无济于事了。

眼睁睁看着女婿痛苦不堪的样子，陈万举欲哭无泪。

更让他想不到的是，女婿还躺在病床上，已被癌症折磨得生不如死，一个晴天霹雳又猝不及防地袭来：女儿陈桂荣也被查出了甲状腺癌！

就在陈桂荣被查出甲状腺癌的第二天，郭德启就撒手西去。

这真是祸不单行！

一开始，没人敢把这消息告诉陈万举，怕他经受不住这种打击。但他最后还是知道了。

当他知道女儿和女婿一样也查出了癌症，女儿不仅已经做了右颈部甲状腺切除手术，而且马上就要化疗时，他便急急忙忙地赶到医院，完全顾不上医规，当着医生护士的面，对着陈桂荣厉声喝道："你给我立即出院！"

说罢，就觉出自己的不冷静，痛苦地摇了摇头："你要听我的话，就马上去把出院手续办了；你如果坚持化疗，以后就不要再登我的门！这事你自己看着办吧！"

然后头也不回地离开了医院。

陈桂荣一时不知如何是好。

不过，在她下放农村当赤脚医生的那两年，曾看了不少医书，囫囵吞枣地懂得了点皮毛。她知道现代西医看的是"病"，中医看的是"人"。可以说，中医研究的不光是"病"，而是"人"的生命生长之门，这与西医的理念甚至是截然不同的。特别是郭德启住院后，她到处找有关这方面的书刊看。她发现，西医是努力找“病”，然后除恶务尽。其实细菌病毒比人类出现在地球还要早，几十亿年前就有了，人类不过几百万年，你怎么可能将它们赶尽杀绝？人身体里的细菌数，是人的细胞数的许多倍，你杀得完吗？你越杀，微生态遭到的破坏就越严重；甚至可以说，人实际上就是细胞、病毒的寄生体。

尽管她明白了这些道理，但今天各地的各大医院治疗癌症的办法，就都是先开刀再化疗。

这天，她从医院回了一趟娘家，找到父亲，想听听父亲有什么好的办法。

陈万举这时已变得冷静下来。行医这么多年了，他治疗癌症病人已有些经验。远的不说，陈桂荣最要好的一个中学同学朱秀云，因为长得胖，大家都称她“小胖子”。小胖子的爸爸，就在附近的大菜市卖鱼，由于爱喝酒，除去早饭不喝，顿顿离不开酒，最后患上了肝癌。查出了肝癌后，医院就告诉家属，癌症已到了晚期，不必住院了。可小胖子爸爸不甘心就这样死去，找到陈万举，陈万举给他配了几个疗程的中药，结果又活了好几年。

得知郭德启患了癌症，陈万举就一宿没睡，在阁楼上翻了一夜的书，展开了对癌症的研究。现在女儿又查出了癌症，生死悬于一线，为了救女儿，他疯了似的把有关的医书都搬了下来，摆满一床，一本一本地翻，一个方子一个方子地分析。

陈万举知道，直到今天，癌症的成因和治疗依然是世界性的大难题；他更知道，在西医远没有传入中国之前，中国传统的医学就有了探索和医治癌症的历史！

早在殷商时代，甲骨文就有了“瘤”的记载；先秦时的《周礼·天宫》，就记载有治疗癌疾的专科医生，那时是将癌症称之为“疡”，并发明了“祝、杀”二法治疗癌症。“祝”者，为用药外敷；“杀”者，则是用药腐蚀恶肉。那一时期古人对包括癌症在内的肿瘤的认识，都还较肤浅，但在治疗中就已在使用有毒药物。

到了战国秦汉时期，随着神医扁鹊的《难经》，医圣张仲景的《伤寒杂病论》，以及集中药学大成的《神农本草经》等医药经典著作的相继问世，人们对癌症的认识便由实践经验上升到了理论的高度。认为癌症的病因可分外因和内因，外因与感受外邪有关，内因与七情内伤，饮食失调有关；并认为癌症的关键病机在于人体的脏腑气血阴阳的失调，气血痰湿等瘀阻相搏结所致。

在癌症的防治方面，中医提倡用整体观念来认识，用辩证诊断来治疗，如《金匾要略五脏风寒积聚病脉证并治》记载：“积者，脏病也，终不移；聚者，腑病也，发作有时，辗转痛移，为可治。”提示了积与聚同为包块，病机不同，预后不同，则治法不同。张仲景的《伤寒杂病论》还为后世留下了“桃仁承气汤”“下瘀血汤”和“桂枝茯苓丸”等著名的方剂，至今仍被广泛用于胃癌、肝癌、胰腺癌、子宫颈癌等癌症的治疗。

以后到了晋、唐，乃至宋、明、清时期，中医对癌症防治体系又有了进一步发展。特别是宋代的《卫济宝书》，首先出现了

“癌”字的记载。这一时期的论著中，可以见到记述各种癌症的具体临床表现，其中《仁斋直指方》对癌症的症状进行了详细的描述：“癌者，上下高深，岩穴之状，颗颗类垂，毒根深藏。”还有了对癌症的辩证诊治，如对噎嗝（食管癌），朱丹溪认为应该“滋养津血，降火散结”；张景岳主张“当以脾胃为主”“宜从温养，宜从滋润”；清代王清任也认为应从瘀论治等等，为后世治疗癌症创造了诸如小金丸、蟾酥丸、活络效灵丹、犀黄丸等至今仍被广为应用的方剂。

了解了中国中医探索和防治癌症的历史，陈万举不能不佩服先人对癌症的研究和留下的丰硕成果。

女婿查出癌症不久，女儿就又患上了癌症，由此，陈万举强烈地感觉到，现在许多疾病，主要是不良的精神因素造成的，跟心理的压力关系甚大。因此，就不能把病症和健康问题简单地看成是躯体的问题，或是物理化学的问题，心理压力在人的成长中或是说在情绪急剧转变的情况下，会导致人体的免疫能力受到抑制。

根据他对癌症患者的观察发现，一旦被查出癌症，多数人顿时就崩溃了。所以，陈万举在为陈桂荣治疗前，就要她对自己的康复要有信心，不能背包袱，要乐观地面对。特别是要克服一切困难增加饭量，以增强自身的体力。他认为不少癌症病人并不是死于癌症，而是被吓死或饿死的，最怕的就是精神上首先垮了。

他给女儿打气：“只要你能乐观地过好每一天，做到饮食有节，起居有常，再重的病我也能治！”

陈桂荣患了甲状腺癌，这是陈万举万万想不到的。她才四十一岁，身体一直很健康，平日连个感冒也不曾有过，人又乐观，成天乐呵呵的。但是仔细想想，她这段日子的煎熬，惹上这样的病，也并不奇怪。自从女婿郭德启查出癌症，她几近崩溃，三天三夜粒米未进，天天以泪洗面；她几乎是一天二十四小时在医院照顾着郭德启，推着他去做各种检查、做放疗化疗，给他擦身子、端屎端尿，忙里偷闲还要跑回家给孩子们做饭……过度的忧伤，加上过度的劳累，生活的紊乱，导致了抵抗力的下降。其实每个人身上都隐藏着癌细胞，癌细胞就像一颗种子，人的身体就是一片土壤；这颗种子发芽不发芽，长大不长大，完全取决于土壤，而不取决于种子。种子再好，土壤不适合，它绝不会长出来。陈万举甚至认为，郭德启不得病，陈桂荣也不会得病；郭德启得了不治之症，陈桂荣的精神垮了，癌细胞的种子也就乘虚而入，破土发芽了。

现在，长出的癌细胞，已经被医院通过手术初步清除了，怎样才能让潜在的癌细胞不再露头，这是他需要研究的课题。

陈万举见陈桂荣从医院赶了回来，没有辜负他的期望，多少感到欣慰。他首先从心理上、精神上入手，开导陈桂荣，他说：“这段时间你承受的压力太大，过于悲伤劳累。许多病其实都是自己的情绪引起的，导致免疫系统出了问题。如今郭德启已经去世了，人死不能复生，你必须尽快调整好自己的心态，为了两个孩子，也要好好地活下去。现在首要的是，须积极乐观，学会遗忘，忘掉悲痛，忘记疾病，让自己彻底解脱出来。”

接着，他说到一个自己也没闹明白的问题："现在全国各地，许多城市，都有了肿瘤医院，显然这是为了解决实际生活的需要。但奇怪的是，几乎所有的医科大学，却都没有肿瘤专业；国家卫生部门现有的三十多个学科中，仅口腔就有了三个学科，却没有一个肿瘤学科。也就是说，当前各地医院里的所谓肿瘤专科人员，也大都是从其他领域调整过来的，因此，肿瘤病人常会被误诊、漏诊，或是发生不规范的治疗现象。同样，开刀只是尽可能地切除病人的癌细胞，除去放疗、化疗，好像也就没有了更好的办法。"

这时，陈万举才说到"化疗"问题。

他说："化疗的目的，就是用剧毒的药物，杀死已经被确认了的癌细胞。兵法说得明白：杀敌一千，自损八百。用化疗在杀伤病变细胞的同时，也会将正常细胞和免疫细胞一道杀灭——这其实是一种'玉石俱焚'的治疗方法。上海长海医院的老中医孙起元，也是中国中医治疗白血病的带头人，他回顾二十世纪六十年代到七十年代在长海医院会诊的患者，经过化疗的皆归无效，无一获救，而一个姓马的患者由于付不起高昂的化疗费用，拒绝化疗，完全采用中医疗法，反而活了下来。西方不少国家都已在减少和放弃这种放化疗，中国却还在大面积地推广和使用，一个可以想象到的理由是，它能给医院和医生带来巨额利润。"

最后，陈万举平静地说出自己的意见，这种意见其实就是中国传统医学一直秉承的理念，这就是，用中药将体内已被打破的平衡调整过来，不再给带有病体的细胞以发展的环境和条件；千方百计激活体内的正气，想方设法发掘与提高自身的防卫抗病能力，顺势而为，外辅内调，这样不仅可以减少不良反应，还能从整体上调理五脏六腑功能，调和气血、阴阳，防止或减少癌症的复发和转移，甚至能够实现带癌生存的目标。

他问陈桂荣："你相信爸爸吗？"

陈桂荣说："能不相信吗？"

陈万举于是说："那你就把出院手续办了，住到家里来！"

陈桂荣没再犹豫。这时她想得已经很简单了，既然父亲下了决心，她也就无怨无悔地把生命交给父亲。与其像郭德启那样去化疗，结果罪没少受，人还是去了，不如相信一回中医。

陈万举翻阅了大量的医书，几番斟酌，为陈桂荣开出了第一张方子。这张方子由二十八味药组成，既有清热解毒、软坚散结、活血化瘀的祛肿瘤药，也有养心安神改善身体素质的益补药。为了保护胃肠道不受损伤，他没给女儿用难咽的汤剂，而是将这二十八味药晒干或炒熟打成粉，让她一日吃三次，每次一小汤勺药粉，和上一点水，一口吞服。

一个月后，陈桂荣去医院肿瘤科复查，发现病情很稳定，完全没有复发的迹象。

接着陈万举针对检查的结果和陈桂荣的身体状况，在原有方子的基础上进行了一次调整，又为她配了一个月的药。

此后的每一个疗程，他都对原有的方子进行一次及时的微调。几个疗程下来，奇迹出现了：陈桂荣基本康复！

于是他就让陈桂荣每吃两个月的药，就歇上一个月，这样整整坚持了两年。两年之后，她已与正常人无异。

这时陈桂荣以为癌症已经彻底治愈，再不肯吃药，陈万举也没有强求。

没想到停药两年后，陈桂荣去医院复查，发现肿瘤已转移到左甲状腺和颈部淋巴上了！

没办法，只能再开一刀。伤口痊愈之后，她又同上次一样，没有化疗，立即出院，由陈万举继续用中药为她治疗。

这时，陈万举又在原来的方子上做了调整，还像以前那样吃上两个月的中药停上一个月，每次吃完一个疗程，就去医院复查一次，循环往复，就这样又维持了两年。

治疗了两年后，一切又和常人无异。

在整个治疗期间，陈桂荣一直坚持去学校任课。

通过陈桂荣病情的这次反复，陈万举进一步明白，但凡患上癌症，不管好了几年，都有可能复发。因此，长期服药以改善身体这块“土壤”，不让癌细胞发芽长大是必须的治疗。可是“是药三分毒”，虽然吃下去的是不伤胃的粉剂，但长年累月地吃，对身体势必也会有损害。这期间，他已经几次调整处方，用药数量由最初的二十八味减少到了十八味，他还在琢磨，如何能再将用药的时间减到最少。

通过多年对癌症的研究，陈万举想，每年的农历二月，春分开始，便是春草发芽万物生长最旺盛的时节，也将会是癌细胞最活跃的时候。如果在这段时间用药，效果应该是最好的。就是说，在它们还没有发芽就将其“掐死”，其他的季节也许就不长了。经过反复斟酌，于是他就大胆地为陈桂荣重新制订了治疗方案：只在每年的这段时候让陈桂荣集中连续服一个月的药，时间确定为春分前的十五天到春分后的十五天。同时将原有的十八味药缩减为十六味，并且用的也全是最普通的中药：炙鳖甲、天花粉、泽漆、穿山甲、黄药子、白芍、猫爪草、大贝母、七叶一枝花等等。

尽管癌症的成因至今仍是个世界性的难题，陈万举也不可能真正说得明白，他也知道自己的这些推断，不过是一家之言。但他确实发现，自一九九八年起，陈桂荣每年农历春分的前后吃了他亲自配制的中药粉剂，每次只吃上一个月，整个一年都会平安无事。打那年起她一直就沿用这个方子，再没变更过。如今三年过去了，五年过去了，十年也过去了。陈桂荣一直坚持每年只服一个月的药，她的癌症就这样彻底地消失了。

于是，出现在人们面前的陈桂荣，像是变了一个人，变得精气神十足，变得爱唱歌，还参加了市里的一个业余合唱团；变得爱上了旅游，逢到节假日，就跟着旅行团去游览祖国的名山大川。如果不是脖子上那三道清晰可见的刀疤，没谁会相信她曾经是个癌症患者。

她成了蚌埠市的抗癌明星，经常外出参加活动。安徽省癌症康复协会在全省评选勇击癌症的首届“康复勇士”时，陈桂荣不但榜上有名，而且以二十八年的癌龄，在三十三位抗癌的勇士中名列第一！

22.陈万举益寿健身法

一九八七年年底，七十岁的陈万举再次从蚌埠市第二人民医院退休，医院又返聘了两年，直到一九九〇年七十二岁时，才正式离职离岗。

住在半截巷三十八号大院的几个“头面人物”，也先后退了下来。蚌埠起重机厂厂长李占民，回归家庭之后就很少出门，每天看看报，养养花，除此以外，好像也没有别的事情需要他做；蚌埠机床厂的老厂长李清泉，退休后日子陡然闲了下来，很长时间都不习惯，最后找了个去公园遛鸟的活，以打发时间；蚌埠交通局退休下来的李鑫，虽然和陈万举同在一个医疗系统，担任交通局医院负责人多年，但他是部队退伍的老同志，从事的是行政工作，退下来也是无事可干。他们一个个都羡慕起陈万举选了门好职业，真正可以做到“老有所为”，越老越受人待见。

其实陈万举也有他的烦恼，如今彻底退休在家了，却一直清静不下来。当然他也是个闲不住的人，忙起来反倒觉得活得充实。只是，平日找上门来的，绝大多数都不应该是此时的陈万举需要接待的。因为上门的多半是一些头疼脑热、发烧腹泻，或男人阳痿、妇女月经不调、小儿疳疾这样一些常见病和多发病。可人家信赖你，况且，不少还是亲朋好友介绍来的病人，你不认真接诊还不行。当然，过去自己开诊所，后来到了联合诊所，再后来到了市二院，每天遇到的也大都是这样一些病人。那时他并没有、也不会感到意外。恰恰相反，不仅不会感到意外，还会感到格外轻松。但是现在退休在家，毕竟是“夕阳无限好，只是近黄昏”，每天仍要把大量的时间和精力消耗在这些小病上，他就会后悔没有带出来几个徒弟，以致身边连个助手也没有。

他为自己这大半辈子算了一下账：打从二十岁开始行医，自己开诊所十七年，接着在集体性质的联合诊所和天桥医院、中区医院一待就是二十六年，最后在市立第二人民医院又工作了十年，前前后后，自己坐堂行医共五十三年。每天接诊病人少则五六人，多则五六十人，即便平均按照十多个病人计算，五十多年下来少说也有二十多万人。眼下的蚌埠市区不过四十多万人口，就是说，他差不多已为一半的蚌埠人瞧过病！当然，其中的疑难杂症大约也只占到百分之五，绝大多数全是些小病小灾。

他自己也感到奇怪，奇怪的是算了这笔账后，突然就想到了太平街派出所的户籍员小陆。小陆是他家里的常客，他没少从小陆那里听说派出所里的一些新鲜事，现在，他从派出所遇到的那些琐碎的日常工作中，联想到医疗体制上的一些问题来。

他想，假如各地没有派出所这样一些基层建制，一座几十万、上百万市民的城市，被骗被盗，邻里纠纷，夫妻打架，第三者插足，甚至连人被狗咬等等这些鸡毛蒜皮的小事，不是去派出所解决问题，都直接找到公安局，公安局的干警哪怕长着三头六臂也是招架不住的。

他回忆在二院的日子里，每天接待的大都是些小毛病，挂号排队的人络绎不绝。有的，压根儿就不是什么难治之症，也会找到大医院，使得那些医院本就十分有限的医疗资源，受到极大的牵制，这也是资源上的一种浪费。

由此，他想，如果中国的医疗系统，也能像中国的公安系统那样，分级管理，不仅有着基层的派出机构，还有区域性的分局，把大量的治安问题首先化解在一线那样，将大量的一般性疾病，就解决在社区医院，或区县医院，从制度上减轻市级、省级医院的压力，患者也不必动不动就千里迢迢，甚至不远万里找去北京、上海的大医院。这样，也就可以让医术力量相当强大的知名医院，能腾出更多的时间与精力，去解决更棘手的医学难题，不至于像今天这样陷入到琐碎繁杂的小病微恙的治疗中，不堪重负。

由城市，陈万举又想到广阔的农村，想到了曾风靡一时的赤脚医生。那时农村中一些常见病和多发病，有许多就被赤脚医生就地解决了。至少，农民有个小病小灾就不需要都往城里的医院跑。他还记得，在二十世纪七十年代后期，全国的赤脚医生多达一百七十多万人，百分之八十五的大队实行了合作医疗，确实大大地缓解了当时中国农村缺医少药的问题。湖北省长阳县乐园公社土家族的那个覃祥官，作为赤脚医生的代表，在建国二十周年的时候，还登上了天安门城楼，四次受到毛泽东主席的接见；一九七六年九月，世界卫生组织太平洋区基层卫生保健工作会议，在菲律宾首都马尼拉召开的时候，覃祥官曾以中国代表团副团长的身份，用半天时间在会上做了题为“中国农村基层卫生工作”的报告。中国农村人口这么多，居然能够做到“看病吃药不花钱”，这在当时简直被看作人间奇迹。

随着医疗系统的现代化和专业化，中国农村中的赤脚医生和那样一段历史，都在我们的身边消失了。今天城乡看病难，甚至看不起病的现象，也变得越来越突出。陈万举感到与医疗体制相关的改革已是迫在眉睫了！

尽管每天找到家里来的，大多依然还是一些发烧感冒，头疼腹泻的病人，不过陈万举很快调整了自己的心态，把接待上门的患者看作一种义务、一种乐趣。于是，他的心态很快就变得平和了许多。至少，他不再是那么焦躁了。待病人离开之后，他会马上静下心来，根据多年的临床经验，总结出一些不用药防病治病的文字。

就在陈万举开始着手这项工作时，袁明云也从《上海铁道报》驻蚌记者站站长的岗位上退了下来。得知陈万举的打算，他极为赞赏。本来他对中医就有兴趣，本来就对陈老爷子敬慕有加，对陈老爷子的那些不用药就可以防病治病的中医小窍门，尤其推崇。现在他退休了，有的是时间，于是就像往常上班一样，把陈万举家当成了工作室，把陈万举整理出的小文章精选了数十篇，送到了《蚌埠日报》报社。《蚌埠日报》报社对这些防病治病的小常识特别欢迎，并为此专门开辟了一个“陈万举益寿健身法”的专栏。

第一篇打出的是《巧开幽门顺气法》。

人的幽门位于胃和十二指肠连接处，它就好比是火炉的通风口，炉门一闭，火的生气也就泯灭了。忧郁寡欢的人常板着面孔，噘着嘴巴，幽门自然也就随之闭合起来，于是便会出现食少心烦、胸闷叹气、精神呆滞、终日肢体倦怠无力的症状。中医学上有句名言：“笑则气散，哭则气下。”笑和哭都须咧嘴启唇，唇启幽门则开。幽门一开，胃气自通。长期因郁闷而宿积在胃中的浊气和陈食均会顺利降下。“顺则气通，通则痛消”，用这种方法治病往往比吃药还灵。既然咧嘴笑，启唇笑，就能开幽门顺内气，人们不妨想方设法照此一试，如对镜出怪相假笑，哈哈镜前大笑，听相声看幽默小品逗笑，全家人讲故事引笑，朋友间开开玩笑。如果遇到伤心事，不妨到河边、林间、村前屋后放声大哭一场，或找知心者将心中的郁闷尽情倾诉一番。总之，或笑或哭或唱或说，都会使闭合的幽门在不知不觉中随启唇而开，"门"开气顺，疾病就难以上身了。

接着《巧开幽门顺气法》的，就是《鸟意行走法》《宣导阳气法》《洗澡驱寒法》《固齿法》《引咳导痰法》《立式充气法》《卧式充气法》《哈欠充脉法》《幻式入梦法》和《寻梦入睡法》等等。

就这样，一篇接着一篇地连载。

不少读者每天拿到《蚌埠日报》，首先要看的已不是头版头条的新闻，而是"陈万举益寿健身法"。

有个读者长期失眠，痛苦极了，他找过几家医院，也吃过不少药，却总是好不了。看到陈万举的《寻梦入睡法》，开始并不相信，因为他不大相信中医，不相信不依靠现代化的医疗设备，仅靠玄乎其玄的"望闻问切"就能诊断出一个人的病症，更不相信连药也不吃，就可以让人安然入睡。尽管不大相信，他还是抱着好奇的心理，按照陈万举介绍的办法试了一下。他关了灯，躺在床上，双目紧闭，极力回忆过去曾经做过的那些梦。多数梦其实醒来就忘了，能想起的，也大多是支离破碎不连贯的，或是荒诞不经又十分模糊的，因此，回忆起来很吃力。说也奇怪，就在这种回忆中，不知不觉他竟然进入了梦乡。为此，他兴奋极了，打听到了陈万举的地址，拎了两瓶上好的小磨麻油，找上门来感谢。他问陈万举这是啥原因，陈万举解释说："道理很简单。在你聚精会神回忆过去做过的那些梦境时，一切烦恼与杂念均抛之脑后了，神安则心静，心静则易眠么！"

许多读者都没想到，陈万举会将人的"汗、屁、嚏"，也写入他的"益寿健身法"，并将其称之为"人身三宝"。文章写道："人微汗常出，不患风湿关节炎；经常放屁，胃肠少出毛病；常打喷嚏，那是适应季节的变化，不易患感冒。"如何取汗？怎样放屁？又怎样喷嚏？也都是有讲究的。取汗可以通过走路和跑步运动，或是洗热水澡，达到手心、额头出了微汗即止；当然，用生姜和葱白煎汤，加点红糖与红枣，这样会发汗快，但不可饿肚及体虚时强求出汗，不可大汗淋漓，出汗后应避风防寒。排屁即可做腹式呼吸，卧坐亦可。做时，仰卧床上，腿自然伸直，全身放松，目微闭，口鼻深长自然吸气，呼气，腹部隆起，再收缩下迫肛门，如此反复二三十次，使小肠有气动，转矢气射出，引导胃肠中腐气下降，直到腹部舒适为止。而人为制造喷嚏，也并不困难，可用柔细的纸捻，或吸入冷空气，或用芥末、胡椒粉等刺激鼻粘膜，也可用含有麝香的鼻烟涂于鼻孔，都可收到立竿见影的效果；喷嚏能调动肾气功能，使根于肾的阳气和利，布达全身，进而营卫和调，气机畅达，有效地抵御外邪入侵。

由于这些益寿健身的中医知识与人们的日常生活密切相连，因此很受大家的欢迎。还因为是密集的连载，自然也就大大提升了陈万举在普通读者中的知名度。平时人们生了病，谁都想找个好医生，却苦于不知哪个医院、哪位医生好。即使去医院挂了专家号，也是心怀忐忑。大家也都知道，只要能评上个副主任医师，就算是专家了。但如今职称的评定其实更看重的，还是一个人的学历；而成就一个优秀的中医师，那是需要经年累月的临床经验，所以在通常的情况下，人们找中医看病，并不迷信“专家”的头衔，大都喜欢去找年长的大夫。

“陈万举益寿健身法”开篇的“编者的话”，就写得十分诱人：“本市第二人民医院退休老中医陈万举，现已年逾古稀，为在有生之年造福人间，他毅然提笔对自身五十余载医疗实践进行总结和回顾，即日起本报将连续刊载的益寿健身方法，便是他教人不用药自防自治百病、健康长寿的经验积累。”可想而知，自连载的当天开始，许多病人便想方设法找上门来，每天无不络绎不绝。不少是从几十里、几百里开外赶来的，轮胎上沾着大平原上的泥土，车板上铺着大红大绿的被褥，有时，车把上还会见到象征吉祥的桃枝儿、艾叶儿。就是深更半夜，也常有人找上门来。

陈万举所以同意将这些不用药自防自治疾病的心得文章，交于袁明云整理发表，正如报社“编者的话”所陈述：“为在有生之年造福人间”。却不料，他本来就不平静的生活，竟因此被彻底打破了。

但是，看到遭受病痛之苦找到家里来的这些患者，他不可能拒之门外，还得认真地接待。不久他就发现，找来的病人中，不少都是没有公费医疗的城市市民，或是周边县里的农民。他给他们看病和扎针，分文不取，只是为他们配药时才收些成本费。但凡遇到连药费也付不起的病人，他还会免费送药。正因为他的乐施好善，被治愈的病人，多半会送些土特产，如鸡鱼肉蛋以表示感谢。他推也推不掉。于是，他家的水桶里总是装着蹦跶着的活鱼，院子里也少不了闹腾的鸡鸭。这些东西老两口根本没办法处理，就打电话要子女们拎走，或者送给左邻右舍。

这天，陈万举不得不找到报社，要求停止刊登他的那些东西。由于陈万举的态度坚决，连载了几个月的“益寿健身法”终于停了下来。

“陈万举益寿健身法”停载了，但陈万举并没有因此消停下来，每天依然会有不少病人找过来。

一个周末，陈万举送走最后一个病人，正站在门口活动筋骨，老邻居李占民瞅着他忍不住地笑。这位蚌埠起重机厂的原厂长，打趣道：“陈大夫，现在都是市场经济了，你也得有点儿市场意识，哪有看病不收钱的？在医院，年纪轻轻的医生只要有个副高职称，找他看病就得挂专家号，你倒好，每天都在学雷锋啊！”

陈万举说：“我有退休工资，足够我们老两口生活，赚钱不是我的目的。”

李占民知道陈万举一心想研究的是疑难杂症，却屡受常见病患者上门的困扰，便劝他可看可不看的病人，就不要看了，自己已是一把年纪了，毕竟还有当紧的事要做。其实解决的办法有很多，提高收费就是一条。他说：“今后病人找你看病，你不想看的，就说今儿个不大舒服；若认为有必要看的，在医院挂你的号须交多少，你就收多少。方子开好了，签上你的名字，要病人去医院或药店抓药。”

李占民接着就聊起他几年前去北京的见闻。那一次去北京出差，忙完公务之后，他抽空爬了一趟西郊的香山。香山的碧云寺有一个罗汉堂，堂内的罗汉有五百座之多，因此称作“五百罗汉堂”。那些个罗汉一个个正襟危坐，唯独济公因为云游天下为老百姓办事，回来迟了，发现已没有了他的立身之处。李占民说，他是在一位游客的指点下，才在一处高高的梁头上找到济公的。也因此，济公被大家称作“梁上君子”。

陈万举听了，哈哈大笑。

他自嘲道：“老李你可真会说笑，是把我也看作‘梁上君子’了吧？！”

陈万举采纳了李占民的建议，这以后，就开始尝试“有偿服务”。但他也只是增加了有限的药费，该上门的还会上门，这让陈万举感到进退两难，哭笑不得。

23. 药厂找上了门

不久，一件让他感到更加意外的事找上门来。

蚌埠制药厂的一位领导看了《蚌埠日报》连载他的“益寿健身法”之后，派人登门拜访，想购买他的几个验方开发成中成药。

来人很是热情，首先将他们厂里的生产情况做了介绍。说他们同国内许多这样的企业一样，看上去不断有着新的产品投放到市场，其实只是把兄弟厂那些成功的药品引进过来，取了个自己认为更新颖的名称而已。

“比如感冒，那是最常见的疾病了，”来人开门见山，“尽管不少厂家已生产出此类不少药品，我们也很想拿出属于自己的品牌来。”

陈万举闹清了来人的用意，开始他是十分兴奋的。当然了，能够将自己多年临床摸索出来的一些有效的方子，通过药厂批量地生产，然后走向更广阔的社会，去造福更多的患者，同时也是对自己的一种很大的肯定。再说谁又跟钱有仇呢？虽说他并非贪图物资享受之人，但住房的窘迫却也是摆在他面前的一道难题。三十多年了，他和家人一直就住在半截巷这处三十多平方米里外两间的平房，因为房子太小，他只得找人在门口盖了间饭厅兼诊室和一间不足两平米的厨房，再将后墙与外围墙连起来，搭了间能放下一张小床的杂屋。后来儿女们长大了，工作了，成家了，先后离开了半截巷，唯独小儿子在单位没有分到房子，只能继续与他们生活在一起，于是他把里间让给了儿子一家三口，自己和老伴则住在外间，那外间其实还兼作客厅。他一直都有改善住房的想法，现在市场上已经出现了商品房，如果自己的方子能卖上一笔钱，说不定就能梦想成真。

想到这，陈万举就热情地给来人介绍起了“感冒”。他说，中医认为，感冒分风寒感冒与风热感冒两种类型。流清涕、口不干、咽不痛、舌苔薄白的，是风寒感冒；流黄涕、口干、咽痛、舌苔薄黄的，是风热感冒。风寒感冒拟用发汗的方子，风热感冒则需清热解毒。究竟是风热还是风寒，首先必须区分清楚，否则，将风寒感冒当成了风热感冒，或将风热感冒当成了风寒感冒，都会越治越重。

“风寒感冒与风热感冒在用药上完全不同，如果贵厂想生产感冒药，最好同时生产两种。”陈万举说。

接着，陈万举又谈到了几乎所有药店都在出售的“感冒灵”。

他说，感冒灵的成分中尽管有三叉苦、野菊花、岗梅等中草药，但它同时也还添加了抗过敏的马来酸氯苯那敏，添加了止痛的咖啡因和退烧的对乙酰氨基酚这三种西药。由于它较好地发挥了中药和西药各自的优势，将风寒与风热两种情况的感冒都顾及到了，成为一种中西药的融合体，所以，准确地说，它已并非纯粹的中成药。

来人听得很认真，最后说：“我这次来，是先与你老取得联系，希望在你的帮助下，开发出几个新的中成药品种来。具体选哪些方子，不急，你考虑好了我再上门。”然后给他留下了一张名片。

来人走后，陈万举陷入了沉思。

他这一生，确实创造性地摸索出了不少可以称之为“灵丹妙药”的方子。假如这些方子通过药厂生产出来，投放到市场，一定会给广大的患者带去方便。这不仅是自己应尽的职责，更是一个中医师的荣光。当然他也很清楚，现在是买方市场，具体能卖哪几个方子，他自己说了是不算的。至于一个方子能值多少钱，卖出后自己还拥有什么权利，他更是毫无经验。他这辈子，接触的都是病人和亲人，很少与其他人打交道，基本上没有什么社会经验。

一想到过几天药厂就要来人正式谈判，也许还要签订合同，陈万举心里就七上八下。

这天吃过晚饭，陈万举就敲响了邻居李占民家的门，他要向这位起重机厂的厂长请教。

李占民得知制药厂要购买陈万举的验方，想都没想当即说道：“好啊，恭喜你了，你的那些绝活也是拿出来的时候了！”

陈万举笑道：“我的绝活多着呢！有的说出来怕是太简单，不好卖啊，比如，就拿‘砍头疮’来说吧。”

李占民一愣：“什么样的疮，你给起了个这么吓人的名字？”

陈万举说：“疮不大，只因为它长在要害部位，在人的脖颈后边，那里神经很丰富，一旦恶化会十分危险。”

“你有什么绝招？”

“有哇。”

李占民下意识地摸了摸自己的脖子后面：“这地方确实容易生出火疖子。你有好的验方，是可以提供给他们的。”

“但这方子不值几文钱呀。”

李占民这时便以一个企业家的口吻说道：“陈大夫，这你就不懂了。也许你这方子用的药值不了几个钱，可它是你多年摸索出来的，这就是你的知识产权，那是无价的。”

陈万举见李占民说得这么认真，不觉笑道：“听上去，‘砍头疮’挺吓人的，治起来其实连一味药也无须用，我的经验是，只须买点儿碱粉，好好洗个头，问题就解决了。”

“用碱粉洗头？”

“没错，就用碱粉。”

李占民以为陈万举在同他说笑话，将信将疑地望着陈万举。

陈万举解释道：“这事多半因为经常不洗头，头发太油腻，头皮不能很好地呼吸，便容易在头发根的脖颈处生出疮来。”

李占民听明白了，笑道：“这方子确实不好卖。”

陈万举的为难之处正在这里。

为了说明他的为难之处，他只是举了个极端的例子。他知道有不少常见病，解决起来会简单得让人感到不可思议，比如小儿疳疾，这是夏末初秋的一种多发病，三岁以下儿童最为常见；由于人小乳食，脾胃虚弱，脏腑娇嫩，在炎天暑热中，排汗机能一旦发生障碍，就易受暑湿所伤，因此古人称其“夏瘘”，或为“疰夏”；患有这种疾病的婴幼儿会成天烦躁不安，萎靡不振，病歪歪的没有精神；倘若用针刺一下病儿的拇指，还能挤出树胶状的白色黏液来。可以说他是治小儿疳疾的权威了，经他治愈的小儿疳疾数不胜数。想当年，他在上海中医学院进修期间，还给专修班的同学讲过一课“小儿疳疾”；他撰写的《小儿疳疾的诊断治疗及其分类》的论文，不仅在省里的中医学会会议上介绍过，还被收入国家卫生部组编的《长江医话》一书中。小儿疳疾说起来很复杂，而他研制出的一种“疳疾散”，却又是简单得不能再简单，其中最重要的也就是一味药：鸡内金。鸡内金的名字听起来挺高雅，说白了，它就是鸡的胃，俗称“鸡肫皮”。

“你可以把这个‘疳疾散’卖给他们呀！”李占民说。

陈万举说：“根据我的经验，小儿疳疾也分虚胖型和消瘦型两种不同的情况。不同的类型，只能采取不同的医治办法，因此，我的‘疳疾散’也就分出主治湿疳的‘湿疳散’和主治火疳的‘火疳散’，假如小儿疳疾又伴有肝脾肿大，还须改用‘消脾化疳散’。”

为了让李占民听得更明白，他进一步解释道：“当然，话又得说回来，不论小儿疳疾是虚胖型、消瘦型，还是疳疾伴有肝脾肿大，不同的处方中最重要的一味药，就都是晒干或烘干研成细末的鸡内金。只是临床时根据小儿疳疾的不同类型，比如，主治湿疳的湿疳散，除鸡内金外，还要加上全虫、白术和五谷虫；主治火疳的火疳散，除仍须鸡内金和全虫，其余的便改用蟾皮、煅石燕和石决明。”

李占明听明白了，却又感到一头雾水：“照你这么说，如果只生产一种单纯的疳疾散，也只能对部分患者有疗效？”

陈万举说：“所以，这样的验方也是不好卖的。”

沉默了一会，陈万举接着又说道，“不过，中国的中医毕竟源远流长，先人们留下了许多著名的经方，日本就把我国医圣张仲景的《伤寒杂病论》里面的不少经方视其为宝贝，直接拿去大批量生产；国内的不少厂家也都在这么做。比如张仲景的‘六味地黄丸’，它确实可以滋阴补肾，对肾损阳亏、头晕耳鸣、腰膝酸软、骨蒸潮热、盗汗遗精，都有着很好的疗效，厂家也是按照张仲景的经方直接投入生产的，可谓长销不衰。只是制药厂考虑到不同症状的患者，情况会有些复杂，可能会由于病因的不同，健康状况上的差异，或是同时还患有别的疾病，也就不可能产生同样的疗效，有的甚至会引发出不良的后果，所以厂家就会在包装盒内附上一份《六味地黄丸说明书》，在‘不良反应’和‘禁忌’两项中，特别说明‘尚不明确’。这是在提醒患者应谨慎用药，最好在医生的指导下用药。”

随后他又举出了“黄连上清丸”的例子，说：“黄连上清丸的成分其实除了黄连外，还用了其他十六味中药，可以说，是典型的中成药，它主治一些上火的疾病时有特殊疗效，但它也不可能无条件地针对所有的这类患者，因此厂家同样会在《说明书》‘不良反应’一项中，首先说明‘尚不明确’，同时还十分具体地指明患有哪些疾病的人要‘禁用’，或特别提醒‘在医师的指导下服用’；甚至，明确指出‘服用三天症状无缓解，应去医院就诊’。这其实都是在对患者负责。”

李占民说：“我也注意到了，几乎所有的成品药，说明书上都有这样一些提醒的文字。我也发现药店里现在卖的药，中成药远没有西药多，许许多多药的名字一听就是洋文字，我想它们几乎全是化学制品，副作用应该不小。”

陈万举感慨道：“要说生产特效药，西药相对好办一些。因为西医是‘对症下药’，病人是什么病就给什么药，这种药很容易批量生产；中医不仅是‘对症下药’，更注重‘对人下药’，除了要弄清病人是什么病，还要根据病人的病因、身体状况，甚至会考虑到病人的工作性质、生活环境和年龄上的不同，开出不同的处方，哪怕有古人现成的经方，有时也要在原方的基础上作出必要的调整，即使是同一个病人，也会随着病情的变化，及时变动原有的方剂。”

李占明听到这，终于明白陈万举心情复杂的原因了。于是他摇了摇头，叹道：“哎呀，我是搞机械的，具体又是搞起重机械制造的，对医疗行业完全不知情，隔行如隔山啊。”

最后他建议：“你把老大喊回来嘛！他经常采访，接触到各行各业，有些情况会比我们熟悉，他可以帮你了解到行情。”

“他行吗？”

“嘿，前两年，市里的老书记还邀请他回来过，为蚌埠专门编写过一本书。”李占明很有把握地说，“上上下下，他人头比我还熟。”

“那就叫桂棣回来一趟！”陈万举说。

陈桂棣接到父亲的信，那信像往常一样，简单得有如一份电报。不过这次写得长了一点，具体写明制药厂欲购买他的验方一事，希望他回去参谋参谋。最后还捎带了一句：“你也很久没回来了，你娘也想你了。”

看到最后一句，陈桂棣禁不住一愣。他确实把母亲唤作“娘”，有时他这样喊，就会惹得弟弟妹妹们忍不住地笑。他不仅把母亲喊作“娘”，还将父亲喊成“爷”，那是怀远县农村解放前的风俗。弟弟妹妹全是解放后在蚌埠城里出生的，都把父亲母亲称为“俺爸”“俺妈”，他却一直改不过来。现在看到父亲信上提到了“娘”，他不仅不觉得好笑，反倒心里一热。他确实跟娘更亲，他也知道，娘就是想他了，也想不出要父亲在信里捎上这句话，只能说父亲遇到的这事很急，希望他尽快回去。

陈桂棣像以前接到父亲来信希望他回去帮助考试一样感到为难。他真不知道，这种同制药厂洽谈验方买卖的事情，他能帮个什么忙？不过，细下一想，这次跟上次，毕竟不大一样。

上次特招退休老中医，一下子有那么多的人前来应试，至于考什么、能不能最后被录取，这些，事前谁也闹不准；这次给厂家提供哪几种验方，被相中的验方该给多少报酬，这些主动权并不完全掌握在父亲的手上，这就需要谈判，以维护自己的合法权益。对于这些，父亲显然不在行，他是希望儿子能出面替他处理这件事。

不管怎么说吧，这事对父亲确实是一桩好事。虽然他也没有谈过买卖，但他朋友多，想了解一些行情，估个价，是很容易的事情。再说了，有他出面，凭着各方面的人际关系，药厂是不会欺他的。于是，他放下案头的工作，当即赶回蚌埠。

陈桂棣在听了父亲谈到的批量生产中成药的一些难处后，说："我知道，中医讲究'对人下药''一人一方'，有针对性地配方选药，再好的验方，也会根据不同病人年龄和体质的不同，病情与病态的差异加以调整。但你也完全可以像市场上的中成药那样，在《说明书》的'不良反应'上说明一下'尚不明确'，或是提醒患者'要在医生指导下服用'，再不，就明确指出'服药三天无症状缓解，应去医院就诊'。现在各地药厂不都是这样做的吗？"

"这些情况，我当然考虑过。其实，在我研究出的那些验方中，有的是完全不需要考虑病人其他情况，就可以药到病除的。"陈万举说。

"那你就选这样的方子呀。"

陈万举想了想，说："比如，有这样一种病，西医看来是染上了真菌，这种真菌很厉害，它出现在头上，头发会掉或会变黄的叫作‘黄秃’，头发变白的叫作‘白秃’；出现在耳朵上会长出‘旋耳疮’；弄到嘴巴上会生出‘羊胡子疮’；如果染到腿上还会奇痒难忍抓破了皮也不煞痒；要是长在男人的生殖器上，通常称它‘绣球疯’，长在女人的阴部不但会导致皱褶起皮，一碰还会出血。中医认为这种病人是染上了湿毒，我研究出的一种药膏，一擦就好，我给它起名为‘湿毒灵’。这个方子我是从不传人的。”

刚才还说得眉飞色舞十分兴奋的陈万举，说到后来却突然将话打住，叹了口气。

他望着陈桂棣，不无沮丧地说道：“这些方子本来我是打算传给你们的，可你们一个个都不愿学医，我也就只能带着这些方子进坟墓了。”

说得陈桂棣无言以对。

“既然制药厂找上了门，我也就准备把它拿出来了。”陈万举说着，一边就把已经抄写好了的一张验方，递给陈桂棣看。

陈桂棣见到父亲用毛笔抄写得工工整整的这张方子，上面只有五味药，心中不由五味杂陈。他知道中国历来崇尚中医世家。本来，父亲以毕生的热情与睿智研究出的这些“传家之宝”，当由自己承继下来并传承下去，但他却辜负了父亲的夙愿。

陈桂棣怀着歉疚的心，取出一张纸，打算把这个湿毒灵验方抄录下来，永远留存。陈万举看着他抄，没再说话。

陈桂棣抄完后，建议道：“我认为这个方子行，可以交给药厂。”

没想到父亲却突然说道："我现在改主意了，决定不卖了。"

陈桂棣还以为父亲只是有了新的想法，不准备将"不传人"的湿毒灵卖给制药厂，可父亲却说："我的所有验方，都不准备卖了。"

陈桂棣惊讶地望着父亲："你既然不卖了，还写信要我回来干什么？"

陈万举说："给你写信时，我是决定要卖的，也还准备了不少验方，打算让药厂选择。"说着，他把写有一些验方的纸条拿了出来。上面分行列着：便秘、雀斑、脱发白发、失眠、痛经、崩漏、儿童遗尿、头痛头晕、青春痘、灰指甲等等，一份长长的花名册。

看得出，这是一些常见病、多发病，他的这些验方也比较适合制药厂加工生产成中成药。有的，他还拟好了中成药的药名，如：护肝丸、补血丸、烫伤膏等等，其中就有"湿毒灵"和他多次在学术报告会上提到的"疳疾散"。

"不准备与制药厂洽谈了？"陈桂棣甚为意外。

"不谈了。"

"为什么？"

陈万举摇摇头，说，这几天他的心情很复杂，短暂的兴奋过后，就是隐隐的不安。他想到了还是在天桥医院的一件往事。那件事曾经深深地刺痛了他，以致现在回忆起来还感到很苦涩。

他在担任天桥医院院长时，有段时间，小儿疳疾患者很多。既然自己根据不同情况的疳疾，已经研究出了针对性很强的方剂，就献出了“疳疾散”的方子，让加工室批量加工，这样，但凡患有这些疾病的婴幼儿，就可直接服用这种中成药。起初的情况还挺好，但后来慢慢地就发现，那些孩子吃了现成的疳疾散后，并没在预计的时间内痊愈，也就是说，他提供的疳疾散的方子制成的中成药，疗效已不理想。他感到很纳闷，于是探查原因，最后才发现问题出在几味药的加工炮制上。本来他要求使用的鸡内金，必须在器皿中微火烘烤；五谷虫则要放在锅里搅拌着炒熟；而石燕呢，须放进火里烧，以减少这种药的烈性。不同的中药要想叫它发挥出独有的疗效，就得采用不同的炮制手段，这是我们的老祖宗在不断的探索中创造出来的奇功特技。但是加工室的工人不是没有经验不懂如何加工，就是工作不认真，没有严格按照要求去操作，生产出来的中成药的疗效也就大打折扣。

总之，这件事弄得他十分被动，有的医生背后议论，说他的方子不灵，这话传到他的耳朵里，让他有苦难言。

一气之下，他终止了疳疾散的生产。

陈桂棣说：“那你在同厂方签订合同的时候，明确要求他们在加工炮制时，必须严守的一些条款。”

陈万举摇了摇头：“问题还不仅仅在加工炮制方面。”

他说，他相信今天的制药厂会有着一整套现代化的生产流程，以及完备而科学的管理制度，但是有许多情况却又是企业无法左右的。比如现在有了大棚种植，人们可以十分方便地在冬天吃到夏天的蔬菜，有了大棚蔬菜，同时也就有了大棚药材。他担心的是，不知为什么，如今居然将中草药定性为农产品，而且彻底放开了中草药的种植权，许多药农于是开始大面积地在人工大棚中种起了中草药。其实早在两千多年前的《晏子春秋》就揭示出了自然界的这种规律："橘生淮南则为橘，生于淮北则为枳。叶徒相似，其实味不同，所以然者何？水土异也。"自古道，一方水土养一方人，一方水土也养一方药材啊！比如长白山的野山参、九华山的忍冬藤、终南山的灶心土、大兴安岭的黄芪、武夷山的葛根和八角莲、云南文山的三七和重楼，以及内蒙古的甘草和浙江天台的乌药等等，过去这些中药都是野生的，现在这种不顾中草药的产地特点，又是违反季节地让药材疯长，没有经过相应的时间与气候，也就吸收不到日月的精华，只会给中草药的药性带来破坏性的后果，使其疗效大为下降。

他想到这些，就变得心中没了底。

平日自己去药店，发现某些中药的成色不对，他还可以随时做些变通，或调整剂量或更换别的草药来解决。但药方到了药厂，他们会如何应对这些十分现实的问题？他真的不知道，甚至想象不出该怎么做才能达到应有的疗效。

其实，这还不是他最担心的。"我在想，"陈万举顿了下，这才接着说道，"现在有关市场经济的一场改革刚开始不久，中药材生产从基地的选定、品种的栽培、采收加工和质量标准所需要的管理规范还一直处于尴尬状态，以次充好的中草药不断出现在药店里。我不止一次地发现在柏子仁里掺有碎石和沙子，不少中药已有明显的霉变。有一次，我去买茜草，发现已经被煮过一次，就是说，已经被药商使用过一次了，然后晒干重新拿出来售卖，赚黑心钱。过去我治感冒发烧，病人吃我一两服药就见效了，现在同样的病情，我开同样的方子，病人要吃到四五服才能解决问题，是药的质量出了问题啊！”

他说，他还发现，茯苓有的就是用米粉加工的；有的沉香，竟是用枯木喷上沉香冒称的。元胡片掺假的，多了去了，多为山药蛋切成两半，加工后掺入点真元胡，这样的元胡用于止痛，岂不误事？有些云南文山的三七，确实也是真的，但你仔细瞧瞧，就会发现它是已经被提取了其中的三七皂甙的药渣，晒干后重新售卖的；阿胶也不是用驴皮做的，用的是马皮、狗皮或是猪皮。有的甚至用桃仁冒充杏仁，杏仁是用于止咳化痰、润肠的，桃仁是用于活血化瘀治疗妇科病，两者的作用完全不同，但这两者还容易被识别，杏仁为心状，桃仁则是椭圆扁平形。但是假冒的龙骨，被打成粉之后，不要说患者，就是药厂的药检员恐怕也无法识别。

陈万举说到这里，显得十分无奈：“我相信随着与市场经济相匹配的法律法规的不断完善，这些现象会逐步消失，这显然需要时间；至少，在当前，在中药药材还不能从质量上得到保证，我就把自己研究出来的这些验方拿出来，极有可能会出现当年我把‘痔疾散’拿出来一样的局面。那会儿，天桥医院加工的‘痔疾散’还只是小打小闹，现在蚌埠制药厂可是批量生产成中成药，投放到市场上，一旦出了问题，势必给无数人带去想象不到的隐患。到时候人家会骂我，会说我的方子治不了病！”

陈万举一口气说了这么多，又说得这么平静，这让陈桂棣有点吃惊。因为他注意到，平日谈到一些颇费思量的话题时，父亲往往是慷慨激昂的，甚至会配上相应的表情与手势。但今天不是，父亲像在谈一件并不重要的事。不过他还是从父亲难以掩盖的倦容上，以及显得暗淡的眼神上，发现父亲这两天一定是没有休息好，或是说，对眼前这桩事看得很重，因此，思虑得太多，在严重的失眠之后，自己的想法终于成熟了，心境也就变得格外淡定了。

“你就这样决定了？”

“决定了。”

“你是不是想得太多，想得太复杂了？现在已经是市场经济，你也应该有点市场意识。再说，这对你，对药厂，对患者，都是有意义的。”

陈桂棣提出了自己的看法，却不料遭到父亲严厉的斥责：“这事不要再提了。这些大道理我懂。与其把验方拿出去，将来生产出的新药治不好病，甚至惹出别的麻烦来，不如现在就罢了。谁有兴趣卖方子谁卖，我不反对；我只是一个中医大夫，干一天，就守着一天老祖宗的规矩。好了，这事算过去了，你可以回合肥了！”

一席话说得陈桂棣傻了半天，却又无话可说。当天他就回了合肥。

陈万举没有料到，这事过去了，一桩同样让他颇费思量的棘手事，接着就冒了出来。

这天，陈万举像往常一样，吃罢早饭，稍事休息了一下就要出门，准备一如既往地兜着市中心的小南山快走一圈。这时，二院院长来到半截巷，来到他的家。

本来以为院长不过是例行公事，代表院方来看望一下老同志。坐下后，接过送上去的茶杯，一口没喝，便开门见山道："我知道你给自己起了个'直夫'的字号，我也就不拐弯抹角兜圈子说客套话了。这次是来请你老出山的！"

"出山？出什么山？"

陈万举不知院长的葫芦里要卖什么药。

院长说："你老是越活越精神了，每回碰到你都见你走路一阵风，年轻人都跟不上。明人不说暗话，现在二院不太景气，我们呢，准备在大板楼那儿开个诊所，想请你老坐镇，找几个医生护士跟着你干，不知你老是否愿意帮忙？"

陈万举听明白之后，笑了："我都是办过两回退休手续的人了，怎么的，你还把我当个宝？"

院长却笑不出来，他沉吟了一会，便把医院当下面临的困难和盘托出。

"现在上面提出'人民事业人民办'，政府的财政逐渐退出了城镇医疗卫生领域。一九七八年改革开放之前，公立医院百分之五十以上的补贴都还来自政府预算，你进二院不久，这种补贴就降到了百分之三十；临到你离开二院时，就已降到了百分之十九。进入九十年代以后，更是大幅递减，现在的补贴已仅为百分之六。医院要解决自己的生存问题，不得不想办法赚钱啊！"

陈万举虽然是第一次听说这些财政补贴的具体数字，但医院的经济状况却是明摆着的，已是捉襟见肘，越来越困难。为了走出困境，几乎所有医院都将经济指标从科室承包到个人，工资奖金也与医生给医院创造的收益挂钩，于是大家便都挖空心思从病人身上想办法，让病人做各种各样的检查，给病人开价格不菲的药品，于是医药代表也应运而生，药品和耗材的回扣成了公开的秘密，搞得病人苦不堪言。

他能够体谅院长的难处，但院长提到的这个事，确实又太突然，他没有马上回话。

他不得不承认，院长决定将二院的一个诊所设在大板楼一带，的确是个好主意。他知道那个地方差不多集中了这座城市的许多重要企业。他的三个孩子，以及包括李占民厂长在内的，可以说住在这半截巷大院里的半数邻居，他们所在的企业和单位就都在那儿。仅那儿的企业就可以报出一长串名单：玻璃厂、纺织厂、烟厂、火柴厂、乳胶厂、柴油机厂、起重机厂、机床厂，以及丰原药业集团。总之，是一个有着众多职工的工业区和众多居民的生活区。

他很感谢院长对自己的信任，把这副担子交给他。但他又不能不想，既然要交给他几个医生护士，如若接下这个任务，他就必须对这几个人负责；既然是为了减轻二院经济上的压力而开设的诊所，接下这个任务，也就意味着要为二院创收。

他不是不敢负责，他曾担任过联合诊所的所长和天桥医院的院长，也不缺管理经验，问题是，作为一个医生，他一向坚守医德，有着自己做人的底线，一旦挑起这副担子，形势使然，他将别无选择，只能采取“市场化”的运作，以盈利为重。可他既没有这方面的能耐，也没有这方面的想法。

想到当年自己已是花甲之年，国家还破例将他招进二院，让他发挥余热。他想，这种“余热”，绝不仅仅是让他们这些被“挑中”的老中医继续坐堂行医，每天多看几个病人，而是要他们把对中医的心得和多年的临床经验，总结下来，传承下去。而此后的这些年，包括被二院返聘的那几年，他的精力和时间，也就全用在了坐堂行医上，日复一日年复一年，为病人治病。医院也就是将他作为一个门诊大夫安排的。倒是这些日子他随手整理出的那些防病治病的小常识，也仅仅就是一些小常识，竟然受到广大读者的追捧，连药厂的负责人也找上门来。这两件事，使他清醒地认识到，在十年动乱刚刚结束，国家便急迫地要将他们这些老中医“养起来”的实际意义。同时，他也看清了自己潜在的发展空间，看清了自己余生的真正价值和自己责无旁贷的社会责任。想到自己还有更重要的事要去做，眼前就跳出了不知在哪本古籍中看到的一句话：人知止而后有定，定而后能静，静而后能安，安而后能虑，虑而后能得。

社会生活正在走向市场化、世俗化，倘若自己没有定力，不能静下心来，不从纷繁浮躁的日常生活中解脱出来，不仅愧对国家对自己的期待，也对不起当初对中医职业的选择。当然，他也知道，现在允许“让一部分人先富起来”，自己带领人去开办一处诊所，就可以拿到丰厚的报酬，生活上将会变得富裕，很快也会成为“先富起来”的那一部分人；但他早已看淡了这一切，看开了这一切，作为一个医生，他知道“健康”和“快乐地活着”，才是一个人最大的“财富”。

于是陈万举这次没有丝毫犹豫，婉言谢绝了院长的请求。

谁知，这事只过去几天，同样也就是大板楼附近的张公山生活区，一个个体诊所的大夫也找上门来，希望陈万举能到他那儿去坐诊，报酬不菲。当然，他们并不要求陈万举坐班，一周能去两个半天就行，至于什么时间去也全由他自己说了算。

陈万举对张公山那一片相当熟悉，近几年那儿的变化特别大，人口稠密，在那儿开设诊所不愁没病人上门，不用说，他同样婉言谢绝了。

接着又有几处私人诊所找到他，给出的条件更加诱人，甚至根本不需要他老人家出面，只露个名儿。也就是说，只须陈万举把自己的“医生资格证”挂在他们诊所，再配上一张他的彩照、几行个人简历的文字就行。

陈万举听了，觉得好笑。如今不仅是他的验方受人待见，他的相片和证件也可以卖个好价钱了。

这以后，不论谁上门，也不论对方开出的待遇有多丰厚，他一概予以婉拒。

接连发生的这些事，倒是让他有所感触，感到自己真的需要尽快地清静下来，要在一个不受任何干扰的环境中，干一些前半生想干却没有干成的事情。

就在这时，老朋友袁明云拿着他近期创作的一些诗歌，上门与陈万举切磋。得知陈万举毅然放弃了那些找上门来的美差，很是赞赏。他说：“人生只有一次，生命只有一回，把有限的人生过得精彩，让有限的一生了无遗憾，这比什么都重要。”

袁明云不光是为切磋诗歌而来，也是应栖岩寺本枷法师之托，请陈万举去为来自九华山的法师出个诊。

作为安徽人，陈万举自然知道九华山，知道此山虽在安徽青阳县境内，却素有“东南第一山”之誉；古称陵阳山、九子山，后因李白写有《望九华赠青阳韦仲堪》一诗：“昔在九江上，遥望九华岭，天河挂绿水，秀出九芙蓉。”由此而被后人更名为九华山。山上名寺林立，为中国著名的四大佛教名山之一。所以，他感到能为来自九华山的法师看病，也是一个难得的缘分。

陈万举当即随着袁明云，前往坐落在蚌埠市东郊锥子山南麓的栖岩寺。

第九章　一个完备的“武器库”

24. 做黄山的客人不容易

陈万举为九华山的法师看完病，步出寺门，来到门前广场上时，迎面正好吹过一阵山风。这已是仲秋时节，燥热的天气刚刚过去，陡然感到周身的清爽。

这种舒坦到骨子里的美妙感觉，他好像很久没有享受到了。这种感觉，是只有站在群山之巅极目远眺才会有的。

他自幼就爱爬山。那会儿还在裔家湾和大岗集，离大禹当年会天下诸侯的涂山，也就是隔淮河相望，即便后来迁入蚌埠，也没少去涂山采药。倒是退休之后重新来到第二人民医院，这么多年，每天用自己创造的“鸟意行走法”，不是围着市中心的小南山转上一大圈，就是沿着淮河大堤走到铁桥然后折回家，倒是很少再去登山了。

“老袁，”他随即建议，“今天我们就爬一回锥子山吧！”

锥子山就在栖岩寺背面的北侧。山体虽然没有涂山那样高大，却陡峭险要，既无可攀附的树木，又无像样的台阶，上山的路又陡又滑，袁明云考虑陈万举已是七十七岁高龄，便有几分犹豫。谁知陈万举话音刚落，就大步向寺后走去。

只见他健步如飞，跟在后面的袁明云不断提醒他注意安全。到后来，自己累得已是语不成声，陈万举却依然容光焕发，神采奕奕，边爬山还边说着话，这让小了近二十岁的袁明云很是惭愧，又感佩不已。由此，他后来还为《蚌埠日报》写了篇陪陈万举攀岩峰的小散文，他感慨道："活一天就要有一天的收获。人生路漫漫，只有登高望远，才能达到更高的境界。陈老留给我的启示岂止是感动，更是一种高起点的感悟。愿陈老向人生的百岁之峰攀高、再攀高！"

那天，陈万举回到家中，把攀登了一回锥子山的事高兴地说给崔新如听，老伴却不以为然："你又不用上班了，哪儿不能去，爬什么锥子山？都说'黄山归来不看山'，看了黄山，天底下的啥山都不用看了。我要不是裹了小脚，都想去爬一回黄山！"

老伴的话，说者无心，却一下击中了陈万举的兴奋点。他"腾"地一下站起来，吟唱道："今日退休，身心自由，回首往事，如水东流。浮生如梦，浪里行舟，风花雪月，转眼到头。知足常乐，何须多求，两腿未老，尚可旅游！"

当即决定：去爬一回黄山！

一九九五年中秋时节，秋高气爽，陈万举携同崔新如，在陈桂棣和春桃的陪同下，一路南下。他们先去了皖南宣城陈桂栋的家，这是老两口第一次上门看望在异乡工作的大侄子。因为崔新如是小脚，且年过八十，上不了黄山，春桃就自告奋勇地留了下来，在宣城陪着婆婆，陈桂棣则陪着父亲去攀登黄山。

陈桂棣这已经不是第一次上黄山了。他对黄山风景区了如指掌。崔新如口中的“黄山归来不看岳”这句话，也是从陈桂棣那里知道的。它的出处源于明朝旅行家徐霞客盛赞黄山的一段话：“薄海内外无如徽之黄山。登黄山，天下无山，观止矣！”后人就将此话演绎成“五岳归来不看山，黄山归来不看岳”，由此成为数百年来赞美黄山的一句名言。

黄山由三十六座大峰和七十二座小峰，即一百零八座大小山峰组成。那些著名的景观，就像天女散花般地散落在各处。陈桂棣为让父亲既省力，又省时，将黄山最有代表性的景点都能看到，便拟定了一个计划：首先入住南大门的汤口镇，睡上一晚，第二天凌晨出发，取道云谷寺，乘索道到后山的白鹅岭，就是说先去北海、西海，然后经过天海，再从前山下山。

陈万举听说要乘坐缆车上山，当即摆了摆手。原来他自有打算，他要走上山去！

陈桂棣只好依了父亲，改道揽胜桥，从温泉出发，沿着曲折的山道徒步登山。

其实快走早已成为陈万举的一种习惯了。因此，一路之上，只见他如履平地，不少年轻人也先后被他超越。

在途经人字瀑时，陈万举又超过了一个高高瘦瘦来自南京的大学生。就在擦肩而过时，他打量了一眼这个年轻人，提醒道：“小伙子，你应该乘缆车先去白鹅岭啊！”

小伙子起初没反应过来，以为陈万举是在招呼别人。待他发现他的周围并无他人，陈万举是在和他说话，不免一怔。

陈桂棣也感到意外。因为父亲都已经这把年纪了，依然选择步行上山，而面前的小伙子分明也才二十郎当岁，干吗要人家去坐缆车呢?

不曾想这时陈万举又说了一句 :“你的肾功能不大好，不宜这么过度地劳累呀! ”

小伙子一脸惊诧 :“你怎么知道我肾有问题? ”

陈万举说 :“刚才在温泉附近，你上过洗手间吧? ”

“上过。”

陈万举说 :“那时我就在你旁边。我发现你的尿液呈浓茶色，还夹有泡沫，而且是不易消失的泡沫。”

小伙子越发惊奇。他喜欢熬夜，还喜欢喝酒，前阵子突然感觉很疲劳，总是犯困，嘴里还有股苹果味，刷牙也不管用，才想到去医院看看，确实查出肾有了点问题。可平时不痛不痒的，也就没把这事放在心上，趁着秋高气爽就请了几天假，到黄山玩上一回。

当他知道陈万举是位老中医，只是无意中瞅见了他的小便，就把他体内的情况说得一清二楚时，不由肃然起敬，于是执意要跟着陈万举一道上山。

他虔诚地求教陈万举 :“老人家，能告诉我这个病该怎么治吗? ”

陈万举说 :“你的问题目前还不太严重，尿液仅呈浓茶色 ;如果发展到像洗肉水似的，或混浊得像淘米水一样，麻烦就大了。现在你要做的是，不要熬夜，不要过度劳累，防止感冒，同时要适当地运动 ; 饮食上忌辛辣，忌油煎油炸食品，特别注意不可再喝酒! ”

小伙子听了，突然背过脸笑了。

“你笑什么？”

“我是笑你老看得太准了。我是湖南娄底人，爱的就是辛辣。”小伙子说，“四川人不怕辣，江西人辣不怕，咱们湖南人，就是怕不辣啊！”

“那你可得管好你这张嘴了，”陈万举接下来开始科普，“肾脏病，又叫‘哑巴病’。正像你所说的，平时不痛不痒，就引不起你的注意。其实，不光是肾病，五脏六腑的疾病都不是一天两天形成的，最初很容易被忽视。肾最怕熬夜，胃最怕着凉，肺最怕吸烟，肝脏最怕油腻，心脏最怕吃得太咸，肠道最怕胡吃海喝。不健康的生活习惯，日积月累便会生发出大问题，知道这些生活上的小常识，对防病治病都大有帮助。”

陈万举见小伙子听得十分认真，也就放慢了脚步。小伙子发现后，不好意思起来：“你们赶头走吧。既然你老提醒我防止过度劳累，我也就悠着点走了。”

陈万举没有丢下小伙子，他说：“平日爬山那是锻炼筋骨，今日登黄山，意义却在徐霞客那句名言中的一个‘观’字：‘登黄山，天下无山，观止矣’。就得‘走走，站站，看看’，科学地把握好自己的体力与上山的节奏，走到一个景点了，该看的看个够，其他的地方便埋头走路。”

小伙子一边埋头走路，一边搭起话来，说：“我妈在农村插队时，当过两年赤脚医生，回城后虽然做了老师，还常爱把过去学来的一些小常识挂在嘴边。什么‘头要冷，脚要暖，肚子不要填太满’，什么‘早起一杯水，到老不后悔’‘冬吃萝卜夏吃姜，不用大夫开药方’，一套一套的。”

过了慈光阁，陈桂棣才注意到，父亲闲聊的这些话题，竟然引起不少同行人的兴趣。他们都先后调整了上山的速度，或放慢，或加快，跟着父亲一道在爬山。这中间，还有来自享有“美塔城”的意大利圣吉米尼亚诺的两位商人。他们是从浙江义乌赶过来的。一高一矮，一胖一瘦，两人显然都懂得汉语，觉得谈话有趣，还下意识地点头首肯。

其中的胖子，比陈万举高出半个头，他紧挨着陈万举，由于听得十分用心，有时还把耳朵侧过来。正因为他把耳朵贴得较近，才引起了陈万举格外的注意。

“我们讲话，你听得懂？”陈万举友好地问道。

“是的，没问题。”胖子很快回答。

“你在中国河南上过学吧？”陈万举接着又问。

胖子惊讶地望着陈万举：“我们在河南见过吗？”

“没有，我们这是第一次见面。”

“第一次见面？”胖子不解地耸着双肩，“你怎么知道我在河南学习过？”

陈万举笑了：“因为你说的汉语有很浓的河南口音。”

胖子调皮地应道：“是的，你猜对了，我在郑州大学读过两年书。”

陈万举又仔细地看了他一眼，说道：“如果没有看错，你的身体没有别的问题，只是有点儿冠心病。”

胖子听了，惊得眉毛都飞了起来：“是的，你看得很准。你是个好医生，也是位算命先生！”

说罢，他故作小声地问陈万举，其实边上的人都听到了：

“可以告诉我，你是怎么知道我心脏有点问题的吗？”

陈万举于是也借此普及了一下中医常识：“大约两千五百年前，《黄帝内经》便告诉我们，‘故远者，司外揣内；近者，司内揣外。’意思是，中国的传统医学就已经可以从人体外表的某些异常特征，读懂人体五脏发生的求救信号。比如，一个人的眼睛和皮肤突然变黄，手掌变红，甚至出现皮肤瘙痒，这多半可以肯定是肝脏有了情况；再比如，一个人左手、左前臂或是牙齿突然疼痛，同时又感到心慌气短，这就不一定是左手、左前臂或是牙齿的问题，而是心脏有了毛病。”

胖子显然等不及了，再次追问：“我确实查出冠心病。你又是怎么知道的？”

陈万举指了指自己的耳朵：“心脏冠状动脉发生堵塞，耳朵的毛细血管凝固，耳垂上便会形成一道皱纹，这道皱纹被称作‘冠脉沟’。”

胖子伸出了大拇指，连连夸赞中国中医的厉害。

陈万举告诉他，自己四十多岁的时候就患了冠心病，只要按时服药，注意睡眠和饮食，保持心情舒畅，就不会有什么事。“如今三十多年过来了，我不照样在和你们一起爬黄山么！”

胖子说他现在也很好。就拍了拍身边的瘦子，问陈万举：“请你帮他出出主意，要吃点什么才能让这家伙胖起来？”

陈万举瞅了眼瘦子，说：“我不清楚你们意大利人日常都吃些什么，在中国，五谷杂粮最养人。比如老玉米，有人又把玉米称作‘黄金作物’，据说印第安人没人患高血压，也没谁患动脉硬化，就是因为常吃老玉米；再比如荞麦，常吃荞麦可以降三高，高血压、高血脂、高血糖；不易得胃癌、直肠癌和结肠癌。”

“荞麦？”瘦子打断陈万举的话，操着半生不熟的普通话说：“我在日本吃过荞麦面。日本有三大面：荞麦面、乌冬面和味千拉面。这三大面都是从中国学去的。”

胖子浓郁的河南话又响起来了：“住嘴！你这样打断别人的话很没礼貌。”

两个可爱的意大利商人把大家都逗笑了。

陈万举也乐坏了。他顿了下，才又接着说道：“再就是薯类：白薯、红薯、山药。如果说荞麦可以降三高，薯类则能够‘三吸收’：吸收水分润滑肠道，不得肠癌；吸收脂肪、糖类，不得糖尿病；吸收毒素，不得胃肠道炎。当然，大豆的食疗作用也不可低估，一两大豆相当于二两瘦肉、三两鸡蛋、四两大米的营养价值。你说不吃它们，吃什么好？”

说到大豆，陈万举变得兴奋起来：“提到大豆，不能不讲讲豆腐。都知道中国古代有四大发明：火药、造纸、指南针与印刷术。其实，豆腐也是中国对人类的一个了不起的贡献。它的产地就在安徽省淮南市。西汉年间淮南王一心想着长生不老，便组织人炼丹，最后丹没炼成，却炼出了豆腐。直到现在，淮南还年年举办豆腐节，可以用豆腐做出一百多种菜！”

说到这，大家的兴趣就全来了。一位一直默默跟着的女同志，这时提了一个问题：“我曾听一位大夫说，‘萝卜救人无功，人参杀人无过’，陈大夫，你能解释一下这句话的意思吗？”

“萝卜救人无功，人参杀人无过”，这话，陈万举确实熟悉，这话虽然说得有点耸人听闻，但私下一想，其实话糙理不糙。

他于是说：“从中医的角度看，不同的萝卜对人体有着不同的益处。白萝卜补气顺气，胡萝卜活血养血，青皮萝卜清热舒肝。《本草纲目》上称萝卜为养眼蔬菜。尽管吃萝卜对人体的健康十分有益，但也并非人人都能大吃特吃，如果食用不当，萝卜的营养将大打折扣。比如炒胡萝卜忌放醋，白萝卜和胡萝卜不宜一起煮，否则营养会大大丧失；萝卜不能与苹果、葡萄、柿子同食，那样可能会引起甲状腺肿大。同理，人参是好东西，是贵重的滋补药品，但它却不适合肺中有热、虚火内盛、脾胃虚弱和消化不良的人，如果使用不当后果会很严重，所以才说‘萝卜救人无功，人参杀人无过’。只是这话并不像人们想象得那么简单、那么绝对。”

这时，一个五十多岁的中年人也问了一句：“辣椒、茄子、菠菜、番茄都是从西方传过来的，萝卜也是吗？”

陈万举说，战国秦汉时，我们的先人主要食用的蔬菜只有五种，其中的两种现在已经很陌生，一是葵，当时为百菜之王，现在有些地方还有，却已改名为“冬苋菜”；二是藿，即大豆苗的嫩叶；其余三种便是韭菜、葱、蒜。“其实，我国古代就已经培育出了许多优良的萝卜品种，只是那时不叫萝卜，而称为‘蔓菁’，也并没将其视为蔬菜，而是被当作主食。最早将其称为‘菜中之肴’的，是《吕氏春秋》中的《本味篇》。”

话音刚落，有人便问了个惹得大家哄堂大笑的问题：“古人一天吃几顿饭？”

陈万举也被逗笑了。

他想今天上了趟黄山，有如参加了一场有趣的座谈会。不过，由此，他发现，自己平时在钻研医学的同时，确实也看了不少“闲书”。那些杂七杂八的闲书不仅丰富了自己的知识，也丰富了自己的生活。一些看似与医学，特别是与中医风马牛不相及的东西，其中有不少就会像突然推开了一扇窗，或是不经意戳破了眼前的一层纸，让人从意想不到的视角，对医学与人生获得新的认知。

他于是说道：“原始社会并无‘一日三餐’的概念，而是‘饥则求食，饱则弃食’。定时吃饭是人类饮食文明进步的标志。从考古发现和史料记载来看，先秦寻常人家都是一天吃两顿饭，第一顿叫‘朝食’，称作‘饔’；第二顿也是最后一顿叫‘晡’，或称作‘飧’。‘朝食’又叫‘大食’，是一天中的主餐，要吃好，更要吃饱；第二顿就比较简单，往往只是吃些‘朝食’剩下来的东西。当然，一天吃几顿饭，在很大程度上受到物质条件和社会行为的制约。一天只吃一顿饭的也有，那是穷人家的选择。到了秦汉时期，贵族中便已普遍实行‘三餐制’了。贵为天子的皇帝自然是与众不同，‘帝王餐’则是‘四餐制’，天刚亮就吃一顿，叫‘旦食’；中午吃第二顿，叫‘昼食’；下午再吃上一顿，称为‘夕食’；最后一顿安排在太阳落山之后，称为‘暮食’。因此，那时人们一天吃几顿饭，彰显的更是一种等级。其实吃得合理，吃得健康，这才是最重要的。我们今天不少人的生活习惯依然是值得注意的，比如，往往饿了才吃，渴了才喝，累了才歇，困了才睡，病了也才想到去医院。一个人要想将身体调整到最佳状况，就必须掌握健康的主动权。”

他问边上的游客：“你们有不抽烟的吗？”

六七条汉子面面相觑，只有说话甜美的那个女同志应了声：“我不抽烟。”

“吸烟有害健康，这道理谁都懂。尤其喝酒时不宜抽烟，它对健康的危害超过平日单纯地抽烟，这点很多人可能并不清楚。因为酒精特别容易溶解烟中的有毒物质，包括致癌物质，而这些物质会直接被肝脏吸收。饭后也不宜马上吃水果，我发现现在一些饭店、酒楼，在大家快要停下筷子结束聚餐时，最后会送上一盘水果，还很受欢迎。其实水果中含有不少单糖类物质，极易被人的小肠吸收，倘若这些水果堵塞在胃中，就会形成胀气，导致便秘。吃水果最好是在饭前一小时，或是饭后两到三小时。”

那位女同志这时又提出了一个男同志不容易想到的问题：“在讲究‘男女授受不亲’的古代，男医生怎么为女病人看病呢？”

问得大家又是一片笑声。笑罢，都转向陈万举望去。是呀，那年代只有中医，没听说有女大夫，中医也就是“望闻问切”四种诊疗方法，哪一种办法都得与病人近距离接触，他们又如何医治女人的病呢?

陈万举说：“在那样一种伦理道德的背景下，给女病人看病，确实是个问题。所以也就有‘宁治十男不治一女’的说法。那时女人一旦得了病，又不便出门，只能把医生请到家里来，为方便医生诊脉，就用纱巾或扇子‘蔽面’；切脉时医生须戴上手套，或是用薄纱将女病人的手臂罩上，这样双方就不会照面和直接接触肌肤。当然，皇宫的女人，御医也是绝对碰不得的。朱元璋就明确规定，‘宫嫔以下有疾，医者不得入宫’。嫔妃生了病，御医就只能根据他人描述的病情，开出处方。患了妇科疾病的常常羞于启齿，或是表达不清，有的宁愿忍着也不愿意暴露自己的隐私，往往贻误了病情。慈禧太后有一次病得不轻，卧床不起，一位和我同姓的陈御医为她诊治，但老佛爷连用纱巾或扇子遮面，或是用薄纱罩在手臂上，这些也都是不允许的。”

说到这儿，陈万举停下了脚步，不紧不慢地喝上几口水，卖了个关子。急得那个女同志一个劲问：“隔纱挂帷都不允许，那叫人怎么看病？”

陈万举这才迈开脚步，拾阶而上，大家簇拥着他，也跟了上去。陈万举边说，边比画着：“陈御医要宫女找来一根彩色丝线，一头系在慈禧的手腕上，他本人牵着另一端，牵线切脉。慈禧服了陈御医开的几剂药，她的病居然很快就好了。”

“这可能吗？编的吧？”马上有人表示质疑。

女同志却深信不疑。她说：“我相信，咱们古代有这样的神医。”

陈万举并不急着作进一步说明，一道上山的游客们热闹了起来。有的说这不过是个传说，否则，不可思议呀！有的予以肯定，说中国传统的医学就是人间的一大奇迹。

争论完了，大家静了下来，都把目光投向了陈万举。

陈万举这才说道：“中医通过‘望闻问切’的诊疗手段，就是要在观气色、闻气味、询问症状和指摸脉象中，了解患者的病情。如果连面也不给见，仅凭‘悬丝切脉’，显然是不靠谱的。从慈禧太后当年的医案记载看，又确有此事。实际上陈御医那样做，也是没有办法的办法。真实的情况是，他事先已经从宫女和太监那儿获知了慈禧的详细病情，‘悬丝切脉’只是做个样子而已。”

接着，陈万举就提到了唐朝一个叫昝殷的四川名医，尤以精通妇科，他曾制作了一个女体器皿，外出为女患者看病时，就会随身带着它，让病人指着器具上自己不舒服的部位，这样既避免了男女肌肤的接触，保护了隐私，又提高了诊断的准确性。

陈万举一路上说的这些中医常识和小故事，很受欢迎。大家就这样一边尽情地欣赏着沿途风光，一边轻松地漫谈着。陈桂棣则在暗中掌握着大家上山的节奏，但凡走到一个值得驻足观赏的景点，就会让大家停下来，并介绍景观的妙处及相关传说。此时的陈万举已是年近八旬，却满口的好牙，头上只有几根白发，走起路来双臂轻展，步履矫健，落地无声，惹得不少游客直竖拇指，询问他的年龄，听后大多不敢相信。就这样，不知不觉就上了玉屏峰、莲花峰，穿过百步云梯、光明顶、飞来石，来到排云亭，美美地欣赏了一下西海大峡谷，当晚，住进了北海宾馆。

其中有三位来自苏北的游客，原计划当天下山，竟也跟着陈万举住了下来。晚饭后，两人来找陈万举看病。一个常患火眼，陈万举说了一些须注意事项，给他开出的处方极其简单，就是每年打立秋那天起，连吃十天西瓜，来年的火眼、烂嘴、痔疮可大大减免。另一个常患牙疾，陈万举根据对方陈述的生活习惯，给出的办法则更简单，就是每次大小便时，做到“咬牙切齿”，尤其是在夜里，要“双目圆瞪”，这样做的好处不但能防止元气下泄，更能明目固齿。

还有一位自认为没病没灾，但陈万举为他切过脉，看过舌苔后，说他气血不畅，肾脏亏虚。

对方没吱声，显然不相信他的诊断。

陈万举也没多说，只是提笔写了几行字，递了过去。

对方见是一首四言诗：

肾脏亏虚测不难，
频繁夜尿已起三，
清晨眼泡常浮肿，
爬上三楼腰膝酸。

这位自称“没病没灾”的中年男人不再怀疑，露出佩服的表情：“老大夫真是神了！我夜里确实要起来两三回，早晨起床眼泡也会肿。我住五楼，每次上到三楼腰和膝盖都会不舒服。”

陈万举一脸平静，提醒他要在饮食上加强点营养。

谈到营养，中年男人解释说：“都说人参、鹿茸、冬虫夏草是好东西，我却从来没考虑过买来吃，看来以后要用些了。”

陈万举说：“我也不建议你吃那些东西，完全可以选择物美价廉的‘替身补药’。”

“替身补药是什么东西？”

“枸杞子就是补肾良药，在补肾的同时，还养肝明目，每天吃上十粒，对改善脂肪肝、降血糖和抗疲劳都有疗效；不用人参，可改用党参，党参同样是补气佳品，壮阳固精；当归也是补血良药，能缓解神经衰弱、贫血和心悸，如果把它与莲子、芡实合用，还能够治疗思虑过度引起的虚烦失眠。这些药都很平常，价格不贵。”

说得“没病没灾”的中年男人心服口服。

“我平日吃哪些食物既能进补，又有利于健康呢？”他再次求教。

陈万举说：“如果有猪肉和羊肉，选择羊肉；如果有羊肉和鸡肉，选择鸡肉；如果有鸡肉和鱼，选择鱼；如果有鱼和虾，选择虾。”

说得三个人直点头。

“中医不仅看有病之人，更看重未病之术。”陈万举说，“你们知道吗，世界上最著名的长寿之地是日本，日本最著名的长寿之地是在海边，海边的长寿者，都是爱吃小鱼小虾之人，而且吃的是全鱼全虾。大家只知道‘病从口入’，没听说过‘寿从口进’吧？别小看了平日的饮食，这里面有大学问呢！”

三人感到受益匪浅。

“再有，”陈万举意犹未尽地说道，“平时还要多晒太阳呢。”

“晒太阳？”

“是呀，你们三个人都要多晒晒太阳。晒太阳，是免费的补阳药。人的背部，脊柱的两边，有五十三个穴位，它也是膀胱经和督脉贯穿的一个地方，常晒太阳，膀胱经和督脉就能得到滋养，血管中的血液、淋巴里的水液和经络中的能量，都会在高温的作用下变得充盈饱满，阳气充沛，人体抗疾病的能力自然就会得到提高，并能帮助钙质的吸收，预防骨质疏松。现代医学也证明，人的背部蕴藏着大量免疫细胞，日光照晒可激活这些免疫细胞，达到疏通经络、流畅气血、调和脏腑、祛寒止痛的作用。”

不过，陈万举最后提醒："晒太阳上午优于下午，最佳时间是正午。当然，夏天另当别论。"

第二天，陈万举起了个大早，登上了清凉台观日出。当旭日在无边的朝霞衬托下，跃然出现在地平线上时，黄山的远峰近岭瞬间就被抹上了一片耀眼的金黄。与此同时，身前身后，来自海内外的游客一片欢腾。

陈桂棣发现父亲望着霞光中的“秀才看榜”和“宰相下棋”的景观，口中念念有词，就猜想他在吟诗。果不其然，一会儿他便兴奋地口占了一首：

儿陪一路上黄山，
脚下高低道道弯，
年龄七八游心壮，
步上天都不尽欢。

身浮白云离红尘，
拔地齐天恍若神；
遥看二仙观棋局，

老眼昏花认作真。

在下山的时候，一路之上，望群峰如黛，林茂泉飞，气象万千，陈万举不由感叹人生，亦如山重水复，云雨变幻。他突然谈到了对迎客松的看法。说他这次来黄山感触最深的，不是始信峰的壮美，不是天都峰的峻峭，也不是飞来石的奇绝，而是黄山松带给他的惊喜和遐想。

他说无论如何不会想到，从汤口的黄山南大门出发，爬了半天山，直赶到玉屏峰，才见到了迎客松的真容！

“迎客松的名字起得好啊！要做黄山的客人，不容易呐！”他感慨道。

陈桂棣听了，竟不由得一愣。

他没想到，在这一点上，他同父亲倒是有着一样的认识。他第一次登黄山时，也就是从汤口镇出发的。穿过陈毅元帅题写的“黄山”二字大门时，就以为迎客松会在附近的某一处。黄山松那高大挺拔的迎客形象，早已深入人心。过去周恩来总理接待来华的各国首脑，就爱在人民大会堂安徽厅那幅迎客松的铁画前面留影。但穿过黄山大门，一路上峰回路转，景色迷人，不知不觉就把迎客松的事儿丢到脑后去了。不知翻过了多少山脊，越过了多少峡谷，已累得七死八活了，才赶到玉屏峰。在玉屏楼前，猛地，不知谁喊了一声：“迎客松！”当时他就懵了，这才发现，一棵顶天立地的松树迎面立在玉屏楼不远的山道之上。它伸展着巨大的树干，活脱脱就像凌空张开着的手臂，在盛情迎接着八方宾客。

他说："我相信，在汤口黄山南大门的附近，就有那么多松树，完全是可以找出一棵像'迎客'的松树来，黄山人却偏偏将玉屏楼前的那棵高大挺拔的松树，命名为'迎客松'，我想这就不只因为它的样子像'迎客'，是有其更深的寓意。"

接着，陈万举就谈出了他自己的看法。他认为，这正是中国传统文化博大精深之处。黄山这一带古称徽州、新安，是中国三大地域文化所在，它不仅诞生过著名的新安理学、新安医学和新安画派，更有着扬名四海的徽商、徽菜、徽墨、徽砚、徽派版画、徽派篆刻、徽派建筑；徽州戏班进京，造就了一个伟大的剧种：京剧；中国新文化运动的主将、倡导"白话文"并开创了中国哲学史的胡适先生，也正是徽州绩溪人士。

陈万举甚为感慨地说道："正是这棵立之于云海之上的迎客松，使我想到了中国传统的医学。"

"想到了中医？"陈桂棣不免有些意外。

"你想啊，天地有大美而不言，四时有明法而不议，万物有成理而不说，中医学的可贵之处，就在于，我们的先人以其非凡的睿智，无与伦比的实践，为我们今天留下了阐释人体的奥秘和人体与宇宙神秘关系的一套伟大的学说。要真正吃透它，你就必须首先学《易经》、学阴阳五行，金木水火土都不懂，敢称中医师？中医讲究辨证施治，诊断的方法看上去好像也就是'望闻问切'，你没有唐僧取经的精神，不像孙悟空那样在太上老君炼丹炉里炼出一双火眼金睛，也就是说，就像登黄山一样，你不付出足够的虔诚、意志和勇气，它是不会把你看成他的'客人'的；没有个一二十年的功力，甚至，不付出毕生的努力，是很难成为一个好中医的。”

父亲这番话说得陈桂棣很是感慨。他想，真是“三句不离本行”，老爷子爬了一趟黄山，一路上想得最多的，居然是黄山松与中国中医学之间的逻辑关系。

陈万举上黄山的那天，是一九九五年九月三十日。可以说，那两天徒步上下黄山年岁最长者，恐怕非陈万举莫属。

25. 送来一个孩子

一九九八年农历年底，陈桂棣和春桃回蚌埠过春节。因为只有他们在外地工作，每年除夕陪在二老身边守岁，已经成为他们的一种习惯。

进得门来，春桃发现，兄弟姊妹们都在外屋聊天，里屋很安静，陈万举正在给一个二十多岁的女子切脉，边上坐着一个中年妇女。

陈桂荣小声告诉春桃，年轻女子患的是不孕症，母女两人已经来过好几回了。

春桃颇为诧异：“你爸能治不孕症？”

陈桂荣笑道：“你可能对俺爸还不了解，俺爸看妇科是出了名的，治好的不孕症没有一千也有八百。这对母女就是典型。四五十年前，姑娘的外婆结婚很多年都不生孩子，经人介绍找到俺爸，俺爸诊断她没法受孕的原因是先天性子宫寒，吃了俺爸半年的药，才把宫寒治好，生下了她的母亲；谁知她母亲遗传了她外婆的宫寒，也是婚后多年不孕，她外婆就又带着她母亲找到俺爸，俺爸又治好了她母亲的病，然后便有了她；谁能料到，她现在结婚五年了，也是怀不上孩子，她母亲就带着她找来了，俺爸说，她同样是先天性宫寒，已经在俺爸这里治了两个多月了。”

春桃听了有些激动。因为她也患了不孕症，在省城看过几家医院，吃了两年多的药却没有任何效果，她正为此苦恼呢。

待那对母女走了以后，春桃就坐到了陈万举的跟前，伸出右手，请他号脉。

陈万举问她哪里不好。

春桃说：“不孕症。”

陈万举眼皮跳了一下，说：“还以为你是不想要孩子呢。”

然后闭着眼睛，像老僧入定似的给春桃切脉。切完右手切左手，大约过了一刻钟，才睁开眼睛，问她：“还记得第一次来月经的年龄吗？”

春桃说：“十五岁。”

“每次几天？什么颜色？量多不多？”

“头十年都很准时，每次四天左右；鲜红色，有少量血块；中间两天量最多，不小心就会弄脏裤子。”

“什么时候开始不正常？”

“大约二十五岁的时候，有时候提前，有时候延后，但提前和延后都不超过七天。可能与我的工作性质有关，那时我在医院做护士，长年三班倒，生活没有规律。后来进了机关，不再上夜班了，月经也就恢复正常了。”

“现在是什么情况？”

“来安徽的第三年，我的月经就紊乱了，一月一次的月经总是姗姗来迟，有时甚至拖到三个月；经血的颜色也从鲜红，变成黑红夹血块；这两年已经基本上见不到液态血，全是铁锈色的粉末。”

陈万举皱了皱眉头，问道：“通常情况下，女人婚后月经会变得有规律，你为何反而会加重？这几年你们是怎么过日子的？”

陈万举问到的这个问题，让春桃有苦难言。

她嫁给陈桂棣，从赣西的萍乡来到安徽合肥时，陈桂棣还住在南七太湖新村的大板楼，只有三十多平米，一房一厅，厅室既是饭厅又兼写作室，厨房因为太小，煤球炉子也只能放在门外的过道上。房子不但太小，还是在顶楼，夏天热起来像蒸笼，因为电线老化，空调无法启动，她只能天天睡在屋顶。

就这样，一住就是七年。

一九九七年秋天，陈桂棣的《淮河的警告》荣获了鲁迅文学奖，一些媒体纷至沓来，上门对陈桂棣进行专访。有几位记者发现荣获了文学大奖的作家住房竟是如此糟糕，就准备给有关方面写内参，被陈桂棣婉拒了。春桃也认为，陈桂棣之所以住房这么困难，不是合肥市不重视人才，而是跟他的性格有关，他自尊心太强，面子太薄，骨子里有种知识分子的清高，与他父亲陈万举一样，万事不求人。为了维护陈桂棣那点文人的自尊，她便主动执笔，给合肥市委写了一份要求解决住房的报告。这份报告引起了市里的重视，市委终于以奖励的方式为他解决了一套九十五平米的房子。

待房子问题解决，春桃便考虑生个孩子，可她却绝望地发现，七年的大板楼生活，夏天长期睡在露水打头的屋顶，最直接的后果就是她的身体变得干涸，随时有闭经的可能。她看过西医也看过中医，去过合肥市医院，也去过省中医院，医生的诊断都是不孕症，吃了不少药，却没什么效果。

听了春桃的叙述，陈万举先是惊讶，后是生气，问她为什么不早告诉他。春桃再次被问得一怔。她知道陈万举是老中医，但她来到陈家后，陈万举已经从医院退休，有时和陈桂棣一道回蚌埠，也发现不断有病人找上门，可以看出，他在这座城市医术还是可以的。可陈万举从来没有在她面前谈论过自己，陈桂棣对自己父亲医学上的成就也基本上不清楚。春桃以为，她的不孕症连省城名头很响的专家都没什么办法，一个小地方的老中医又能怎样？

那天，陈万举又详细地问了她是否痛经？白带多不多？还看了她的舌苔，问了她的饮食习惯以及睡眠情况等等。最后，感慨地说道："这些年，你跟着桂棣东奔西跑，吃了不少苦。你的主要病因是脾肾虚，导致气血两虚。放心吧，你这病，我能治！"

这话让春桃为之一振。

陈万举说："中医在这方面有着十分丰富的经验。要解决不孕症，首先就要解决月经不调；要解决月经不调，就要先解决气血不足；古人在解决气血两虚方面传下来不少名方。"

他说："我认为，清代汪昂撰写的《汤头歌》，其中主治心脾气血两虚的归脾汤比较适合你，'归脾汤用术参芪，归草茯神远志随，酸枣木香龙眼肉，兼加姜枣益心脾'，当然，这只是原方，我还要根据你的具体情况进行加减，开出针对你的处方来。”

陈万举最后解释道：“其实，《汤头歌》中的归脾汤来源于《正体类要》，它也是在严氏《济生方》的基础上加上了当归和远志而成。”

春桃从没在陈万举面前抽过烟，但陈万举还是从观察中发现了，他提醒道：“你要想生孩子，首先必须戒烟。”

过完春节，春桃和陈桂棣就回了合肥，不久就收到了陈万举寄来的两罐药，那是他亲手配制的粉药。他给陈桂棣也配了药，也就是说，不仅女方要服药，男方也要服药。

待两个疗程两个月的药服完，春桃的月经就变得有规律，颜色和数量也恢复了正常。

正当她高兴得不行，以为万事大吉的时候，月经却再一次延迟，眼看又是两个月过去了，依然不来月经。

她难过极了，以为自己的病没治了，于是给陈万举打电话，要他以后别再寄药了。

陈万举接到电话，却十分平静，只是交代：“你到医院做个检查吧，看看是什么情况。”

春桃心情沉重地去了省立医院，一位熟人领着她去了妇产科，医生要她先做个尿检。

报告很快出来了，她竟然怀孕了！

当医生把这个结果告诉她时，她几乎不敢相信自己的耳朵，激动得差点哭了起来。

她永远忘不了走出省立医院时的情景。她感觉阳光是那样明媚，天空干净得一尘不染，树上的小鸟叫得那么好听，路上的行人也都显得那么友好。

她是一路傻笑着回到家里的。

回家的第一件事，就是给陈万举打电话。

陈万举接到电话，笑道，“我已经猜到了！”

这事给了春桃太大的震撼。中医的神奇，中医的伟大，令她折服。于是她开始对中医感兴趣，并对公公陈万举有了全新的认识。

虽然几经周折才怀上孩子，可还没等春桃高兴多久，一次次的劫难便接踵而至。

春桃怀孕的时候已经三十六岁，医学上认为，超过三十四岁初次怀孕为高龄产妇，而高龄产妇胎儿宫内发育迟缓和早产的可能性较大。果然不假，她怀孕不到三个月就出现了高血压，为了不影响孩子发育，她不敢吃药；一直坚持到第六个月，全身开始浮肿了，单纯的高血压已演变成了“妊娠高血压综合征”，这是孕产妇死亡率最高的四大重症之一，不住院治疗，随时会有生命危险；住进医院，经过检查，医生说孩子在她肚子里长期缺氧，导致发育迟缓，比正常的孩子小了两个月，为了让孩子快快长大，医院于是每天给她静脉输入氨基酸和能量；怀孕进入第八个月，她的血压便高得吓人，尿蛋白出现了可怕的两个“+”，不立即施行剖宫产手术，母子生命都将难保。

好在现在的医术已经很发达，她的经济实力也能承受住院保胎的费用，她的人际关系还能请动妇产科权威给她主刀，因此，她的剖宫产手术做得十分顺利。

孩子总算平安降生了，虽然早产了一个多月，却也有七斤。望着四肢健全、头发乌黑、面容粉嫩的孩子，春桃喜极而泣。但她心里很清楚，孩子出生能有这个样子，并非自然长成，而是药物催化的结果；他的肺还没有发育成熟就匆匆来到了人世，恐怕以后会比别的孩子难养。

她有一种隐隐的担忧。

这孩子果然多病多灾，出生的第二天就患上了新生儿肺炎，睡进了恒温箱；好不容易肺炎治好，医生却又诊断出孩子脑缺氧，为防以后成为脑瘫，又多次进高压氧舱。以后更是时常感冒，差不多每个月要进一次医院，医院俨然成了孩子的外婆家，儿科的医生护士没人不认识她们母子。

有一次，孩子突然腹泻，春桃把他送往省立医院儿科住院，谁知，在医院吃了药，输了液，腹泻不但没有止住反而加剧；在家里一天腹泻八次，进院的第二天却变成了十次，第三天达到了十四次！几天的腹泻，孩子已变得面色苍白，哭声微弱得像小猫叫；陈桂棣也慌了神，不得不给父亲打电话。没想到，陈万举竟当即从蚌埠打了一辆出租车赶到合肥。陈万举要他们赶紧给孩子办出院，把孩子抱回家；他掏出银针，先给孩子双腿的足三里各扎了一针，又在孩子的肚脐上放了一小勺药粉，用膏布封上。

做完这些，陈万举才坐下来喝口水，对儿子媳妇说，小儿腹泻可不是小病，搞不好会出人命。所以他要打车赶过来，他是想到了陈桂棣上头因为腹泻死掉的三个孩子。

说来也神了，仅仅扎了两针，贴了一服药，孩子的腹泻就戛然而止。

还有一次，孩子因感冒后剧烈咳嗽，日夜不停，去了三趟省立医院、三趟省儿童医院，医生都说是炎症，开的药除了止咳药就是抗生素。可吃了两个多月的抗生素，从最普通的阿莫西林头孢拉啶一直吃到了当时顶尖的阿奇霉素，孩子的咳嗽却丝毫不见好转，这时医生还说是炎症。

眼看孩子已经咳得哮喘，再咳下去将会咳成肺炎，人已经瘦成了皮包骨，春桃夫妇才意识到，不能再找西医治了，于是把孩子带到蚌埠，请陈万举看看。陈万举仔细看了孩子的面色，看了孩子的舌苔，又摸了摸孩子的额头和手心，然后说："孩子这是肺气虚啊！"提笔开了两味药：黄芪五十克、党参五十克，煎成一碗水，给孩子当茶喝。

孩子于是停了西医，开始喝黄芪党参水。奇迹很快发生，才喝了两天，咳嗽就缓和了不少；第三天，夜里就基本上不咳了；一周之后，咳嗽基本痊愈。

离开蚌埠的时候，陈万举嘱咐春桃，要她回去买几斤党参和黄芪，一天各一两煎成水，再给孩子喝一个月。他说，孩子因为早产，肺功能先天不足，而黄芪能补五脏诸虚，为补气诸药之最，党参性甘平和，是治肺虚益肺气的良药，两者合用，大补元气。

就这样，又喝了半个月的黄芪党参水，孩子的咳嗽便断了根；喝完一个月，孩子已是面色红润，精力旺盛，身上也长了不少肉。

从那以后，中医在春桃的心目中不仅神奇，而且博大精深；

春桃对陈万举的医术，也变得无条件地信赖！

自此，孩子只要有哪里不舒服，春桃首先想到的就是给陈万举打电话，陈万举则会在电话里口述一个单方或验方，孩子用了也就好了。

针对孩子抵抗力不强，容易感冒，而且通常是风热感冒，陈万举还给春桃留了一张“清热解毒治感冒”的处方，孩子一般吃上三天，最多五天，再重的感冒也能断根。

这张处方于是成了她家的“镇家之宝”，春桃和陈桂棣感冒了，也用这个方子，只是剂量是孩子剂量的双倍，效果竟也奇佳；后来，春桃便长期在家里备上三包中药，以防不时之需。

有了这张处方，孩子以后就很少进医院了。

只有一次例外。

二〇〇三年的春天，孩子刚满三岁，陈桂棣和春桃带着他住在肥西县城郊撰写《中国农民调查》时，孩子突然发了烧，春桃把他送到一家口碑不错的私人诊所去输液。可是，打了两天的抗生素，依然高烧不退，偏偏又在第三天出了意外，护士在换吊瓶时插在瓶上的针头不慎滑落在地，她捡起来只是擦了擦就又插进了吊瓶。谁知就从这天起，孩子非但没有退烧反而越烧越厉害，最后竟烧得说起了胡话。

两人只好带着孩子回了合肥，把他送到市第一人民医院，住院四天却不见好转，他们又把孩子转到了省立医院；省立医院也没法让孩子退烧，甚至连发烧的原因也查不清。

这时孩子已整整烧了二十多天了，已经烧得神志不清，瘦成了皮包骨。陈万举知道这事后，万分焦急，他说小孩发烧和腹泻都不是小病，弄不好都会要命。他要春桃赶紧把孩子送到蚌埠，他要自己为孩子看病。

回到蚌埠，陈万举详细询问了孩子这段时间的情况，边问边用手背贴着孩子的额头，然后仔细看了喉咙和舌苔，说："还在发烧。拖得太久了，有些麻烦。"

他开了一张方子，去药店抓回三包药，亲自用沙罐将药煎好，让春桃给孩子喂下去。

孩子很乖，没怎么劝就将半碗中药喝光了，可是，才喝下去的药，立刻就吐了。

陈万举将另半碗药分成两份，在孩子休息半小时后，他端来其中一份哄着孩子再喝，孩子虽然眼泪汪汪的，却还是皱着眉头开始喝。谁知还没有喝上几口，"哇"的一声，就将刚刚喝进去的药全吐进了碗里。

这种情况是陈万举预料到的，他再没劝孩子喝药了。他说连天的高烧，将孩子的肠胃烧坏了，汤药喝不进去了。

中医治病主要靠汤药，汤药解决不了问题，陈万举便想到了针灸。正常情况下，针刺合谷穴，再辅之以其他穴位，是可以退烧的。可是这次，针灸也不见效，陈万举感到了问题的严峻。本来打算药物和针灸双管齐下，总会使孩子的病情好转的，这才发现他面临的，是他行医以来很少遭遇过的一个难题。孩子的高烧之所以至此，暴露出了中医和西医其实都是有着"短板"的。西医治病，依赖于现代科学的检测手段，首先需要确定病人的病原体，一旦查明了病原体，又有现成的特效药，一切便可迎刃而解，问题是，查不出病因，也就无法对症下药。正因为省城的两家医院查不出发烧的原因，就不可能有效施治，孩子的高烧也就一天天耽搁下来，以致烧了二十多天，已烧得神志不清，不仅烧坏了肠胃，还可能伤及其他脏器，以致针刺也失灵。中药和针灸都不能发挥作用，中医也就“英雄无用武之地”。可以说，陈万举这一生，什么样的高烧病人都见过，可像这种束手无策的情况，还从没碰到过。他相信，如果自己能够早早介入，解决高烧是不会有问题的。

事情虽然已经十分棘手了，不过问题同时也变得十分清晰，这就是，当务之急是搞清省城两家医院也没查清的孩子的病因所在。

“这样吧，”陈万举冷静地寻思了片刻，决定将孩子送到蚌埠市第一人民医院，请儿科主任杨惠泉会诊。他长期工作在蚌埠医疗系统，很清楚哪位医生在哪方面最有能耐。

杨主任先为孩子做了血常规化验，发现白细胞并不高，看不出有炎症；于是又拍了胸片，她十分仔细地观看片子，最后，在孩子的左肺部位发现了一处小小的阴影，因为阴影太小，又有些模糊，很容易被忽视，却被她捕捉到了。

杨主任对陈万举说：“陈老，孩子患的是隐性肺炎，需要住院。”

陈万举终于松了口气，说：“听杨主任的。”

春桃听说孩子确诊了，激动得喜极而泣。孩子烧了这么久，省城的两家医院都没有查出原因，以她对医学肤浅的了解，但凡遇到这种不明原因的发烧，就有可能是癌症。一想到孩子有可能患上了癌症，她就害怕极了，整夜整夜地睡不着觉。

现在好了，发烧的原因总算找到了；找到了原因，病也就好治了。

这时杨主任问春桃："孩子对青霉素过敏吗？"

春桃说："过敏。这几年从来没有用过青霉素。"

杨主任一听，不免意外："治疗肺炎目前最有效的药物就是青霉素。"

春桃急了："这怎么办？"

杨主任沉思了好一会，突然问道："孩子出生的时候一般都会做青霉素皮试，你带了孩子从前的病历吗？"

春桃一向很注意保管孩子的各种检查报告和病历本，并都把它们集中在一个文件袋里，尽管合肥两家医院为孩子诊断时，都没要求看以往的病历和有关资料，这次来蚌埠她还是随身带了过来。

春桃回忆说："孩子出生的第二天就患上了新生儿肺炎，在医院住了一周多，但忘了当时都用过些什么药。"

杨主任认真地翻阅着那些从前的病历，发现孩子出生时确实做过青霉素皮试，当时的皮试结果注明是"阴性"；患新生儿肺炎的时候，用的药也就是氨苄青霉素。可是一年后的又一次青霉素皮试却被查出了"阳性"，从那以后就再也没有医生给孩子用青霉素了。为什么会出现这种情况呢？是不是因为孩子身子弱，常患病，后来的那次"阳性"其实只是一种"假阳性"呢？

当然，这只是她的一种大胆的推测，不敢贸然肯定。

“再做一次皮试吧！”杨主任建议。

春桃发现杨主任在提出这个建议时，话声儿并不大，说得也很平静，却知道这样的建议是需要相当大的勇气。这是需要担当的。

陈万举当然更清楚，对青霉素过敏的孩子，哪怕只是“假阳性”，做这种皮试也是有着极大风险的，弄不好就会造成休克，甚至当场送命。

陈万举支持杨主任的这个决定。在当年市卫生局组织中医和西医相互学习的活动时，他就了解了不少西医和西药的知识。这时就同春桃商量，西药的抗生素有三大类，排序第一的就是青霉素类，如果孩子真的对青霉素过敏，那就意味着这一大类药物都不能用，将来很多病都不太好治，倒不如现在冒个险，再做一次皮试。如果确实是“假阳性”，也就打通了使用这一大类药的通道。

“我同意做青霉素皮试！”春桃毕竟在医院待过多年，她当然十分明白，这样做风险很大，却又非如此不能救孩子，便毅然点了头。

皮试很快做好。

正如杨主任的判断：这次的皮试结果为“阴性”！

有了这种结论，一切都变得简单而明朗了。既然查明孩子的肺部有了炎症，青霉素又是目前治疗肺炎的特效药，而孩子对青霉素并不过敏，尤其是，青霉素既可以打肌肉针，也可以静脉注射，无须口服。于是在杨主任的精心治疗下，孩子第三天就彻底退了烧，终于化险为夷。

这事真是太悬了。

还是在孩子持续高烧不退的时候，可怕的“非典”就已经在广东和北京等地蔓延开来了，在那些地方，“发烧”已像“瘟疫”一样叫人闻风丧胆。而就在孩子高烧全退的第二天，一场声势浩大的防治“非典”的人民战争就席卷全国。如果不是陈万举要求把孩子送到蚌埠，不是孩子病得连汤药也喝不进又被陈万举介绍到蚌埠第一人民医院儿科；如果不是艺高胆大的杨主任查明了病因，孩子势必持续高烧不退——严防死守的防疫队伍就可能把孩子归入疑似“非典”病人统一救治，其后果谁又说得清呢？

一周之后孩子出院。

出院的时候已基本痊愈。只是面色有些苍白，精神欠佳，还有点流鼻涕、轻微咳嗽的小毛病。

陈万举说，这是西医疗法的副作用，因为用了过量的抗生素，对孩子的身体也会有一定的损害。春桃问他要不要给孩子吃点补药？陈万举说，不能再吃药了，他要用食疗为孩子调养。

又一周，孩子的所有症状才彻底消失，面色也变得红润。

告别陈万举的时候，春桃感慨万分，但萦绕在她脑子里的却只有一句话，那就是：好医生能保一家三代平安。自己何其有幸，能嫁入陈家，遇到陈万举这样的公公。

26. 轰动一时的“八老上书”

二〇〇三年的春天，在中国，可以说没有比“非典”二字更引人注目，也更让人触目惊心的了。

起初，陈万举不知这两个汉字是在指一种什么样的疾病。了解后才知道，这是人类从没出现过的一种肺病。因为它又不完全是人们常见的那种肺病，所以称其为“非典型肺炎”，简称“非典”。从公开的报道看，它与传统的细菌引起的肺部感染不同，它是由一种全新的“SARS”冠状病毒引起的肺部感染，甚至可累及多个脏器系统；临床观察，患者不仅发烧、乏力、头痛、肌肉关节酸痛，还会出现干咳、胸闷、呼吸困难等症状。严重的甚至将导致急性低氧性呼吸衰竭，并迅速发展成为急性呼吸窘迫综合征，有着明显的高致病性、高传染性和高致死率的特点。

“非典”最早在广州发现，很快就出现在中国的首都北京。当陈万举听说“非典”在北京迅速蔓延开来时，却是将中医排斥在外的，没让中医介入。听到这样的消息时，他压根儿就不大相信，觉得这是谣言，但市卫生局一位刚从北京回来的熟人却告诉他，这不仅仅是条消息，在北京救治“非典”病人的医疗队伍中，确实就没有中医的身影。据说，“非典”已被确认有着极强的传染性，国家《传染病防治法》明确规定，传染病人只能由传染病医院救治，而中医没有救治传染病的专门医院。

“中医确实没有救治传染病的专门医疗机构，”陈万举觉得不可思议，甚至感到十分荒唐，“但这并不表明中医就没有救治‘非典’病人的能力呀？”

他想，西医是随着西方工业革命才兴起的，历史并不长，而中国远古时代就将传染病统称为“瘟疫”，认为是感受湿毒邪气而发病，起病急传播快，发热为其主症出现系统重险症候。

他印象最深的是,《周礼·天官·冢宰》中就有“疾医掌养万民之疾病，四时皆有疠疾”的记述;《吕氏春秋·季春纪》上也有“季春行夏令，则民多疾疫”的文字。至于《国语》《春秋》《左传》《史记》《汉书》，以及各朝正史的《五行志》，无不有着关于瘟疫流行传播及其防治的文献记载。

总之，在中国的历史上，从公元前的六百七十四年到一九四九年的两千六百二十三年，就记载有七百七十多次程度不等的瘟疫；仅西汉以来就发生过三百五十多次。其中影响最大的，当数霍乱和天花。天花曾是人类历史上最可怕的烈性传染病之一，据说全球仅死于天花的人数，至少就有二十亿；而成功阻止了天花的，正是中国的中医！

宋代中医就有了“以毒攻毒”的先进的免疫学思想，将患过天花的病人的疱浆挑出来，阴干后吹到健康人的鼻孔中，用这种人痘接种法预防了天花的传染。这种方法后来传到俄罗斯，又传到奥斯曼帝国，经过改良，改用一根长针把上臂皮肤划破，接种一个针尖那么大的天花种子，然后再把伤口封好。当人痘免疫天花的办法传入到英国后，启发了西医学者詹纳，他于一七九六年发明牛痘接种术，又传回到中国，并传到了世界各地。

西医治疗疾病主要靠药物杀死细菌或是病毒，讲究“对抗性治疗”。据媒体报道这次医治“非典”主要靠抗生素和发挥激素强大的抗炎作用。用陈万举的话说，就是“关门打狗”，狗不会等死，弄不好会把“家”中的许多“东西”也打得一塌糊涂。这就与中医的理念完全相反，这不是方法问题，是方向问题。中医依靠的则是增强病人自身的正气；正气亏欠，外邪才会乘虚而入，若本气充沛，则邪不压正。中医将会采取“开门赶狗”，用药物将其驱赶出去。

大疫出大医。中国历史上，一批批的大医，不避艰险，在疫情中挺身而出，为后人留下了宝贵的精神财富，还留下了同样宝贵的应对经验。

因为中医自古就把瘟病列入广义的伤寒范畴，东汉末年的名医张仲景，就在研究防治瘟病上留下了传世巨著《伤寒杂病论》。张仲景宗族原本有着二百多人，十年间竟因病死亡了三分之二，其中因“伤寒”死去的就占到七成。张仲景在哀痛之余，积极救治，并且加以精辟的总结，他在这部著作中不仅细致地辨别伤寒患者不同阶段的症状变化，同时提供出相应的医疗办法，其中传世的就有四个著名的经方：麻杏石甘汤、射干麻黄汤、小柴胡汤和五苓散，千年前有效，千年后仍然有效。特别是他强调医生要有“上以济君亲之疾，下以救贫贱之厄”的担当精神，因此，被后世尊称为“医圣”。

与其齐名的，是唐代名医孙思邈，其名篇《大医精诚》树立了中医的医德规范，他要求医生在救治病人时“不得瞻前顾后，自虑吉凶，护惜生命”。提出了“天地有斯瘴疠，还以天地所生之物以防备之”的思想，他本人更是躬行实践，收治被社会歧视的慢性传染病麻风病患者六百余人，其医德医术深为后世敬仰，有“药王”之誉。

及至明清，在预防和治疗瘟病、伤寒上，更是出现了许多现在仍然被广泛采用的救疫名方，如余师愚的清瘟败毒饮、王清任的解毒活血汤、杨栗山的升降散和叶天士与吴鞠通的银翘散等等，不计其数。

听说这次的“非典”病毒是来自一种叫果子狸的动物，陈万举并不感到奇怪。吃野生动物的肉类容易染上疾病，这件事，也早在四百多年前的明代，就被李时珍详细写入他的《本草纲目》之中。这位药圣分门别类十分详尽地将不能食用的动物一一列入虫部、鳞部、介部、禽部和兽部。不仅有鳞狸（穿山甲）、豪猪（山猪），还有人们常见的孔雀、鸳鸯、蜗牛、蚯蚓和乌鸦；仅蛇就有乌蛇、蚺蛇、鳞蛇和白花蛇；特别是鸟类，他明确写着：“凡鸟自死目不闭，自死足不伸，白鸟玄首，玄鸟白首，三足、四距、六指、四翼，异形异色，皆不可食，食之杀人。”

李时珍指的是“不能食用”的动物，他在《本草纲目》中就写到了狸，不过同时也指出“狸类甚多”，为“穴居薶居之兽也”。其中的猫狸因为“善窃鸡鸭，其气臭，肉不可食”，而虎狸“善食虫鼠果实，其肉不臭，可食”。然而，李时珍不可能会预测到在他过世的四百余年之后，分布在中国东部各省一种学名叫“花面狸”的无毒果子狸，却成为了“非典”病毒的宿主，给国人带来了巨大的灾难。

陈万举想到这些颇感百事难料，只是他万万料想不到的，还是在这场“非典”疫情的战斗中，中医被排除在外。其实中医不需要知道“非典”感染的是细菌还是病毒，哪怕遇到的是西医从未见过的病原体，也总能以不变应万变，因为，中医本就有着一个取之不尽、用之不竭的武器库！

这天，崔新如见陈万举无精打采，就问他哪儿不舒服，陈万举却反问道：“听说‘非典’了吗？”

崔新如说：“这还用问？现在一听说有人是从北京来的，大家都躲着他。被‘非典’闹的，你看看街道上还能见到几个人？”

陈万举说：“问题是，北京的‘非典’已经很严重了，却不让中医参与。”

“为啥？”

“你问我，我问谁？这事叫人不开心。”

崔新如弄清陈万举闷闷不乐的原因，嘟哝了一句：“这事与你有啥关系？瞎操心。”

陈万举听了，不满地看着老伴，却也无语。

现在早起不便再去小南山快走了，只能改为去京浦大塘锻炼。京浦大塘是“大跃进”年间蚌埠人一锹一铲挖出来的，当年他也参加了这项劳动，如今成了市民休闲的好去处。这天陈万举刚进门，就遇到区卫生局的老黄，老黄也来此散步。他有个孩子在北京工作，去北京看孩子就碰到了“非典”，没住上几天就赶了回来。

听说老黄刚从北京回来，就打趣道：“你没问题吧？”

老黄听了，哈哈一笑，说：“快别提了。刚才我在电话亭给朋友打电话，想报个平安，才说了句‘我从北京回来了’，好家伙，竟吓得边上等着打电话的一位女同志，慌忙躲开，连电话也不打了，那样子活像撞到了鬼。”

接着，两人就扯到了北京救治“非典”病人忽视中医的话题上。没想到，老黄和陈万举有着同样的看法。

老黄说："不错，'非典'属于传染病，按照《传染病防治法》的规定，此类疾病应由专门的医疗机构解决，但完全忽视中医在救治传染病上的作用，于情于理都是不应该的！"

也许他感到没把问题说透彻，于是又说："当然应该依法办事，问题是，法律是根据现实生活的需要制定的，而现实生活不是一成不变的。比如过去我们的法律都是为计划经济保驾护航的，现在我们对发展经济的规律有了新的认识，那些不利于经济市场化的法律法规，不都在逐渐地调整么！想想看，这场'非典'就发生在中国首都，却不让自己民族传统的医术施展身手，这对中医中药的发展显然是不利的。据统计，今天的西医师人数已达一百七十五万余人，中医师却只有二十七万人。而这二十七万人里，在用西医方法看病的中医师就占到三分之一，中医事业前景堪忧啊！"

说到这，老黄充满了敬意地说到了已经过世的崔月犁："二十世纪，崔月犁当卫生部长那会，在他的努力下，卫生部破天荒成立了一个副部级的国家中医药管理局，专门管理中医中药事务；当时的第七届全国人大常委会第四次会议，还把中西医'并重发展'列为新时期卫生事业的指导方针。后来，他还亲自出任了中医学会会长一职。"

陈万举说："我最想不通的，还是许多人总以西医科学的逻辑怀疑中医，这其实是以西方的文明来否认东方的文化。幸好我去上海中医学院进修了几个月，否则，行医一辈子，连个'主治医生'的职称也评不上。说来笑话了，一九九九年五月一日，我已八十一岁，两次退休的人，才正式拿到了医师资格证，成为一名合法的医师。”

陈万举原以为发生在他身上的这种“冷幽默”，老黄听了一定会哈哈大笑，不料老黄隔了好一会才自嘲道：“说实话，早先我也是不怎么相信中医的，认为中医不是‘阴阳’，就是‘五行’，把人的五脏也同‘金木水火土’扯到了一起，不像西医有着各种各样的现代化检测仪器，能够明明白白地给你说清楚生病的原因。所以，我们在对民间中医进行调查时，就按照国家颁布的《执业医师法》的规定，必须有四年以上医学院校的学历，才能参加执业医师的考试，否则不准行医。这期间，我们就查封了十多家个体诊所。想不到查封某些诊所时，不少病人哭着替医生说情，说他们的病跑了几家医院也没治好，好不容易找到这位医生，病刚有起色，你们就将它封了，他们怎么办？特别是其中有一位当年的下放知青，他还做过多年的赤脚医生，上门的病人有的是坐了一天的火车从外地找过来的，他的病人见不准再让他们信赖的医生为人看病，简直要同我们拼命！”

陈万举说：“这也就造成大量的中医师，特别是散落在农村地区的民间医生，失去了行医资格。就比如跟我多年的徒弟赵其礼，他回乡后专治跌打损伤，在那一带口碑很好，如果按照《执业医师法》规定，他这也是在‘非法行医’，但广大农村需要这样的‘土医生’呀！”

“说来惭愧”，老黄接上话头说道，“提到跌打损伤，我就想到曾经被我处理过的张大个子。那时候不准他再开诊所了，他就开了个理发店。一次，我远房一个堂兄颈椎脱位，找了几家医院都治不好，就找到我，我有什么办法，见他痛得不行，便想到了张大个子，知道他这方面还是有些能耐的。没想到，他不记仇，认出了我，依然客客气气的。我说，都说你有真本事，我这位堂兄医院治不了，你敢试试吗？他翻眼瞅瞅我说，准我试试吗？我知道医院不收不仅因为颈椎脱位弄不好会高位截瘫，还因为看到堂兄那身地道的农民打扮，就怀疑他掏不出巨额的医疗费。谁知张大个子真干脆，说道，‘你让我试，我就试一回。’他盯着堂兄看了几眼，转到堂兄身后，一手摸着脖子，另一只手按在头上，猛地一抖，只听堂兄惨叫一声。这一声叫，撕心裂肺，叫得我毛骨悚然。心想坏事，我这是没事找事，给堂兄惹了大麻烦。谁知，堂兄叫了那一声后，竟很快笑了起来，脖子居然可以自在地扭动起来了。张大个子就那一下子竟解决了问题。”

陈万举注意到老黄说这件事时是绘声绘色的，说得很兴奋。话声停了之后，却神情沮丧地摇了摇头，叹气道：“后来才知道，张大个子原是个孤儿，被一位专治跌打损伤的江湖郎中收养。他这一技之长，不是学校可以培养出来的。不允许这样的民间医生将这些‘绝技’开店带徒弟传承下去，这些好东西可能就会失传。一想到他的诊所是我一手关了的，就有说不出的愧疚。”

“从此就开了理发店？”陈万举问。

老黄说：“是啊，他的理发手艺在那一片也是出了名的。”

陈万举感慨道：“民间中医一直处于一种尴尬的境地。其实除了少数卖药行骗者，敢坐堂行医的，多少还是有点本事的。”说着，也不由叹了口气：“现在的西医被药品回扣弄得天怒人怨；中医也是被那些个庸医败坏了名声。”

说到这儿，陈万举四处张望了一下，就忍不住地笑了起来。开始老黄还诧异地看着陈万举，很快就意识到了，跟着也笑了起来。到这时，两人不知不觉已经绕着大塘公园转了一圈儿，现在又回到了公园的门口。

于是他们又回到了开始的话题。

陈万举问：“蚌埠防治‘非典’的工作，也不让中医参加吗？”

老黄说：“到目前，蚌埠防范的措施比较规范，还没发现有‘非典’病人；本市也有设备和人员齐全的传染病医院，至少现在，还不需要中医介入。”

不过他又说：“我相信这次的‘非典’中医不可能不上阵。你放心，会有人挺身而出打破这种局面的！”

不久消息就传了开来，打破这种局面的是广东省的名老中医邓铁涛。

邓铁涛这名字对当时的许多人来说，无疑都是陌生的，陈万举虽然并不陌生，听说是邓铁涛站了出来也还是很意外的。按他的猜想，首先站出来的，应该是北京地区的中医师，好像这样才更合乎逻辑。

他知道邓铁涛不光在广东有名望，在全国也很有名。他早年曾读过邓先生编写的《实用中医诊断学》，也曾经买过一本由邓先生编写的《简明中医词典》。二十世纪五十年代，邓先生在《中医杂志》上发表的《温病学的发生与成长》，在当时的医学界就引起过不小的反响。

当陈万举知道邓铁涛这一年已是八十八岁，只比自己大两岁，属于同时代的人，便不免感到惭愧。

后来才进一步了解到，当这场疫情刚在广州蔓延时，著名的肺科专家、中科院院士钟南山，见死亡率居高不下，就请出了邓铁涛。邓铁涛认为这就是一种“温病”，中国几千年来一直时有发生，没什么大惊小怪的。中医历来无病毒细菌之说，不需要知道“敌人”长什么样，只需把它当作疠气从人体中赶出去就行。“正气存内，邪不可干。”救治这种“温病”，中医有的是办法。

于是他带领广州中医药大学和第一附属医院的医护人员，开赴“非典”第一线。其实在此之前，他的一个弟子的妻子已经感染上了“非典”，一连三天高烧不退，弟子心急如焚找到邓老，邓老就采取中医惯常施治的方法，外服内调，辨证用药，调身调心，驱邪扶正，以增加病人自身的防疫能力，很快治愈了对方的病。这以后他就领导医护人员如法炮制，像救治他弟子妻子一样，不需为患者做各种繁琐的检查，先开一张药方，针对所有人，喝上三天汤药，普通发烧的病人直接就好了，无须试纸和CT 就把“非典”患者筛出来了。然后便让确诊下来的人继续服药，时间不长，原先感到乏力、憋气和无食欲等症状的患者就有了明显的改善，最后七十三位“非典”病人全部治愈，不仅零转院，零死亡，零后遗症，而且做到了医护人员零感染。

广东与香港不过一水之隔，香港“非典”造成的死亡率达到百分之十六，由邓铁涛率领的中医团队参战之后，香港“非典”

的死亡率当即降到了百分之四，创下了近乎奇迹的成绩。

当邓铁涛得知中医治疗“非典”的成功经验迟迟不能在京城得以推广，他很是惊诧。恰在此时，国家科技部中医药科技情报所所长贾谦等人，为抗击“非典”来到广州中医药大学调研，邓铁涛就和他的两个弟子撰写了《论中医诊治‘非典型肺炎’》的经验总结。

这已是二〇〇三年四月二十六日，北京的疫情非但没有好转，反而变得更加严重。其实，变得严重的，这时已不仅是中国的北京，全世界的西医都对这种“非典”束手无策。西医确认“SARS”是一种全新的病毒，这就首先需要闹清它的结构特点，然后寻找到杀死它的特效药。在没有研制出特效药之前，他们能想到的西药就只有抗生素。我国现有的两百多万耳聋者中，近百分之八十是与使用抗生素中的链霉素和庆大霉素有关，世界卫生组织早已发出警告：如果人类不停止滥用抗生素，那些新产生的“超级病毒”将会使得所有的抗生素失效，人类在严重感染面前将无药可治。但是全世界的西医依然把它视为“万能药”，而它仍是西药中最大的一个品种。在美国，有一句很流行的话：“买抗生素比买枪还难”，这是因为药品在美国是不能自由买卖的，说明美国人是有自知之明的，知道西药的后遗症问题是很大的。世界卫生组织公布的事实是：全世界有三分之一的病人被西药“毒杀”，美国每年有十五万七千人被西药“毒杀”，中国比美国更多，高达十九万两千人！

面对扑面而来的“非典”，北京参战的西医师们不得不使用抗生素，而且，不得不配之以大剂量的激素，勉强将患者居高不下的死亡率稍稍降下来，但问题依然十分严峻。

邓铁涛一直在密切关注着这场突然袭来的“温病”。他当然知道，西医在没有研究出抗击“SARS”的特效药之前，对这种“全新病毒”是无能为力的。鼠疫曾经在欧洲猖獗了三个多世纪，而有中医呵护着的中国就从未出现长时期防治不了的传染病。西医即便研制出了一种特效药，使用后才能知道它是否会有不良的后遗症。一些被认为是“特效药”的西药，很快就列入禁药。能够使用超过一百年的西药有几种？而中药却大多数是经过了上千年人体检验的，可以说，这是世界医药学中无与伦比的宝藏。

邓铁涛终于坐不住了。

他没有丝毫的犹豫，当即斗胆上书中央。明确表示，在这场危及中国人民生命健康安全的“非典”战役中，中国中医不该缺席！

为表明决战必胜的信心，他随信同时附上了有关的三篇论文。

让他喜出望外的，是他将这封信寄出不到一周的时间，就接到国家卫生部副部长兼国家中医药管理局局长佘靖的电话，告诉他：“你给胡锦涛总书记的信，他已收到，谢谢你，请你放心。”接着温家宝总理就作出批示：“在防治‘非典’的工作中，要充分发挥中医的作用，实现中西医的结合。”在温家宝总理作出批示的当天晚上，中央电视台就在《新闻联播》中播出了这天下午国务院副总理吴仪与首都知名中医专家座谈的新闻，强调中医是抗击“非典”的一支重要力量。

事后陈万举也才进一步知道，其实就在邓铁涛上书中央的那段时间，著名中医药专家林中鹏也为新华社起草《内参大清样》，报告中医在广东攻克“非典”的成功经验；中国中医研究院科技合作中心抗“非典”协作组执行组长应光荣、海军总医院副院长冯理达，也先后向中央反映了中医希望亲自上阵抗击“非典”的坚定决心。

这以后，邓铁涛在出任广东中医院支援香港专家组顾问的同时，出任了国家中医药管理局抗“非典”专家组组长，中医医师终于成了首都抗击“非典”的一支重要力量。由于中医的加盟，不仅使得昂贵的医疗费用大幅度下降，更使得患者的死亡率迅速下降了百分之八十！

一场“非典”，让中国人重新看到了传统的文化——中医的智慧；沉寂了半个多世纪的祖国医学，被排挤得几无发展空间的中医中药，终于在这场“非典”的战役中大放异彩！

由此，陈万举不禁想到改革开放初期，国家考虑到十年“文革”的耽搁，一大批名老中医相继老去，或是故去，为抢救祖国的医学，破例招用部分已退休的中医师，让其发挥余热，自己身逢其时，重新被启用。后来却慢慢发现，医院不过只是把他当作一名普通的医生在使用，按时上下班，坐堂行医。他一直很纳闷，不认为这会是国家要他们发挥余热的初衷。现在终于明白，原来上上下下都有不待见中医的人在。

再后来，陈万举就进一步了解到，邓铁涛——这位敢于为中医代言的一条汉子，早在二十世纪八十年代，他就挺身而出为祖国的传统医学鸣过不平了。

那还是一九八三年三月，时任中央军委副主席的徐向前元帅，在广州期间突然发起高烧，同时还伴有心脏病，广东一些著名的军医用尽了各种西医的手段都无济于事。当时邓铁涛只是作为中医介入了会诊，却并没参加到具体的治疗当中。就在大家一筹莫展的时候，徐帅的夫人坚持说让中医试一试。徐帅去时虽然还是早春，海南岛已有西瓜，他请客时吃了西瓜，当天就拉了肚子，邓铁涛了解了这些情况后，便用了传统的小柴胡汤，半表半里，三四个小时烧就退下来了，接着又吃了几天中药，徐帅的病就慢慢好了。徐帅十分高兴，就问邓铁涛有什么要求，邓铁涛说，他本人没什么要求，只是希望徐帅关心一下中医。他看到省卫生厅的统计数字，广东的中医师在逐年减少，长此以往，再过十年可能就不会有中医了，将来中医后继无人也将后继乏术。于是就写了一封信交于徐帅，徐帅将这封信转给了中央，后来这封信就成为当年中央政治局第六号参阅文件。

由于邓铁涛给徐帅的这封信引起最高决策层的重视，国家中医药管理局得以正式成立，并在随后召开的第七届全国人大常委会四次会议上，将中西医“并重发展”列为新时期中国卫生事业的指导方针。

这都是令人鼓舞、让人振奋的好消息啊！

当然，成立了国家中医药管理局，并不等于就解决了中医面临尴尬局面的问题。从科技部国家中医药发展战略研究课题组组长贾谦牵头完成的《中医药发展战略研究总报告》中，陈万举发现，国家财政拨出的卫生事业费，西医占去百分之九十七，中医只占到百分之三；而就在拨给中医的这一块经费里面，“中西结合”一项还又占去百分之九十七，中医实际能够得到的，也就只占到其中的百分之三。因此，就有了“两个百分之三”之说。再就是，一次科技部拨出五千万用于治疗艾滋病，卫生部最后也只给了中医五百万。

陈万举偶然接触到这些数字时，感到有些惊讶，因为这仅仅是上面拟定的医疗经费，到了下面，特别是到了县区医院，真正能够用以发展中医事业的，大概就接近于零了。他发现有的医院的中医科，科主任甚至是西医兼任的。

虽然从国家层面看，已将中西医“并重发展”列为新时期中国卫生事业的指导方针，真正实现“并重”，肯定会有个漫长的过程。因为仅就目前，中医的总资产、总设备、医疗场所占有的总面积，以及从事中医的人员总数上看，与西医比可以说是天差地别，说到底还是一个对中医、对祖国医学的认识问题。

让陈万举感到不可思议的是，一九八六年成立起来的国家中医药管理局，仅仅过了三年，到了一九九〇年，竟要将这个机构一刀砍掉！

当时邓铁涛正在东北长白山参加一个中医会议，听到这一消息，他简直不敢相信。这不仅毫无道理，而且十分荒唐！消息传开后，与会者无不感到震惊。这次又是邓铁涛拍案而起，他联合了方药中、路志正、焦树德、何任、张琦、任继学和步玉如，八位德高望重的名老中医，直接上书党中央、国务院，成为轰动一时的“八老上书”的佳话。

终于，原决定砍掉的国家中医药管理局，被保留了下来。

也正因为中医中药在这场“非典”疫情中出色的战绩，陈万举注意到，第二年，即二〇〇四年八月二十八日，十届全国人大常委会第十一次会议，对《中华人民共和国传染病防治法》进行了修订并通过，修订后的新法自当年十二月起施行。重新修订的《传染病防治法》，其第一章《总则》的第八条就明确写道："国家发展现代化医学和中医药等传统医学，支持和鼓励开展传染病防治的科学研究，提高传染病防治的科学技术水平。"

中医中药终于以法律的形式得到"支持和鼓励"。

陈万举看到这些消息和听到这些故事时，自以为早已看淡了世事，却忍不住地激动。

他跑到邮局增订了一份国家卫生部主办的《健康报》，他要及时地了解到有关中医药方面更多的信息。

老伴崔新如发现陈万举找人专门制作了一个信箱，以方便邮局的投递，就很奇怪："你从二院退下来后，我见你连报纸也不怎么看了，现在忽然关心起国家大事了？"

陈万举笑道："这不是为了防止老年痴呆么！"

第十章　绝活

27. 救治肝癌患者

一场突如其来的“非典”，就这样，让世界认识了中国的中医。

谁也没有想到，到了二〇〇五年，中医再次成为人们关注的焦点。这是因为一部韩国的电视片《大长今》。

火爆的原因，不光因为它跌宕起伏的故事情节，更多的还是恩怨纠纷中神奇的中医治疗方法让人慨叹不已。望闻问切，起死回生，我国古老的传统医术竟被韩国人演绎得出神入化，其中讲到的那些医理，无不能从中国中医典籍中找到依据，因此，大家看了倍感亲切。

再就是，早在一九五五年就成立的中国中医研究院，在迎来该院五十周年庆典时，正式更名为中国中医科学院。不仅配有附属医院，还设有中药研究所、医史研究室和编审室。与此同时，国家科技部的“九七三计划”也正式启动，其中投资五千万人民币的专项工程，就是关于对中医理论的研究与创新。尽管只有五千万，还是让陈万举，让始终关心中医发展的人们看到了希望。

让陈万举多少有些意外的，是疫情刚刚过去，《中国危重病急救医学》上就发表的一篇文章，这篇文章对北京“非典”的治疗工作进行了检讨，指出：“除了年龄和基础疾病，抗生素和激素的滥用所致继发感染是死亡的主要原因。”

陈万举看到这段文字时，首先感慨这么短的时间，西医工作者就对自己这项工作的经验与教训及时地加以总结，由此，也让他联想到了《三国演义》中诸葛亮舌战群儒的故事。三国时期诸葛亮曾说过这样一段话：“譬如人染沉疴，当先用糜粥以饮之，和药以服之，待其脏腑调和，形体渐安，然后用肉食补之，猛药以治之，则病根尽去，人得全生也。若不待气脉和缓，便以猛药厚味，欲求安得，诚为难矣。”

这次中医介入到“非典”的疫情中，之所以能够完美地实现患者零死亡、零后遗症，并且做到参战的医护人员零感染，其实就是诸葛亮所说的，先用“和药以服之，待其脏腑调和，形体渐安”，然后“猛药以治之，则病根尽去，人得全生也”。而西医“不待气脉和缓，便以猛药厚味，欲求安得”，其结果，自然是欲速则不达，“诚为难矣”。

陈万举感慨道，诸葛亮这番话道出的正是东方文化的精髓，亦是中国中医辨证的施药之道；诸葛亮一语道破的，何尝不是中国传统医学之所以会在这场疫情中大放异彩的原因呢！

一天，陈万举早起到外面快走了七千多步，回家后崔新如见他红光满面精神抖擞，就说：“现在的人啊，比古人的寿命长多了，老话说‘七十三八十四，阎王不请自己去’，你都八十八了，走起路来连年轻人也跟不上。”

“你知道吗，”陈万举说，“这句‘七十三八十四’的老话，来源于孔子和孟子的年龄。孔子被尊为‘圣人’活到了七十三岁，孟子被尊为‘亚圣’活到了八十四岁。在那个年代，能活到这个岁数已是相当罕见的长寿了，所以，才有那句‘人到七十古来稀’的名言。”

“你的月份大，这样算，比我大三岁。”陈万举突然想起，“今年你正好九十大寿，虚龄则是九十一了。”

崔新如说：“是呀，人到了我这个岁数，最好就别出门了，在别人家里坐上一会也会让人担心啊！”

陈万举听崔新如说得如此认真，便笑道：“看你说的，还不至于吧。那都是老皇历了。中国历史上一共出了五百五十九个皇帝，平均年龄只有三十九岁；寿命最长的，算是乾隆和武则天了，一个活到八十七岁，一个活到八十一岁，也都还没活到你这个岁数呢。中医认为人的天赋寿命，叫天年，具体讲就是两个‘甲子’，一百二十岁；至少到九十六岁才能叫长寿。《黄帝内经》也说，‘人尽其天命，度百岁乃去。’好日子还在后头呢！”

那年夏天，长子陈桂棣为老两口买了一套两居室，外带一个大平台。新居还在太平街市场，就在老房子那幢楼不远处，两楼之间在三楼修了一条通道，将两幢楼连在了一起。本来陈桂棣想为父亲买套新小区一楼的房子，但陈万举死活不肯离开这个住了几十年的老地方，说如果自己搬远了，病人会找不到自己。而这一片的房子自从改造成了太平街市场，底下两层都用于商业，三楼以上才是住宅。这处二手房是陈万举看中的，看中的原因就是厅外有处三十多平米的大露台，既有利于崔新如活动，更是晾晒中草药的好场所。虽然觉得四楼有点高，陈桂棣也只能听从父亲的。

搬到新居以后，陈万举将老房子当成了自己的工作室，或看病，或看书。每天吃过早饭，他会准时到这边“上班”，中午再回新居吃饭，下午再去“上班”，依然习惯地实行着八小时工作制。陈万举去“上班”了，老伴崔新如就一个人留在新居，做做家务，或去平台上看看风景，倒也不觉得寂寞。

不知为何，那段日子，崔新如总会和陈万举说些“生”与“死”的话题，两个人晚上坐在平台上，沐浴着如水的月色，谈论着谁先死，谁后死。崔新如说：“如果哪一天我先走了，我担心你的日子会不好过，因为你脾气不好，跟哪个儿子都住不到一起；如果你先走了，我是不要紧的，我一辈子没有与谁红过脸，谁家里都住得。”陈万举承认老伴说得有理。

陈万举怎么也没有想到，那些随意聊起的话题竟是先兆，那段时间竟是他同崔新如携手走过七十多个春秋，相依相伴的最后时光。

二〇〇六年十一月二十六日，小雪过去后的第四天，陈万举一吃完早饭就照常去老屋上班了，小儿媳端着一盆衣服过来清洗，厕所的地面被弄得很湿。待她走后，崔新如拄着拐杖进去解小便，因为是小脚，潮湿的地面又有些打滑，她一下没站稳迎面直挺挺地摔了下去。摔倒在地怎么使劲也爬不起来，就这样倒在湿漉漉的厕所里近两个小时，直到陈万举过来吃午饭才将她扶起来。

眼不花耳不聋，能穿针走线缝被子的崔新如，平日连感冒也很少有过，却因此患上了肺栓塞，咳嗽，哮喘，呼吸困难。陈万举一开始用中药为她治疗，可吃了两天的中药，病情没有缓解反而出现了心衰的迹象。二〇〇六年十一月三十日，崔新如突然撒手西去，享年九十二岁。

这一切来得太突然，陈万举悲痛欲绝，像是塌了整个天。

他不光痛彻心扉，更感到难耐的是孤独。他的四个儿女都是五十朝上的年纪，各有各的家，长子陈桂棣还工作在外地，这些年来，陈万举一直与老伴相依为命。现在老伴一走，身边连个说话的人也没有了，这让他感到失魂落魄，无助得像个孩子，很久很久，也无法从悲伤中走出来。

这时，从《上海铁道报》驻蚌记者站退休下来的袁明云，便隔三岔五地跑来同他聊天，还给他介绍了一位保姆。保姆刘素珍是五河县人，五河是蚌埠市下辖的一个县，她是这个县城关镇胜淮村夏台子村民组的一个五十多岁的农民。人很温和，也很勤快，饭菜做得又合他口味，因此便很满意。刘素珍听说陈万举是一名老中医，也自是高兴。

解决了生活上诸多琐事，没有了后顾之忧，为了排解悲伤和寂寞，陈万举就准备给自己找些事做。他找出从前撰写的医案，通读了一遍，就发现当年的医案显得有点单薄了。如今二十多年又过去了，自己的医术不仅精进了不少，接触的疑难杂症也更加广泛，并积累了相当的经验，有必要对医案作重新的审定。

这一年陈万举已虚龄九十，因为意识到自己来日不多，有时忙起来就会废寝忘食。他先从肝癌的治疗入手，将留存下来的札记和处方挑出来，集中在一起，试图从中梳理出一些规律性的东西来。

就在陈万举聚精会神研究肝癌的医治经验时，一个肝癌病人这天就找上了门。

说奇怪，也不奇怪，找上门来的，是保姆刘素珍同村的农民夏立国。

夏立国是在蚌埠淮委医院查出来的肝癌，而且已确诊为肝癌晚期。医生告诉他老婆，说病人已没有了治疗价值，最多也只能活上三个月了。医生虽然没有直接把病情告诉他，但他从老婆绝望的表情上还是知道自己已是病入膏肓。他从刘素珍那儿听说陈万举医术高超，竟把自己女儿的癌症治好了，就抱着一线希望找了过来。

陈万举认真看了夏立国的检查报告，觉得这病被他耽搁的时间太久，也病得太重；看完报告又专注地切了脉，沉吟了良久。

夏立国见陈万举对他做过检查后沉默不语，就以为陈万举不准备接手，顿时声泪俱下，说自己才四十多岁，唯一的女儿还在上初中，不想死，也不能死啊！

其实，陈万举不可能轻易放弃一个病人，也不忍心就这样撒手不问。恰恰相反，夏立国的肝癌倒使他下了一个决心：是啊，自己看了一辈子病，什么样的疾病也都见过了，可以说是见多识广，而留给自己的时间显然也已经有限了；他决心在有限的时间里，投入更多的精力来攻克一下癌症。尽管这是一道世界性的难题，再难，他也要试上一试！

于是他对夏立国说："你的这个病我能治到什么程度，不敢保证，但你放心，我会尽心尽力。"

陈万举这么说，也就相当于西医在为一个危重病人做手术前，将可能出现的风险写在一纸通知书上，让家属签字。他虽然没让夏立国家属签字，话也说得很委婉，夏立国还是听明白了。夏立国连声说："我知道，我知道，你就死马当作活马医吧！"

夏立国说，他十几岁的时候就得了肝炎，后来变成了乙肝，一直没有治好，几年前就转为肝硬化腹水。因为大医院收费高瞧不起，只能找个野郎中，结果越治越严重，这才去了淮委医院住院，竟查出了肝癌，而且已是晚期。

"我这癌症可能是遗传，"夏立国苦笑着说，"我的母亲就是死于肝癌。母亲死后不久，父亲也走了，死于肺气肿。就因为自己年纪轻轻就患上了乙肝，拖到三十多岁才结婚。乙肝是不能累的，我在外面打了几年工就吃不消了，换了老婆出去打工，从此只能屈辱做个'留守男人'，在家里照顾女儿。"

陈万举从医院的检查单上发现，夏立国的肿瘤达到了70mm×70mm，足有一个拳头大了；腹水也十分严重，肚子大得像个孕妇，无法正常坐立。那天他是被人抬着进屋的，当时还发着烧。

面对这样一个重度腹水的肝癌晚期患者，西医一般会直奔主题，围绕肿瘤采取措施。中医考虑得就复杂得多。当然也是主要治肝，但又不是只盯住肝病下药。陈万举首先想到的，是要兼顾其他综合治疗，而且临症应变要灵活。他向来认为，一个好的中医师，应该是一个自然辩证法的高手。

于是他开出了第一张方子。

考虑到消瘤他用了炙鳖甲，考虑到化肝他用了水红花子，考虑到清除肝火他用了枝（栀）子、柴胡和垂盆草；同时用茜草、赤芍来活血化瘀，用当归、青蒿和川朴花来补血、清热和消食消肿，用郁金、白术和鸡内金来开气散郁健胃。既考虑活血止痛又考虑到活血止血，还分别用了土鳖虫和参三七；了解到夏立国大便干燥，最后他又添了一个草决明。

凭着对病人病情病态的初步了解，他在这张处方里开了二十九味中药。

他从药店抓来一疗程一个月的中药，该炮制的炮制，该晒干的晒干，然后碾成粉，包成若干小包，两天后夏立国的妻子将药取回家。一个疗程的药吃完之后，出现在陈万举面前的夏立国，肚子瘪下去了，胃口也变好了，原先看上去黑黝黝的脸膛子亦有了肉色。

接着陈万举为他调整了一下处方，再次上街抓药。

来到经一路的路口时，不曾想一辆小车在驰过斑马线时，由于车速过快没刹住车，将陈万举撞翻在地。

司机见被撞翻的是个老人，吓坏了，慌忙下车把陈万举扶起来。在路口值勤的警察很快也赶了过来，发现陈万举的右脚面明显肿了起来，就将司机扣了下来。陈万举批评了司机几句，却对警察说："算了。我自己就是医生，我清楚，这只是脚面被撞得有点肿，没有伤到筋骨。让司机走吧！"

说得警察不免诧异，司机更是感动得不行，忙说：“老人家，你真是菩萨心肠啊。我把身份证复印件留给你，电话号码也写给你，如果有事你老尽管找我！”

司机要给陈万举一点医药费，陈万举谢绝了。

司机感到很愧疚，执意送他去药店，等陈万举抓完药又将他送回了家。

这次，他给夏立国配了两个疗程的药。

仅仅半年，夏立国的腹水奇迹般地消失了，人也变得有了精神，再去淮委医院检查，发现肿瘤已缩小到了 38mm × 40mm，变得比乒乓球还小了。那位做 CT 的医生认出了夏立国，感到很吃惊，突然冒了一句：“你还活着呀？”

“是呀，我还好好地活着，”夏立国说，“我运气好，遇到了一位神医！”

这位医生很感兴趣地询问他遇到了哪位医生？又是怎么治疗的？听说了陈万举的名字，他好像颇为感慨：“陈大夫？他年龄不小了，居然也还活着？了不起！”

陈万举看了检查报告单，也是格外惊喜，他再一次调整了处方，将原先的二十九味中药，调整到二十四味。考虑到夏立国家在五河县，来一趟蚌埠不容易，便给他配了三个月的药，同时要夏立国留下详细的住址和电话号码，以便于彼此间的联系。

奇怪的是，三个月的药该吃完了，估摸着夏立国应该过来复诊了，但左等右等，又等了一个多月，就是不见夏立国的人影。

陈万举不放心，接连去了几个电话，这才知道，这些年夏立国因为看病花了太多的钱，虽然住院时间并不算长，可医院的各种检查费、昂贵的药费，早已把他老婆打工的那点积蓄掏空了，他这九个多月吃中药的钱还是借来的。陈万举知道他很困难，所以给他看病从不收一分钱，给他加工成粉药也是免费的，每次也仅仅收了中药的成本费。也就是说，一个疗程只收八百元药费，可现在就是这点药费夏立国也掏不起了，家里已是山穷水尽了。

夏立国说："俺们乡下不比城里，农民指望种地已攒不到几个钱，许多人因为一个穷字，一得上病，小病只有强忍，大病就只能等死。"

陈万举本来想说，你这个夏立国太糊涂，你的病已到了关键时刻，一旦停药将会前功尽弃。但了解了对方没按时前来复诊的原因，他一下哑然无语。有心帮助他吧，却又明白"观音难救世间苦"，自己不过只是一个普通医生，能为病人做的其实还是很有限的，于是便说："你暂时拿不出钱，这没关系，我可以先帮你垫着，赶到你有钱了再给我也不迟。"

他见对方依然沉默，就觉得有必要进一步提醒："再困难，也不能停药，你这不是别的病啊！"

夏立国仍然不说话。

陈万举意识到夏立国是不愿给他添麻烦，自己却又想不出别的办法，为让夏立国不至于半途而废，他犹豫了一下，只得将一个偏方告诉对方。

"你实在不愿到我这儿来，"陈万举说，"我就给你说一个不花钱的'草头方子'。咱们淮河两岸的田埂地头、河沟两边，有一种长得极像猫眼睛的野草，医书上称作'猫眼草'，蚌埠人又叫它‘猫嘞眼’。”

夏立国显然在认真地听，这时马上接话道：“这东西我知道。杂草棵子里有的是，它的枝茎里能挤出白浆来。”

“对，对，一点不错。”陈万举说，“因为它能挤出白浆来，所以又称它是‘乳浆草’。现在正是采收的好季节，你把它们整棵地拔出来，洗净，晒干，每天泡水当茶喝。”

说罢，陈万举不由叹了口气。只能说，这是没有办法的办法了。

这方子，还是师傅宋立人传授给他的。别人将这“方子”传给宋立人，宋立人生前还从来没有让人尝试过；宋立人告诉他，他也从来没让人尝试过；现在他要夏立国试用这个偏方，心里是完全没有底的。

不过，确实记得，当年宋立人饶有兴趣地把这个只有一味药的偏方传给他时，他曾查了一下中药词典，发现这种猫眼草确实能起到“杀虫拔毒、败毒抗瘤”的功效。

陈万举交代道：“你以后可以每天喝猫眼草水。这水只能你一个人喝，不能让你的家人喝。”

“为什么？”

“是药三分毒！没病的人喝药干什么？千万不能麻痹了。”

陈万举尽管已经交代得清清楚楚了，说罢，依然敲起了心鼓。他相信夏立国喝了这种草药泡的水，不会有什么问题，但它究竟有多大的疗效，是否真的有“败毒抗瘤”的作用，他却是完全没底的。

这样过了几个月，期间，他又主动联系了几次，却再也联系不上夏立国了。陈万举不由紧张起来，预感到凶多吉少。

一天夜里，他居然梦到夏立国被人抬上了担架，要搭乘长途汽车来蚌埠找他看病。但他无论怎么哀求，司机就是不准他上车，说是怕他到不了蚌埠就会咽气。但是最后，不知为什么司机又让人把他抬上了车，结果还没上淮河大桥人就不行了。梦到这，陈万举一下惊醒，出了一身冷汗。

现在陈万举牵挂的，已不是师傅传给自己的这个偏方是否安全，是否有效，他牵挂的是夏立国还在不在人世了。当然，一个被医院诊断只能活上三个月的肝癌晚期病人，眼看一年多过去了，这已是奇迹了。何况，他还在这种情况下突然停了药，即便就是发生了梦中出现的这种情景，也算不得什么意外。

这以后，这种牵挂便如影随形挥之不去，折磨得陈万举坐卧不安。他曾想叫保姆回去一趟，帮他看个究竟，转而一想，让保姆回去就不如自己亲自去，哪怕是最坏的结果，他也想了解一下夏立国最后的病情，特别是喝了猫眼草水之后的情形。

陈万举回想自己自从四十多岁得了肝病，对肝病的研究就一直没有间断过，而如此上心地医治夏立国这种严重的晚期肝癌病人，还是头一回。他十分看重这个病例，也因此，给予了更多的关注。

这天一大早，陈万举摸起一把黑布伞就要出门，迎面正好碰到女儿陈桂荣进门。陈桂荣奇怪地问："爸，又没下雨，你拿伞干什么？"

陈万举说："这不是三伏天么，太阳很毒。"

陈桂荣更加纳闷："大清早的有什么太阳？你出去快走，要走上半天不成？”

陈万举说：“我要去五河看个病人。”

一听说要去五河县，陈桂荣越发感到诧异：“都这么大年纪了，什么样的病人要你亲自赶去看？”

陈万举说：“你不懂！”

说着就出了门。

那正是暑期的大热天，他乘早班车赶到五河县城时，也才上午八点多钟。因为天太热，一街两巷已很少见到行人。他打了一辆出租车，赶往城郊的胜淮村，然后一路问过去，找到夏台子村民组，找到了夏立国的家。

找到夏立国家时，陈万举见大门紧闭，不禁心儿一沉。

他问一个路过的村民：“这是夏立国的家吗？”

村民说：“是啊，”接着就反问，“你找夏立国什么事？”

陈万举说：“我是蚌埠的陈大夫，给夏立国看过病。”

只见那位村民“噢”了一声就转脸走开，管自向屋后走去。

这让陈万举很是狼狈，不知自己说错了什么，也不知这村民与夏立国是否有过节。甚或是，大上午的，人家就碰到一个来找已“不在”的人，你让他给你什么好脸色？

陈万举望着紧闭的大门，沮丧极了，也难过极了。

就在他犹豫不决准备离开时，就见夏立国扛着锄头跟着刚才那位村民，远远地从一条田埂上走来。

他穿着长衣长裤，人虽然比较消瘦，脸和细长的脖子看上去有点儿黑黄，但腰板笔直，腹部平坦，步伐稳健，根本看不出像个病人。他老远就向陈万举招着手，显得十分激动。

他先是迈着疾步，接着就小跑起来。来到跟前一把攥住陈万举的手，拉着他进了门，连声说："没想到，没想到，你老咋亲自来了？"

看到夏立国恢复得这么好，陈万举比夏立国还要兴奋。他详细询问了夏立国这大半年来的情况，夏立国就拉着陈万举去一个房间看他采来的猫眼草。

陈万举这才注意到，已经被晒得焦干的猫眼草在一个墙角处堆得老高。夏立国还把泡好了的一碗猫眼草"茶水"端给陈万举看。

夏立国说："我按照你老告诉的办法，每天都喝上它三四碗。喝了这东西，我的饭量增加了，现在一顿能吃上一大碗饭，大便也通畅了。就是重活还不能干，一干腿就会肿起来。但做做家务，给菜地除除草，还是没有问题的。"

陈万举一边认真听着，一边打量着夏立国。然后坐下来为他切了脉，看了舌苔，还要他躺下，摸了摸他的腹部。夏立国也拿出前几天才去淮委医院做的CT报告单，陈万举仔细看了看报告单，发现肿瘤面积没有增大，仍然保持着38mm×40mm，于是满意地说："情况还好，算是稳住了。"

夏立国始终面带微笑，崇拜地望着陈万举。这时的陈万举在他眼里就跟一个活神仙似的。他做梦也想不到，这么个大热天，这么远的路途，一个九十多岁的老人，居然亲自跑到乡下来了，这让他感动不已："真不知道怎么感谢你老才好！不是你，我坟头上的草怕是已经长到半人高了。我想好了，准备去县里请个菩萨过来，求菩萨保佑你活到一百二十岁！"

陈万举一听哈哈大笑。于是想到，一次夏立国去看病，他曾鼓励过夏立国，对自己的病要有信心，要乐观地面对。癌症并不可怕，可怕的是自己在精神上首先垮了。由这个话题，他说到了中医的一个理论，认为老天爷给人的寿命是两个甲子，即一百二十岁，那叫“天命”；若打个九折活到了一百〇八岁，这叫“茶寿”；没活到六十便称作“夭”，就是人们常说的“夭折”。

陈万举见墙上贴着夏立国读初中的女儿在学校得的各种奖状，才知道夏立国这唯一的女儿名叫“夏引”。当他发现“夏引”这个名字时，心中竟不由一动。

能给女孩子的名字取上一个“引”字的，确实罕见。这使他想到在中国的汉字中，有四个字是可以诠释整个人生的：尖、斌、卡、引。前面三个字如果将其上下、左右简单地拆分，便是：“尖”是说人要能大能小，“斌”是指人要能文能武，“卡”是说人要能上能下，“引”字特别，也更形似，一边曲折得像张弓，一边又简单成个“一”字，是说人要能屈能伸。

陈万举从夏立国为女儿起的这个名字，就足可看出他是个睿智、豁达又乐观的人。

陈万举说：“你女儿这个名字取得好。中国的汉字里面，确实有着很深的学问，你看‘心态’的‘态’字，就是指人的心要大。所谓大，就是心要放宽。有病在身，最容易把心态搞坏，你有这样好的一种心态，这比什么灵丹妙药都重要啊！但你不该关了手机，不与我联系，让我放心不下！”

夏立国被说得不好意思起来：“两个月没交话费，被停机了。”

陈万举有点为他发愁："你家里也没有个固定电话，手机又被停机，别人找你找不到，你要发生点什么事也没法联系别人，这样可不行啊！"

夏立国说："陈大夫就别为我操心了，我没有事的。我老婆以前在南京做保姆，离得远，顾不上家，前年我病重她就回了五河，在县城找了份事做。她现在每天晚上都回家，要找我的人，给她打电话就行了，其实也没人找我。"

陈万举说："那我就放心了。"

说罢，又交代夏立国需要注意的事，陈万举就起身准备告辞了。他拉着夏立国的手边往门外走，边说道："根据你现在的病情，回去后我会再给你配两个疗程的药寄过来。先说清楚，不收钱！"

夏立国的眼眶有点儿发湿，话也说得结结巴巴起来："你给我看了九个月的病，没赚过我一文钱，今天又大老远地赶过来看我，我连顿饭也没法招待你……你老对我的大恩，只有下辈子才能报了！"

陈万举忙摆摆手："不要这样说，谁都有困难的时候。"

28. 打工妹与肝血痨

陈万举回到蚌埠的第二天早上，因为跑了趟五河，感到有些疲劳就多迷盹了一会。保姆正在厨房里忙着早饭，陈万举被一阵很响的敲门声惊醒了。这天是星期天，他以为是儿女们来看他，就应了一声："大门没锁！"

接着就传来一个女人的说话声。陈万举没听清来人说了些什么，但听得出不是女儿陈桂荣的声音，于是走出房门望了一眼，却没见到人。

这时从卫生间传来了响动，他便猜想一定是个熟人。

但他还是感到有些奇怪，大清早的，谁能找上门来呢？进了门就一头钻进厕所里，会是谁呢？

不一会，一个年轻的姑娘从卫生间走了出来。她身材高挑，留着短发，尽管面色发暗，还显得有些疲惫，却是生得眉清目秀很是漂亮。

陈万举笑道："原来是你。"

来人是怀远县梅桥人，名叫李雪。李雪打小就没有了母亲，是父亲拉扯着她和弟弟艰难度日。为减轻家里的负担，她十五岁就辍了学，跟着村里的几个年轻姑娘去了浙江宁波打工。十七岁那年，突然发现自己眼睛发黄，到医院一检查，说是得了急性黄疸性肝炎。因为那里的医疗费太贵，她只得请了假回家乡住进了县医院，没想到家乡医院的医疗费也不便宜，不到十天就把两年打工的积蓄花了大半，病还没好彻底她也就只好出院，赶回宁波继续上班。如今她已经是一个二十五岁的大姑娘了，这辈子只来过两次月经，一次还是十七岁那年，一次就是去年春上。上次来看病时，她就已经闭经六个月了。

陈万举至今还清晰地记得李雪的父亲带她第一次上门看病时的情景。由于她早年患急性肝炎没有痊愈，后来就转化成了慢性肝炎，进而发展到了肝硬化腹水。陈万举对肝病多有研究，经手的病人从肝炎到肝硬化再到肝癌，不计其数，但李雪病情的严重还是让他感到棘手，对她的望闻问切也就格外认真。

在检查李雪的腹部时，她的父亲就在边上，听到女儿肚子里不时发出一阵阵“咕噜咕噜”声，就问陈万举这是怎么回事？陈万举说，这是李雪腹内的“恶液质”，就是通常说的腹水在响，这些东西很麻烦，必须控制住才行。李雪对自己肚脐周围出现的一个个算盘珠子一样突出来的东西，也感到奇怪，陈万举说这是因为她腹内蠕动不畅，肠子已变得严重畸形，一旦肠子彻底不蠕动，问题就大了。

初步诊断了李雪的病情后，陈万举问李雪：“谁介绍你到我这儿来的？”

陈万举不用猜也知道，在找上门来之前，她肯定已去过不少家医院了。李雪得的虽然不是夏立国那样听起来就很可怕的肝癌，却也是和肝癌一样难治的肝血膀；而且她同夏立国一样，也已经是肝血膀的晚期了，甚至可以说，她这已是晚期中的晚期了。

李雪的父亲没有马上回答，似有难言之隐。李雪却没有隐瞒，她说：“我叔叔是蚌埠医学院的副院长，他要我来找你的。”

李雪说，前几年她一直就在蚌医附院治病，也没正经住院，只是不间断地从宁波过来做检查，拿药吃，眼看着病情越来越重，她叔叔便建议她找老中医陈万举试试。

听到这话，陈万举不免一怔。其实他并不认识这位副院长，他也不是那种善于拉关系的人。这位副院长能主动介绍侄女到自己这儿来看病，可以想到的原因，无非自从自己得过肝病，而且是很严重的肝大三指，四十多年来一直就没有中断过对肝炎、肝硬化腹水、肝脾肿大和肝癌的研究，并陆陆续续写出了《对急性黄疸肝炎及其变化的认识》《对肝硬化及肝脾肿大治疗的认识》和《肝病治疗三法》等多篇有关肝病医治的论文，先后在省市学术会议上发表过，其中《肝病治疗三法》，可以说是他在这方面临床经验的一次总结，因此名声在外。

这次陈万举医治李雪的肝病，处理的方法同夏立国一样，也是三管其下：一抓疏肝理气；二抓活血化瘀；三是兼治脾胃。只要脾胃不衰败，便可以遏制住病情进一步扩大与加重。

他先给李雪配了一个疗程的中药。

一个月后李雪过来复诊时，脸上就已经有了一点光泽，腹水也消减了不少，特别是饭量增加了，自然有了精神。于是陈万举为她调整了一下药方，给她配了两个疗程的药。

这天是李雪第三次上门看病了。她从卫生间走出以后有点不好意思，说："我刚下火车……"

陈万举就是从农村走出来的，特别同情农村的病人，尤其像李雪这样可怜的女孩子。他说："你还没吃早饭吧？正好，一块吃。"

李雪搓着手，赶忙说："不，不，我在车上已经吃过了。"

听说李雪刚下火车，早饭也在车上吃过了，陈万举就诧异地问："你是从外地赶过来的？还在浙江打工吗？"

李雪说："是的，还在宁波做事。"

"又坐了一夜的车？"

"嗯，坐了一夜。"

陈万举无可奈何地说："你这病是不能累的。"

李雪红了眼圈说："我知道……可我不出去做事就没钱吃药。"

陈万举就问起李雪在宁波打工的情况。

李雪说她做的是计件工，工作量很大，常常夜里还要加班；除去饭前饭后能够休息一下，一整天就坐在车间。每天下班后脚都会麻得一下站不起来，手酸得提不动东西。

陈万举听了，不再说话。

据他的研究，肝病有新久之分，从初犯发展到严重，大致可分为三个阶段。早期为黄疸肝炎期，温热病邪侵入人体，传入血液，结于肝胆，胆液外溢肌肤，故浸淫全身发黄。内郁日久则伤及脾胃，导致脾胃虚弱，继而影响到全身的营养来源逐日减少，这时便由肝病发展成胃病，所以说"肝病必犯胃"。肝病但凡由急性转化成慢性，右胁和肌肤瞋胀，肝区不仅会出现疼痛，腹部也能摸到明显的硬块，用中医话讲，此为"胁下痞满期"，亦为肝病中期。

当年陈万举所患肝大三指，由于得到了及时的医治，同时注意饮食和睡眠，并坚持每天两小时的快走，保持气血畅通，前后花了一年多的时间才得以康复。

但是李雪的工作过度辛苦，营养跟不上，又长期得不到较好的休息。肝病患者最忌讳劳累，但她为了生计，更为了攒钱治病，每天依然不得不劳动十多个小时。正是因为肝胃同病失治，又过于疲累，体内的肝气阻滞，肝不能藏血，肝血涸竭而肝质变硬变大，肝门瘀塞不通，肝内血液不得外泄，肝外血液又不能正常归肝，必然走经串络瘀滞全身，日久血质变坏，这时就会导致面色晦暗，有的还会出现肝掌症状，舌下两边会有肝黄绒；有的则在胸腔的前后长出蜘蛛痣，胸腹青筋暴露，便进入了肝硬化腹水期，亦为肝病的晚期了。

陈万举问：“你现在还要加夜班，一天工作十几个小时吗？”

“订单很多，”李雪说，“差不多每天都要加班。过去每到下班，我都好像被谁打了一顿，浑身酸痛，倒在床上就不想再起来。现在虽然还很累，还很乏，由于饭量增加了许多，已明显感觉有了力气。”

陈万举要她躺到床上，检查她的腹部。发现肝区确实软了不少，脾也变小了，肚脐周围那些突起得像算盘珠子一样的东西，也变得柔软了，这说明她腹内肠子的蠕动情况有了改善。

陈万举还注意到，曾经因为绝望，一直无精打采的李雪，发暗的脸上有了笑容。她分明变得有了信心。这一点，陈万举感到特别高兴，他认为这同他开的“健脾化肝散”一样的重要。

李雪说，从宁波过来太远，路费也不少，来一次不容易，她希望这次能拿三个月的药。

陈万举近期接手了好几例肝硬化、肝癌病人，一些草药家里都有储备，并都已经炮制好，并用打粉机打成粉，装在一个个玻璃瓶里。只是李雪这次拿的药量大，粉状的鳖甲、血竭不够用，陈万举于是取出半斤块状的血竭和半斤鳖甲，坐在外面平台一张高高的凳子上，脚踏药碾子，先将其碾碎，然后再打粉。看着已九十多岁高龄的陈万举还能干碾药这样的体力活，不能不让李雪敬佩。

敬佩的同时，她也感到纳闷。在此之前，她去过不少医院，其中也看过中医，那些中医开出中药后，只是交代她回去煎成汤药；陈万举却不同，竟是将中药炮制成粉剂，这么大年纪了，炮制药粉还是自己动手。就说："陈大夫，你没必要这么辛苦的，我们完全可以把药带回去熬成汤药的。"

陈万举听了笑着说道："我这是在为你的胃着想啊。"

脾胃乃后天之本。几十年的从医经历，陈万举清醒地意识到胃的重要。自从他反对得了甲状腺癌的女儿陈桂荣做化疗，自己用中医为她治疗的时候起，凡找上门来请他看病的疑难杂症或慢性病患者，他都会给对方提供自己亲手制作的粉药，因为他相信，只要胃不倒，什么病都可以治，胃倒了，病就难治了。让病人长期喝汤药是伤胃的，汤药一次要喝大半碗，粉药则只需一汤勺，只需和上一点水一口吞下，而且免去了煎药的麻烦，携带起来也方便。

待药全部配齐，陈万举便拿出一沓裁剪成巴掌大的黄表纸，一张一张铺在方桌上，熟练地将药粉一勺一勺挖到纸上，一张纸上一汤勺。李雪也没有闲着，主动上前帮忙，将其包成一个个梯形小纸包，每一小包就是一顿的药。

望着既勤快又心灵手巧的李雪，陈万举不胜感慨，多懂事的姑娘啊！于是对她说："今天的药费你给一半就行了。"

李雪慌忙摇手说："那怎么行？您老以前也只收个成本费，对我已经够照顾了！"

陈万举说："这是我的一点心意，你别客气。像你这么好的姑娘老天都会保佑你。"

李雪的眼眶潮湿了。

听着李雪下楼的脚步声，保姆刘素珍也不禁感叹："这姑娘第一次来看病时，一道来的，除了他父亲，还有一个小伙子，说是她的男朋友。这两次就见不到了，看来是分手了。怪可怜的，病得这么重，还要去打工，从浙江十几个小时赶过来，却舍不得买张卧铺票。"

她见陈万举不吱声，就婉转地问："过去一包中药喝上一天只要几块钱，现在一个月的药得要八百块，一天就是二十五六块，中药还能涨这么快？"

陈万举沉默了好一会，才说道："我也不想多收啊！可现在的中药涨价涨得太离谱，过去金银花一毛多钱十克，现在则要三块多；她喝的这个方子，血竭是主药，印度产的最好，你知道她一个疗程的血竭要多少钱吗？"

"多少？"

"二三百块钱，还很难买到。"

刘素珍显然意外："农村人真是太难了，哪里生得起病啊！"

"我也难呐，"陈万举突然一声叹息，"每个月，就那点死工资，想做点善事也是力不从心啊！"

第十一章　上医治未病之病

29. 养生解病长寿歌

看书，是陈万举打小就养成的一种习惯。他不仅爱看医书，还喜欢看些与医学无关的杂书。他认为这在丰富人生知识的同时，常常会给自己带来意想不到的启发，拓展自己临床施医的思路。当然，唐诗宋词元曲，更是他书架上不可或缺的。只是，他从没想过，古典诗词竟然会与医学，特别是与中医药有着密不可分的关系。

他偶然读到了唐朝诗人张籍的《答鄱阳客》：

> 江皋岁暮相逢地，黄叶霜前半夏枝；
> 子夜吟诗向松桂，心中万事喜君知。

他惊喜地发现，这首情谊绵长寄语友人的七言绝句，居然镶嵌进了地黄、枝（栀）子和桂心三种中药，三种中药又是由诗的前句尾字与下句的首字组成。全诗不仅情趣盎然，而且药名嵌得天衣无缝，让人叹为观止。

他还发现，将中药嵌入诗词的并非唯有张籍，宋代官至太常少卿的陈亚，就写过上百首中药名词。其中一首《生查子》的词，词名就叫《药名闺情》：

相思意已深，白纸书难足。
字字苦参商，故要檀郎读。
分明记得约当归，远至樱桃熟。
何事菊花时，犹来回乡曲。

一个掌管礼乐、郊庙、社稷之事的正四品官员，非但有着极好的修辞格律的功力，又是如此熟知中医中药，仅这首词中就嵌入了薏苡、白芷、苦参、狼毒（郎读）、当归、远志、菊花、茴香八种中药，还把一个闺中女子的相思之苦写得淋漓尽致，不能不使人拍案叫绝。

陈万举更想不到，在中药诗词的创作上，梁朝的梁元帝也是一位高手。他的一首《针灸名诗》，竟把针灸的十六个穴位妙趣横生地尽收其中。

将中药药名和针灸穴位嵌入诗词之中，嵌得浑然天成诙谐有趣，显然是不容易的。作为一个医生，陈万举业余时间本来就有吟诗赋歌的雅兴，在惊叹中药诗词的同时，也激发出以诗言志的热情。

他知道早在两千多年前，秦始皇就曾派遣术士徐福远渡东海，寻找长生不老药；古代有大量的方士为了延年益寿，隐居山林炼丹。随着生活条件不断提高，现在人们的平均寿命已有了大幅度提升，但对长寿秘诀的探寻却从没停止过，渴望长寿是人类永恒不变的理想。他还注意到，今天的中国人好像活得比地球上任何国家的人都要精细，都要惜命，从没听说过哪个国家的养生保健书籍如此畅销，电视上的健康讲座会如此受欢迎。专家们一说山药健脾补肾，市场上的山药价格一下就上去了；一说三七花清热平肝，药店里的三七花很快就被一抢而空。

好像一提到“养生”，大家想到的就是吃喝，其实，有的方面比吃喝更重要。于是，陈万举一时兴起，采用古典诗词的声韵和格调，写了一首五言诗：

世上无仙药，千年寻到今。
人人可百岁，延年靠自身。
饮食循规律，平时戒滥淫。
精充神气爽，缓老寿高龄。
六郁难停滞，七情病不侵。
七门八锁畅，气血运通灵。
脏病从形治，行为感内情。
全身能变法，意念变身形。
外感明瞭躲，内伤自当心。
诗歌受益者，没有不高龄，
得我身疗术，沉疴必被擒。
阴阳转念变，四两拨千斤。
不服灵丹药，天年大寿星。

健身长寿乐，硕果看前因。

因为他很欣赏日本东京牙科大学教授坪田一男的一句话：“要想长寿，首先要树立自己能够长寿的信心。”就是说，要敢于树立一定能活到一百岁的信念。这一点很重要。所以，他开篇便信心满满地提出“人人可百岁”，只是强调“延年靠自身”。

对于养生，陈万举认为人们普遍存在着一个错误的认识，觉得这事好像只是老年人的事情。年轻人精力充沛，身强力壮，平日没病没灾，谈什么养生？于是就不注意劳逸结合，甚至起居无序，烟酒无度。人到壮年，如日中天，正是人生与事业辉煌的时候，似乎也想不到要“养生”，工作起来废寝忘食，不做户外活动，往往只是壮年的年龄，却已是亚健康的身体。

其实，健康是需要日积月累的。

人在健康的时候，常常认识不到健康的重要，结果却让本属于老年病、富贵病的冠心病，如今也变得年轻化。许多年轻人吃得越来越好，烟吸得越来越多，血压、血糖、血脂也越来越超标，不到三十岁就突发心肌梗死，这已经不是什么新闻了。因此，就好像四季轮回有周期，人的衰老也是有周期的。

《黄帝内经》中提到“男八女七”的规律，是指男性每隔八年、女性每隔七年，就会出现一次生理上的大变化，人们应该根据这一规律，做一些适当的养生保健。

男子八岁女子七岁，牙齿开始更换，头发茂密地生长，肾气亦随之旺盛。

男子十六岁左右第一次遗精，女子十四岁第一次月经，它标志着性的成熟，有了生殖能力。

男子二十四岁女子二十一岁，发育基本完成，身高达到极限，进入成长平衡期。

男子三十二岁，生命力将处于顶峰状态，此时肾气充盈精力旺盛，是繁衍后代发展事业的最佳时期；女子二十八岁，生理状况同样达到顶峰，生殖系统、内分泌系统都已处于最和谐的状态，在此之前的两三年生育的孩子身体素质较好。

男子到了第五个“八”，即四十岁，身体器官开始衰老，头顶开始脱发，体力开始不支，而正是这个年龄，工作和生活却异常繁忙；女性的衰老比男性要来得早，从第五个七，即三十五岁就开始了，由于肾气逐渐衰退，面容随之憔悴，头发开始脱落。

男子六八四十八岁，衰老进一步明显，脸色暗淡，肾气不足，性能力下降；女子六七四十二岁，衰老同样进一步明显，皮肤变得松弛干燥，头上出现白发。这阶段许多男女大都不知道补养气血的重要。

男子八八六十四岁，一般不再有精液，牙齿脱落，秃顶；女子七七四十九岁通常绝经，进入更年期。此时身体用的都是你之前所有的积淀，再也没有新的东西生发出来；肾气衰，钙流失严重，患骨质疏松的几率增大，需要多吃高钙食物，同样需要加强锻炼。

全世界每年死亡人数大约三千万，其中富人多而穷人少，因此说明，人的衰老与死亡，药物不可能解决问题，营养补品也做不到；要想长寿，只有依靠自身，顺应自然生长规律，改正不良的生活习惯，摒弃不健康的生活方式。

当陈万举从《健康文摘报》上看到，国家卫生部正设法解决“看病难”的难题，指出我国有四成国民因无力支付医疗费而看不起病，他便动意用通俗易懂的诗歌方式，介绍一些不用药、少用药，开发自体疗法、防治疾病和养生的办法。

一个不争的事实是：现在极少数人是老死的，而绝大多数人是病死的，这是极不正常的。如果少数人是病死的，多数人是老死的，这才对头。这一残酷的事实至少说明，绝大多数人并没把养生保健放在心上，他们基本上是“凑合着活”。

早在从医之初，陈万举就明白了“上医治未病之病”的道理，知道“预防为主”也一直就是搞好人民卫生工作的大政方针。毛泽东不仅提出过“救死扶伤，实现革命的人道主义”，更提出过“一切为了人民的健康”。通过多年的努力，人民政府已成功地控制或消灭了一批曾威胁到老百姓健康的重大疾病，比如五十年代末基本消灭了血吸虫病，二〇〇〇年实现了无脊灰目标，二〇〇六年白喉在全国绝迹，麻疹、乙脑、流脑发病率降幅达到百分之九十九，而且摘掉了乙肝大国的帽子，并开始织起世界上最大的基本医疗保健网，让群众看得起病。

随着爱国卫生运动的不断开展，老百姓的健康意识也在不断提高，社会上已流行起不少有趣的俚语与民谣：

晨起一杯水，一辈子不后悔；
饭前一碗汤，相当好药方。

不要带着怒气吃饭，不要带着心事睡觉。

健康是自己不受罪，健康是儿女不受累，
健康是少拿医疗费，健康是多得养老费。

权好名好，不如健康好；票子房子，不如好身子。

满桌佳肴，你得有好牙；腰缠万贯，你得有命花。

健康那叫资产，没健康那叫遗产。

钱多钱少，常有就好；家贫家富，和气就好；
谁对谁错，理解就好；人丑人俊，顺眼就好；
人老人少，健康就好；一生一世，平安就好。

现在不养生，今后养医生……

这些流传在社会上的民谣俚语，言简意赅，朗朗上口，不仅将健康和养生的重要性诠释得深刻生动，而且通俗易懂。是啊，这个世界上什么东西都是有价的，只有人的健康是无价的。尽管今天的科学技术已经十分发达了，似乎无所不能，但必须承认，人类对自己身体的了解却远不如对月球表面的了解。现在已知世界上有四百多种重大疾病，而人类可以完全治愈的也只有一百多种，就是说，自身的保健还尤为重要。其实最好的医生是自己，是自己良好的心态。《黄帝内经》说：“心者，五脏六腑之主也。”这不仅是将“养心”视为养生的关键，而且强调调节情志、调节精神的重要，认为怒伤肝、忧伤肺、恐伤肾、喜伤心、思伤脾，人要始终保持一个平和宁静的心态，不焦虑，不悲观，不恐慌，不断提振正气，自身的免疫力和抵抗力自然就会增强。明代著名医家张景岳说得更明白：“善养生者，必保其精。精盈则气盛，气盛则神全，神全则身健，身健则病少，神气坚强，老当益壮，皆本乎精也。颐神养脑，须重道德修养，如豁达大度，恬淡寡欲，不患得患失，助人为乐。”现代医学也进一步加以证实，人类百分之六十五至百分之九十的疾病与心态有关。只要认真探寻百岁老人长寿的原因，主要并不在饮食，甚至不在锻炼，而在“心态”二字；其中遗传基因占百分之十五，社会因素占百分之十，医疗条件的改善占百分之八，气候条件占百分之七，而剩下的百分之六十则完全取决于自己。

这些现代科学无可辩驳地证实了我们先人《黄帝内经》的伟大。

于是，陈万举就病从何来，如何未病先知、既病防变、病后防复，以此为宗旨开始写起了《养生解病长寿歌》。他在为人看病的同时，也会把这些歌谣传授给病人。

《身心不老是精神》

精神不倒缓颜衰，

遇上忧虑莫过哀；

身无显疾不须治，

笑口常开病何来。

《养生六法》

十指梳头固发根，

常搓面部脸无痕；

旋转眼睛能明目，

两耳蝉鸣拍耳门；

叩齿舌尖抵上颚，

满口生津腹内吞；

长缩肛门免生痔，

坚持锻炼寿长增。

他也写穴位歌，不仅把穴位嵌入歌中，还说明按摩这些穴位可以健身更能治病：

寒冬烫脚暖丹田。

保健强身易入眠；

腰痛公孙按摩好，

肢冷用手搓涌泉。

他将这首诗讲给病人听时，会详细告诉你怎样做。告诉你，丹田穴在腹部脐下三寸，主治肾虚气喘、阳痿遗精、尿频尿闭、腹痛泄泻、神经衰弱、子宫脱垂出血，以及月经不调等等。公孙穴，在足底内侧缘，第一跖骨基底部前下方，为八脉交会穴，主治胃痛腹痛，泄泻痢疾和呕吐等。涌泉穴也在足底，为全身俞穴最下部，别名为地冲穴，乃是肾经的首穴。《黄帝内经》有云："肾出于涌泉，涌泉者足心也。"意思是说，肾经之气犹如涌泉之水来源于足下，涌出灌溉周身四肢，所以它在人体养生、防病保健各方面显出重要作用。

有个老病号找来看病，陈万举号脉后没给他开方，而是写了一首四言诗递给他：

头麻脸胀脑筋痛，
意识糊涂像断魂；
臂脸痉挛身乏力，
舌呆懒惰脚无根。

病人不明白陈大夫的用意，正欲问，陈万举告诉他，上面写到的这些症状，是中风的预兆。"你千万不能麻痹了，看你的情形，已经有中风的迹象。不过也不要慌张，如果再出现这些情况，首先静默三五分钟，让头脑放松，心平气和，然后脚心向内使劲，脚趾一紧一松地抓地，这样就可以将头上的气血降至脚上，让头重脚轻变成头重脚稳，免遭危险。待病情有了缓和再及时去医院医治。"

说得那人连连点头，将四言诗看了几遍，十分感激地说道："我会将它背下来的！"

还有一位前来看便秘的老人，便秘已经有段日子了，陈万举认为经常性便秘不宜常吃泻药，尤其是上了年纪身体虚弱的人。他也没有开处方，而是找出自己的一个笔记本，翻到其中一面，抄了一份交给病人，要他照着做。

老人以为是药方，接过来一看竟是一首诗：

便秘难解急坏人，
胡萝卜当饭用锅蒸，
三天一顿通肠妙，
又可充饥又养生。

老人吃惊地问："吃胡萝卜就行了？"

"是的。"

"不用再吃药？"

"能用食疗解决的，便无须用药。其实胡萝卜也称作小人参，用锅蒸熟当饭吃，遇上便秘时你就两三天吃它一顿，养胃润肠又补益身体。"

病人连连告谢。

下面一个县的张副县长，因为胃不好，成了陈万举家里的常客。如今退休多年，已是七十多岁的老人了。这天一进门，陈万举就发现他眉头紧锁，坐下后三句话没说，就从包里掏出一张检查报告单来。报告单上字不多，却清晰地写着：

颈内动脉有斑块；

某条脑血管狭窄；

脑萎缩。

“陈大夫，”老张忧心忡忡，“以前我只是胃不好，被你调理得没事了，谁知这次到市医院体检，一查，问题大了。”

陈万举平静地说：“我没看出来有什么病啊。”

老张诧异地望着陈万举：“上面写了三种病，你没看到？”

“看到了。”

“又是斑块，又是狭窄，又是萎缩，怎么得了！”

“我看到了危险的因素，没看出你有什么病啊。”

“这些都不是病吗？”

陈万举笑了：“你还以为自己年轻吗？已经是七十多岁的人了，在过去，已经叫‘古来稀’了。这样的年纪，身体上有点这样那样的毛病，其实很正常。别说你这么大年岁，现在要想证明一个人，特别是中老年人问题，很容易，你身体再好，也经不住二维超声、射线扫描、核磁共振、血管造影这些现代科学的检查和化验。”

“这么说，我没有多大问题？”

“我以前不是给你说过？男人四十女人三十五，就开始衰老。定期去做检查是应该的，防患于未然嘛。问题是，有些医疗单位却是在把体检当成生意做，你要真听他们的，还不得没完没了整天吃药？”

老张听了放下心来。

本来他都已经准备去医院住院了。

“人不思老，老将不至，”陈万举说，“这话乍听起来，好像没道理，其实人的精神状态对身体的健康特别重要。我常对病人说，你一天到晚想着自己的病，沉迷于病中不能自拔，伤心伤神，于病无益，反而会使自己的免疫力下降，加重病情；而泰然处之，身心能够从中解脱出来，则会使自己变得轻松，这就从精神上战胜了疾病。所以，我总结出这样一句话：你要认为自己有病，就真的会有病；你如果忘记自己有病，就会没病。现在很多人不是死于疾病，是死于无知。对生活方式的无知，对疾病的无知，对专业知识的无知。”

老张听了直点头，觉得陈大夫的话很有道理。

见老张还没有要走的意思，陈万举问道：“还有别的事？”

老张沉吟了好一会，见屋里没有其他人才压低声音问道：“陈大夫，像我这般年纪的人，是不是就没有性能力了？”

陈万举听他这样一问，了然于心。食、色、性，都是人的正常生理需求，从医几十年，有太多上了年纪的男人咨询过他同样的问题，他也治愈过不少阳痿病人。据他研究，男性年过七十，依然有性欲，也依然能正常勃起；可身边也有一些老同事老朋友，早已经没有性生活了，他们每每和他聊起这事，便以为是自己的身体出了问题。确实，一般人也都会这么认为，认为一个人的性欲会随着年龄的增长而下降，认为“花甲”之后就不再需要性生活了。其实，这是一种误区，即便到了老年，适当的性行为不仅可以增强一个人的活力，使人焕发朝气，还能避免老年抑郁症，预防前列腺炎，防止脑老化。

于是陈万举笑道：“老张啊，我只能这样说，如果年龄大了还有旺盛的性欲，这是健康的表现。我曾看过一份资料，说广东九个不同地区八十岁以上的男寿星，有四成仍保持正常性生活，仅有一成终止，还有七十多的男人仍然生了孩子当了父亲。可以肯定地说，如果到了老年，完全没有了性生活，而且连这方面的欲望也没有了，那么他剩下的寿命就不长了；有这种情况的男性，平均剩余的寿命可能只有十年，女性会长一点，也不过十三四年。因此，性功能的强弱，是身体健康不健康、寿命长短的风向标啊。"

老张听了，有点不好意思地说："我有时候也有点想。可我那口子，骂我是老不正经！"

"那你就告诉她，"陈万举说，"每天能凝望漂亮女性的男人，血压相对较低，脉搏跳动较慢，心脏疾病也比较少，平均寿命可以延长四到五年。"

"真的假的？"

"当然是真的，这是有科学依据的。《黄帝内经》说，'不色者肾绝，不食者脾绝，不言者气绝'。见美色不动心，见美食不流涎，见美景不想看，说话有气无力，肯定不正常。但贪色并非要猎色，贪吃并非要暴食，贪玩不是要无度。"

说得老张开怀大笑。笑罢说道："我又到哪里去见年轻漂亮的女人？真见了，还不被老伴骂死！真羡慕你们当医生的，没有'退休'一说。不像我们，有点小权时人五人六，一旦退了休离了职，就啥也不是，只能回家带孩子。百无聊赖啊！"

陈万举笑着跟了一句："你从前到我这里来，也是车接车送，后来就自个儿搭乘公交车了。"

陈万举见老张说着起身就要走，忙拦住："刚才这个问题我还没说完呢。"

于是从柜子里取出自己写的一本《养生解病歌》，翻到《夫妻同房禁忌》一页，让他看：

性欲常规莫过频，
房事法度要遵循。
过饥过饱须当忌，
酒醉多劳及远行。
产后经期不接触，
悲伤恐怖慎重停。
守序情欢少生病，
对此违反损年龄。

老张看得很仔细，看罢，又一屁股坐下，兴趣勃勃地问道："看样子，陈大夫对这事确实很有研究。是不是还有'性欲常规''房劳法度'呢？"

"有啊，"陈万举又翻到一页，递了过去，这是一首《男子性欲常规》歌——

阴囊手捂觉温柔，
作爱情欢实为优。
血弱精亏阳不足，
睾凉湿冷暂作休。

依从温热为标准，
发现睾凉禁精流。
谨守此规能益寿，
高龄效法乐悠悠。

陈万举最后又做了进一步强调："是否做爱，应以睾丸的温、凉为准。你手捂睾丸，如觉温热则可行房事，如觉湿冷则不可强行。此法老少皆宜。"

这样的《养生解病歌》，陈万举原打算凑个整数，写满一百首便停笔。这天，数了一数，连他自己都吃了一惊，不知不觉居然已经写了两百多首。他用针线将其订成了一本，前面还加了一个几千字的前言。

原《上海铁道报》驻蚌记者站的站长袁明云，与陈万举是老朋友，隔三岔五就会上一趟门。这天陈万举拿出一摞厚厚的养生解病诗稿，请他提提意见。

捧着这本手稿，袁明云认真地读了起来。

现代人病源太多，人为的空气和水源污染，各种食物造假和添加有害化学毒剂；天生的风寒暑湿燥火六淫，自为的喜怒忧思悲恐惊七情，就连衣食住行，夫妻儿女之间，都要重视防备生病。我撰写"病从何来"诗歌的目的，是要提醒人们必须知道病是从何而来。人人都希望长寿，害怕生病，但很少有人注意病是如何得来，一旦明白，谁都不愿让病发生。

儿童的病，常见病就两种，一是风寒感冒，发烧咳嗽。早晚随着天气变化护卫好穿衣，何来病生？二是饮食失节，贪食生冷或不卫生食物，消化不良，导致腹胀腹泻，如能做到饮食有节，不暴饮暴食少吃生冷，病从何来？

中年人的病，工作在人群当中，常受酒色财气的侵害。没这些恶习嗜好，劳逸结合，精神饮食睡眠适度，正在身强力壮时期免疫力强，病从何来？

老年人的病，胸怀往事太多万事动情，七情挠心，牵挂儿女的事，常于半夜醒来，泛潮回忆，扰乱入寐，消耗心血，病由心生的多；晚年离退休居家休闲，应遵守孔子之言，“血气既衰戒之在得”，心思端正做到“守中”二字，凡事不多贪求，知足常乐；遇到不顺心之事不急躁，儿孙的事少管，做到心喜不狂，心怒不暴，心忧不多愁，心思端正少疑虑，心悲不过哀，心恐不慌，心惊不乱，心中无恐惧、焦虑、抑郁、嫉妒、冲动等等，没这些情绪破坏生命力，持之以平和心态，病从何来？

根据《健康文摘报》第686期，卫生部将出招解决“看病贵”难题，指出我国近四成人因无力支付医疗费而看不上病，医门难进问题复杂。这四成人，城市解散的下岗工人，农村无劳动力的农民和有病毒携带者，实在无钱就医买药。歌唱我的“病从何来”诗歌，从预防生病入手，这四成人的困境可解矣，这些诗告诉大家可开发自体疗能，亦可不用药物祛病。经过多年研究，我发现自身祛病的能量大得惊人，加强预防为主必然减少病害。

例如咳嗽病，无痰不咳嗽，咳嗽是病，确也是自身发动的祛痰功能，明白这个出自天然道理，亦能人为地引出咳声将气管中的痰引导出来，不吃化痰药，两三天咳嗽自停。

比如用笑声字组成歌，唱好精神病，并非神话邪术，情志使人病，亦能让情志祛病。就像晦斑脸病人，面对镜子看自己笑，有空就演作，将近两月晦斑消散，亦属真实；因为精神病人胸中长期积滞闷气，化生火邪，气火亦旺，蒙蔽神明，则心发迷乱，口唱笑声字歌，其功能等于发出大笑，有笑则气散，胸中气火随歌声散出。病无源头则断绝，脸晦病人心中长期抑郁，面部肌肉铁硬死板，长久不活动放生晦斑，使用脸笑方法活动面部肌肉，故将近两月晦斑散去。

再比如用导引的方法开放胃肠大通道，七道门坎，肩胯八处门锁，能随意排放体内废气，吸入大量新鲜空气，疏导气血运行畅通，自可少生许多疾病。

上述情志能调亦能控，如心有怒气，愤怒则气上，气行血行；心怒轻易不动火则无恙，心主火，火性向上；心怒重激动火起奔冲上头，怒则伤肝，肝司职将军之官，激动肝气协火上攻，气血壅阻头脑，头昏脑涨血压升高甚则脑溢血，对此症候调治可用哭笑二法，哭则气下，笑则气散，气能奔上亦能使其降下，甚而使其消散，至于真哭还是假哭，真笑还是假笑，效果都一样。

然而哭与笑同是张口，为何差异一使气散一使气下呢？其诀窍在嘴唇，嘴唇属于脾胃，上唇为阳下唇为阴，笑张口先动上唇，哭咧嘴先动下唇；嘴唇是消化道的七门总领，上唇领导胃前三道门坎，下唇领导胃下三道门坎，先动上唇前三门卡松放，先动下唇后三门卡松放，故一个向外散气一个向下降气；脾胃是人体的后天之本，生命的根基，生化的源泉。明了这些道理便可从病的源头堵截。

我创作的这些诗歌，力求通俗简明易懂，文字大众化，融中医学、心理学、社会学、营养学为一体，兼有教育性、娱乐性。希望大家珍惜生命，消除不良恶习。得此诗歌必增寿十年，只在转念之间确能减少疾病。凡病皆有因，无论用何种方法能将病因消除，病就断根。

看到这里，袁明云情不自禁地赞了一句："有价值！"

陈万举自嘲道："在我们中医界，医生分三种：上医医未病之病，中医医欲病之病，下医医已病之病。我做了一辈子医生，医的都是已病之病。我写这些诗歌的目的，就是想医未病之病。"

袁明云一惊。原以为他老人家研究养生长寿四十余年，只是希望看不起病吃不起药的老百姓能知道病根之所在，做到防患于未然，一个人如果没有病，何需治病？却不知他竟有如此大的抱负，这让他对陈万举越发地肃然起敬。

陈万举解释说，养生长寿的精髓是掌握好"精神、饮食、睡眠"六个字。一个人如果能做到饮食有节，起居有常，保持乐观心态，笑口常开，都能长寿。他的这本《养生解病歌》，就是从这些方面，分成八大类，对不用药或少用药，解除疾病和养生的方法，进行的口语化描述，使人一读皆懂，一用就灵。

按照他的指点，袁明云简单地翻阅了一遍，发现有部分诗歌，比如治愈忧郁症的《步行歌》《吐故纳新歌》《哈哈歌》，以及曾在《蚌埠日报》连载的二十多篇《陈万举益寿健身法》，已经做了很好的注释。只有近些年他陆续撰写的一百多首，因为精力不济，有的只有一两句提示，有的完全没有注释。

他于是提议："陈老，你如果能把这一百多首诗全加以注释，这本《养生解病歌》就很完整了。当然，以后我也会抽空过来，协助你做好这件事。"

陈万举说："那就太好了！我明天就开始做注释。"

袁明云于是随手翻到一首《睡前五件事》的四言诗：

开窗放气睡时关，
睡前刷牙入眠安；
洗脚梳头能益脑，
不忘饮水防舌干。

他早就发现，陈大夫上衣口袋里随身装着一把木梳，没事便掏出来梳几下，他还以为是在注意仪表，原来竟是在养生。

果然，陈万举在解释这首诗时，说："头为诸阳之首。头是人体的主宰，头部穴位很多，手足的三阳经脉均与头顶百会穴相通。常梳头对那些穴位能起到按摩作用，不仅可调节大脑的中枢神经，促进血液循环，也有益于头发的生长，更能够清爽头脑消除疲劳。"

长期的记者生涯，让袁明云练就了随时做文字记录的好习惯。他当即提笔把陈万举讲的这段话记录在案。

翻到一首《饮食有节保健康》时，袁明云问他如何理解？

一日三餐应按时，
早餐不可乱推迟；
中餐相隔钟敲四，
晚饭无盐口润滋。

陈万举反应也敏捷，当即进入到工作状态，说道：“现代人工作忙，经常不吃早饭，或者买几个包子带到单位吃。其实早饭最重要，不只是果腹，而且是‘补药’，人经过一夜睡眠，胃内已空，如果不及时补充食物，胃会消化自身，久而久之，胃就会患病。胃正常消化五谷蔬菜，一般是四小时，所以早餐与中餐要间隔四小时；胃正常消化肉类食物，需要五小时，中餐与晚餐最好间隔五小时；晚上睡觉应等胃内容物清空后上床，所以晚餐也不宜吃得太迟。晚餐不宜吃咸，如果吃盐太多，半夜会口干。只要胃不倒，患上任何病都可治。”

陈万举说一句，袁明云记一句，遇到不明白的地方，他会反复追问，陈万举也乐意回答。待记录完毕，袁明云再将文字顺上一遍，加上自己的理解，补充些内容，便于不懂医的人也能看懂，然后念给陈万举听，陈万举点头认可了，这首诗的注释就算通过了。

这天，袁明云在陈万举家里待了一上午。他从这些诗歌中挑选出一部分，推荐给了一家老年报。报社觉得这些作品很有推广价值，一次就选用了三十首。

30. 勤于腿，管住嘴，稳住心

尽管陈万举一再强调，养生不只是老年人的事，但他的《养生解病歌》因为是发表在老年报上，而且又是一次登了那么多首，占了一张报纸的大半个版面，还是引起了不少老年人的关注。

老年人大都已经从各个单位或谋生的地方退了下来，有的是时间。女人闲下来爱跳广场舞，大老爷们则爱扎堆聚在街心花园，或下棋，或唠嗑，唠嗑唠得最多的，无外乎如何养生。一时之间，陈万举的《养生解病歌》就成了不少人共同感兴趣的热门话题。

从外表看，九十多岁的陈万举头发还是那么茂密，只夹杂着少许白发；牙齿没掉一个，照样能吃硬东西；思维还是一如既往地敏捷，眼睛看书看报丝毫不费力气；除了耳朵有些背，要大声说话才能听见，整个人看上去，也就七十多岁的样子。

他的这种状态，让所有认识他的人既感到好奇，更感到吃惊，于是，隔三岔五，就会有各色人等找上门来，咨询他的养生之道。他也会毫无保留地悉心指点，希望人人长命百岁。

他谈养生，首先会谈到古人提出的“五难”与“六害”。

他说，一千七百多年前，魏晋时期的文学家嵇康，就是个了不起的养生专家，他曾写过一本《养生论》。这是我国第一部较全面、较系统的养生专著。全书洋洋洒洒十大卷，每篇文章都渗透着养生哲理，后世著名的养生专家陶弘景和孙思邈都受其启发。书中他总结出养生中的五大难处，对今天的养生问题依然有着指导意义。

这五难是：名利不去、喜怒不除、声色不断、滋味不绝、神志精散。用现在的话说，就是过度追求权势与钱财，情绪不稳定，喜怒无常，纵欲过度，饮食不节，又多思多虑。这些都是养生的大忌。

早在《太上老君养生真诀》中，提出过养生要除“六害”。一薄名利，二禁声色，三廉货财，四损滋味，五除佞妄，六去妒忌。

其实，仔细研究“六害”与嵇康的“五难”，就会发现，二者养生的思想大体是相同的。

这些理论，或曰理念，虽然都产生于一千多年前，它对今天仍有着非常现实的指导意义和借鉴的价值。无论是嵇康总结出的“五难”，还是“六害”，被居之于首位的，都是名利。从古至今最难看破的，其实也就是“名利”二字。看破功名，不屑利禄，乐观豁达，这比什么都重要。

陈万举常说：“人生有四苦——看不透、舍不得、输不起、放不下。”他爱跟前来讨教的人提到葬礼，说去参加葬礼远比参加婚礼会带给人更多的感悟。一个人躺在那里，无论他生前是位伟人，还是平民百姓，其实没有任何不同；这种时候就会让人刻骨铭心地体会到，什么叫人生若梦，转瞬即逝。理解生的哲学不容易，因为现实生活中人们不可避免地会受到欲望、焦虑、苦恼的纠缠，纷忧不宁，以致减损了生活质量，只有下决心除去“六害”，才能真正解决“五难”问题。

一个人如果心情愉悦，则脉搏、呼吸、血压、消化液的分泌，以及新陈代谢，都会处于一种平稳、相互协调的状况。民间术语“喜笑颜开”也就是这个道理。人一笑，气就到脸上去了，脸会变得生动、好看；相反，人生气时，脉搏、心跳和呼吸都会加快；忧伤时，分泌的消化液就会减少，食欲会减退；恐惧、说谎的时候，会使人的中枢神经紧张，随时导致血压升高；焦躁不安时，人体的免疫系统将受到抑制和摧毁。

诸如血压、免疫系统，这些都是西医的术语，陈万举在谈到养生时，也会时不时插入一些西医知识。可他毕竟是个老中医，更多的时候，他还是从中国传统的医学上，告诉你人体有着五大穴位，他们是抗衰老的要穴，平日应该抽空按摩按摩。这五大穴位分别是：百会穴，位于头顶中心；印堂穴，在双眉连线的中间；膻中穴，在两乳头连线的中间；关元穴，在肚脐下四横指；涌泉穴，在脚掌心。平日他自己除了经常按揉这五处穴位，还常爱摩足、揉腰、扰耳、甩手、梳头、叩齿、咽津。再就是，顺应自然，承四时而起卧：春夏晚卧早起，以应阳气之生长；秋季早卧早起，免受肃杀之气的戕伤；冬季早卧晚起，不使身体的阳气遭寒气干扰。

数年如一日，他风雨无阻地用“鸟意行走法”快走，每天两次，每次一小时左右。从解剖学的角度看，人体最大和最强的关节和骨头都在两条腿上。双腿拥有人体百分之五十的神经、百分之五十的血管和百分之五十的血液。俗话说，人老腿先老。快走，能让身上的每一块肌肉处在运动状况，有效地促进和改善人体各系统的生理机能，更是增强心脏功能的最好办法，同时快走法还是天然的镇静剂。在快走时如果步速一秒钟不少于两步，会减轻精神压力，消除紧张情绪。

当然，任何事情都不是绝对的。

谈到加强锻炼时，他也会提到我国著名的语言学家、教育家季羡林先生。说季老有着自己的一套养生之道，归纳起来，就是“三不主义”，即“不锻炼、不挑食、不嘀咕”。他的“不锻炼”，当然并不是一概地反对体育锻炼，而是反对人们那种为了活着而锻炼，锻炼就是为了更长久地活着。他认为把时间花在工作上，比花在散步、打太极拳上要划算得多。所谓“不挑食”，就是有什么吃什么，不挑肥拣瘦，只要对自己的胃口，什么胆固醇、高蛋白、高脂肪，一概无所谓；物不分东西，味不分南北，粗茶淡饭吃起来最香，保持着淡泊朴素的生活观。一般人对此很难理解，他却有着自己的道理：“凡是我觉得好吃的东西我就吃，不好吃的东西我就不吃，或者少吃。什么卡路里维生素统统见鬼去吧。心里没有负担，身体自然就好。”已经是个耄耋老人了，却依然身轻体健，这显然与他万事想开一步的乐观人生有关。其实季老一生坎坷，第二次世界大战时滞留德国十年，与家人音信全无，前途渺茫；回国后夫妻二人又是天各一方，长期分居，妻儿老小在山东老家，他孤苦一人在京，如果不是思想达观他很难走到今天。

一天，季老的血压突然升到了两百多，家人都吓坏了，要送他到医院检查，他却平静地说：“我没病，即使有病，不看就是没病。”说来也怪，就是这样，他的身体却是好得出奇，精力旺盛得吓人，有时做上几个小时的报告，回家还照样可以接着写作。熟悉他的人都知道，早睡早起是他健康长寿的秘诀之一，特别是一个九十老人了，他至今爱看动画片，足见他始终保有一颗未泯的童心。

其实，许多一生都不做剧烈运动的科学家、书法家和僧侣，他们是用“静养”来调节机体的代谢状况，依然能够延年益寿。究其原因，就是季老先生一语道破的：“人应该顺其自然，心里没有负担，身体自然就好。”

二〇〇三年，国际自然医学会授予中国广西巴马瑶族自治县“世界长寿之乡”证书。

“世界长寿之乡”的标准是：每十万人中至少有七位健康的百岁老人。而巴马当年人口是二十五万，百岁老人就有七十六位，就是说，每十万人就有三十一点七位百岁老人，是国际标准的四点五倍，当之无愧居于世界五个长寿乡之首！

究其原因，除了那儿的气候温和、日照充足、空气清新外，人人都是有着良好情绪的乐观者。

心态，往往决定着一个人的生存状态！

陈万举总结了前人和他人养生的哲理，又结合自己多年临床的经验，将养生简化为三句话九个字：勤于腿，管住嘴，稳住心。

“勤于腿”和“稳住心”的道理说了许多，“管住嘴”也非常重要。

“脾胃乃后天之本，五脏之母；一个人若脾胃好，长寿身不倒。”他说，“消化功能好食欲就好，精力自然旺盛。《黄帝内经·素问》有道是，‘五谷为养，五果为助，五畜为益，五菜为充。’食五味大有讲究呢。”

他说，人们的口味千差万别，酸、甜、苦、辣、咸，各不相同，应合理膳食，均衡营养，科学搭配。

甜入脾，食甜可补养气血，补充热量，解除疲劳，调胃解毒；但糖尿病、肥胖病、心血管病患者应少食。

酸入肝，酸性食物有保护肝脏的功能，常食不仅具有助消化、杀灭胃肠道的病菌的功效，还有预防感冒、降血压、软化血管之功效；以酸味为主的山楂、橙子和西红柿，富含维生素C，可防癌、防治动脉硬化、抗衰老。

苦入心，苦味则有除湿、利尿的作用，常食苦瓜能治疗水肿病。

辣入肺，可发汗、理气，常吃葱、蒜、辣椒、胡椒这些食物所含的辣素，既能保护血管，又能调理气血、疏通经脉；但痔疮、便秘和神经衰弱者不宜食用。

而咸则为五味之冠，咸入肾，它调节人体细胞和血液渗透，特别是呕吐、腹泻、大汗之后宜喝适量淡盐水，以保持正常代谢。

陈万举一生不吃补药，也反对别人吃补药。他常说：“如果补药能救命，皇帝一个也死不掉！”他认为，五谷杂粮最养人。他在自己的《养生解病歌》中就有“身无显疾不须治”的诗句。认为能不吃药时就要尽量避免用药。真正意义上的“补药”，均存在于大自然。大自然中红黄绿白黑的“五色食物”，是与人本的五脏相配的：红色主心，黄色主脾，绿色主肝，白色主肺，黑色主肾。春天到了，我们需要多吃绿色食物，比如黄瓜和韭菜；夏天到了，应该多吃红色食物，比如番茄和胡萝卜；秋天宜多吃白色食物，比如白萝卜和银耳；而冬天则以多食黑色为佳，如海带和黑芝麻。当然，不论春夏秋冬，一年四季都是可以多吃黄色食物的，比如南瓜和植物的种子。不过，以上提到的，都是食物，不是食品，“食品”与“食物”是有区别的，“食物”是老天爷赐予的，是随着不同的季节生长出来的植物；而“食品”则是工业化加工出来的产品，不少还是有着添加剂的。

陈万举同季羡林一样，也一直保持着朴素的生活观，不同的是，他不像季老那样“觉得好吃的东西我就吃，不好吃的我就不吃，或者少吃”，只是强调“不挑食”。他还比较注重“均衡营养，科学搭配”。他平日的饮食看上去好像很复杂，其实也很简单，只是早饭比较讲究，他早晨一般吃包子或馒头，包子馅多半选萝卜丝的，绝不吃外面的肉包子，怕里面的肉不干净；他喝的粥多是糯米煮的，里面会添加山药、大枣、桂圆、莲子、核桃、枸杞子等七八种东西，有时白果也入粥，白木耳也入粥，甚至还会放些苹果。临近冬天了，他会成箱成箱地买大枣，山药也是一捆捆往家里扛。

现如今到处在宣传保健品，什么叫保健品？哪些是保健品？对来请教这方面知识的老人，陈万举的回答是：要真正有保健作用的食品或是饮料，才能称作保健品。符合这个要求的食品和饮料很多，国际有关会议上推荐出的、比较好的只有六种：绿茶、红葡萄酒、豆浆、蘑菇汤、骨头汤、酸奶。你没看错，不是牛奶，而是酸奶。绿茶、豆浆和奶制品对人的益处，大家多少都有所了解，对蘑菇汤特别是骨头汤的好处，不少人并不清楚。蘑菇汤能提高免疫功能；骨头汤里含有琬胶，可起到延年益寿的作用，别小看了骨头汤，世界上许多国家都有骨头汤街。喝红葡萄酒也是好处多多，不说它能降血压、降血脂，常喝也不易患心脏方面的疾病。当然，红薯更是个好东西，经常吃不但对骨髓的生长有益，还可以保证血压血糖正常，保持大便通畅。菠菜呢，含钙比较高，常吃对心血管系统也非常好。

这些食品和饮料是可靠的，是值得推荐的“保健品”。不过凡事都不是绝对的，比如绿茶，胃寒的人要少喝，即使是健康的人，也一定不能空腹喝，饭后效果会比较好。

陈万举会提醒患者，既然已经查出了自己哪方面有问题，就要格外注意对哪方面的保护，知道忌讳些什么东西。比如：胃怕寒，肺怕烟，心脏怕油腻怕咸，肝脏怕人体肥胖，肾怕肉食，肠道怕乱吃药，胆囊怕不规律吃药，胰腺则怕人暴饮暴食。

陈万举从来不服老，特别是用“鸟意行走法”快步健走的时候，更是精神抖擞，浑身上下充满活力。但是有时送走一个接一个来请教养生知识的老人时，才不禁感到，自己已不再年轻，也才发现上了岁数的人，爱回想起往事。回想起往事便不免五味杂陈。尽管不少往事还是那么清晰，清晰得似乎触手可及，但毕竟已隔了漫长而遥远的岁月。

师傅宋立人，刚解放不久就走了。一晃，竟然有了半个多世纪。师傅朱复初就走得更早了。

当年活跃在蚌埠医学界、曾经显赫一时的中医师们，如曾经出任过蚌埠中医学会会长、亦是宋立人江苏老乡的强幼春，在中医中精通外科的王子谋和卢孝臣，擅长儿科和妇科的刘硕臣，以及在花痘科上颇有名声的项佐甫……他们的面孔有时还会突然出现在自己的眼前，但一个个却都已经驾鹤远行，阴阳两隔。

裔家湾老家，虽与蚌埠近在咫尺，随着行政区划的调整，也早从怀远县划入了蚌埠市的淮上区，陈万举却已很久没再回去过了。因为他曾经最牵挂的亲人：母亲陈李氏、大哥陈万秀、姐姐陈万世和姐夫徐长荣、弟弟陈万珠……均已先后离世。即使是裔家湾陈氏家族里，兄弟们中的陈万岭、陈万财、陈万先、陈万鹏；姊妹们中的陈杨氏、陈项氏、陈高氏，等等，在他这一辈人中间，也就只有他一个人还活在世间。

陈万举这一生最钦佩最难忘的，就是人称“四猴子”的四哥陈万鹏，他们之间不仅走得最近，也最谈得来，虽然只是堂兄弟，却比亲兄弟还亲。也许正因为他当年没机会读书，才创造一切机会让子女尽量多读书。他生有五子二女，因为家里穷，就安排长子陈桂俭和长女陈桂芳跟着自己一道务农，赚钱支持弟弟妹妹们上学。在父兄的支持下，次子陈桂本读了初中，早早地参了军，改名陈汉，去了北海舰队，每月都会把省下的津贴全部寄回家，帮助几个弟弟妹妹。就这样，像跑接力赛似的，在陈万鹏的指挥下，他的子女一个接着支持下一个，硬是走出了两个大学生：三子陈桂景从安徽大学毕业后留校成为数学系教授。四子陈桂桐考入合肥工业大学，毕业后分配去上海，成了三菱公司的高级工程师。五子陈桂福选择了参军入伍，临到复员时，按照国家当时的政策，他是从裔家湾入伍的就只能回到农村去，陈万举发现陈桂福聪明能干，回家务农有点可惜，就想办法帮助他把户口落在自己的家中，有了城市户口的陈桂福，很快也就有了一份正式工作，后来当上了蚌埠啤酒厂厂长，再后来担任了市轻工局的局长。陈万鹏的次子陈汉，在北海舰队因公牺牲，牺牲的时候两个孩子都还很小，陈万举也都帮他们将户口迁入自己的家中，两个孩子都十分争气，一个出息成了蚌埠市供电局党委副书记，一个成了空军中校。

如今陈万举最挂念的亲人，尽管在他们一个个临终之前，他都想尽办法力所能及地进行了救治，但现在想起来仍不免十分感伤。只是看到一个个后生各得其所，又是甚感欣慰。

最让他感到悲痛的，是老伴崔新如的去世。生前在一起时，他没感到自己会离不开谁，有时总是认为她没进过一天学堂，没见识，一事当前，两人有了不同的看法，他就会“臭”她：“你懂啥！”逢到自己心情不好时，甚至还会粗暴地训斥几句。训斥时崔新如也从不顶撞，只是一声不吭地瞅着他。事后却证明，多数时候崔新如的意见和看法恰恰是对的。从这个“睁眼瞎”的老伴身上，他倒是悟出了一条人生的真谛：不识字，不等于不明理，更不等于没见识。

回忆起这一切，陈万举深感愧对了老伴。过去她对自己的那些好，一桩桩，一件件，就都会拉洋片似的浮现在眼前。她在自己身边的时候，觉得很平常，一旦永远离开了，他才痛切地感到她对自己有多么重要！

有几回做梦，梦到在一个完全陌生的地方，他碰到了她，她像风一样无声地从自己的身边飘然而过。因为她没有注意到自己，他急坏了，赶忙撵了过去，但他无论怎样努力，就是追赶不上。他想大声喊，却喊不出声，最后眼睁睁地，望着她消失在了一个村子里，或是一片浓雾中。他一下惊醒了，才发现枕头上早被眼泪打湿。

让他难过的，当然还有侄子陈桂栋。

陈桂栋就是从他身边南下宣城参加工作的。凭着自己的务实、敬业，在血吸虫病防治工作上做出了突出的成绩，被评为安徽省劳动模范，这让他也感到几分骄傲。由于不幸的婚姻，陈桂栋染上了嗜烟好酒的毛病，夫妻二人虽然最终生活在了一起，儿子以及儿子的儿子也都成了大学生，他最后也活到了八十岁，这在不少人看来算是长寿了，但陈万举却认为他是一个医务工作者，如此好酒贪杯嗜烟如命是万万不该，他不该先于自己离开人世啊！

想到一个个亲人都在自己的前头故去，陈万举不由感到难耐的孤独与寂寞。

第十二章　亦喜亦忧话中医

31. 是中医误人还是人误中医

一连下了多日的连阴雨，突然放晴了，被憋闷了几天的陈万举终于可以出门了。出了门，他没有像往常一样，先围着小南山转悠一会，而是沿着胜利路径直走到南山东侧的津浦大塘。

他估计这会儿，从区卫生局退休下来的老黄可能就在大塘公园里。心里正念叨着，希望碰到这位与他有不少共同语言的老朋友，还别说，他一进门就见塘边一棵老树巨大的树冠下聚着几个人，其中就有老黄。

除了老黄，他注意到还有两位眼熟的老同志，一个姓孟，一个姓王，两人不久前才退下来，虽说也是退休人士，他与他们毕竟算是两代人。二位也都是医生，而且都是地道的蚌埠街上人。其中孟医生说起话来常带着浓得化不开的蚌埠“土语”，说父亲是“奤”，称小叔为“老爸”，把棉裤叫“马裤”，将肥皂称作“胰子”。王医生则曾在外地工作多年，家乡话已不是很明显。孟医生是中医，王医生是西医。王医生是位十分风趣的人，有时话说到兴头上，会突然来句歇后语。歇后语通常由两部分组成一句话，前半部分像谜面，后半部分像谜底，他总是说出前半部分并不急于亮出谜底。比如他感慨自己遇到了棘手事，爱说“我这是‘一口吞下二十五只老鼠’”，见大家都在等着下文，卖了个关子才叹道，“百爪挠心呐！”说到医院里谁敢拿回扣要红包谁口袋就鼓，谁遵规守纪胆小怕事谁就捞不到好处，最后总结道：“这叫‘雷打烧香的——没有好人过的日子’。”说起有些改革往往成了马后炮，他会形容说：“‘正月十五贴门神——晚了半个月’，事情已经不好办了。”

这天陈万举老远就听王医生在说：“现在不少疾病不是怪症、顽症，就是癌症，而且变得年轻化。最近我看到一份资料，适龄女性有五百多万为不孕不育妇女，这还仅仅是城镇统计出的数字，如果加上人口数量更多的农村未统计地区，这个数字会更大。如果再加上比不孕不育妇女的数量更大的因精子质量下降而造成不孕的男性，数量该是何等庞大，让人触目惊心啊！”

王医生话音刚落，就听孟医生操起了地道的蚌埠话，拉腔拖调地说道：“我早起买两根地沟油炸出的油泡（油条），冲上杯三聚氰氨的牛奶；中午呢，去馆子（饭店）要了份农药辣椒炒的瘦肉精猪肉和有毒猪血，要了碗翻了新的陈大米干饭；晚上就红烧了一条避孕药喂大的草鱼，外加一碟膨大的洋柿子（西红柿），开瓶甲醇酒。饭后跑到地摊上买本盗版小说，回家躺在黑心棉里慢慢欣赏。”

他说得一本正经，把这些不卫生、不环保的食品和物件串成了“单口相声”，把大家逗得笑个不停。

王医生却没笑。他说：“社会上确实存在着这些不良现象，但这些不良现象是完全可以通过不断地规范市场经济加以逐步解决的。这些不良现象就像‘纸糊的窗户——一点就透’，人们不仅看得清清楚楚，而且深恶痛绝，成了‘过街老鼠——人人喊打’。但是医疗卫生系统存在着的不良现象，尽管它直接给人们的健康带来了巨大危害，情况却要比食品的安全复杂得多。问题是，患者们早已经司空见惯了，就连许多医护人员也安之若素泰然处之，甚至认为他们这样就是在‘救死扶伤’。”

这时老黄也有同感地说道：“自从医改以来，政府这些年确实很努力，很投入。据我了解，改革开放初期的一九七八年，各级政府医疗费用投入了一百亿；二〇〇三年就达到八百亿；到了现在，已高达几千亿。问题是钱到哪里去了？基本上一是花在了各种检查上，二是变成了药。医疗保险制度建立起来了，但医院创收的机制没有变，大量的钱其实就成了无效投入，病人做了太多不该做的检查，吃了太多不该吃的药。这方面的段子，说起来笑死人。说，一个患者因为脚趾被砸，到医院就医，医生要他先去做脑电图，患者感到奇怪，指着自己被砸的脚趾头问医生，‘我为什么要检查脑袋？’医生说，‘你脑子反应快点，不就砸不到脚趾了吗？你说脑袋该不该检查？’说得患者哭笑不得。正因为各级医院，大小医院，不断地添置仪器设备，盖了更多的大楼，楼房越盖越漂亮，设备越添越先进，成本便水涨船高，这就要更多地去创收。”

“不怕你们诸位笑话，”王医生接上老黄的话，自我调侃道，“我这个心血管内科医生，退休后离开了各种检查手段的帮助，是什么也干不了，于是就跟着女婿学起了中医。”

通常是，在职在岗时大家还能够谨言慎行，退了休，离了岗，说话就变得随便了许多。身为心血管内科大夫的王医生这时竟坦率地谈了对西医的看法。

他说："我一直想不通，为什么会这样？许多医院见到病人，不管你患的是啥病，几乎都会用'三菜一汤'，即抗生素、维生素、激素，加入葡萄糖注射液静脉给药。可以说，这已成为不少医院的'常方'。没人怀疑这有什么问题，也没人会想到其后果将造成细菌和病毒的耐药性，将使得国人的体质越来越差。我作为一个心血管内科的医生，眼看着这些不管三七二十一就给病人吊上水，不管他是哺乳期的婴儿还是风烛残年的老人，让药物直接进入血液，我看着都发急，感到可怕，却又感到'老牛掉在土井里——有力使不上'啊！"

陈万举本来只想坐在边上听听，发现大家谈的也正是他想说的，便忍不住插进话来："要我说，现在中医在许多医院里不受待见，那才是'老牛掉在土井里'。说到吊水，一个中医师看半天病人的经济效益，有时还不如你们西医给病人输上两瓶液。于是许多中医师也跟着用起了西药，有些年轻的中医大夫甚至直接就给病人开起了西药处方。长此以往，怎么得了？"

老黄、孟医生和王医生都不约而同地扭过身子，才发现陈万举也来了。是他在发表高见，就客气地点着头。

原望着塘水在想着心事的老黄，见不经意间话题被陈万举引到了中医上，显然有话要说。他说："现在制约中医发展的因素很多，依我看，主要还是在传承上出了问题。各地大小医院里，西医是个庞大的队伍；而目前国内注册的中医师，可靠的数字却只有二十七万，其中，能够比较纯粹地用中医思维开方治病的，大约只有三万人，这三万人中还有不少正在老去或面临退休离职。真正会看病的中医师，甚至远没有打着中医旗号的骗子多！”

“前些年，”他甚为感慨，“我们区医院有位中医学院毕业的医生，他自己的女儿发高烧，吃了他开的几包汤药不见效，急了，就请西医同事帮忙。他自己都承认，学了这么多年的中医理论，基本上不会看病，甚至已不大相信中医。他说他们大学的中医教材，有的就是将经典的古代医书翻译成了今天的白话文，不仅文字变了味，经过现代逻辑的梳理，不少原意也变得牛头不对马嘴。因为不同的语言体现着不同的思维方式，不深谙宝典原文，就无法准确地去领悟原意。诚如《黄帝内经·灵枢》中说的，‘其未可治者，未得其术也。’掌握不了‘望闻问切’，没学到真本事，自然看不好病，掌握不了治病的方法和要领。”

谈到现在的中医院校，王医生似乎最有发言权：“我女婿就是中医学院毕业的。他喜欢数理化，中医院校是按理工科招生的，其实它是个地道的文科专业。无论从文字、医学、历史、哲学、艺术、玄学等方面看，中医都是与中国传统文化联系最紧密的学科，因此，有文科天赋的人学中医比理工科学生更得心应手。我那女婿高考前根本不了解当一名中医师，最需要深厚的国学功底，否则学习起来会很困难；中医师不仅要有博大精深的学术造诣，还要有深邃敏锐的哲学思辨和触类旁通的医学灵感。中医乃至精至微之道，从医者应该是上智之材方可尽得其妙。而通观今日国内中医院校所处高校之地位，录取的分数线。学子中，上智之材多为北大、清华等名校所掳，其能获其者有几？我女婿偏偏是个见了文言文就头痛的人，而中医发源于古老的东方文化，'阴阳五行''天人合一'是其思想认识论的哲学基础，因此，面对这些陌生概念，常常是一脸茫然，甚至抗拒排斥。中医的思维正是中医的立身之本，更是中华优秀传统文化价值理念和思维方式的集中表现。如果教学上不重视甚至忽视古汉语的教育，只是把中医理论简单化为概念，让学生死记硬背，就根本体会不到中医的伟大和神奇。再说，中医药大学最强大的专业甚至并不是中医中药，这是最令人担忧的！"

谈到中医院校的教育，谈到中医的传承，陈万举不由想到上世纪的一九五九年，他参加省厅组织的聋哑针治小组的往事。那会儿，他就住在省中医学院，发现他们是在用培养西医的方法在培养中医。学习中医，自古以来最好的办法，是从师带徒，在实践中学习，而长期以来，却是不允许私人开设诊所的，更不用说从师带徒了。侄儿陈桂栋所以背着他偷偷去报名参加血吸虫病的防治工作，就是因为跟他学徒解决不了工作问题。女儿陈桂荣下乡期间跟他学习针灸还是很认真很刻苦的，回城后也没法行医，只能服从组织安排先到饭店去当了服务员。徒弟赵其礼倒是安心跟他学了八年，后来也因为解决不了工作问题，不得不回了原籍的农村。改革开放以来，允许私人开诊所了，也允许从师带徒了，但是国家颁布的《执业医师法》却又有着明确的规定，必须有四年以上医学院的学历者，方能参加执业医师的资格考试，即便你学徒出了师，有着不凡的身手，也拿不到行医的资格证。

陈万举接着老黄和王医生的话感叹道："中国的历史上，不光是中医，东方的学问和技艺，都是师傅带徒弟传授的：练武、习文、学戏、下棋、绘画、书法等等，概莫能外。旧时的中医教育其实是一种开放的体系，无任何门槛，谁都可以学，因为它低可以用于修性养生，中可以治病救人，上可以用于悟道得道。中国传统学习的旧制和习惯，其实是一种比科举制度和现代考试制度都更先进的人才选拔体制，它让社会成为最大的考场，颇有道家无为而治的境界。宋人林亿、高保衡在《重广补黄帝内经素问》序中就曾指出，'奈何以至精至微之道，传之以至下至浅之人，其不废绝，为已幸矣。'可谓一语中的。不是中医误人，而是人误中医呐！"

老黄完全同意陈万举的看法："中医不该不重视啊！现在我们虽然看不到志在'消灭中国中医'的洛克菲勒集团的所作所为了，但它的存在，似乎已不是一般集团的规模了，而是发展到了接近老子所说的'大象无形'的状态了。"

陈万举听了，心中顿感一震。

他不知道老黄提到的这个"洛克菲勒集团"是怎么回事？居然将"消灭中国中医"作为集团的宗旨！

老黄发现陈万举听了他刚才的那句话，一脸的茫然，就笑着说道："刚才我们还在谈论这个'洛克菲勒集团帝国'，谈到吕炳奎先生写给中央领导的那封信。"

陈万举当然知道吕炳奎，这是位新四军老战士，电影《五十一号兵站》中那个智勇双全的"小老大"的原型；他更是位中医世家，国家卫生部中医司首任司长，又是国家中医药管理局首任局长，对中国中医药的历史和现状是最有发言权的。

老黄这么一说，陈万举深感今天不该来迟了，他想刚才大家谈话的内容一定很精彩。不过，老黄看出陈万举的遗憾，便从随身的小包里取出两份文字材料，递了过来。陈万举一看，喜出望外，忙表达了谢意："我一定好好读一读。"他想老黄虽然从卫生局退了下来，当年的各种关系毕竟摆在那，孩子又在京工作，消息灵通是自然的，就说："老黄，我参加过你两次饭局了，我也不能白吃白喝，过几天，我请你夫妇二人到家做客，孟医生、王医生二位也一定要赏光啊。"

32. 洛克菲勒药品帝国的真相

陈万举这是第一次接触到"洛克菲勒"——这个美国药品帝国的故事。看了有关的文字材料，才发现其中有的情节过去听说过，只是不知道与它有关。

二十世纪初，洛克菲勒集团刚进入中国时，是以煤油灯独家供应商的面貌出现的。那时，他们派人挨家挨户免费赠送煤油灯，煤油灯确实比蜡烛好，大家都十分喜欢。但煤油用完了，就得去他们的门市部购买，于是就顺理成章地垄断了中国煤油的供货。垄断向来是许多西方财团的资本目的。那时的中国人口已有数亿之众，有病找的都是中医，用的自然是传统的中药，他们由此看到了一个如此浩大的药品市场；不过同时也注意到了中药的"安全、有效、廉价"。要想像煤油一样霸占中国的药品市场，就得有一个非常规的谋略，当然他们的这个谋略，看上去又是冠冕堂皇的。当时中国正处在五四运动的前夜，无数有志之士开始对自己的传统文化提出质疑，期待一场大的变革来改变中国落后的面貌，而其变革之路就是全盘照搬西方的模式。洛克菲勒集团不失时机地祭起了中国中医要实现“现代化、科学化、国际化”的大旗，一个旨在釜底抽薪“消灭中医”的资本阴谋便开始了。

二〇〇四年，美国作家汉斯·鲁斯克撰写的《洛克菲勒药品帝国的真相》一书，将当年洛克菲勒集团的阴谋和盘托出。

一九一五年，洛克菲勒集团在中国建立起了协和医院，首先将西医打进来，并以学术基金会的名义免费培训中国人学习西医。这个基金会还给中国教授西医的学校大力赞助，但这种赞助有一个条件，就是必须给自己的学生并通过这些学生给中国人灌输这样的思想：中医不科学。这就绕开了中国中医最具竞争力的方面，从思想上让中国的老百姓知道科学的才是最好的东西。中医不科学，所以中医不好。这就使得自古以来中国人所发展的中医药学将最终被唾弃。

汉斯·鲁斯克在书中曾这样直白而露骨地写道：“医学院校被告知，如果它们想从洛克菲勒慷慨的赠予中得到好处，它们必须让中国人信服地把他们经过多少个世纪检验的安全、有效而又廉价的草药扔到垃圾箱里，让中国人赞成使用美国制造的昂贵的有致癌、致畸作用的‘神’药；当这些药致命的副作用再也掩盖不住的时候，则需要不断地用新药来代替。如果中医不能通过大规模的动物实验来‘验证’他们古老的针灸的有效性，就不能认为中医有任何‘科学价值’。”

洛克菲勒集团最损、也是最有效的一招，就是收买中国人来解决中国的问题。他们不仅收买中国的文人来批评中医，还收买中国的官员在政府内设法取缔中医。由于西药在手术、抢救方面确实有着高明之处，因此，洛克菲勒集团的阴谋得以顺利展开，并在医用器械和西药的销售量上大获成功。

特别是随着大量的官派留学生归来，学习西医的基本上是一致抵制中医的。在这样的社会氛围中，被洛克菲勒集团扶持的协和医院院长刘瑞恒，不仅被选为中华医学会会长，还当上了南京政府卫生部的副部长。在由刘瑞恒主持的南京政府召开的第一届中央卫生委员会的会议上，与会十七人竟没有一位中医师。会上，日本留学归来的西医余云岫提出的“废止中医案”，获得全票通过。这无疑成为攸关中华民族文化存亡的政治大事件。可以说，洛克菲勒集团用中国人来消灭中医的“以华治华”的谋略，在此被运用得天衣无缝。

陈万举看到有关洛克菲勒集团的这些史料，不觉脑袋都大了。

他做梦也想不到，美国的这个“药品帝国”的资本阴谋，其阴影，在中国中医药的历史中，竟有着如此深刻的印痕！以至于到了1949年以后，在新中国召开的第一次卫生行政工作会议上，二十多年前在南京政府召开的那个第一届中央卫生委员会上提出过“废止中医案”的余云岫，故伎重演，再次提出“中医是封建社会的产物”，并起草了《处理旧医实施步骤草案》。他坚持认为中医不科学，治疗同一种疾病中医能开出不同的处方，没有统计学的意义；中医看病有效是因为中药有效，只要研究中药的有效成分就可以了，至于中医的望闻问切“四诊”，阴阳表里寒热虚实“八纲”，这都是封建糟粕。就是说，应该“废医存药”。而这份《处理旧医实施步骤草案》居然得到了卫生部领导的轻信，决定将中医的行医资格统统取消，还随后在全国各地办起了进修学校，把中医师集中起来学习西医，改造中医师。因为中药是依赖于中医而存在的，皮之不存，毛将焉附？这就使得全国的中药店铺只好关门停业，一时之间，中医药界人心惶惶，一片混乱。

幸好毛泽东主席及时得知这一情况，当即撤销了卫生部党组书记兼第一副部长贺诚的职务，并作出了一条著名的批示：“中国医药学是一个伟大的宝库，应努力挖掘，整理，提高。”这以后，中医药学在毛主席的直接关怀下，有了一个很大的发展，全国先后建起二十三所中医学院。到了三年困难时期，各个行业都在大幅精简，卫生系统也不例外，原计划只保留北京、南京、上海、成都和广州的五所中医学院，其余的均予停办。由于周恩来总理和毛泽东一样地重视传统的医学，后在周总理的亲自过问下，二十三所中医学院破例被尽数保留了下来。

回想到中国中医药事业上的这种种变故，陈万举才感到，老黄在大塘公园说的那句话意味深长。

是啊，“现在我们虽然看不到旨在‘消灭中国中医’的洛克菲勒集团的所作所为了，但它的存在，似乎已不是一般集团的规模了，而是发展到了接近老子所说的‘大象无形’的状态了！”

当陈万举接着读到为解放后我国中医药事业立下汗马功劳的吕炳奎先生给中央的一封信，和他接受《南风窗》记者专访的文章，禁不住热泪盈眶。

吕炳奎信上的第一句话，就让陈万举为之一震。

这位共和国卫生部首任中医司司长、国家中医药管理局首任局长，开门见山地上书道："现向您报告中医药学遭遇到有史以来没有过的灾难事实。"

陈万举注意到，在国家卫生部中医司和中医药管理局任上前后工作长达二十六年的吕炳奎先生，已于二〇〇三年十二月十日逝世，这封信是他二〇〇二年十一月十五日写出的。也就是在他这封信寄出后不久，一场"非典"疫情就袭击了京城，大疫当前却将中医排斥在外，这分明佐证了吕先生挺身而出为中医呐喊的现实性与迫切性！

他在信中慷慨陈词："中医医学是中华民族、中国文化的宝贵遗产，是一门传了数千年未中断、至今仍在发挥作用的学科；它又是一活文物，中医药学没有因为它的古老而在现今丧失治病的功能和极高的疗效，因为它是中国哲学方法指导下创立的学科，具有超时代的内涵所致。说到文物，对文物保护有整旧如旧、原汤原汁的要求，这个要求，同样适用于中医药学。"

他指出："反对中医药的势力，采取了打着发展中医药学、弘扬中医药学、中医现代化的旗帜。"

由此，他呼吁："采取有利于中医药自身发展的行政措施，真正让中医药学在没有西医干扰的前提下重新获得生机。"

他在信中最后写道："我作为新中国中医事业的奠基人和见证人，只要还有一口气，我要为中医药学的复兴大肆呼吁。"

陈万举更没料到，吕炳奎的最后落款，会是长长的一段文字，写得那么坦荡而情真意切，让人热血喷涌——

“一个为中华民族的生死存亡进行过抗日战争、解放战争，流过血，负过伤的老战士；一个为中国中医药事业奋斗了大半生的老中医；一个不愿看到中华民族文化科学瑰宝——中医药学失落的中国人寄予厚望的吕炳奎。”

陈万举在请老黄夫妇以及孟、王两位医生在家中小聚时，首先就自己读了老黄的那两份文字材料谈了感想。

他说：“在中国的历史上，排斥乃至取缔中医的逆流，清末民初就开始了。美国洛克菲勒集团说中医不科学，那是他们的资本阴谋。他们说的‘科学’，只是西方的科学，‘分科而学’的西医的科学，说白了，就是以西医消灭中医的一种借口。其实西方的科学、西医的科学，不过才几百年；难道之前的五千年，中国都在蛮荒中前行？现在依然有不少人认为‘中医不科学’，强调中医需要‘现代化’发展，这就是无知、无稽之谈了。必须承认，中医和西医，这是两条道上跑的车。要求中医药学‘现代化’，就是在要求中国传统文化的现代化；中国的国画、武术怎么个‘现代化’？都‘现代化’了，那还是中国的国画中国的武术吗？当然，中国的京剧一度搞过‘京剧革命样板戏’，古装戏变成了现代戏，伴奏也配上了西洋乐器，但它的唱腔、做派、程式，就是说，作为京剧‘灵魂’的这些东西一旦也变了，还可称它为‘京剧’吗？中医离开了‘望闻问切’，改变了‘阴阳虚实’‘驱邪扶正’‘辨证施治’这些基本理论，它还叫中国中医吗？”

他确实想到了许多。

他想到自己在二十世纪五十年代末赴上海中医学院参加卫生部组织的那次专修班，那时他在班里还算是年轻的，现如今也是九秩之人，那班学友恐怕都不在人世了吧？当时的任务之一，就是帮助审定《中医内科学》大学教材，就是希望一代代中医人将中国传统医学的稀世珍宝准确无误地传承下去。但现在人们所讲的中医，已很难再是真正意义上的中医了，不是已经西化，也是中西医结合的“中医”了。

他想到尼克松曾在《一九九九不战而胜》一书中自信地写道：“当有一天中国的年轻人已不再相信他们老祖宗的教导和他们的传统文化，我们美国人就不战而胜了。”细细想想，美国文化的侵略已是无孔不入了。今天的年轻人不过传统的节日，喜欢上情人节、圣诞节；不喝绿茶红茶了，喜欢上咖啡和可口可乐；不好好地吃五谷杂粮了，喜欢上汉堡包，喜欢上各种营养蛋白质、维生素；作为中国传统文化核心精髓的中医，也正在可怕地被蚕食。

从人类历史来看，外来文化的侵入，是导致民族文化和历史文明消亡的一个重要因素。犬戎浩劫、五胡乱华、安史之乱、靖康之耻的悲剧，难道今天的炎黄子孙都已经忘了吗？古埃及、古印度、古巴比伦文明的消亡就是前车之鉴啊！

不过，陈万举想到的这些，他并没有说出来。他相信大家会有同他一样的心得。他怕扫了大家的酒兴，只是一声叹息。

尽管陈万举说了洛克菲勒西药药品的巨商，作为西医的王医生，竟也不忌讳谈论西医西药的话题。

他说："西医，顾名思义，它是西方工业革命的产物；不可否认，它产生在资本主义的社会环境，他们的制药企业会投入巨资设法研制出某些疾病的特效药，但这些药品毕竟是以盈利为目的的，因此，也一定会从利润上考虑，让病人不间断地去吃他们生产出来的西药，而且价格不菲，有的甚至要你终其一生都得吃他的西药。可我从来没有听谁说过，中医要他的病人一年到头，甚至要喝上一辈子的汤药。"

他说："美国的药品价格是世界上最贵的，并且没有什么限制。比如，抗癌药物莫司汀的价格四年就涨到原来的十四倍。美国医疗行业被医疗利益集团控制的结果令人震惊，我们国家的情况要好一些，但常常也会听说，一种药从厂家到医院价格翻番得惊人。资本的力量似乎是看不见摸不着的，可它确实具有巨大的破坏性。不可否认，中国不少庞大的医药集团、医疗器械集团，以及医疗耗材推销人员，面对巨大的利益，也不大可能会顾及中国传统的医学，而且各级卫生部门和各地医院的主政人员，又极少是中医出身，在市场经济不断深化的今天，中医和中药的处境是可想而知的。"

老黄这时关心的，显然不是国内国际上的药品价格。他望着陈万举，问道："你家老大夫妻，这几年去了不少西方国家，中国的中医和中药在国际上的情况怎样？"

陈万举被问得一愣。

老黄提出的这个问题，一些朋友在闲谈时有时也会向他打问。确实，近几年陈桂棣和春桃出了几次国，二〇〇四年秋天，两人去柏林参加一个国际报道文学奖的颁奖大会时，是从合肥直接出发的，事前并没把这个消息告诉他，回来后他们给他带回来一把德国布伞。那把布伞十分轻便而且实用，他很喜欢，其实他更希望能给他带回中国的中医药在外面的信息。二〇〇七年夏天，两人再去美国参加纽约国际文学节时，就没忘了他的嘱咐，回来告诉他中国的中医在美国很受欢迎，那时规模较大的中医和针灸学校就有了百余所，仅拥有执照的针灸师就是五万多人。美国人仅看中医一年的医疗费便是二百一十二亿美元，其中的一百九十亿美元是要自己掏腰包的。尽管二〇〇〇年美国医疗费上的支出高达一万三千多亿美元，这差不多已相当中国当年的国内生产总值，这样看，美国人花在中医诊疗费上的比例其实并不大，但一年看中医的患者却是六亿三千万人次——全美国平均一人就达到两次以上！在纽约和华盛顿，他们都注意到，许多有机食品专门店的货架上，都摆着一些中草药制剂，据说很受美国人欢迎。

也就是二〇〇七年，这一年他们又两次去了意大利。先是受科莫意中友好协会的邀请，接着是去出席帕多瓦国际文化节；第二年又去意大利出席在尤地尼召开的一个文学奖的颁奖典礼。因为在意大利逗留的时间长，接触到的人较多，了解到的各方面情况也更翔实，这才知道，意大利的不少医院都设有中医门诊部，各地的药店均能买到中草药或是中成药。瑞士政府更是早在上世纪的一九九九年，就将中医中药以及针灸的医疗费用，纳入到了国民医疗的保险之中；不大的荷兰竟有一千六百多家中医诊所。整个欧洲，接受过培训的中医药人员就有十多万名，中医学校三百多所，中医的诊疗机构则多达一万多所，当然大部分是以针灸为主的。

二〇〇九年他们再次去了德国，参加在法兰克福举办的国际书展。经过了解，得知在德国开办的中医诊所就有三千多家。只是进一步地了解时才发现，即便就是他们在美国有机食品专门店货架上看到的那些中草药制剂，居然没有一种是中国制造。其中最受欢迎的、一喷就灵的纯中药清鼻涕喷剂，原来就产自德国。

必须承认，中草药在全世界越来越受到重视，受到欢迎，而且供销两旺，但是这一切又好像与中国无关。因为，中国在国际市场上能够拿到的中草药出口的份额，只占到其中的百分之二！日本却以百分之九十的市场份额，牢牢占据着世界第一把交椅；韩国和中国台湾地区也分别占到其中的百分之五和百分之七。就是说，一个弹丸之地的台湾省，出口的中草药数量也是中国大陆的三四倍！

我们先人研究出来的“六神丸”，被日本拿去改造开发出的“救心丹”，居然风靡全球，被誉为“救命神药”，仅此一项在世界上的年销额就高达一亿多美元。当国人还在怀疑自己的传统医学是欺世盗名的“伪科学”时，日本人已申请了中国《伤寒杂病论》《金匮要略》中两百一十多个古方专利！

陈万举曾在一张《文摘报》上看到，中国的解放战争临近尾声大局已定时，苏共代表米高扬曾来到西柏坡。尽管当时没有什么山珍海味款待，品尝着汾酒和红烧鱼已使米高扬赞不绝口。毛泽东见状就笑着说道：“我相信，一个中药，一个中国菜，将是中国对世界的两大贡献！”此番评论，在建国后的一九五三年他又再次提起。

作为当今驰名于世的“中国制造”，受到世界各国越来越多的重视，本就是我们对人类伟大的贡献，但中国中草药和中草药制剂的出口，却偏偏让日本在世界上独占鳌头。

其实，这还不是最让人担忧的，现在被联合国卫生组织正式认可的，其实并非我们国家独有的中国医学，而是已经包括日本、韩国和印度医学在内的，最后将其统称为“东方医学”。

陈万举把自己了解到的这些情况，一一作了介绍之后，可想而知，在座的诸位又喜又忧。喜的是中国的医学毕竟走出了国门，走向了世界，可以说，中国传统医学已经像唐人街一样，星罗棋布地出现在了世界上一百七十多个国家；它正以中国人的智慧，中国人特有的文化，造福着各国人民。大家为此而感到骄傲感到自豪。

接着，大家你一句，我一句，谈起了中国中药悠久的历史。是呀，够悠久的了。相传起源于神农氏，代代口耳相传，于两千多年前的汉代，托名“神农”所作的《神农本草经》，又称《本草经》或《本经》，就载药三百六十五种，成为中药理论的精髓，提出了辨证用药的思想，所论药物适应病症一百七十多种，并对用药剂量、用药时间都作了具体规定。到了四百多年前的明代，李时珍在《神农本草经》的基础上，历时二十七年，完成的《本草纲目》巨著，计五十二卷，收入各类药物一千八百九十二种，并附图一千一百〇九幅，成为人类有史以来规模空前的中国药物集大成之作！

谈论到中药，身为中医师的孟大夫甚为感慨：“我总觉得咱们的中医和中药事业，都来到了一个十字路口。但是，我仍然相信，有着数千年煌煌历史的中医，其生命力是强大的。中药的前景更是应该让人乐观的，因为现在西方人也已经觉察到西药的局限了，却又没有其他办法，很多人便把目光从化学药物转向植物药物，希望从传统的医药中寻找出路，这正是中国中医中药发展的大好时机。只要方方面面重视起来，中国的中医会受到更多国家的理解与欢迎。而且，我就不信，在国际市场上，日本生产的中药会比中国的更受欢迎！”

老黄一直认真地听着大家的发言。这时，语出惊人。

他说：“不能仅把中医的衰败，看作医学上的问题，它也是一个严峻的社会问题，这个问题不解决，势必会给整个国家的经济带来越来越大的问题。”

他说最近看到一份资料，心情很不平静。美国二〇〇三年的卫生医疗费用是一点五万亿美元，这个数字已接近中国二〇〇三年国民生产总值。医疗费用之企高，美国也不例外。问题是，美国只有两三亿人，中国却是十三四亿，人口是他们的四五倍。我们忽视了医疗费用相当低廉的中医中药，谁能够支付起这么高的医疗费用？

“尽管抗生素的副作用已经不是什么新闻，但二〇〇〇年到二〇〇七年，我国每年仅消费抗生素药物这一项，就是一千五百亿到两千亿人民币，占到了全部药物消耗的一半！看不起病，已像买不起房一样，成为压在不少中国人身上的一座大山。诊断出癌症的农民工，知道了自己的病情扭头就走，丢给医生的一句话，让人听了欲哭无泪，‘治了，家破人亡；不治，人亡家还在。’当医生的不能不赚钱，这本身没有错，如果只想赚钱，就最好别当医生。”

33. 耄耋之年登香山

二〇一一年七月，九十四岁的陈万举突然察觉视线模糊，看东西吃力，明明是晴空万里，出现在他眼前的却好像成了阴霾天。袁明云建议他去铁路医院找眼科主任姚大夫做个检查，说姚主任是蚌埠最好的眼科专家。经不住袁明云的再三动员，他于是去了铁路医院。

姚主任只简单查了查，便诊断陈万举患的是晶状体混浊，也就是人们常说的白内障。原因很简单，这是因为年岁已高，代谢功能缓慢导致的退行性病变。

他这时的白内障已布满眼球，最好的治疗办法只有手术。

对于一个九十多岁的老人来说，手术是有一定风险的。白内障手术尽管只是眼科的一项小手术，但再小也须动刀，对身体是会有一定损害的，陈老是否受得了？再说，这样高龄的人来做白内障手术，姚主任还从来没遇到过。一般这样高寿的患者自己就放弃了，看不清东西就看不清呗，又不是啥大不了的病。

姚主任要陈万举考虑清楚再做决定。

而陈万举关心的，显然不是手术会给自己带来的损害，他问姚主任：“手术可以将白内障清除干净吗？”

姚主任肯定地说：“完全可以。”

陈万举没有丝毫犹豫，明确表态：“那就没什么好考虑的，请你安排我住院吧。我也是大夫，知道会有风险，风险再大我也要做这个手术！”

当天陈万举就住进了蚌埠铁路医院。

又过了两天，姚主任就给他做了手术。

手术做得很成功。

但是术后还是出了点麻烦。这麻烦显然就出在陈万举的年龄上。

但凡做了手术，为防止伤口感染，医生都要给患者使用抗生素。陈万举自然也不例外。术后，他在铁路医院住了一周，每天吊的水里都加了头孢。连续大剂量地使用抗生素头孢，青壮年倒没什么，可陈万举到底已是耄耋老人，很快就有了剧烈的反应。先是恶心、呕吐、腹泻，继而发展到只要一放屁大小便就会一齐涌出来。

陈万举知道坏事了。

凭着多年的行医经验，他知道，这是自己的胃神经麻木了，胃肠黏膜遭到了破坏。于是就同姚主任商量，停了头孢，连别的口服药也不吃了。这样一来，腹泻倒是止住了，可大便却又解不出来了。明明肚子胀得难受，坚硬的大便在肚子上用手都能摸到，可再怎么用劲它就是不动。

姚主任了解了情况后，就准备给他开些大黄，陈万举笑道：“不用了，这事我自己解决。”

大黄，是一味中药，他自然比姚主任更了解。大黄已有两千多年药用的历史，在传统中医宝库中，它是最古老又是最常用的药材，主要功用是泻热毒、破积滞、行瘀血，能治实热便秘。但他的便秘并非实热所致，他知道自己已是风烛残年，根本受不住“大黄”这种泻药。于是办了出院手续，回到家，硬是用手指把那些坚硬的大便抠了出来。接着，他就为自己开了汤药，同时喝蜂蜜水，喝牛奶，将主食改为红薯、胡萝卜粥。这样调理了一个月，大便慢慢变得通畅，生活才恢复了正常。

当时，正是暑假期间，陈桂棣和春桃为了让已经小学毕业的儿子能接受更好的教育，他们去了北京，忙着给儿子联系京城的学校。等忙妥了孩子的事到蚌埠看望父亲，见到陈万举时，二人都不觉一惊：半年没见，父亲竟然瘦得脱了形。

在二人的追问下，陈万举才谈起了这段时间的遭遇，说如果自己不是大夫，就他这个岁数，那些头孢就叫他在劫难逃了。他确信姚主任事先的提醒是认真负责的，这一刀对自己的身体确实造成了不小的影响。

春桃听了，很是诧异：“为什么不用中医的办法解决，要去开刀呢？”

陈万举说：“中医和西医，各有各的长处，有些需要手术解决的，西医有它独特的优势，治疗白内障还是西医来得快而且有效。”

春桃在医院工作过，知道手术后是少不了要用到抗生素的，于是说：“你这么大岁数，犯不上冒这个险的。”

陈桂棣也埋怨道：“眼睛看东西吃力，不看或少看就是了，还去开什么刀呢？”

陈万举见儿子儿媳盯住这事不放，知道是关心自己，就笑道：“回想起来虽然很恐怖，但眼睛毕竟治好了，不戴老花镜也能看书看报了，看病人的面色和舌苔也变得清清楚楚的，我不就图这点吗！”

其实，他没有说实话。

听说两人已在北京的南城搞了一处工作室，孙子小明马上要去北京读初中，陈万举就说他北京表妹的女儿因为患子宫寒，结婚十年也怀不上孩子，婚姻面临危机，几次到蚌埠找他看病，他给她寄了半年的药，把她的子宫调理好了，去年生了个胖小子，表妹几次来信请他去北京住段时间。

春桃一听，当即说道：“我们八月中旬离开合肥，小明要赶到学校参加军训。你干脆跟我们一起走吧！”

陈万举说：“我现在身体还很虚弱，得在家再养个把月才行。再说现在接手了两个肝癌病人，一时还走不了。争取国庆节赶去吧。有生之年我还是要再去一次北京的！”

春桃知道他还是八十年代到过北京，便说：“当时北京还只有二环三环，现在已经扩大到了六环，变化太大，你再去，不少地方肯定认不出来了。”

陈桂棣说：“那好，我们在北京等着你！”

二〇一一年九月三十日，秋分已经过去，北京的气温开始转凉。这天晚上十点半钟，陈万举在女儿陈桂荣的陪同下，搭乘高铁来到了北京。

当时蚌埠到北京的高铁才开通不久，速度还不是很快，他们在路上花了近四个小时。

陈桂棣和春桃在北京南站出站口等到他们的时候，发现人流中的陈万举斜挎一个黑皮包，上身穿一件深灰外套，里面另有两件黑蓝色的外罩，脖子上出现了三层衣领，远远望去，有点像从乡下来的农民。他们知道，自从父亲上了年纪以后，就再没见他穿过毛线衣，而是将外衣当作内衣穿，只要天一凉，就一件一件往身上加，这是他的养生之道。

就在这时，一个朋友正好打来电话，约陈桂棣夫妇明天参加一个聚会，陈桂棣不得不解释一番，说父亲来了，要陪他几天。

朋友没有勉强，接着问道："老爷子应该八十朝上了吧？"

陈桂棣说："你少说了，九十四啦！"

朋友哑了一会，小声说道："你们胆子真大，老爷子都这大年纪了，你们也敢让他来京城。"

"怎么了？"陈桂棣笑道，"他身体好着呢！"

朋友却严肃地提醒："你别不当回事。俗话说，七十不留宿，八十不留饭，九十不留坐。人到九十串门儿都不受欢迎，你们倒好，把他请到北京来，就不怕有个意外？"

陈桂棣说："老兄，你那是老皇历了。确实，以前也常听人说'人到七十古来稀'，但是现在变了。解放前，中国人平均寿命只有三十多岁，到了改革开放的一九七八年，中国男性平均年龄已是六十六点九岁，女性达到六十九岁；到了一九八〇年，中国多数地区的平均年龄便已超出七十岁！'七十不留宿'已经是过去式了。虽说老父九十有四，我敢说，他爬起山来，怕是你也跟不上呢。你那套'九十不留坐'的理论已经不合时宜了。"

陈桂棣与朋友的这番通话，被站在边上的陈万举听得一清二楚。这时他忍不住地插上一句："桂棣，你告诉他，我这次还要去爬香山呢！”

陈万举说话声音很大，对方显然听到了，忙道歉说：“对不起！”

回到住地时，已是晚上十二点，老人竟没有一丝睡意。他说这次在京只准备待上一周时间。陈桂棣说，北京这么大，可看的地方又多，好不容易来了一趟，别搞得跟救火似的。

陈万举直摇手：“家里还有病人等着我呢！”

陈桂棣再次相劝：“你都累了一辈子了，这个年纪了还看什么病？”

陈万举说：“你不懂！”

他做出的决定，谁也没法让他改变，也就只有听他的。

接下来商量明天的活动时，陈万举说他早有打算，这次就是看看天安门广场，看看奥运馆的鸟巢，再就是爬一回香山。

“你真的要去爬香山？”春桃以为这是老爷子在说气话。

陈万举语气十分坚定：“当然！北京有名的景点我大多看过了，只有香山没去。再说现在不是秋天了吗，也应该能看到红叶了吧？香山红叶可是一大美景，我向往了很多年呢！”

国庆这天，陈桂棣夫妇准备带父亲去看看天安门广场的盛况。

他们一大早就出发了，早餐是在小区门口的路边摊解决的。稀的干的各样都买了点，让陈万举品尝。他一边吃一边体会着，说，豆腐脑做得不够嫩，调味就是一勺子酱，太咸；小笼包皮太硬，里面的胡萝卜和猪肉馅也做得不好。于是他得出一个结论：北方人做的东西粗糙，不像南方人那样讲究。

陈桂棣提醒道："淮河和秦岭是中国南方和北方的分界线，蚌埠就骑在这条线上，北方人称它是南方，南方人称它是北方。这位卖早点的师傅，就是蚌埠人呢。"

陈万举不由笑了："哟，在这里也能碰到老乡！但他的早点我一点没吃出蚌埠味，看来这位师傅已经被北京人同化了。"

陈桂棣要打辆出租车，被陈万举制止："不能坐公交或地铁吗？"

春桃说："公交要坐一个多小时，地铁也要倒两次，人还特别多，上去没座位你也不方便。"

陈万举不高兴了，说："在蚌埠，我哪天不坐公交车？习惯了。你们的钱又不是大风刮来的，我这次就是来玩的，有的是时间。"

无奈，也只有听他的。

那天，天安门广场上人山人海，各色花坛、花圃、花的造型，将整个广场装扮一新。陈万举东张西望，却一路无语。走上金水桥时，他突然扭过头，对陈桂棣低声道："这样的盛况，你娘一辈子也没见过……要是你娘还在，就好了。"

出了故宫北门，景山公园他就不想看了，说那棵歪脖子树早被雷劈了，现在这棵是仿造的，假的东西就不看了。他说颐和园倒是想再去走走，不知当年那张石桌子是否还在？还想看看那只石船。于是，转了两次地铁赶到了颐和园。

颐和园太大，到处是景，大家走走停停，来到石船前面。陈万举前前后后看了一遍，看得很仔细，边看边摇头："我过去看到的船线条很简洁，现在有了不少装饰物，变得秀气了，却不像早年那样古朴、大气。为什么要改动它呢？这样就比原来的好看吗？”

接着，大家就跟着陈万举，去寻找当年放有一张石桌子的山洞。找了几处，都没有找到他印象中的那张石桌子。

陈万举很是失落。

让他感到巨大而难言失落的，是上次他是与老伴一道来的，现在他就是按照当年的线路故地重游，身边却没有了伴了自己一生的崔新如。

第二天，他起得更早，虽然出发得也早，但赶到香山脚下时，已是上午九点多钟。进了香山大门，陈万举就抬头四下张望，见满山郁郁葱葱，便有些遗憾，叹道：“来早了，来早了！恐怕要等降下霜来，树叶才会变红。”

既然枫叶没红，那就埋头爬山吧。只见陈万举仰首挺胸，踏着林间小道一路看过去，看了勤政殿、静翠湖，再看双清别墅、香山寺。然后又沿着历代皇帝游览香山的必经之道，最后看了阆风亭、和顺门。

陈桂棣觉得香山的风光也看得差不多了，见陈万举尽管还是精神抖擞的样子，却不断揩着汗，步速也慢了下来，就说可以下山找个地方吃饭了。

不曾想，这时陈万举发了话：“再看看碧云寺吧！”

春桃有点担心，陈桂荣更是忍不住地劝道：“爸，你今天已经走不少路了。你看一下这个路标，去碧云寺还要绕一段石阶，你吃得消吗？”

陈桂荣的话起了作用，陈万举犹豫地望着曾患有甲状腺癌的女儿，虽然她的癌症被自己控制住了，十多年过去了也再没有复发，但这事却一直是他的心病。

他反问陈桂荣：“你还能走吗？”

陈桂荣原是怕父亲累着，现在父亲反倒关心起自己。她发现今天父亲还没有尽兴，便应答得很干脆：“还好，我也想看看碧云寺。”

碧云寺的正殿为大雄宝殿，三间殿堂，正中供奉着佛祖的坐像，左右两侧分别为文殊菩萨和普贤菩萨。前有石砌的鱼池，旁边有汉白玉碑亭。这些地方陈万举只是随意地浏览了一下，便去了罗汉堂。

罗汉堂建筑群为清朝乾隆皇帝修建，位于碧云寺中轴线的左侧。殿前有座青砖影壁墙，后面是两层九开间的藏经阁，罗汉堂就坐落在影壁墙与藏经阁之间正方形的院落里。

堂内供奉着五百〇五尊罗汉，每尊罗汉都是木质雕塑，外覆金箔。坐像皆在一米五以上，身材大小几与常人相同，而且姿态各异形象生动。据说，乾隆在香山修建这个罗汉堂，就是为了把自己和康熙都塑造在群仙之中，仔细看去，发现康熙确实是第二百九十五尊“暗夜多罗汉”，乾隆是第三百六十尊“直福德罗汉”。

陈万举想找的，其实是济公罗汉。他认为医生治病救人，同济世救民的济公一样，是老百姓最信奉的正直罗汉。

“这么多罗汉，怎么去找呢？”陈桂荣也是第一次上香山，更是头一回走进这处罗汉堂，众多雕像已让人望得眼花缭乱的。

她更奇怪的是，老爷子只顾健步朝前走，似乎无心去看两边的罗汉，而且微微仰起头，像在欣赏大殿里的雕梁画栋。

突然，陈万举停了下来，指着一高处说道："瞧，那就是济公！"

大家这才注意到，半空的梁头上果然坐着一个不大的小人。

"他为什么坐在梁头上？"

陈万举不觉笑了："我们大院里的邻居李占民生前曾提过，要我有机会到北京，一定要看看香山的罗汉堂。说在众多罗汉像水泊梁山排座次那天，济公依然像往常一样地忙着去为老百姓办善事，等他赶回碧云寺时，所有的座位已经是各有其主，他只好做了'梁上君子'。"

这样场景，不免让人感到扫兴。但陈万举却看得十分有耐心，甚至感到不虚此行。

从山上下来之后，就在附近找了家饭店，炒了几个菜，陈万举显得很兴奋，还喝了两杯北京的"二锅头"。他把最后一杯酒端起猛地一饮而尽，才忽然问起春桃和陈桂棣："你们一直不明白，我为什么要开白内障这一刀？这么大年纪，为什么要冒这个险，现在知道了吧？"

陈桂棣说："还想多看几年病。你说过，三天不为别人看病，自己就会有病。"

春桃说："方便看书看报呗。"

陈万举说："是，也不全是。"

"还有别的原因？"

陈万举没有马上回答。

"回顾这一生，"他若有所思地说道，"我只能给自己打个七十分。因为有的病人是我无能为力的，有的病人其实还是自己自然好了的。就我的医术，就是说以我现有的水平和经验，实事求是地讲，也只能解决三分之二的病人的问题。”

说到这，陈万举话题一转，懊丧地说起当年在郑郢救治霍乱病人时的往事。算起来和自己父亲陈广义还是同辈的陈广德，他的儿子也染上了霍乱，那天他到陈广德家出诊，陈广德看他太年轻，不相信能治好他儿子的病，就高声大嗓门地说起风凉话：“哎呀，我的乖乖，还是你陈万举在坐堂，你也能看病了？”他长这么大，还从没遇到过有人当面这样羞辱自己，而且也是一连几天没有很好休息了，不由得一下子变得忍无可忍，当即就离开了。由于陈广德的儿子错失了宝贵的抢救时间，很快就死了。

“因为那时年轻气盛，就赌气没给陈广德的儿子医治，否则他是不会送命的！”陈万举沉重地说道，“这么多年过去了，一想到这件事，我就不能原谅自己。一个医生，当时刻以‘健康为系，性命相托’自警啊！”

沉默片刻，陈万举终于说出了他下一步的计划：“我准备拿出六年时间，在我百岁那年，从中医学的角度完成一部《生命学》的书。”

说罢，便自嘲地笑起来：“想当初参加中医的那次笔试时，我连什么叫‘论文’都搞不清楚，后来竟然把论文发表在了《长江医话》上。现在呢，我也想像桂棣和春桃那样，试着写一部大部头来。”

“太好了！”儿子和女儿为他鼓起了掌。

大家发现陈万举今儿个十分兴奋。开始大家都以为他随着自己的视力一年不如一年，听力也出现了问题，无论大家谈论什么话题，他总是静静地坐在一边默不作声，于是就都以为他的耳朵背了。后来注意到，有时大家小声谈到了他感兴趣的事情，他会突然插进话来，这才发现，他的耳朵并不是太糟糕，他这是“选择性耳聋”，他不同儿女们啰唆，那是“老不问少事”。

这天，陈万举的话明显多了起来。他说：“人的健康从何而来？先天的遗传因素起了一定作用，但更重要的是后天的日积月累。一个人在健康的时候，往往认识不到健康的重要性。我看过一份资料，中国每年至少有三百多万人过早地死亡，其实这是可以避免的呀！”

他说：“中医的理论，是中国先民对人体奥秘以及人体与宇宙神秘关系进行阐释的一套学说，是对人体生机进行调理、对人体疾病进行信息干预的一套材料体系，而这一套中医理论，在《黄帝内经》中已得到系统表述。《黄帝内经》是中国人养心、养性、养生的千年圣典，更是一部蕴含中国生命哲学源头的大百科全书。数千年来，中华民族在它的庇护下生生不息，就连今天，让西方发达国家的科学家也惊讶不已的是，他们刚刚兴起的医学地球学、医学心理学、气象医学等先进的学科，其实早在这部两千五百多年前的伟大典籍中已有极为完善的表述。”

看来，陈万举为写好这部《生命学》，是做了充分准备的，不仅有着大量的临床经验，也有着许多理论上的储备。

“当然，中医中药并不完美，就像这个世界并不完美一样。”他强调说，“它在有些医学领域还显得无能为力，但它在救死扶伤、保障人民健康的职能上，其有效性已是不争的事实。有人对它持怀疑态度，这不奇怪，那是因为对它的起源不甚了解，对培植养育它诞生发展的源远的文化背景和知识体系完全陌生。因为我们离那个文化背景和知识体系已经非常遥远，总以为越现代化的就会越文明、越科学，其实未必。即便是我们今天的文化体系，也不完美，也依然有着它无法解决的问题。任何一个时代都需要借助前人的文化成果，同这个时代的创造一起，共同造福人类！”

陈桂棣吃惊地望着陈万举。他忽然感到坐在自己面前的父亲变得陌生起来。陌生的原因，不仅因为治疗白内障时使用大量的抗生素使得他整个人脱了形，而是今天把几个子女都当成了朋友，谈的又是他平日很少谈论过的“大道理”，因此，既觉得意外，又感到一种异样的亲切。

他像是对大家说，又像自言自语：“现在不是在讲‘振兴中华’么？防止中医荒漠化，也是振兴中华不可缺失的一环嘛。好在中国的汉字还在，那些经典的圣贤之书还在，中国文化的魂魄还在，中国文化的根还在，中医中药是不可能消亡的！”

二〇一三年十月十三日，农历九月初九，正是重阳节。春桃和陈桂棣在北京的大街上跑了一上午，为陈万举买了一件羊绒大衣，同时想到他正在撰写《生命学》，因此还特地给他买了三本书，一是博采历代三百余种文献、汇集了清朝以前养生精华的《老老恒言》，一本是汇编了中央电视台“健康之路”主讲的《生活处处有中医》，再就是苏联乌戈洛夫著作的《长寿的奥秘》，并于当天用快递邮了过去。

第三天晚上，陈桂棣就接到了陈万举的电话，说东西都收到了，那件羊绒大衣也试穿了一下，十分轻便，样式和颜色都很满意。最后还特别交代，他写书需要的资料已经足够了，以后就不用再给他寄了。

最后又是反复嘱咐："你们年龄也不小了，以后写作要有张有弛，不能太拼，一日三餐要有规律。你家北边那个公园环境很好，每天早晚去那里走走，对身体有好处！"

老爷子的这些教诲，陈桂棣和春桃已经听过不下几十遍，所以就没有放在心上。但是两人做梦也没有想到，就在他们接到陈万举电话的当天，他还为几个病人号了脉，亲自制了药，甚至还跑到淮河北岸的一个农贸市场买回家一捆大葱，晚上还吃了一大碗西红柿鸡蛋面。

他是当晚九点钟上床睡觉的，谁知，这一睡就再也没有醒来。

他竟无疾而终了。

终年九十六岁。

2019 年 9 月 1 日，初稿于合肥

2021 年 7 月 2 日，二稿于萍乡

2021 年 10 月 25 日，三稿于黄山

2021 年 12 月 22 日，定稿